Tödliches Vergessen

Connie Roters

Tödliches Vergessen

PARLEZ

für meine Mutter

1

Dunkelheit hatte sich über den fast menschenleeren Park gelegt. Ein feiner Sprühregen hüllte ihn in feuchten Nebel. Die Frau irrte orientierungslos über die Wege und die Wiesen, blickte immer wieder nach oben in die kahlen Äste, die sich kaum noch von dem dunklen Himmel abhoben. Dann blieb sie stehen, stocherte mit der Spitze ihres Regenschirms im nassen Laub, spießte ein paar Blätter auf, zog sie wieder ab und ließ sie fallen, ging weiter und stoppte schließlich vor einer gewaltigen Eiche. Sie bückte sich schwerfällig, tastete mit beiden Handflächen den Boden ab, schob das Laub mal auf die eine, mal auf die andere Seite, grub sich dann eine kleine Kuhle und setzte sich hinein. Eine kalte Böe erfasste sie, ließ sie schaudern und die zerlöcherte schwarze Strickjacke enger um den mageren Körper ziehen. Mit ausgestrecktem Arm stemmte sie die rechte Hand fest in den Boden und glitt vorsichtig auf die Seite. Ein nasses Blatt kitzelte ihr Ohr. Sie kicherte leise. Unbeholfen drehte sie sich auf den Rücken und blickte in den nachtkalten Himmel. Zusammenhangslose Bilder huschten durch ihren Kopf, Bilder von einem Haus mit Zimmern und einem grünen Rasen, auf den die Sonne schien, Bilder von einem Auto, das auf sie zufuhr und von einem Mann in einem grauen Lodenmantel, der sie wohlwollend anlächelte. Sie schloss die Augen, tauchte ein in die verworrenen Erinnerungen, spürte das feuchtkalte Laub nicht mehr und auch nicht den Regen, der jetzt stärker geworden war. Sie träumte sich in ein warmes Zimmer an einen Tisch, gedeckt mit einer Tasse heißem Kakao und einem blau-weißen Teller, auf dem ein Marmeladenbrot lag.

Plötzlich durchkreuzten Schritte ihre Bilder. Sie riss die Augen auf und starrte in einen blauen Regenschirm.

* * *

Trübes Laternenlicht drang durch die halb geöffneten Vorhänge seines Zimmers. Hauptkommissar Stefan Breschnow fixierte den alten Holzschrank, der einmal sein Depot gewesen war. Er sehnte sich nach einem Bier und einem Schnaps, sehnte sich nach seiner Stammkneipe. Durch die geschlossene Zimmertür hörte er seine Schwester Iris am Telefon lachen. Er drehte sich zum Fenster und schloss die Augen. Aber auch in dieser Nacht wollte der Schlaf nicht kommen. Die Dämonen, die er sonst weggetrunken hatte, versperrten ihm den Weg.

Breschnow warf sich noch ein paarmal hin und her, öffnete und schloss die Augen, versuchte, sich zu entspannen, atmete tief ein und aus, so wie er es in der Reha gelernt hatte, fand sich albern und beschloss, einen Spaziergang zu machen. Er setzte sich auf, zog Hose, Hemd und die schweren Stiefel an, griff sich die Jacke, öffnete leise die Zimmertür und spähte in den kleinen Flur. Seine Schwester telefonierte noch immer, ihre Tür war nur angelehnt und er schlich sich daran vorbei.

Wie ein Dieb, dachte er. In meiner eigenen Wohnung. Zitternd griff er nach den Schlüsseln, die am Board hingen. Sie rutschten ihm aus der Hand und knallten auf das Laminat.

Iris schoss aus ihrem Zimmer. „Wo willst du hin?"

Breschnow zuckte mit den Schultern.

„Ich wette, du willst zu Rosie!"

„Kann nicht schlafen", brummte er.

„Dann nimm eine Tablette."

„Ich dachte, ich mache lieber einen kleinen Spaziergang."

„Und schaust mal ganz zufällig in deiner alten Stammkneipe, was deine Saufkumpane so machen?"

Breschnow hob die Schlüssel auf und blaffte: „Hast du es dir jetzt zur Lebensaufgabe gemacht, über mein Trockensein zu wachen?"

„Reiner Selbsterhalt", antwortete Iris. „Ich habe ein Kind und keine Kohle und kann umsonst bei dir wohnen. Wenn du wieder anfängst zu trinken, versäufst du vielleicht auch deine Eigentumswohnung." Sie lächelte versöhnlich. „Komm, zieh deine Schuhe wieder aus und wir setzen uns in die Küche. Ich koche uns einen Tee."

Breschnow rührte sich nicht.

Sie legte ihre Hände aneinander und deutete eine Verbeugung an: „Bitte großer Bruder, tu mir und dir den Gefallen."

Breschnow grinste nur, drehte sich zur Wohnungstür und legte die Hand auf die Klinke.

„Drei Monate Entzugsklinik, Stefan! Frühstück um acht, davor körperliche Ertüchtigung im Wald, regelmäßige Therapiegespräche, Licht aus um zehn. Deine Haare sind dabei grau geworden." Sie schüttelte den Kopf. „Du hast dich so gequält. Soll das jetzt alles umsonst gewesen sein?"

Unschlüssig betrachtete Breschnow die Tür und dann seine zitternde Hand auf der Klinke. „Ich will doch nur spazieren gehen."

„Wer's glaubt, wird selig", schnaubte Iris, drehte sich um und ging zurück in ihr Zimmer.

Breschnow öffnete die Wohnungstür, blickte in das dunkle Treppenhaus und erinnerte sich an die verordnete Bewegung. Drei Monate lang jeden Morgen um halb sieben zuerst die Treppen hinunter und dann eine halbe Stunde im Trab durch den Wald.

Ich bin traumatisiert, dachte er. Wenn ich eine Treppe sehe, denke ich sofort an Frühsport.

Behutsam schloss er die Tür, hängte den Schlüssel zurück, ging zum Zimmer seiner Schwester und sagte: „Tee wäre prima."

* * *

Um kurz nach zehn drängten sich die letzten Nachzügler durch die Tür der Obdachlosenunterkunft. Die Kälte und der eisige Regen trieben sie herein. Jan Stremer hatte Mühe, sie schnell genug auf die Schlafräume zu verteilen. Zwei für die Männer, einer für die Frauen, dreißig Plätze insgesamt. Er hoffte, dass seine Kollegin Zofia bei der Aufnahme sorgfältig Buch geführt und nicht wieder mehr Bedürftige hereingelassen hatte, als es Betten gab. Aus den Augenwinkeln sah er zwei ganz in schwarz gekleidete Männer sich gegenseitig schubsen und rief ihnen zu, Ruhe zu geben. Einer der beiden drehte sich leicht schwankend um und streckte ihm seinen Mittelfinger entgegen. Jan ging zu ihm hin und forderte ihn auf, die Einrichtung umgehend zu verlassen. Der Mann johlte nur, aber als Jan mit der Polizei drohte, gab er klein bei. Der andere verschwand in dem ihm zugewiesenen Zimmer, wo Jan ihm die Regeln vorlas.

„Einlass um zwanzig Uhr. Abendessen und Tee. Nachtruhe um zweiundzwanzig Uhr. Keine Randale, kein Alkohol. Frühstück um acht."

Um neun mussten alle wieder gehen. Dann kam die Putzkolonne und beseitigte die Spuren der Nacht, das Erbrochene, die Spucke, das Blut und den Eiter der schlecht verheilten Wunden. Jan wollte nicht mit ihnen tauschen.

Hysterische Schreie aus dem Frauenwaschraum rissen ihn aus seinen Gedanken. Er spurtete über den Flur, bevor die ersten Neugierigen ihn verstopfen konnten. Zwei Nachtgäste hatten sich ineinander verkeilt und versuchten, sich gegenseitig die Haare auszureißen. Das taten die beiden fast jeden Abend, wenn sie im Winter hierherkamen. Dennoch freute sich Jan, sie zu sehen, freute sich, dass sie noch lebten. Martha und Hilde waren ein Paar, unzertrennlich auf der Straße, aber sobald sie geschlossene Räume betraten, wurden sie aggressiv. Jan schätzte sie auf höchstens vierzig. Weswegen sie auf der Straße lebten, wusste er nicht.

Entschlossen betrat er den Waschraum und trennte die Streithennen, schob beide in den Schlafraum, die eine in die rechte und die andere in die linke Ecke, so weit voneinander enfernt, wie es der Raum zuließ. Sie würden nachher wieder zueinander schleichen und morgen früh würde er sie eng umschlungen in einem Bett vorfinden.

„Ich schließe jetzt!", rief ihm seine Kollegin vom Einlass zu. „Es sind aber noch einige draußen."

„Soll ich nach vorne kommen?", fragte Jan.

„Nein. Ich glaube, heute gibt's keine Randale."

Der letzte Obdachsuchende, der eingelassen und von seiner Kollegin persönlich hereingeführt wurde, war der alte Mann, der mittlerweile jeden Abend kam. Sie hielten immer ein Bett für ihn frei, denn wenn er auftauchte, konnte er sich vor Schwäche kaum noch auf den Beinen halten. Jan übernahm ihn im Flur, griff seinen knochigen Ellenbogen, führte ihn zu dem freien Bett und half ihm, sich auszuziehen. Mit jedem abgelegten Kleidungsstück schien der Mann mehr zu verschwinden, so dünn war er in den letzten Wochen geworden. Aber als Jan ihm aus dem langärmeligen Unterhemd helfen wollte, schlug der Alte mit erstaunlicher Kraft um sich.

Dasselbe Spiel wie jeden Abend, dachte Jan, half seinem Schützling ins Bett und hoffte, dass er auch diese Nacht überleben würde.

Eine Viertelstunde später war es ruhig in der Obdachlosenunterkunft, nur ab und zu erklang ein Schnarchen, Husten oder Stöhnen. Jan ging ins Büro, schaltete die Kaffeemaschine ein und fragte sich, warum Charlotte und ihre stumme Freundin nicht gekommen waren. Er sorgte sich um die beiden. Vorgestern hatte er ihnen die Betten fünf und sechs zugewiesen. Zu seinem Erstaunen war die sonst so begriffsstutzige Freundin sofort auf das richtige Bett zugegangen, aber Charlotte hatte im Flur verharrt und ihn ausdruckslos angestarrt. Erst, als er sie sanft an den Schultern gegriffen und in das Zimmer geschoben hatte, war das freundliche Lächeln in ihr Gesicht zurückgekehrt.

Jan vermutete eine beginnende Demenz, rekapitulierte was er darüber gehört und gelesen hatte und ließ die letzten zwei Monate vor seinem inneren Auge Revue passieren: Charlotte war extrem vergesslich geworden. Auch ihre Freundin schien mit jeder Woche verwirrter. Die klaren Momente wechselten immer schneller mit denen des dumpfen Vergessens ab. Er fragte sich, ob er eingreifen musste, fand wieder keine Antwort darauf und trat hinaus in den Flur. Langsam ging er an den Zimmern vorbei, lauschte und gesellte sich schließlich zu seiner Kollegin, die draußen unter dem Vordach eine E-Zigarette rauchte.

„Du solltest auch umsteigen“, sagte Zofia.

Jan liebte ihren polnischen Akzent. Er zog das zerknitterte Zigarettenpäckchen aus seiner Hosentasche und zündete sich eine an.

„Das sagst du mir jedes Mal. Aber ich mag mein Nikotin. Außerdem ist noch gar nicht bewiesen, ob E-Zigaretten nicht doch schädlich sind.“ Er inhalierte demonstrativ genießend und ließ den Rauch durch die Nasenlöcher entweichen. „Sag mal, als du zugemacht hast, waren da Charlotte und ihre Freundin bei denen, die noch rein wollten?“

„Nein. Gesehen habe ich die beiden nicht." Sie grinste. „Hab gehört, dass du ein Auge auf Charlotte geworfen hast. Bist doch nicht etwa pervers? So wie Harold und Maude?"

„Ey, spinn hier nicht rum! Ich sorge mich um sie. Ich glaube, sie verliert langsam den Verstand. Kannst du dir vorstellen, wie das ist, dement in der Stadt herumzuirren und sich einen Schlafplatz suchen zu müssen?"

„Nein. Will ich auch gar nicht. Vielleicht ist in dem Fall die Vergesslichkeit auch gut. Dann kriegt sie wenigstens nicht mehr mit, in welcher Scheiße sie steckt."

„Das ist doch nicht dein Ernst, oder?"

„So oder so, lass das Elend nicht so nahe an dich ran. Du weißt doch: Jeder ist seines eigenen Glückes Schmied." Sie deutete mit dem Daumen hinter sich. „Und die da hinten haben vielleicht nicht so gut geschmiedet."

„Jeder ist seines Glückes Schmied", wiederholte Jan. „Woher hast du denn den Quatsch?"

„Von meinem Großvater und der ist ein schlauer Mann."

Jan zertrat seine Kippe auf dem Asphalt und ging zurück ins Haus.

Zofia hob die E-Zigarette hoch und rief ihm hinterher: „Abfall gibt's bei der auch keinen. Solltest es wirklich mal versuchen."

* * *

2

Kommissarin Abigail Delego eilte die Treppen hinunter in die Tiefgarage ihrer neuen Wohnung in Charlottenburg und betätigte den Lichtschalter. Das grelle Neonlicht schmerzte in ihren Augen. Sie blinzelte, stemmte sich gegen die schwere Stahltür, betrat das nach Benzin riechende Gewölbe und klopfte dem treuen Lancia zur Begrüßung aufs Dach.

Auf der Fahrt rekapitulierte sie noch einmal das Telefonat mit dem Kollegen, erreichte zwanzig Minuten später den Columbiadamm und stoppte kurz hinter der Sportanlage an der Hasenheide. Ein Uniformierter schoss auf sie zu und bedeutete ihr, weiterzufahren. Delego wies sich als Kommissarin der Mordkommission aus, ließ sich den Weg zum Fundort erklären, betrat den dunklen Park und orientierte sich an den blinkenden Lichtern der Streifenwagen, die sie zu einer Wiese hinter einem kleinen Teich führten. Das Blau der Sirenen brach sich im aufsteigenden Nebel, der über dem feuchten Grün in der Morgendämmerung hing. Sie begrüßte die Kollegen, ließ sich eine Taschenlampe geben und steuerte einen Baum auf der bereits weiträumig abgesperrten Wiese an. Einer der Uniformierten begleitete sie.

„Bist ja immer noch nicht gewachsen, Delego“, frotzelte der blonde Hüne.

Die Kommissarin streckte sich zu ihm hoch.

„Frage mich immer wieder, wen du bestochen hast, dass sie dich überhaupt bei uns genommen haben.“

„Das hat nichts mit meiner Körpergröße zu tun“, hielt

Delego dagegen, „sondern mit meiner schwarzen Hautfarbe und meinem außergewöhnlich scharfen Verstand."

Zwei Meter vor dem Fundort blieb sie stehen und deutete auf einen blauen Schirm. „Hast du den dorthin gestellt?"

Der Hüne tippte sich an die Stirn, drehte sich wortlos um und ging zurück zum Streifenwagen.

Obwohl die Morgendämmerung bereits eingesetzt hatte, erhellte sie den Fundort nur schwach. Delego zog ihre Taschenlampe aus der Jackentasche, ließ sie über den Boden gleiten und trat näher heran. Vor ihr, ins feuchte Laub gebettet, lag eine Frau auf dem Rücken, die Arme und Beine ausgestreckt, den Kopf leicht zur linken Seite gedreht. Ihre rechte Hand war zur Faust geballt, als ob sie versucht hätte, etwas festzuhalten. Was, das konnte Delego nicht erkennen. Die Kleidung der Toten war verschlissen und unangemessen dünn für diese Jahreszeit. Neben ihrem Kopf steckte ein aufgespannter, blauer Regenschirm in der weichen Erde, als hätte er ihr Gesicht vor dem Regen der Nacht schützen sollen. Delego trat noch näher heran und ließ das Taschenlampenlicht mehrmals über den mageren Körper gleiten. Dann ging sie neben dem Schirm in die Hocke und betrachtete das Gesicht der Toten. Ihre Augen waren geschlossen, der aufgeklappte Kiefer gab den Blick in den Rachen frei. Die Haut spannte über den Gesichtsknochen, das fisselige graue Haar klebte feucht an ihrer Stirn.

Delego fragte sich, ob die Frau sich selbst dieses Nest gebaut hatte, ob sie hierhergekommen war, um zu sterben. Sie griff nach ihrem Handy, fotografierte das Antlitz und sendete die Aufnahme zur Identifizierung ins Büro. Danach verständigte sie die Spurensicherung und die Rechtsmedizin, betrachtete die Tote noch einmal und ging zurück zu den Uniformierten, die mit verschränkten Armen am Auto lehnten.

„Habt ihr irgendetwas angefasst oder verändert?"

„Bloß weil wir Uniformen tragen, sind wir nicht blöd, Fräulein Kommissarin", antwortete der Hüne.

Delego lächelte und tippte sich an die Stirn. „Und immer schön mitdenken und die Stellung halten."

Dann ging sie zurück zum Columbiadamm, um auf die Kriminaltechniker zu warten.

* * *

Breschnow taumelte zur Toilette, das vierte Mal in dieser Nacht. Der Tee drückte ihm auf die Blase. Er kroch zurück ins Bett, versuchte noch einmal einzuschlafen, aber die Toten seines dreißigjährigen Arbeitslebens ließen es nicht zu. Manchmal erschienen sie allein und erinnerten ihn daran, dass er sie nicht hatte retten können. In anderen Nächten zeigten sie sich zusammen und starrten ihn schweigend an. All die Jahre hatte er sie in Alkohol ertränken können und dadurch in Schach gehalten. Wie er sie jetzt loswerden sollte, war ihm ein Rätsel. Sie bedrohten sein Trockensein und er war froh, dass seine kleine Schwester auf ihn aufpasste, auch wenn er das ihr gegenüber nie zugeben würde.

Als sein jüngster Dämon sich auf sein Bett setzte, gab er den Kampf zu schlafen endgültig auf und schlurfte in die Küche. Es roch nach frisch aufgebrühtem Kaffee und nach Kakao. Iris hatte den Frühstückstisch für sich und Mona gedeckt. Zwei Teller, zwei Tassen, zwei Messer und zwei Löffel. Nur sein Platz war leer. Er stellte ein Gedeck dazu und setzte sich.

Seine Nichte Mona stürmte in die Küche. Ihre lockigen Haare waren noch nass von der morgendlichen Dusche. Sie schlang ihre Arme um seinen Hals und küsste ihn auf die unrasierte Wange. Dann schob sie ihren Stuhl ganz nah neben seinen, setzte sich und griff nach der Tasse mit dem heißen Kakao.

„Ich habe heute Rechnen in der Schule“, verkündete das Kind und begann laut zu zählen.

Breschnow grinste und trank einen Schluck Kaffee.

„Du bist schon wach?“, fragte Iris. „Ich dachte, du musst heute erst später los. Deswegen habe ich dich nicht geweckt.“ Sie hielt kurz inne. „Dein erster Arbeitstag nach der Reha. Bist du aufgeregt?“

Breschnow schüttelte den Kopf. Seine Schwester stöpselte den Fön in die Steckdose, trat hinter ihre Tochter und legte ihr eine Hand auf die Schulter.

„Ich will aber, dass meine Haare so trocknen“, wand sich Mona unter ihrem Griff.

„Es ist kalt draußen und ich möchte nicht, dass du krank wirst“, widersprach Iris und stellte das Gerät an.

Breschnow hielt sich die Ohren zu. Mona lachte und tat es ihm gleich. Iris verdrehte die Augen, schmunzelte aber.

Als wieder Ruhe herrschte, erhob sich Breschnow und schenkte sich noch einen Kaffee ein. Iris griff nach einer Scheibe Brot und kratzte eine dünne Schicht von der harten Butter ab.

Mona beobachtete sie. „Ich möchte, dass Onkel Stefan mir heute mein Pausenbrot schmiert.“

Breschnow beugte sich vor und griff nach dem Brettchen, das seine Schwester ihm gerne überließ.

„Käse oder Wurst?“, fragte er.

„Marmelade“, antwortete Mona.

Breschnow schüttelte den Kopf. „Das gibt nur Schweinkram in deiner Brotdose. Käse oder Wurst.“

„Dann eben Käse“, gab seine Nichte klein bei.

„Ich habe noch Zeit, bevor ich in die Dienstelle muss. Ich könnte Mona in die Schule bringen.“

„Das wäre schön“, sagte Iris. „Dann gehe ich derweil einkaufen. Irgendwelche Wünsche für das Abendessen?“

„Pizza", rief Mona.

„Hatten wir erst gestern."

„Da hatten wir Salami. Heute essen wir Schinken."

„Heute nicht, vielleicht morgen wieder."

„Dann Pudding als Nachtisch", versuchte es die Kleine erneut, sprang auf und rannte ins Bad. Iris verdrehte die Augen und folgte ihr.

Breschnow blieb noch eine Weile sitzen, ließ den Blick über den Frühstückstisch schweifen und war froh, dass die beiden jetzt bei ihm wohnten. Sie lenkten ihn von dem ständigen Grübeln ab und von dem quälenden Verlangen, sich zu betrinken.

Iris und Mona waren noch vor seiner Reha von Hamburg zurück nach Berlin gezogen, und weil seine Schwester keine Arbeit hatte und damit keine Chance auf dem angespannten Wohnungsmarkt, waren sie in seiner leerstehenden Wohnung gelandet. Er hatte zu der Zeit in einer Laube an der Ostsee gehaust, hatte die Distanz zu Berlin gebraucht, weil er sich schuldig fühlte am Tod einer jungen Journalistin, die bei einer Schießerei während eines Diensteinsatzes zwischen die Fronten geraten war. Damals hatte er sich zu Tode saufen wollen, aber seine Schwester hatte ihn nicht in Ruhe gelassen und ihn genötigt, sich seiner Schuld zu stellen und seine Sucht zu bekämpfen. Und dafür war er ihr heute wirklich dankbar.

Breschnow stand auf und ging in sein Zimmer, zog sich an und informierte Iris, dass er draußen auf Mona warten würde.

Auf der Straße zündete er sich eine Zigarette an und sog gierig den Rauch in die Lunge. Wenigstens das war ihm geblieben. Das Nikotin und der Kaffee. Zwei Gifte, die ihn einigermaßen gut durch die Tage brachten.

Fünf genüssliche Züge später schoss seine Nichte aus der

Tür. Breschnow griff ihre kleine Hand und ging mit ihr zur nahgelegenen Bushaltestelle.

* * *

Delego entdeckte den grauen Transporter der Spurensicherung in der stetig vorbeiziehenden Autoschlange und winkte. Der Wagen stoppte in zweiter Reihe, der Fahrer schaltete die Warnblinkleuchte an und stieg aus, um die hintere Tür zu öffnen.

„Bist du allein gekommen?", fragte die Kommissarin überrascht.

Der Mann nickte und hielt ihr die rechte Hand hin. „Moritz Schneider. Ich bin neu im Team. Wir kennen uns noch nicht."

„Abigail Delego. Mordkommission."

Sie schüttelten sich die Hände.

„Der Chef kommt gleich. Er wollte lieber sein eigenes Auto nehmen, will danach noch woanders hin. Irgendwas Privates."

Schneider griff nach einem schweren Metallkoffer und stellte ihn auf den Bürgersteig. Dann sah er hinauf zum grauen Himmel, murmelte etwas von Regen öffnete die hintere Schiebetür und reichte Delego ein zusammengewickeltes Zelt und einen Scheinwerfer. Es folgten eine blaue Plastiktasche mit Schutzkleidung und eine weitere mit Instrumenten. Ein silberner Opel stoppte neben dem Spurensicherungsfahrzeug, entließ eine kleine, mollige Frau in einer roten Jacke, fuhr wieder an und parkte dreißig Meter weiter. Delego begrüßte die Rechtmedizinerin und winkte dem Leiter der Spurensicherung zu, der sich mit schnellen Schritten näherte.

„Moin, moin, die Herren und die Damen. Wen haben wir, was brauchen wir und wonach suchen wir?", fragte Manfred Fischer und deutete mit seiner rechten Pranke zum Park.

„Die Tote ist eine ältere Frau und ich schätze, dass sie noch nicht lange dort liegt", antwortete Delego. Die beiden Männer nahmen je einen Koffer und die Tasche, während die Rechtsmedizinerin zu den Uniformierten eilte, die immer noch an ihren Fahrzeugen lehnten.

„Wann wurde die Tote gemeldet?"

„Gegen fünf Uhr heute Morgen. Ein anonymer Anrufer in der Zentrale. Die Diensthabende konnte noch nicht mal sagen, ob es ein Mann oder eine Frau war. Hat den Anruf nicht ernst genommen, hat gedacht, dass mal wieder jemand einen schlechten Scherz auf unsere Kosten macht, hat uns aber trotzdem hierhergeschickt."

„Gut, dass sie das getan hat", sagte Monika und drehte sich Delego zu. „Leitest du die Ermittlung?"

Die Kommissarin zuckte mit den Schultern. „Keine Ahnung. Ich war die Einzige, die heute Morgen erreichbar war. Drass hat Urlaub, Regina ist krank und Breschnow kommt zwar heute wieder zum Dienst, aber ich glaube kaum, dass der Oberste ihm sofort die Leitung eines neuen Falls übertragen will."

„Weiter geht's, meine Damen. Schnacken könnt ihr nachher noch", drängelte Manfred augenzwinkernd, ließ den Strahl seiner starken Taschenlampe über das feuchte Gras gleiten und betrat die Wiese. Er näherte sich der Toten in einer geraden Linie, blieb immer wieder stehen und untersuchte den Boden nach Fußabdrücken, Kippen oder Abfall. Kurz vor der Leiche stoppte er und begann dieselbe Prozession ein zweites Mal. Dann winkte er seinen Mitarbeiter heran und gemeinsam entrollten sie eine schmale Plastikplane. Die Rechtsmedizinerin trat einen Schritt vor.

Manfred bedeutete ihr, noch zu warten. „Du kannst gleich ran, aber vorher will ich den Boden direkt um die Frau absuchen."

Der Spurensicherer umrundete die Leiche im Uhrzeigersinn, leuchtete das nasse Laub ab, hob immer wieder etwas auf und ließ es in den Spurensicherungsbeuteln die ihm sein Mitarbeiter hinhielt, verschwinden. Danach gab er der Rechtsmedizinerin grünes Licht. Monika zog sich die Kapuze des Ganzkörperoveralls über ihre Haare und Schutzhandschuhe und griff nach ihrem Koffer. Sie stellte ihn auf der Plane neben der Toten ab und entnahm die Kamera.

„Wo ist deine Assistentin?“, erkundigte sich der Kriminaltechniker.

„Krank. Und eine Vertretung gibt es auch nicht. Aber ich schätze, morgen wird sie wieder fit sein.“

„Immer dasselbe“, murmelte Manfred. „Wir haben einfach zu wenig Leute.“

Monika zuckte die Schultern, umrundete langsam den Körper, fotografierte jedes Detail, trat dann zurück auf den Rasen und lichtete den gesamten Fundort ab. Sie deutete auf den Schirm. „Hast du so etwas schon mal gesehen?“

Manfred schüttelte den Kopf.

Die Rechtsmedizinerin deutete auf die rechte Hand der Toten. „Sieht aus, als ob sie etwas in ihren Fingern hält.“

Sie fotografierte die Faust von allen Seiten, stellte die Kamera ab, wechselte die Handschuhe und griff nach dem Diktiergerät. Dann nannte sie das Datum, die Uhrzeit und die anwesenden Personen.

„Der Fundort ist die Hasenheide, südwestlicher Teil des Parks, in der Nähe des Teiches. Die Tote ist eine Frau, schätzungsweise in den Sechzigern. Sie liegt auf dem Rücken in einem Laubbett, ist voll bekleidet, trägt eine schwarze Strickjacke, eine dunkelgraue Stoffhose und weiße Turnschuhe.“

Die Rechtsmedizinerin schob die Jackenärmel an beiden Armen etwas hoch. „Die Unterarme der Toten sind unverletzt, die rechte Hand ist zur Faust geballt, die linke geöffnet.“

Sie bat Manfred um Hilfe, die Frau in die Seitenlage zu drehen, warf einen kurzen Blick auf das Laubbett, tastete den Körper ab, zog die Hose herunter und maß die Rektaltemperatur. Dann legten sie die Tote wieder auf den Rücken.

„Wann ist sie gestorben?“, fragte Manfred.

„Der Körpertemperatur nach zu urteilen gegen Mitternacht.“

Monika richtete sich auf, verstaute das Diktiergerät in ihrer Jackentasche und winkte Delego heran.

„Woran ist sie gestorben?“, fragte die Kommissarin.

„Es gibt keine äußeren Verletzungen, die Kleidung ist intakt, keine Messerstiche oder Schussdurchschläge. Deswegen werde ich dir die Frage erst nach der Obduktion beantworten können.“

„Und der blaue Schirm?“

„Er hat ihr Gesicht vor dem Regen der Nacht geschützt. Mehr kann ich dir im Moment nicht dazu sagen.“

„Vielleicht wollte sie noch einmal einen blauen Himmel sehen, bevor sie starb“, murmelte Delego, zog ihr Handy aus der Tasche und machte eine Aufnahme. „Ihre rechte Hand ist zur Faust geballt. Konntest du sehen, ob sie etwas festhält?“

Monika schüttelte den Kopf.

„Es könnte aber wichtig sein“, beharrte Delego. „Kannst du nicht wenigstens versuchen, die Faust zu öffnen?“

Monika ging wieder in die Hocke, betastete die Hand der Toten sorgfältig und hob sie leicht an. „Fortgeschrittene Leichenstarre. Keine Chance, die Finger einfach so zu brechen, ohne vielleicht Spuren zu zerstören. Aber ich kann etwas anderes versuchen.“ Sie bat Manfred um eine sehr schmale Taschenlampe und leuchtete in den engen Spalt der Faust.

„Ich sehe keinen Gegenstand, aber es gibt kleine, dunkle Flecken auf der Haut. Leider kann ich es nicht richtig erkennen.“ Sie sah Delego an. „Aber es könnten Buchstaben sein.

Bring sie mir einfach so schnell wie möglich in die Rechtsmedizin."

* * *

Breschnow überließ seine Nichte der Lehrerin und stieg hinab in die U-Bahn. Der erste Zug, der einfuhr, platzte aus allen Nähten. Dennoch drängten sich einige Fahrgäste hinein, bevor sich die Türen schlossen. Er wartete den nächsten ab, der drei Minuten später kam. Hier standen die Leute nicht ganz so dicht und er schob sich in den Waggon. Um sich wenigstens gedanklich der Enge zu entziehen, starrte er unentwegt auf den Bildschirm, der in Dauerschleife Schlagzeilen und Werbung produzierte. Dann leerte sich das Abteil und er setzte sich neben eine junge Frau, die ein Buch in der Hand hielt und darin las.

Gedruckte Worte, dachte er und fühlte sich sofort wohl. Während der Reha hatte er einige neue Gedichte geschrieben, sich aber noch nicht entschieden, ob er seinem Freund Paul davon erzählen sollte. Der würde bestimmt auf eine Lesung in seinem Literatursalon bestehen, aber Breschnow war noch nicht dazu bereit. Außerdem war seine Gedankenquelle mittlerweile wieder versiegt. Seit er in Berlin war, hatte er noch kein einziges Wort geschrieben. Die Stadt, seine einstige Muse, war zu einer Sperre in seinem Kopf geworden.

„Rehalyrik für Alkoholiker funktioniert hier nicht", murmelte er.

Die Frau blickte von ihrem Buch auf. Breschnow versuchte ein Lächeln und war froh, an der nächsten Station aussteigen zu müssen. Langsam schob er sich mit den anderen Stufe für Stufe hoch ins Tageslicht. Überall Autos, Stoßstange an Stoßstange. Es stank fürchterlich. Breschnow hielt die Luft an. Seit der Reha hatte sich sein Geruchssinn verändert, war jetzt übersensibel und verstärkte alles. Unpraktisch, wenn man in einer Großstadt lebte.

Breschnow ging an der Markthalle vorbei und die Friesenstraße bis zur alten Backsteinkaserne hoch. Ihr Anblick wärmte sein Herz. Gemächlich umrundete er das Gebäude, warf immer wieder einen Blick auf das Gelände dahinter, stellte erfreut fest, dass sich seine Dienststelle nicht verändert hatte, bog in die Golßener Straße ein und blieb bei dem Wachhabenden an der Schranke stehen. Er kannte den Mann, er hatte sich einmal mit ihm in der Kantine unterhalten. Ein Mannschaftswagen verließ den Parkplatz, ein zweiter folgte. Breschnow setzte seinen Weg fort, betrat seine Abteilung durch die Hintertür, sog den vertrauten Geruch nach Linoleum ein und stieg die Treppen hinauf. An der Glastür verharrte er einen Moment lang und genoss den vertrauten Blick in den langen Flur mit dem blauen Bodenbelag. Er hörte Torsten Schmitt auf der Tastatur herumhacken und das wohlbekannte Geräusch machte ihm schlagartig bewusst, wie sehr ihm seine Arbeit gefehlt hatte. Breschnow blieb noch eine Weile stehen, sah seinen Kollegen gedankenverloren aus dem Büro treten, den Flur überqueren und im Besprechungsraum verschwinden. Dann gab er sich einen Ruck und folgte ihm. Schmitti stand mit dem Rücken zur Tür an der kleinen Küchenzeile und goss sich Kaffee ein.

„Kann ich auch einen haben?“, fragte Breschnow.

Der Computerfachmann drehte sich zu ihm um und lächelte. „Schön, dich zu sehen. Du kommst gerade richtig. Wir haben eine tote Frau in der Hasenheide. Trinkst du deinen Kaffee immer noch schwarz?“

„Immer noch schwarz“, antwortete Breschnow.

„Delego ist bei der Leiche. Aber sie müsste bald zurück sein. Dann gibt's 'ne Dienstbesprechung.“ Er hielt kurz inne. „Wie geht es dir?“

„Gut", antwortete Breschnow. „Bin froh, dass ich wieder arbeiten kann."

Schmitti reichte ihm die Tasse: „Wirklich prima, dass du zurück bist."

„Gibt es mein Büro noch? Oder hat es jemand übernommen?"

Der Computerfachmann lachte. „Alles unverändert. In die verqualmte Bude geht doch niemand freiwillig."

Breschnow grinste. „Wisst ihr schon was über die Tote?"

„Wenig, um nicht zu sagen, gar nichts. Sie hatte keine Papiere bei sich. Delego hat mir ein Foto geschickt, aber das Gesichtserkennungsprogramm hat bisher noch keinen Treffer gemeldet."

Breschnow nickte, nippte an seinem Kaffee, verließ den Besprechungsraum und steuerte die Tür am Ende des Flurs an. Seit vier Monaten hatte er sein Büro nicht mehr betreten, war drei Monate in der Reha gewesen und davor einen Monat am Meer. Sein obdachloser Freund Willy hatte ihn begleitet. Sie hatten gesoffen und Spaß gehabt. Und nachdem Willy gegangen war, hatte er mit seinen Dämonen weitergetrunken, bis Iris gekommen war.

Breschnow drückte die Klinke, hielt sie noch einen Moment lang fest und öffnete die Tür. Das Zimmer roch nach Raumspray und starken Reinigungsmitteln, die aber den Nikotingeruch nicht völlig überdecken konnten. Breschnow öffnete das Fenster, zündete sich eine Zigarette an und ließ den Blick langsam durch den Raum gleiten. Jemand hatte seinen Schreibtisch aufgeräumt. Auf der rechten Seite stapelten sich alte Zeitungen, Notizen und Papiere, die nicht in die Akten sortiert wurden, die linke war leer. Breschnow ging zum Regal und schob vorsichtig zwei Ordner auseinander. Das Versteck für die Flasche Schnaps, die er immer in Reichweite gebraucht hatte, war leer. Er setzte sich an den Schreibtisch und öffnete die Schublade. Auch der Flachmann war verschwunden. Stattdessen lagen drei sauber angespitzte Bleistifte und zwei blaue Kugelschreiber neben einem Notizblock, von dem ein handgezeichneter Smiley zu ihm hochlächelte. Breschnow schmunzelte und tippte auf Delego, war froh, dass sie es gewesen war, die aufgeräumt hatte. Er stellte sich wieder ans Fenster, nahm noch einen tiefen Zug, schnippte die Kippe hinaus auf den grauen Asphalt des Parkplatzes und eilte zum Büro seines Kollegen.

„Wo genau liegt die Tote?"

Schmitti rief sich ein Kartenprogramm auf den Bildschirm und navigierte sich durch den Park. Dann blieb er mit dem Cursor am rechten Bildrand stehen. „Ungefähr hier."

„Ich sehe es mir mal an", entschied Breschnow.

„Delego ist wahrscheinlich gleich zurück und zeigt uns die Fotos und die Kriminaltechniker haben bestimmt alles gefilmt."

„Das reicht mir nicht. Ich muss den Fundort selbst sehen. Und das Opfer am besten auch. Sag Delego, ich komme danach wieder her."

Er eilte hinaus ins Freie, zündete sich die nächste Zigarette an und marschierte in Richtung Hasenheide, die nur zehn Minuten entfernt lag. Als er den Leichenwagen und das Fahrzeug der Rechtsmedizin am Parkeingang stehen sah, rannte er los, erreichte keuchend die Männer, die die Bahre trugen, nannte seinen Namen und seinen Dienstgrad und verlangte, die Leiche zu sehen. Danach ließ er sich den Weg zum Fundort erklären und eilte weiter.

Die Rechtsmedizinerin bemerkte ihn als erste und winkte ihn heran. „Du kommst leider zu spät, aber schön, dass du wieder im Dienst bist." Sie berührte ihn sanft am Arm. „Was ist denn mit deinen Haaren passiert?"

Breschnow strich sich über die kurzen grauen Locken. „Wo ist Delego?"

„Sie ist gerade eben erst aufgebrochen. Eigentlich hättest du sie noch treffen müssen."

Monika deutete auf die Eiche. „Die Tote hat dort hinten in einem Laubbett gelegen."

Sie nahm ihre Kamera aus der Tasche und reichte sie ihm. Breschnow klickte sich durch die Aufnahmen, die den Körper aus unterschiedlichen Blickwinkeln zeigten. „Keine äußerlichen Verletzungen. Wie ist die Frau gestorben?"

„Es war kalt in der Nacht und sie ist ziemlich unterernährt und auch nicht mehr die Jüngste. Vielleicht war es ein natürlicher Tod, vielleicht wurde sie ermordet. Das kann ich dir jetzt noch nicht mit Gewissheit sagen."

„Das war bestimmt kein natürliches Ableben", widersprach Manfred, der zu ihnen getreten war und Breschnow zur Begrüßung auf die Schulter klopfte. „Schön, dass du wieder mit im Boot bist. Was ist mit deinen Haaren passiert? Als ich dich das letzte Mal gesehen habe, waren sie noch schwarz."

„Wieso denkst du, dass es kein natürlicher Tod war?", überging Breschnow die Frage.

„Wegen des blauen Regenschirms."

Monika zeigte ihm die Fotos.

„Der Griff wurde abgesägt, damit man ihn in die Erde rammen konnte", fuhr der Kriminaltechniker fort. „Das hat sie bestimmt nicht selbst gemacht."

„Es kann ihr jemand dabei geholfen haben", widersprach Monika.

„Wenn sie sich hier zum Sterben hingelegt hat, wieso sollte sie sich die Mühe mit dem Regenschim machen?"

„Damit ihr Gesicht nicht nass wird."

Manfred stöhnte und sah Breschnow an. „So geht das schon den ganzen Morgen. Sie widerspricht mir ständig."

Monika lächelte.

„Ein blauer Regenschirm?", fragte Breschnow.

„Hellblau. Ganz normale Handelsware. Bekommt man in jedem Drogeriemarkt“, antwortete der Kriminaltechniker. „Aber was ist denn jetzt mit deinen Haaren?“

Aus den Augenwinkeln sah Breschnow in den Büschen rechts von der Eiche den Overall eines Spurensicherers aufblitzen.

„Ich bin hier draußen fertig“, sagte die Rechtsmedizinerin und griff seinen Arm. „Wie wäre es, wenn ich dich zurück ins Büro bringe? Dann kannst du mir auch gleich erzählen, wie es dir in den letzten vier Monaten ergangen ist.“

Ohne auf eine Antwort zu warten, drückte sie ihm ihren schweren Instrumentenkoffer in die Hand und schob ihn in Richtung Parkausgang.

* * *

Schmitti saß vor einem silbernen Abspielgerät im Besprechungsraum.

„Was ist das?“, erkundigte sich Delego, stellte ihre übergroße Handtasche ab und setzte sich neben ihn.

„Eine Kopie vom Band der Notrufzentrale. Der Anruf ging um 5:07 Uhr heute Morgen dort ein.“

„Spiel es ab“, verlangte sie.

Schmitti drückte eine Taste. Es knisterte kurz, dann war eine weibliche Stimme zu hören. „Notrufzentrale der Berliner Polizei.“

„Hasenheide“, flüsterte eine andere Stimme.

„Möchten Sie etwas melden? Brauchen Sie Hilfe?“

„Tot. Sie ist erlöst.“

„Wer ist tot? Wo genau sind Sie?“

Ein Klicken unterbrach die Leitung. Delego bat ihren Kollegen, es erneut abzuspielen.

„Mann oder Frau?“, fragte sie.

„Mann“, antwortete Schmitti.

„Frau“, sagte Delego.

„Wieso denkst du, dass es eine Frau ist?“

„Ihre Stimme ist so leise und irgendwie sanft.“

„Männer können auch sanft reden“, stellte Schmitti klar.

„Das weiß ich. Eigentlich ist es mehr ein Gefühl.“

„Bei mir auch“, gestand der Kollege. „Ich finde die Stimme sehr androgyn. Wollen wir sie uns noch einmal anhören?“

Er startete das Gerät und drehte die Lautstärke auf. Die Stimmen füllten wieder den Raum.

„Also die Polizistin ist eindeutig eine Frau“, stellte er augenzwinkernd fest.

Delego knuffte ihn in die Seite.

„Aber bei dem Anrufer ... Es könnte eine Frau mit einer tiefen Stimme sein, aber genauso gut auch ein Mann mit einer hohen. Am besten bringe ich das Band in die Kriminaltechnik.“

„Mach das. Wir warten mit der Besprechung ohnehin, bis Breschnow kommt.“

„Er war vorhin schon hier. Habt ihr euch nicht getroffen?“, fragte Schmitti.

Delego sah ihn fragend an.

„Er wollte unbedingt zum Fundort.“

„Dann haben wir uns wohl knapp verpasst. Vielleicht fährt er gleich mit in die Rechtsmedizin.“

Schmitti griff nach dem Abspielgerät und ging zur Tür. Dort drehte er sich noch einmal um: „Leider hat das Gesichtserkennungsprogramm keinen Treffer für die Aufnahme gebracht, die du mir vorhin geschickt hast.“

„Wäre ja auch zu schön gewesen“, seufzte Delego und stellte sich an das Whiteboard. Sie zeichnete ein Rechteck, schrieb – 5:07 Uhr, anonymer Anrufer, weiblich oder männlich? – hinein. Dann malte sie einen Kreis.

– Erlöst –

Das hatte die Telefonstimme gesagt. War der Tod der alten Frau ein Akt der Gnade? Delego notierte die Frage am unteren Rand des Whiteboards und machte sich auf den Weg zu ihrem Vorgesetzten.

* * *

Die Rechtsmedizinerin verstaute ihren Arbeitskoffer auf der Rückbank. Breschnow ließ sich auf den Beifahrersitz fallen.

„Ich fahre mit dir ins Institut", sagte er. „Ich will wissen, ob die Frau ermordet wurde."

„Ich kann dir aber nicht versprechen, dass ich sie sofort auf den Tisch kriege."

„Ich fahre trotzdem mit."

Monika blinkte und fädelte sich in die Autoschlange ein. „Gehe ich recht in der Annahme, dass du nicht über die Reha reden möchtest?"

Breschnow zuckte die Schultern. „Wie war dein erster Eindruck von der Toten?"

„Es würde mich nicht wundern, wenn sie sich diesen Platz selbst ausgesucht hat, um zu sterben."

Monika hupte, als ein Fußgänger die Fahrbahn betreten wollte und schlängelte sich weiter durch den dichten Verkehr.

Eine halbe Stunde später erreichte sie das Gelände des rechtsmedizinischen Instituts in Moabit, fuhr um das Gebäude herum und parkte am Hintereingang. Der Leichenwagen war bereits in der Ladezone angekommen und entlud seine Fracht, die von einem Helfer quittiert und in das Gebäude geschoben wurde. Monika redete noch kurz mit den Bestattern, Breschnow folgte dem Helfer hinein. Der Geruch von Desinfektionsmitteln vermischt mit dem Leichengestank raubte ihm fast den Atem. Er wendete abrupt und eilte wieder hinaus, steckte sich eine Zigarette an und stellte sich an den Aschenbecher. Monika sah zu ihm herüber. Breschnow winkte mit der Zigarette. Sie nickte und widmete sich wieder den Bestattern. Breschnow zündete sich noch eine an und inhalierte hastig. Dann ging er mit der Rechtsmedizinerin ins Gebäude und beschloss, so wenig wie möglich zu atmen.

„Wir haben Glück", verkündete Monika mit einem Blick auf den Belegungsplan. „Für eine Stunde sind sowohl ein Tisch als auch ein Assistent frei. Die Zeit reicht zwar nicht für eine Obduktion, aber für eine gründliche erste Leichenschau."

Sie ließ Breschnow den Vortritt in die Schleuse, wo sie die Schutzkleidung überstreiften.

„Du bist blass. Stimmt irgendwas nicht?"

„Mir ist schlecht von diesem Geruch. Habe ihn vorher nie so wahrgenommen", brummte Breschnow.

„Das ist wahrscheinlich die Umstellung deines neurologischen Systems nach dem Entzug. Weil es jetzt nicht mehr betäubt wird, läuft dein Gehirn auf Hochtouren und registriert alles verstärkt."

„Wird das so bleiben?", fragte er besorgt.

„Wahrscheinlich nicht, zumindest nicht in dieser Intensität", antwortete sie und schob ihn in den Sektionssaal.

Hier drinnen war die Luft besser. Die Lüftung arbeitete auf Hochtouren und saugte den Gestank von Blut und Fäulnis ein. Die Rechtmedizinerin grüßte in den Raum, in dem fünf Kollegen an vier Tischen arbeiteten, und steuerte ihre Leiche an. Sie griff sich das Aufnahmegerät, nannte Tag und Uhrzeit und die anwesenden Personen. Dann schälte sie die Frau vorsichtig aus ihren Kleidern. Der Assistent tütete Jacke, Hose und Bluse einzeln ein und beschriftete jeden Beutel.

Monika griff nach einer Lupe und untersuchte die Haut, zuerst im Gesicht, dann am Dekolleté und arbeitete sich langsam an der Brust und am Bauch entlang. „Sie hat mindestens ein Kind geboren. Man hat es per Kaiserschnitt geholt." Sie griff die Beine, spreizte sie leicht, untersuchte die Schenkelinnenseite und endete an den Füßen. „Und sie hat einen frischen, unbehandelten Bruch. Der mittlere Zeh des rechten Fußes ist angeschwollen." Sie deutete auf die Ober- und Unterschenkel. „Zahlreiche blaue Flecken. Entweder ist sie oft gestürzt oder sie konnte Abstände nicht mehr gut einschätzen und hat sich an Gegenständen gestoßen."

„Könnte sie misshandelt worden sein?", fragte Breschnow.

Die Rechtsmedizinerin schüttelte den Kopf. „Danach sieht es nicht aus, aber ich werde mir jeden Bluterguss noch einmal genauer anschauen."

Sie bat um ein Lineal und legte es an eines der größeren Hämatome, die der Assistent fotografierte. Dann widmete sie sich dem linken Arm und der Hand. „Da ist viel Dreck unter den Fingernägeln. Ich werde sie reinigen und sehen, ob ich fremde Hautpartikel finde."

Sie ging um den Tisch herum, untersuchte den rechten Arm und verweilte eine Zeit lang in der Armbeuge. Breschnow neigte sich etwas vor, sah aber nur schmutzige Haut. Monika griff nach der Lupe und betrachtete die Stelle eine Weile. Dann reichte sie ihm das Vergrößerungsglas. Breschnow starrte hindurch, sah große Poren und Härchen und bemerkte einen winzigen, leicht geröteten Punkt.

„Ein Insektenstich? Oder hat sie sich etwas gespritzt?"

„Wahrscheinlich letzteres."

„Suizid?"

„Der Einstich ist frisch. Ich werde ihr Blut toxikologisch untersuchen lassen. Das hilft mir bestimmt weiter."

„Hat Manfred eine Spritze oder Alkoholtücher am Tatort gefunden?“

„Ich glaube nicht. Aber sie muss es ja nicht dort gemacht haben.“

„Und die Faust?“

„Lass mich bitte noch den Rest der Haut untersuchen, dann öffnen wir sie.“

Breschnow trat einen Schritt zurück und ließ den Blick durch den Raum schweifen. Einer der Rechtsmediziner hob gerade den Inhalt des Bauchraums seines Toten in eine Schüssel, die er an die Waage hängte. Ein Teil des Darms baumelte über den Rand. Ein anderer startete die Knochensäge und näherte sich dem Kopf seines Schützlings. Breschnow wandte den Blick ab und konzentrierte sich wieder auf Monikas Tun.

„Ich habe keine weiteren Einstiche gefunden. Vielleicht hat sie sich zum ersten Mal ein Medikament oder Drogen gespritzt.“

„Um ihrem Leben ein Ende zu setzen?“

„Kann sein.“

„Vielleicht hat auch jemand nachgeholfen.“

„Auch das ist möglich.“

„Also weißt du noch nicht, ob sie überhaupt ein Mordfall ist.“

Monika nickte. „Und jetzt sehen wir uns mal ihre Hand an.“

Die Rechtsmedizinerin bat ihren Assistenten, die Faust etwas anzuheben, was sich wegen der ausgebildeten Totenstarre schwierig gestaltete. Sie fotografierte sie von allen Seiten. Dann griff sie ein Metallwerkzeug vom Edelstahlwagen.

„Sieht aus wie ein Brecheisen im Miniformat“, sagte Breschnow.

Monika schob das Instrument in den schmalen Spalt, bewegte es vorsichtig auf und ab und brach einen Finger nach dem anderen. Breschnow zuckte bei jedem Knacken zusammen.

„Diese Handinnenseite ist sauber“, stellte die Rechtmedizinerin überrascht fest, „ganz anders als die linke und der Rest der Frau. Und sie ist beschrieben.“

Sie ließ sich wieder die Lupe geben. Breschnow beugte sich vor und versuchte, das Wirrwarr aus winzig kleinen Buchstaben zu entziffern.

* * *

Er rannte zum Ausgang, riss die schwere Eisentür zur Anlieferzone auf und atmete tief ein. Ihm war übel, der Geruch nach menschlicher Verwesung hatte sich in seiner Nase festgesetzt. Breschnow verfluchte sein neugeborenes Nervensystem, fingerte unbeholfen eine Zigarette aus dem Päckchen und machte sich auf den Weg zur U-Bahn, um zum Präsidium zurückzufahren. Die stark befahrene vierspurige Turmstraße empfing ihn mit ohrenbetäubendem Lärm.

Die Musik der Großstadt, dachte er. So hatte seine Schwester diesen Krach immer liebevoll bezeichnet, als sie noch am Alexanderplatz wohnte. Er widerstand dem Impuls, sich die Ohren zuzuhalten und spielte mit dem Gedanken, sich einen MP3-Spieler zuzulegen und einen von diesen riesigen Kopfhörern, mit denen viele jetzt herumliefen. Aber noch erfolgversprechender wäre es, einfach wieder zu trinken. Breschnow fixierte den Kiosk auf der anderen Seite, überquerte mit großen Schritten den Damm und bedachte die zwei Männer, die saufend vor der Trinkhalle standen, mit einem neiderfüllten Blick. Einen Moment lang erwog er, sich dazuzustellen. Aber dann schob sich das Bild seines Sporttherapeuten aus der Reha-Klinik vor seinen Saufdruck und er eilte mit großen Schritten weiter zur U-Bahn. Auf dem Bahnsteig stand ein junger Mann, tippte in sein Smartphone und nippte immer wieder an einer Flasche Bier. Breschnow stöhnte und ging an ihm vorbei. Sein Gehirn schien heiß zu laufen, sein Magen zog sich zusammen. Zitternd ließ er sich auf einer Wartebank nieder. Eine alte Frau mit Einkaufstrolley betrachte ihn sorgenvoll. Bevor sie ihn ansprechen konnte, donnerte der Zug in den Bahnhof. Breschnow taumelte in den Waggon, setzte sich auf die menschenleere Sitzbank und versuchte, sich auf die Ermittlungen zu konzentrieren. Er dachte an die Worte, die er vorhin in der Hand der Toten gelesen hatte, fragte sich, ob es ihre eigenen waren, ob sie auf ihrer letzten Reise diesen Trost gebraucht hatte.

Dann blieb sein Blick an dem Fernsehbildschirm hängen. Das eingeblendete Foto zeigte einen grauen Sack auf einer Trage. Der Fotograf hatte den Augenblick eingefangen, als die Leiche abtransportiert worden war. Die Schlagzeile war reißerisch. „Hasenheide – jetzt wieder No-Go-Area?"

Breschnow schnaubte, verschränkte die Arme, streckte seine langen Beine aus und schloss die Augen.

Eine Dreiviertelstunde später verließ er den Untergrund. Er durchquerte den Chamissokiez, bog links in die Friesenstraße ein, vorbei an den Containerbüros, in denen Verkäufer Autoschilder, Versicherungen und Anmeldedienstleistungen feilboten, betrat seine Dienststelle und stoppte am ersten Büro. Schmitti saß reglos am Computer und starrte auf den Bildschirm, Delego strich eine Strähne ihrer schwarzen krausen Haare zurück und blätterte in einer Akte.

Als sie ihn sah, sprang sie auf und umarmte ihn. „Ein Glück, dass du zurück bist. Wie geht es dir?" Sie hielt kurz inne. „Was ist mit deinen Haaren passiert?"

Breschnow seufzte. „Wieso fragt ihr mich alle nach meinen Haaren? Sie sind während der Reha auf einmal grau geworden."

„Ich habe dich nicht gefragt", widersprach Schmitti. „Ehrlich gesagt ist es mir gar nicht aufgefallen."

Er stand auf und ging in den Besprechungsraum. Breschnow folgte ihm, griff sich eine Tasse und goss sich Kaffee ein.

„Ich habe gelesen, dass alle Alkoholiker das tun“, sagte Schmitti und stellte seinen Laptop auf den Tisch.

Breschnow sah ihn fragend an.

„Viel Kaffee trinken, meine ich. Hilft das?“

Der Hauptkommissar zuckte mit den Schultern. Delego strafte Schmitti mit einem tadelnden Blick.

„Ist schon okay. Wir können das Kind ruhig beim Namen nennen“, sagte Breschnow und stellte sich an das Whiteboard. „Hast du mittlerweile die Identität der Toten ermitteln können?“

Schmitti schüttelte den Kopf.

Breschnow zeigte auf den Kreis mit dem Wort – Erlöst –. Delego berichtete von dem anonymen Anruf.

„Das passt“, murmelte er und schrieb: – „… lehre mich doch, … es … Ende mit mir … muss.“ –

„Was bedeutet das?“, erkundigte sich die Kommissarin.

„Das stand in der Hand der Toten geschrieben. Manche Worte waren so verwischt, dass wir sie nicht mehr lesen konnten, aber vielleicht kann die Kriminaltechnik das Rätsel lösen.“

„Oder ein Pfarrer“, schlug Delego vor.

„Wetten, dass ihr weder die Kriminaltechniker noch den Pfarrer braucht“, sagte Schmitti und bearbeitete seinen Laptop. „Das ist bestimmt aus der Bibel, irgendeiner von diesen Psalmen, mit denen mich meine Mittlere gerade so peinigt.“

„Wusste gar nicht, dass deine Tochter gläubig ist“, sagte Delego.

„Ich auch nicht, bevor sie sich zum Konfirmandenunterricht angemeldet hat. Mal abwarten, ob es der Glaube an Gott ist oder der Glaube an die Kohle, die sie bekommt, wenn sie konfirmiert wird.“ Er starrte auf den Bildschirm. „Hier habe ich's. Psalm 39. ‚HERR, lehre mich doch, dass es ein Ende mit mir haben muss und mein Leben ein Ziel hat und ich davon muss.'"

* * *

Jan erwachte am Nachmittag um kurz vor vier, quälte sich aus dem Bett, ging in die Küche und schaltete das Radio ein. Eine fröhliche Nachrichtensprecherin verkündete, dass es am Abend wieder regnen würde. Er suchte nach einem anderen Sender, lauschte den sphärischen Klängen eines Harfenkonzerts, drehte weiter am Regler, endete bei ‚Rocket Man' und sang mit, während er sich einen Kaffee kochte. Die Radiosprecherin tat kund, dass sie Elton John schon immer gerne gehört und dass man in der Hasenheide eine Leiche gefunden habe. Die Polizei bitte um sachdienliche Hinweise zur Identität der Frau unter der Nummer 110777. Danach begann eine kontroverse Diskussion über die Sicherheit in Berliner Parkanlagen.

Jan schaltete das Radio aus und dachte an Charlotte, fragte sich, ob man eine Obdachlose als vermisst melden konnte und verließ die Wohnung.

Als er durch den Torbogen auf den Hof der Obdachlosenunterkunft trat, sah er ein schwarzhaariges Mädchen unruhig hin- und hertigern. Er ging mit einem Lächeln auf sie zu, bis zwei Männer seinen Weg kreuzten. „Eh, is schon spät. Kannste nich gleich uffmachen?"

Jan sah auf die Uhr und schüttelte den Kopf. „Tut mir leid. Wir haben unsere Regeln." Er hörte sich an wie sein eigener Vater.

„Bist du Jan?", fragte das Mädchen.

„Klaro is det Jan und wenn de janz nett zu ihm bist, lässt er uns vielleicht früher rinn", sagte der Bärtige und entblößte beim Lächeln seine schwarzen Zähne.

„Ich suche Charlotte“, erklärte das Mädchen. „Sie war heute nicht in der Hasenheide. Weißt du vielleicht, wo sie ist?“

„Verrätst du mir erst mal, wer du bist?“

„Annalisa. Charlotte ist meine Oma.“

Jan fischte den Schlüssel aus der Tasche, öffnete die Tür und winkte das Mädchen hinein.

„Und jetze janz lieb sin, mene Kleene“, rief ihnen der Bärtige hinterher und kicherte heiser.

Annalisa blieb unschlüssig im Flur stehen. „Ich war schon voll oft hier. Aber immer nur bis zur Straße. Oma wollte nie, dass ich mit reinkomme. Und hier schläft sie?“.

Sie linste in ein Zimmer. Bett neben Bett, dazwischen ein Nachttisch und ein Stuhl.

Jan bejahte und schob sie ins Büro. „Willst du einen Kaffee?“

Das Mädchen nickte, ließ sich auf einen der Holzstühle nieder, zog die Beine auf den Sitz und umschlang sie mit beiden Armen. „Sie hat mich abends immer nach Hause geschickt, hat gesagt, dass das hier kein guter Platz für mich ist.“

„Sei froh, dass du ein Zuhause hast. Obdachlosigkeit ist für alle scheiße“, sagte Jan, „zumindest aus meiner Sicht. Aber für die Alten ist es richtig schlimm. Sie quälen sich durch den Tag und besonders durch die Nächte, wenn sie keinen warmen Schlafplatz ergattern. Sie vertragen die Kälte und die Feuchtigkeit nicht mehr gut, haben permanent Schmerzen. Ich finde, sie sollten ihre letzten Jahre, Monate, Wochen nicht auf der Straße verbringen müssen, sondern irgendwo ein schönes Zimmer haben mit Menschen, die sich um sie kümmern. Und die Dementen erst recht. Stell dir mal vor, du irrst durch die Gegend und hast überhaupt keine Peilung mehr, wo du bist, du weißt nicht, dass du etwas zu essen oder zu trinken brauchst, kannst dich nicht um deine Wunden kümmern, weil du nicht mehr verstehst, dass du verletzt bist", er hielt kurz inne und sah das Mädchen an, „Tschuldigung. Kam einfach so raus."

„Jobbst du deswegen hier? Weil du den Alten helfen willst?"

„Nicht nur den Alten", sagte Jan. „Den anderen auch. So eine Schlafmöglichkeit ist immerhin besser als gar nichts. Aber die Stadt müsste noch viel mehr für ihre Obdachlosen tun."

„Ich hab davon keine Ahnung", sagte Annalisa. „Meine Oma ist die einzige Obdachlose, die ich kenne."

„Charlotte kam nur hierher, wenn es kalt wurde. Aber dann eigentlich regelmäßig. Weißt du, wo sie im Sommer war?"

„Da fand sie es cooler, draußen zu sein. Oma und ich waren dann den ganzen Tag in der Hasenheide und manchmal habe ich auch mit ihr dort gepennt. War wie Ferien. Meiner Mutter habe ich gesagt, ich schlafe bei einer Freundin." Ihr Gesicht verfinsterte sich. „Aber seit sie diese Tusse im Schlepptau hat, macht sie immer weniger mit mir."

„Meinst du die dünne Frau, die nie spricht?"

Annalisa nickte.

Jan goss Wasser in die Maschine, füllte Pulver auf und stellte sie an. „Ich muss mir die Zimmer ansehen, bevor ich die Leute reinlasse. Willst du hier warten oder mitkommen?"

Das Mädchen überlegte kurz und stand auf. Schweigend folgte sie Jan durch den langen Flur.

„Ich fange immer hinten an", erklärte er. „Und wenn ich durch bin, gibt's eine Tasse Kaffee und danach schließe ich auf."

Er betrat den Frauenraum, inspizierte die Betten und den Boden und verließ ihn zufrieden. Auch die anderen Schlafplätze genügten seinen Anforderungen.

„Warum guckst du dir alles so genau an?", fragte Annalisa.

„Wir hatten mal einen Putzdienst, der hat einfach die Betten nicht desinfiziert und frisch bezogen. Das muss man aber jeden Tag machen. Wegen dem Ungeziefer. Und die Waschräume waren auch nicht sauber."

Er öffnete die Tür zur Nasszelle und besah sich die Pissoirs, die Kabinen und die Waschbecken. Annalisa kontrollierte den Frauenwaschraum und rief ihm zu. „Hier ist alles clean."

Danach gingen sie zurück ins Büro. Jan schenkte Kaffee ein und hielt dem Mädchen die Tasse hin. „Weißt du, warum Charlotte auf der Straße lebt?"

„Weil Werner gestorben ist."

„Ihr Mann?"

Sie bejahte.

„Wann war das?"

Annalisa dachte nach. „Vor einem Jahr ungefähr. Meine Mutter behauptet, dass Charlotte danach bekloppt geworden ist. "Sie betrachtete Jan ernst. „Aber Oma ist nicht verrückt."

„Das glaube ich auch nicht", gab Jan ihr recht.

Annalisa zwirbelte eine Haarsträhne durch die Finger. „In den ersten Wochen, nachdem Werner nicht mehr da war, war Oma immer nur tagsüber draußen. Meistens im Park. Ich hab sie manchmal begleitet. Aber zum Pennen ist sie immer zurück in die Wohnung. Aber dann war sie auf einmal weg. Ich hab sie gesucht wie blöd und es hat irre lang gedauert, bis ich sie endlich gefunden hatte. Sie hat sich im Park ein Lager gebaut, gut geschützt unter Bäumen, da wo der Hügel ist."

„Findest du auch, dass sie in letzter Zeit etwas vergesslich geworden ist?", fragte Jan vorsichtig.

Annalisa trank einen Schluck und nickte. „Irgendwie war sie schon manchmal ein bisschen wirr. Aber erst seit ein paar Monaten. Glaubst du, ihr ist was passiert?"

Jan zuckte mit den Schultern und sah auf die Uhr. „Ich muss jetzt die Leute reinlassen, aber du kannst leider nicht hier drinbleiben."

Annalisa erhob sich langsam und ging mit ihm zur Tür.

„Ich warte einfach draußen. Vielleicht kommt sie ja heute Abend."

* * *

Nachdem alle Besucher für die Nacht aufgenommen worden waren und Martha und Hilde wie versprochen auf den Alten aufgepasst und ihn wieder mit hergebracht hatten, fehlten Charlotte und ihre Freundin immer noch. Jan griff seine Zigaretten und ging hinaus auf den Hof. Annalisa stand noch immer vor dem Eingang.

„Das ist alles meine Schuld", schluchzte sie. „Ich hätte besser auf sie aufpassen müssen. Aber ich hatte diesen blöden Test in der Schule und konnte nicht schon wieder schwänzen."

„Vielleicht kommt sie ja noch", versuchte Jan ihr Mut zu machen, legte zögernd einen Arm um ihre Schulter und strich ihr tröstend über die Haare.

„Janz lieb sein", rief ein Übernachtungsgast, der in der Tür lehnte. „De Kleene weent. Willst se wohl verlassen?" Er lachte und verschwand wieder im Inneren.

Jan ließ das Mädchen los, fischte ein sauberes Taschentuch aus seiner Hosentasche und hielt es ihr hin.

Annalisa lächelte bemüht. Dann nahm sie den Rucksack vom Rücken und zog eine Discounterplastiktüte heraus. „Hab heute für Oma eingekauft. Kannst du ihr das geben, falls sie noch kommt? Ich muss jetzt echt los."

Jan öffnete die Tüte und linste hinein. „Ich stell die Sachen für sie in den Kühlschrank. Und wenn sie heute nicht auftaucht?"

„Dann gibs einfach weiter." Annalisa schnorrte sich eine Zigarette bei ihm und ließ sich Feuer geben. „Ich geh jetzt zu den Bullen."

„Warte mal. Mir fällt gerade ein, dass wir mal einen Willy

hatten, der eine Zeit lang ziemlich regelmäßig hier übernachtet hat. Der war mit einem Polizisten befreundet. Kann ja nicht schaden, wenn man auf offene Ohren trifft. Ich glaube, ich hab die Telefonnummer im Büro", sagte Jan und verschwand im Haus.

Annalisa nickte und schulterte ihren Rucksack. Jemand schlug ihr auf die Schulter. Erschrocken drehte sie sich um. Ein junger Mann deutete auf ihre Zigarette, führte seinen Zeige- und Mittelfinger an die Lippen und zog geräuschvoll die Luft ein.

Sie schüttelte den Kopf. „Sorry. Ich hab keine Kippen. Die hier hab ich mir selbst geschnorrt."

Der Mann spuckte auf den Boden, fluchte in einer Sprache, die sie nicht verstand und schwankte davon, als Jan mit einer verknitterten Visitenkarte zurückkehrte.

Annalisa betrachtete die Adresse. „Friesenstraße? Ist das nicht dieser megascheußliche Backsteinbau?"

Jan lächelte. „Ich mag die alte Polizeikaserne. Der Haupteingang liegt am Columbiadamm. Zu Fuß vielleicht zwanzig Minuten von hier, wenn du durch den Park gehst. Aber jetzt wird dort niemand mehr sein. Am besten, du rufst morgen an."

Sie drehte die Karte um. „Hauptkommissar Breschnow."

„Willy sagt, der ist okay. Hat keine Vorurteile und hört zu."

Laute Stimmen drangen durch die geöffnete Tür. Eine Frau schrie durchdringend.

„Ich muss jetzt rein. Lass von dir hören."

Annalisa versprach sich zu melden, überquerte gedankenverloren die Straße und tauchte in die Hasenheide ein. Der breite Weg war nur spärlich beleuchtet, das Gestrüpp rechts und links lag im Dunkel. Sie fragte sich, wie alt Jan wohl war, vier, fünf Jahre älter als sie? Wahrscheinlich über zwanzig. Sie würde bald sechzehn werden.

Ein junger Mann sprang auf den Weg, grinste anzüglich

und deutete mit dem Daumen auf die Büsche hinter ihm. „Du Sex, ich Drogen."

Das Mädchen kniff die Augen zusammen, beugte den Oberkörper leicht vor, rammte den Mann und sprintete los. Außer Atem erreichte sie den Columbiadamm und war froh, den dunklen Park hinter sich gelassen zu haben. Sie hielt sich rechts und ging an der Sportanlage vorbei, mit der ihre Mutter sie immer nervte, bloß, weil sie ein paar Kilos zu viel hatte.

Kurz vor der Golßener Straße stoppte ein roter BMW schräg vor ihr. Ein Mann sprang heraus. Annalisa drehte sich blitzschnell um, rannte los. Die Schritte hinter ihr kamen näher. Sie war nicht schnell genug. Eine Hand packte ihren Oberarm. Sie biss ihrem Angreifer in den Finger. Der Mann schrie auf, ließ sie aber nicht los und packte ihre Schulter. Annalisa trat nach ihm, verfehlte aber sein Bein. Der Mann gab ihr eine Ohrfeige, zerrte sie in Richtung Wagen, riss die Beifahrertür auf und drückte sie auf den Sitz. Die Hand zur Faust geballt, ermahnte er sie, jeden Fluchtversuch zu unterlassen, umrundete eilig das Fahrzeug, stieg ein und raste davon.

* * *

Es hatte wieder angefangen zu nieseln, was es zusätzlich erschwerte, in der Dämmerung etwas zu erkennen. Auf der Suche nach einem Parkplatz kurvte Delego bereits zum dritten Mal die Schillerpromenade hoch. Vor ihr parkte ein schwarzer SUV aus. Sie gab Gas und setzte den Blinker.

„Woher wusste die Diensthabende von der Notrufzentrale eigentlich, wo die Tote liegt?", fragte Breschnow.

„Das wusste sie nicht. Die Polizisten, die sie dorthin geschickt hat, haben einen zweiten Streifenwagen angefordert und den Park abgefahren. Aber gefunden hat die Leiche ein

Spaziergänger." Sie deutete auf das Haus schräg vor ihnen. „Und genau den werden wir jetzt befragen. Sein Hund war nicht angeleint und hat angeschlagen."

„Hat das Tier Schaden angerichtet?"

Delego schüttelte den Kopf. „Das Vieh hat sich einfach danebengesetzt und gebellt."

„Brav", sagte Breschnow und machte Anstalten auszusteigen.

Delego hielt ihn am Ärmel fest. „Willich hat mir die Ermittlungsleitung für diesen Fall übertragen. Kannst du damit leben?"

„Wieso fragst du? Natürlich kann ich das. Du bist eine gute Polizistin, Delego."

„Was hältst du eigentlich vom Hamburger Modell?"

„Was ist das?", fragte Breschnow.

„Ein Wiedereinstieg ins Berufsleben in Raten. Man fängt mit zwanzig Stunden im Monat an und steigert sich langsam."

Breschnow sah sie entgeistert an. Dann lachte er.

Delego hob beschwichtigend die Hände. „War mir schon klar, dass du das nicht willst", sagte sie und stieg aus.

Breschnow folgte ihr, ging mit großen Schritten auf das Eckhaus zu und klingelte. Im Hochparterre erwartete sie ein hagerer Mann in den Dreißigern. Er führte sie in seinen frisch renovierten Flur. Der Geruch der Dispersionsfarbe raubte Breschnow fast den Atem. Er hastete in den Wohnraum und riss ein Fenster auf. Der Mann musterte ihn befremdet, sein Mops auf dem roten Sofa knurrte.

„Sie müssen entschuldigen. Er hat eine Farballergie", erklärte Delego und wies sich aus.

Der Mann deutete auf einen halbrunden Sessel und bat sie, sich zu setzen. Dann nahm er neben seinem Hund Platz, der ihm sofort die Hand leckte.

„Ich weiß, dass Sie bereits vor Ort mit den Polizisten geredet haben. Aber für unsere Ermittlungen ist es wichtig, noch einmal persönlich von Ihnen zu hören, wie Sie die tote Frau gefunden haben."

„Ich habe sie nicht gefunden", widersprach der Mann.

Die Kommissare wechselten einen Blick.

„Aber Sie waren doch dort, oder?", vergewisserte sich Delego.

„Ja, mit meiner Kira hier. Sie hat die Frau gefunden."

Die Genannte bellte einmal zur Bestätigung. Breschnow verdrehte die Augen.

Der Mann lehnte sich zurück, legte die rechte Hand auf den Kopf seines Tieres. „Wir gehen jeden Morgen zusammen in die Hasenheide. Ist doch schöner als dieser Grünstreifen hier bei uns. Kira liebt den Park. Wir gehen also über die Straße und dann nach links und plötzlich rennt Kira los. Das macht sie sonst nie. Und auf einmal bleibt sie unter einem großen Baum stehen und bellt."

„Und was haben Sie gemacht, nachdem Ihr Hund angeschlagen hat?", fragte Delego.

„Ich bin schnell hin zu meiner Kira, um zu sehen, was sie entdeckt hat. Da sah ich die Frau, dachte, dass sie schläft. Gibt ja viele Obdachlose mittlerweile." Er hielt kurz inne. „Aber über den Schirm habe ich mich schon gewundert. Und dann waren ihre Kollegen schon da."

„Haben Sie sich die Frau angesehen?"

Der Zeuge nickte.

Breschnow löste sich vom Fenster. „Und bestimmt auch das Foto gemacht, das derzeit im Netz kursiert."

Der Mann schüttelte den Kopf. „Das wurde an mich weitergeleitet. Über die sozialen Medien. Ich dachte nicht, dass sie tot ist. Und das mit dem Schirm sah schon interessant aus. Da habe ich es auch weitergeleitet."

„Und wer hat Ihnen das Foto geschickt?"

„Keine Ahnung. Ich habe viele Freunde. Und die meisten kennt man doch gar nicht."

Delego seufzte. „Das ist schade. Wann genau haben Sie die Frau gefunden?"

„So gegen halb sechs, vielleicht auch noch ein bisschen früher."

„Ist Ihnen sonst noch irgendwas aufgefallen? Waren andere Menschen im Park oder in der Nähe?"

„Ich erinnere mich an niemanden, aber um die Zeit schlafe ich ja auch noch halb." Er betrachtete wieder seinen Mops. „Aber meine Kleine muss ja raus, bevor ich zur Arbeit gehe."

Delego zog ein elektronisches Fingerabdruckpad aus ihrer Riesentasche und stellte es vor den Zeugen auf den Tisch. Dann legte sie ein eingeschweißtes Röhrchen daneben. „Für den Fall, dass Sie die Tote doch berührt haben oder zu nah herangegangen sind, wäre es hilfreich, Ihre Fingerabdrücke und Ihren Speichel zu haben, damit wir Sie bei der forensischen Untersuchung separieren können."

„Eigentlich will ich damit nichts zu tun haben. Muss ich das wirklich machen?"

Breschnow trat näher und schenkte ihm sein freundlichstes Lächeln. „Fotos von Verletzten oder Toten ins Netz zu stellen, ist mittlerweile eine Straftat."

„Aber ich habe sie doch gar nicht fotografiert."

„Aber das Bild weiterverbreitet", sagte Delego.

„Also wenn Sie sich die Gerichtskosten und einen Anwalt ersparen wollen ...", fuhr Breschnow fort und deutete auf das Pad.

Widerstrebend legte der Zeuge seine Finger auf die Glasscheibe und ließ seine Abdrücke einscannen. Danach entnahm ihm Delego eine Speichelprobe.

„Außerdem brauchen wir noch Ihren Social-Media-Zugang, um zu sehen, wer Ihnen die Aufnahme geschickt und wer auf Ihr Weiterleiten reagiert hat", sagte Delego.

„Das fällt unter den Datenschutz“, protestierte der Mann.

Der Hauptkommissar beugte sich etwas zu ihm herunter. „Damit meinen Sie wahrscheinlich nur Ihre Privatsphäre, oder? Tausend Augen können die Leiche jetzt anstarren. Und vielleicht erfährt auch die Familie auf diesem Weg von ihrer toten Freundin, Schwester, Tante oder Mutter. Wie wäre das für Sie, wenn Sie morgen auf Ihr Handy schauen und ein Bild von einem verstorbenen Verwandten fänden?“

„Das habe ich wirklich nicht gewollt.“

„Dann helfen Sie uns“, bat Delego und hielt ihm einen Kugelschreiber hin.

Der Mann nickte und notierte seine Zugangsdaten.

Breschnow richtete sich auf, zog eine verknitterte Visitenkarte aus der Hosentasche und legte sie auf den Tisch. Der Zeuge lehnte sich zurück. Sein Hund legte den Kopf schief und winselte leise.

* * *

3

Jan streckte sich auf dem Schreibtischstuhl, gähnte und beobachtete aus den Augenwinkeln, wie sich die Tür öffnete. Eine Frau betrat das Büro.

„Guten Morgen, Jan. Du siehst müde aus. Schlimme Nacht gehabt?", erkundigte sich die Krankenschwester.

Jan erwiderte ihren Gruß und ergänzte: „Es war sehr unruhig, Anni. Ständig war jemand auf dem Gang oder im Büro, um sich eine Zigarette zu schnorren. Das hat dann wieder die anderen geweckt und so weiter. Keine Ahnung, warum alle so nervös waren. Vollmond vielleicht?"

„Kann sein. Meine Mutter war auch so rastlos", sagte Annette Riesing.

Jan sah sie fragend an.

„Sie macht mir ernsthaft Sorgen."

„Was ist denn mit ihr?"

„Sie ist dement und es wird immer schlimmer ... Ach, ich will dich damit nicht behelligen."

„Komm schon. Red dir den Kummer von der Seele." Jan stand auf und schenkte seiner ehrenamtlichen Kollegin eine Tasse Kaffee ein. Anni setzte sich zu ihm an den Tisch und gab sich einen Ruck.

„Manchmal hat meine Mutter gute Tage. Dann kann sie sich einigermaßen im Haus orientieren, räumt stundenlang Sachen von A nach B und lacht viel. Aber dann wieder weint sie ununterbrochen und ich kann sie nicht trösten. Ich fühle mich so hilflos."

Die Krankenschwester trank einen Schluck Kaffee und

beugte sich zu Jan vor. „Manchmal wünsche ich mir, ich könnte sie erlösen."

„Dann tu es doch!", sagte Zofia.

Anni zuckte zusammen.

Jan drehte sich zu seiner Kollegin um. „Ist das jetzt deine neue Masche, dich anzuschleichen und andere Leute zu belauschen?"

Zofia lachte ihr heiseres Lachen und trat näher heran. „Mal ehrlich. Ist doch scheiße so dement und Anni ist Krankenschwester. Ein paar Tabletten, eine Spritze, was weiß ich. Und schon müsste die arme alte Frau nicht mehr leiden." Zofia fingerte einen Teebeutel aus der Verpackung, goss heißes Wasser darauf und ging wieder hinaus.

Jan schüttelte den Kopf. „Sie sagt immer genau das, was sie gerade denkt. Manchmal ist das ganz schön daneben."

Es rumpelte auf dem Flur, dann fluchte jemand vernehmlich und etwas schlug gegen die Wand. Jan sprang auf und eilte hinaus.

Anni öffnete den Krankenordner, der vor ihr auf dem Tisch lag und betrachtete die Liste. In diesem Monat hatte es vier Schnittverletzungen und einen Tritt in die Nieren gegeben. Dazu noch einen gebrochenen Arm, der im Krankenhaus weiter behandelt werden musste, sechs Exzeme, fünf Prellungen und zwei Magen-Darm-Infekte. Jan führte genau Buch. Hinter jeder Krankheit hatte er die Zeit, die sie für den Patienten benötigt hatte, notiert. Er hoffte noch immer, dass die Geschäftsführung einer Aufwandsentschädigung für ihre ehrenamtliche Arbeit zustimmte.

Anni war das Geld egal, auch wenn sie es gut gebrauchen konnte. Sie kam gerne hierher. Manchmal war es zwar etwas stressig, sich die Zeit zwischen ihren Jobs und der Betreuung ihrer Mutter freizuschaufeln, aber es fühlte sich gut an, den Ärmsten der Armen helfen zu können. Außerdem schätzte sie Jan und seinen Einsatz. Er hatte die Nachtgäste im Griff, achtete auf die Regeln und war dabei immer freundlich und wertschätzend. Das war nicht selbstverständlich in den Unterkünften.

Anni zog ein Protokoll aus dem Ordner und überflog es. Jan kehrte mit einem kleinen eingeschweißten Kuchen zurück und stellte ihn vor sie auf den Tisch.

„Gratuliere! Du hast heute Jubiläum. Du bist jetzt zwei Jahre bei uns. Und wenn es nach mir geht, bleibst du bis in alle Ewigkeit."

Anni lächelte und errötete leicht. „Das ist aber lieb von dir. Vielen Dank."

Der junge Mann kramte ein Messer aus der Schreibtischschublade, schnitt die Folie auf und das Küchlein in Scheiben. Dann schenkte er ihnen noch einmal Kaffee nach. „Martha und Hilde haben sich wieder gestritten. Hilde hat eine böse Schramme im Gesicht."

„Von Fingernägeln?"

„Ja, von besonders schmutzigen Fingernägeln. Und vielleicht kannst du gleich auch mal nach dem Alten sehen. Der wird immer weniger."

„Und sein Kopf?"

„Er ist ziemlich desorientiert. Martha und Hilde passen auf ihn auf. Aber ewig werden sie das nicht mehr machen."

„Du solltest das deinem Chef melden."

Jan seufzte. „Ich befürchte, dass sich dann das Amt einmischt und dann sperren sie den Alten bestimmt weg – und das hält er nicht lange aus. Du weißt, wie sehr er seine Unabhängigkeit braucht. Und Charlotte macht mir auch Sorgen."

Anni griff sich ein zweites Stück Kuchen und biss davon ab. „Charlotte? Die alte Dame, die immer so freundlich lächelt und sich bedankt, wenn man nett zu ihr ist?" Sie schob sich den Rest in den Mund und erhob sich.

„Genau die. Sie ist seit zwei Tagen nicht mehr hier gewesen."

„Mach dir ihretwegen keine Sorgen. Der geht es bestimmt gut. Und was ist mit der Stummen?"

„Die war auch nicht hier, kam ja immer im Schlepptau von Charlotte."

Anni leerte ihre Tasse, bedankte sich noch einmal und stand auf. „Ich schau jetzt erst einmal nach unserem Traumpaar."

* * *

„Seht euch das an!", rief Schmitti und deutete auf seinen Bildschirm. Delego stellte sich hinter ihn, Breschnow lehnte im Türrahmen.

„HERR, lehre mich doch, dass es ein Ende haben muss und mein Leben ein Ziel hat und ich davon muss", las Delego vor.

„Das ist der Text aus der Hand des Opfers", brummte Breschnow und stellte sich neben sie.

„Hier. Es geht noch weiter", sagte Schmitti. „Ich bin erlöst und bei den Engeln. Lasst mich in Frieden ruhen."

Breschnow beugte sich vor und starrte auf die zwei betenden Hände und den weißen Vogel, die neben dem Text platziert worden waren.

„Das ist heute Morgen um 6:10 Uhr gepostet worden von einem User, der sich ‚Friedensengel' nennt. Meine Tochter hat es entdeckt. Die ist ja ständig im Netz, hat tausend Freunde. Scheint eine Art Wettkampf zwischen den Mädels zu sein. Ich habe es gleich hochgegeben, aber die Technik hat keine verfolgbare Adresse dazu gefunden." Schmitti ließ die Finger über die Tasten gleiten und vergrößerte den Post.

„Was heißt keine verfolgbare Adresse?", fragte Breschnow.

„Der ‚Friedensengel' hat durch ein Antiverfolgungsprogramm seine Computeradresse unsichtbar gemacht und sich einen Benutzernamen, ein Geburtsdatum und eine Vita ausgedacht."

„Wird das nicht vom Anbieter kontrolliert?"

Schmitti lachte laut auf. „Du bist wirklich von vorgestern. Denkst du, die im Silicon Valley verlangen Ausweise von ihren Usern?"

„Ich bin erlöst ... Lasst mich in Frieden ruhen", schnaubte Delego. „Bildet sich der Kerl wirklich ein, dass wir jetzt aufhören zu ermitteln?"

Schmittis Computer verkündete eine Aktion auf der Seite des Hundebesitzers aus der Schillerpromenade. Jemand hatte das Foto der Toten kommentiert.

Die Kommissarin beugte sich zum Monitor vor und las: „Cooler Schirm. Wo gibt es den in diesem geilen Blau zu kaufen?"

„Sehen die denn nicht, dass die Frau tot ist?", fragte Breschnow.

„In der digitalen Welt sind Realität und Fiktion oft schwer zu unterscheiden", belehrte ihn Schmitti. „Das Foto könnte genauso gut nachbearbeitet worden sein und die Frau quietschlebendig."

Breschnow verließ das Büro, eilte in seines und steckte sich eine Zigarette an. Manchmal verstand er die Welt nicht mehr und nüchtern war sie noch schwerer zu ertragen. Sehnsüchtig starrte er auf sein früheres Alkoholversteck. Es war einfach gewesen, die Flasche hinter den Aktenordnern hervorzuholen und zu trinken, das Unverständliche einfach zu ersäufen. Er fragte sich, wie er in Zukunft den Arbeitsalltag überstehen sollte. Die Gerüche in der Rechtsmedizin, die lauten Menschen in der U-Bahn, die Anforderungen an sein kriminalistisches Gehirn, eins und eins zusammenzuzählen ... Einer krankhaften Verbrecherlogik zu folgen kostete Kraft. Kraft, von der er momentan nichts übrig zu haben schien.

„Ich bin bei den Engeln", hatte der Täter geschrieben. In der Reha hatte er sich auch gewünscht, dort zu sein. Bei den Engeln, im schwarzen Nichts, wo auch immer. Nur nicht dort, wo er gerade war, in einer Klinik, in einem durchgeschwitzten Bett beim Entzug, der ihm die Gedärme im Leib zu zerreißen drohte.

Delego riss die Tür auf. „Jemand hat den frommen Spruch kommentiert."

„Spannend", brummte Breschnow und schnippte die Kippe aus dem Fenster.

„Du solltest dir endlich einen Aschenbecher zulegen", sagte sie und verschwand.

Froh, seinen Gedanken entfliehen zu können, folgte Breschnow ihr in das andere Büro. Schmitti drehte den Bildschirm so, dass er den neuen Eintrag lesen konnte:

„War neulich in der Martin-Luther-Kirche, Fuldastraße. Dort war eine Frau, die diesen Spruch vor sich hingemurmelt hat. Wie ein Mantra. War echt gruselig."

„Ich hab's schon an die Technik weitergeleitet", sagte Schmitti, bevor Breschnow fragen konnte. Er reichte Delego einen Zettel. „Und da steht die Adresse des Gotteshauses drauf."

„Dann hoffen wir, dass dort jemand unsere Tote kennt", sagte die Kommissarin und griff nach ihrer Tasche.

Eine Viertelstunde später betraten Delego und Breschnow das Kirchengebäude durch den Haupteingang, wo ein Plakat um Spenden für die Turmerhaltung warb. Eine hochgewachsene Frau in einem roten Kleid eilte lächelnd auf sie zu. Breschnow betrachtete sie interessiert. Es kam nicht oft vor, dass Frauen fast so groß waren wie er. Sie erkundigte sich, ob sie ihnen helfen könne. Delego nickte und wies sich aus. Breschnow durchwühlte erfolglos alle Taschen, zuckte mit den Schultern und fragte nach dem Pfarrer. Die Frau führte sie in einen kleinen Nebenraum und bat sie, dort zu warten. Delego setzte sich auf einen der harten Holzstühle, während Breschnow unruhig auf- und abtigerte. Wenig später erschien ein mittelalter Mann in einem weißen Hemd, Jeans und Turnschuhen und bot ihnen die Hand zum Gruß.

Die Kommissarin zog einen von Schmitti nachbearbeiteten Computerausdruck aus ihrer Tasche. Darauf sah die Tote aus, als ob sie schlief. „Kennen Sie diese Frau?"

Ein Lächeln huschte über sein Gesicht. „Na, das will ich meinen. Das ist Barbara. Ein sehr interessanter Mensch. Sie kommt oft hierher." Das Lächeln wich der Besorgnis. „Sie sind von der Polizei. Ist etwas passiert?"

„Wann haben Sie sie zuletzt gesehen?", fragte Breschnow.

Der Mann dachte kurz nach. „Vielleicht vor sechs Wochen? Am Sonntag. Sie kam zum Gottesdienst und danach haben wir Kaffee getrunken. Ist ihr etwas zugestoßen?"

„Es tut mir leid", sagte Delego. „Sie wurde gestern Morgen tot in der Hasenheide aufgefunden."

Der Pfarrer setzte sich auf den Stuhl neben sie und strich sich eine Weile schweigend über den Bart. Dann räusperte er sich. „Als ich Barbara das letzte Mal gesehen habe, wirkte sie verändert. Irgendwie schwächer, so als ob ihre Kräfte nachgelassen hätten, und sie schien nicht gut damit zurecht zu kommen."

„Wie hat sich das geäußert?"

„Sie war ziemlich fahrig und ich glaube, sie hatte Angst."

„Angst wovor?"

„Vor der Krankheit? Vor dem Tod? Ich weiß es nicht genau. An dem Nachmittag hat sie mit mir über ihre Beerdigung geredet."

„Vor dem Tod", murmelte Breschnow. „Denken Sie, sie wusste, dass sie stirbt?"

„Ja. Sie litt an Demenz. Sie war nicht dumm. Ihr war klar, was das für sie bedeutet."

Delego wartete, ob der Pfarrer noch etwas sagen oder fragen wollte, kramte, als er weiterhin schwieg, in ihrer großen Tasche und hielt Breschnows Dienstwaffe in ihrer Hand. Sie schob sie zur Seite und zog einen laminierten DIN-A4-Bogen heraus. „Sagt Ihnen dieser Text etwas?"

„Das ist der Psalm, den Barbara für ihre Beerdigung ausgesucht hatte. Sie bat mich, ihn an ihrem Grab zu lesen, und dafür Sorge zu tragen, dass sie ein ordentliches Begräbnis erhält."

„Kennen Sie ihren vollen Namen?"

„Ich habe ihn mir notiert, zusammen mit den Dokumenten, die sie mir gegeben hat. Soll ich sie holen?"

Delego nickte.

Der Pfarrer verließ das Zimmer. Breschnow starrte auf das dunkle Holzkreuz, das über dem Tisch hing und spreizte die Arme. Dann blickte er aus dem Fenster in den kleinen Garten, in dem die Kinder aus der benachbarten Kita spielten. Ihr fröhliches Lachen passte nicht zu der Schwere im Raum.

„Wie ist sie gestorben?", fragte der Pfarrer, als er mit einem weißen Umschlag in den Händen zurückkehrte.

„Das wissen wir noch nicht genau", antwortete Delego. „Ein Spaziergänger hat sie gefunden, auf dem Rücken liegend unter einem blauen Schirm."

Der Pfarrer lächelte. „Den trug sie immer bei sich. Er muss eine besondere Bedeutung für sie gehabt haben."

„Der Griff war abgesägt."

Der Geistliche schüttelte den Kopf. „Ihr Schirm war heil und es durfte ihn auch niemand anfassen." Er legte einen verschlossenen Umschlag auf den Tisch.

Breschnow wollte danach greifen, aber der Pfarrer hielt seine Hand darauf.

„Wenn ich es mir recht überlege, fällt der Inhalt in diesem

Umschlag unter das Beichtgeheimnis. Aber ich werde Ihnen natürlich ihren Namen nennen."

„Und für die restlichen Papiere wollen Sie bestimmt, dass wir mit einem Gerichtsbeschluss wiederkommen", brummte Breschnow.

„Ja. Das wäre gut."

„Die Frau ist tot und vielleicht wurde sie ermordet. Sie hätte bestimmt nicht gewollt, dass Sie unsere Ermittlungen behindern", versuchte es Delego.

Der Pfarrer zuckte mit den Schultern. „Mir sind in dieser Hinsicht wirklich die Hände gebunden."

Breschnow trat ganz nah an ihn heran. „Was halten Sie davon, wenn meine Kollegin und ich jetzt den Raum verlassen. Sie öffnen den Umschlag und entscheiden, was Sie uns zeigen können oder was nicht", sagte er leise.

„Das halte ich für einen praktikablen Vorschlag."

Die Kommissare verließen den Raum. Breschnow fummelte seine Zigaretten aus der Tasche und eilte vor die Tür. Delego griff nach ihrem Handy und telefonierte. Zehn Minuten später holte der Pfarrer sie wieder herein. Auf seinem Schreibtisch lagen eine Geburtsurkunde, eine Kopie des Personalausweises, eine Verfügung über das Begräbnis und ein Kostenübernahmeantrag für das Sozialamt.

„Kein Testament?", fragte Delego. „Oder ist es noch im Umschlag?"

„Kein Testament. Nur diese Dokumente."

„Wann hat sie Ihnen den Umschlag gegeben?"

„Schon vor einem halben Jahr", antwortete der Geistliche. „Vielleicht als sie gemerkt hat, dass etwas mit ihr nicht mehr stimmt. Sie hatte einen Demenztest gemacht und mit mir darüber gesprochen, als wir uns das letzte Mal gesehen haben. Vielleicht war sie deswegen nicht mehr hier. Womöglich hat sie den Weg nicht mehr gefunden."

Breschnow griff nach der Ausweiskopie und las. „Barbara Antes, Weichselstraße 5. Wohnte sie dort?“

Der Pfarrer bejahte.

„Wieso haben Sie sich nicht um sie gekümmert? Ich meine, als Sie erfuhren, dass sie krank ist“, fragte Delego.

Der Geistliche lachte bitter auf. „Glauben Sie mir, ich fühle mich schuldig, jetzt, wo sie tot ist. Aber Barbara hat sich nie helfen lassen. Sie reagierte allergisch, wenn es jemand versucht hat. Das hat schon mein Vorgänger schmerzlich erfahren müssen. Sie war ein Freigeist.“ Er hielt kurz inne und ergänzte. „Ich hatte immer ein bisschen Angst, dass sie gar nicht mehr kommt, wenn ich mich einmische oder sie irgendwie bedränge. Deswegen habe ich sie nicht in ihrer Wohnung aufgesucht. Das hätte sie bestimmt verschreckt.“

„Vielleicht hätte es ihr aber auch geholfen“, widersprach Breschnow.

* * *

Annalisa versuchte, in den Flur zu gelangen. Karsten Suberow packte sie und schob sie zurück auf den Küchenstuhl. Als sie wieder aufspringen wollte, hielt er sie an den Schultern unten.

„Lass mich los, du Spast!“

„So redest du nicht mit mir.“

„Ich rede, wie ich will! Du hast mir überhaupt nichts zu sagen.“

Sie hielten kurz inne, als die Wohnungstür aufgeschlossen wurde. Annalisas Mutter betrat die Küche und sah sie erstaunt an.

„Sie war wieder einmal in der Hasenheide. Ich habe sie am Columbiadamm aufgelesen“, erklärte Karsten und hielt seinen Zeigefinger hoch. „Sie hat mich gebissen.“

„Und du hast mich entführt, du Spast. Ich wollte zu den Bullen. Hast du das immer noch nicht kapiert?“

„Wolltest du deine Drogen dort abgeben?“, erkundigte sich die Mutter spöttisch.

„Oh, ihr beide seid echt so bekloppt!“

Die Backpfeife knallte auf ihrer Wange. Das Mädchen schrie kurz auf, wollte aufspringen, aber Karsten hielt sie fest. Ute Brosius ließ sich zitternd auf den Stuhl gegenüber sinken und rang um Fassung. „Ich habe keine Drogen gekauft“, schnaubte Annalisa. „Ich wollte zu den Bullen. Jan von der Obdachloseneinrichtung hat mich zu dem da geschickt.“ Sie zog die verknitterte Visitenkarte aus der Tasche und schob sie zu ihrer Mutter über den Tisch.

„Und was wolltest du bei der Polizei?“

„Meine Oma als vermisst melden.“

„Deine Großmutter lebt seit einem halben Jahr auf der Straße. Da verschwindet man auch mal“, sagte Karsten und setzte sich neben das Mädchen. „Tut mir leid wegen vorhin. Hab wohl ein bisschen überreagiert. Aber ich habe gedacht, jetzt fängt alles wieder von vorne an.“

„Ich kiffe nicht mehr, ehrlich. Und ich nehm auch kein anderes Zeug. Ich will nur meine Oma finden.“

„Vielleicht kann ich dir beim Suchen helfen“, schlug Karsten vor. „Um die ‚Entführung‘ – er malte imaginäre Anführungsstriche in die Luft – „wieder wett zu machen.“

„Untersteh dich!“, zischte Ute. „Meine Mutter hat sich entschieden, auf der Straße zu leben. Dann soll sie auch sehen, wie sie klarkommt.“

„Sie wollte dir nur nicht zur Last fallen“, widersprach ihr Lebensgefährte.

„Ach Humbug! Sie will mir ein schlechtes Gewissen machen, weil ich mich ihrer Meinung nach zu wenig um sie kümmere. So war sie schon immer. Bestimmend. Einengend. Ich konnte ihr nie entgehen. Sie ist wie ein Fluch."

Annalisa sprang auf. „Oma wollte uns nie etwas Böses und ich geh sie jetzt weiter suchen."

„Das wirst du nicht tun, mein Fräulein."

„Was willst du denn machen? Willst du mich einsperren?"

„Vielleicht", sagte die Mutter und schloss blitzschnell die Tür.

* * *

Nachdem sie mit dem Pfarrer geredet hatten, waren sie noch durch den Kiez gelaufen, den kürzesten Weg von der Kirche zu Barbara Antes' Wohnung. So wurde es später Nachmittag, bis sie in die Dienststelle zurückkehrten. Delego hatte immer noch Schwierigkeiten, sich vorzustellen, wie man einen Weg, den man jahrelang gegangen war, einfach vergessen konnte, obwohl Breschnow sich viel Mühe gegeben hatte, es ihr bildlich darzustellen.

„Ich habe nach deinem Anruf vorhin ein bisschen rumtelefoniert und die Hausverwaltung ausfindig gemacht, die für die Wohnung der Toten zuständig war", begrüßte sie Schmitti. „Die ist in Hamburg ansässig und es gibt dort einen Zweitschlüssel. Sie schicken ihn uns mit einem Kurier." Er wedelte mit dem Auftragsfax.

Breschnow nahm ihm das Schreiben aus der Hand. „Das dauert mir zu lang."

„Er hätte am liebsten vorhin schon die Tür aufgebrochen", erklärte Delego ihrem Kollegen.

„Dann beauftrage doch einen Schlüsseldienst", schlug Schmitti vor.

„Das wirst du nicht tun, Breschnow", widersprach die Kommissarin. „Wir haben keinen richterlichen Beschluss für die Öffnung der Wohnung und werden auch keinen bekommen, weil noch nicht klar ist, ob es sich überhaupt um ein Tötungsdelikt handelt. Wir können froh sein, dass die Hausverwaltung so entgegenkommend ist."

Breschnow zuckte mit den Schultern.

„Ich bin die Ermittlungsleiterin. Schon vergessen?", setzte Delego nach und kramte ihr Handy und Breschnows Dienstwaffe aus ihrer Tasche. „Die hat unser aller Chef mir ausgehändigt und ich trage sie schon den ganzen Tag mit mir rum. Die Sekretärin hat mich mindestens dreimal darauf hingewiesen, dass du mir den Empfang quittieren musst."

Breschnow tat wie geheißen, nahm die Waffe an sich und hielt sie unschlüssig in der linken Hand.

„Hast du dir endlich einen abschließbaren Schrank besorgt?", fragte Delego.

„Nein, und ich will das Ding auch nicht zu Hause haben, jetzt, wo Iris und Mona bei mir wohnen."

„Dann gib sie Schmitti. Er schließt sie für dich ein."

Die Kommissarin legte die unterschriebene Quittung in ihren leeren Ablagekorb und ging voran in den Besprechungsraum.

Breschnow folgte ihr gedankenverloren und stellte sich neben sie an das Whiteboard.

„Immerhin haben wir jetzt einen Namen", sagte Delego und schrieb ihn in den Kreis des Opfers.

Die Tür öffnete sich. Der Chef der Spurensicherung trat ein und sah auf das Board. „Barbara Antes. Geboren am 7.4.1959." Er hielt kurz inne. „Sie ist nur neunundfünfzig Jahre alt geworden. Im Park sah sie viel älter aus."

Er setzte sich an den Besprechungstisch und deutete auf Breschnow. „Wirst du hier drin bedroht?"

Der Hauptkommissar starrte erst ihn, dann die Waffe in seiner linken Hand an, brummte etwas Unverständliches und verließ den Raum. Manfred legte eine große Sicherungstüte auf den Tisch. „Das haben wir in der Nähe der Toten gefunden."

Er streifte sich Handschuhe über und zog eine alte, braune Lederhandtasche heraus.

„Könnte der Frau gehören", sagte Delego.

„Das ist eine Markenhandtasche. Kostet so um die 600 Euro."

„Vielleicht die Spende einer wohlhabenden Frau."

Breschnow kehrte zurück, den Computerspezialisten im Schlepptau.

„Vielleicht", sagte Manfred, öffnete vorsichtig den Reißverschluss und sah hinein. Dann breitete er ein Stück Plastikfolie auf dem Tisch aus, streifte sich frische Handschuhe über und griff in die Tasche. Ein grauer Stein, an dem noch ein Rest Erde klebte, ein benutztes Papiertaschentuch, ein Zehncentstück, ein Weinflaschenkorken, ein kleiner verschmutzter Teddy, eine verknitterte Fotografie und ein Schlüsselbund landeten auf dem Tisch.

„Alles, was man im Leben braucht", brummte Breschnow, wollte nach dem Schlüssel greifen und Delego nach dem Foto.

Manfred stoppte sie beide. „Ich muss die Sachen erst noch auf Fingerabdrücke untersuchen. Danach könnt ihr sie haben."

* * *

Endlich war Ruhe eingekehrt. Zwei der Übernachtungsgäste hatten sich stundenlang um ein altes abgewetztes Ringbuch gestritten, das der eine gefunden hatte und der andere gerne haben wollte. Jan fragte sich, welchen Wert es für die Männer haben könnte. Beide sahen nicht so aus, als ob sie Tagebuch schreiben würden. Außerdem war im Ringbuch kein Papier.

Er ging hinaus, zündete sich eine Zigarette an, blickte zum Hofdurchgang und dachte an Annalisa, hoffte, dass sie morgen kommen und ihm von ihrem Gespräch mit dem Polizisten, den Willy so mochte, berichten würde. Eine junge Frau torkelte auf ihn zu und verlangte Einlass. Jan deutete auf die Uhr und die geschlossene Tür. Die Obdachlose wurde aggressiv und es dauerte eine Weile, bis sie endlich aufgab und zurück auf die Straße wankte. Jan wartete, bis sie um die Ecke verschwunden war und ging wieder hinein. Er lauschte eine Weile, dann öffnete er leise die Tür zum Frauenschlafraum. Martha und Hilde lagen eng aneinandergekuschelt auf einer Matratze. Er lächelte und setzte seinen Rundgang fort. Im Zimmer gegenüber, das durch den Schein der Hoflaterne matt beleuchtet wurde, fehlte der alte Mann. Jan war sich sicher, ihn vorhin aufgenommen zu haben, aber das Bett war leer. Er eilte in die Waschräume, sah in den Toilettenkabinen nach, auch in der Abstellkammer und im Speiseraum. Danach suchte er den Frauen- und den zweiten Männerschlafraum ab, ging hinaus auf den Hof, weiter bis zur Straße. Der Alte blieb verschwunden. Besorgt kehrte er zurück, inspizierte noch einmal alle Betten und spielte mit dem Gedanken, die Polizei zu verständigen, wohlwissend, dass die nichts machen würde, nichts machen könnte. Also hoffte er, dass der Alte wieder auftauchen würde, kochte sich, um besser nachdenken zu können, einen starken schwarzen Tee und ging ins Büro. Zofia saß am Laptop und starrte gebannt auf den Bildschirm.

„Der Alte ist verschwunden", sagte Jan. „Hast du ihn vielleicht gesehen?"

Zofia schüttelte den Kopf und sah ihn an. „Hier kann jeder kommen und gehen wie er will. Wir sind schließlich keine Justizvollzugsanstalt."

Er stellte sich hinter sie. Seine Kollegin war auf Social Media unterwegs. Eine Frau hatte ihren Spaziergang mit dem Hund gepostet, eine andere ihre neue Handarbeit und ein

Mann sein Essen. Dann stockte sein Atem. Jemand hatte das Foto einer Frau mit einem blauen Regenschirm hochgeladen. Zofia scrollte weiter.

„War das eben nicht unsere Stumme?“, fragte Jan. „Hol es noch mal auf den Bildschirm.“

Seine Kollegin tat wie geheißen. Jan starrte auf den Monitor, war erleichtert, dass die Tote nicht Charlotte war und schämte sich ein bisschen dafür. Er setzte sich an den kleinen Tisch, griff wie in Trance seine Tasse, trank einen Schluck und starrte eine Weile vor sich hin.

„Denkst du, wir sollen die Polizei informieren?“, fragte Zofia.

Jan zuckte mit den Schultern. Er konnte zwar nicht viel über die Stumme sagen, aber immerhin wusste er ihren Namen. Außerdem könnte er dann auch gleich den alten Mann und Charlotte als vermisst melden. Jetzt, wo ihre Freundin tot war, sorgte er sich noch stärker um sie. Er streckte sich und sah auf die Uhr. Der Zeiger näherte sich der drei und er beschloss, das Telefonat auf eine verträglichere Zeit zu verschieben. Jan lehnte sich zurück und schloss die Augen.

* * *

„Wie kommst du mit deiner Abstinenz klar?“, erkundigte sich Manfred und trug mit einem feinen Pinsel Rußpulver auf den ersten Schlüssel auf.

„Geht so“, antwortete Breschnow, der ihm in die heiligen Hallen der Kriminaltechnik gefolgt war.

Bevor er aufgehört hatte zu trinken, waren Manfred und er regelmäßig zu Rosie gegangen. Er vermisste die Gespräche mit seinem Kollegen, die Kneipenatmosphäre und vor allem die Wirtin, die fast so etwas wie eine Freundin geworden war.

„Keine Rosie mehr?“, fragte Manfred, als ob er seine Gedanken gelesen hätte.

„Nein. Ich kann mir nicht vorstellen, dort am Tresen zu sitzen und Mineralwasser zu trinken."

„Dann trink doch Cola."

Breschnow grinste. „Bist du immer noch in sie verknallt?"

Manfred schüttelte den Kopf. „Du weißt, ich bin glücklich verheiratet. Ich vermisse unsere gemeinsamen Abende und ich kann mir einfach nicht vorstellen, ohne dich zu Rosie zu gehen. Das macht doch keinen Spaß." Er hielt kurz inne. „Und wenn ich dir eine große Apfelschorle spendiere? Zumindest die Farbe ist ähnlich wie die von Bier."

Breschnow schüttelte den Kopf. „Danke. Vielleicht später mal."

„Schade", murmelte der Kriminaltechniker und strich den zweiten Schlüssel ein.

„Kann ich den ersten schon nehmen?"

„Jo. Aber gut sauber machen. Sonst kriegst du schwarze Finger."

Breschnow kramte ein Papiertaschentuch aus seiner Jeans, griff damit den Schlüssel und trug ihn zum Waschbecken. Nachdem er ihn gründlich gereinigt hatte, ließ er ihn in seiner Hosentasche verschwinden.

Manfred streckte die Hand aus. „Ich brauche ihn doch noch einmal für das Foto und außerdem muss ich die Nummer notieren. Es will ja alles sorgfältig dokumentiert sein."

Breschnow murmelte etwas von unnötiger Bürokratie und öffnete das Fenster, um sich eine Zigarette anzustecken.

„Wenn du dir das auch noch abgewöhnst, dann lebst du richtig gesund", sagte Manfred.

„Dann lebe ich wie ein Heiliger", brummte Breschnow.

Der Kriminaltechniker lachte, reinigte den zweiten Schlüssel, fotografierte und dokumentierte ihn. Dann steckte er beide in eine kleine Plastiktüte und reichte sie dem Hauptkommissar.

„Du hast mich vorhin gefragt, wie ich klarkomme", sagte Breschnow. „Die Antwort ist: schlecht. Ich habe nicht aufgehört zu trinken, weil es mich kaputt gemacht hat und ich um meine Gesundheit besorgt war, sondern weil unser aller Chef mir mit Suspendierung gedroht hat und ich nicht weiß, was ich anderes machen soll, als Kriminelle zu jagen. Aber im Moment frage ich mich, ob ich diesen Job überhaupt nüchtern ertrage."

„Du musst Geduld mit dir haben", sagte Manfred, griff nach einem Block und ließ sich die Aushändigung der Schlüssel quittieren.

„Geduld?"

„Ich weiß, das war schon immer deine Schwäche. Aber lass dir Zeit, bevor du etwas entscheidest. Mindestens ein Jahr."

Breschnow nickte, klopfte seinem Freund zum Abschied auf die Schulter und verließ das Gebäude.

Die klamme Nachtluft legte sich wie ein feuchter Mantel um ihn. Mit großen Schritten durchquerte er die Schranke und ging zum Südstern. Der Bahnhof war, bis auf die Obdachlosen, die in ihren Schlafsäcken die Bänke belegten, ungewöhnlich leer. In der Ferne hörte er den Zug herandonnern. Der Wind, der ihm vorauseilte, wehte um seinen Kopf. Breschnow stieg ein und am Hermannplatz gleich wieder aus. Hier tobte noch das Leben. Der Drogenhandel florierte vierundzwanzig Stunden am Tag und die U-Bahnen entließen im Fünf-Minuten-Takt partyfreudige Hipster. Mit großen Schritten überquerte Breschnow den von Straßen umsäumten Platz und erreichte nach zehn Minuten die Weichselstraße. Vor der Nummer fünf reichte ein Gerüst bis hoch zum ersten Stock, die Eingangstür war unverschlossen.

Es war still und staubig im Hausflur, die Treppe hell angestrahlt. Langsam stieg er die Stufen hinauf, las die Namen rechts und links an den Klingelschildern und fand den, den er suchte, im zweiten Stock. Er schellte, wartete kurz, fummelte den Schlüssel aus der Tasche und drehte ihn im Schloss. Barbara Antes hatte nicht zugesperrt, als sie die Wohnung zum letzten Mal verlassen hatte, sondern die Tür nur hinter sich zugezogen. Breschnow drückte dagegen und stieß an einen Widerstand. Er bückte sich, griff nach innen und fühlte einen Packen Papier, schob ihn ein Stück zur Seite und quetschte sich durch den Spalt.

Die schale Hitze der unbewohnten Wohnung ließ ihn die Luft anhalten. Es roch nach verdorbenen Lebensmitteln und Staub. Er eilte in die Küche, drehte die Heizung ab und riss das Fenster auf. Auf dem Tisch standen eine benutzte Tasse und ein Frühstücksteller mit dem Rest eines Toastbrots, das sich in eine grüne, pelzige Masse verwandelt hatte. Der Deckel des Mülleimers war ein wenig verrutscht. An seinem Rand tummelten sich weiße Maden. Breschnow zog seine Jacke aus, hängte sie über die Lehne des Küchenstuhls und ging in den nächsten Raum. Hier waren die Vorhänge noch zugezogen und das Bett ungemacht. Er schlenderte weiter zum Wohnzimmer, öffnete das Fenster, setzte sich in einen alten Ohrenbackensessel und sah hinaus in die künstlich erleuchtete Nacht. Stimmen hallten zu ihm herauf, ein schrilles Lachen und das Splittern von Glas. Breschnow sprang auf, eilte in den Flur und griff sich die Zeitungen. Wieder im Sessel sitzend, sortierte er sie dem Datum nach. Die jüngste Ausgabe war sechs Wochen alt. Da hatte Barbara Antes ihre Wohnung verlassen. Er fragte sich, ob sie ihr Zuhause plötzlich vergessen hatte, dort draußen auf der Straße oder im Supermarkt. Die Wohnung sah nicht danach aus, als ob sie beschlossen hätte, nicht mehr zurückzukehren.

Er entdeckte einen gelben Glasaschenbecher unter einer Illustrierten auf dem Sofatisch und erinnerte sich, dass sein Vater einen ähnlichen besessen hatte. Bevor weitere

Erinnerungen sein Gehirn fluten konnten, erhob er sich. Konzentriert durchstreifte er noch einmal alle Räume, prägte sich die Einrichtung und den Nippes in den Regalen und auf den Tischen ein. Dann löschte er die Lichter, tastete sich zurück zum Sessel, zündete sich eine Zigarette an und lauschte noch eine Weile den Geräuschen der Nacht.

* * *

4

Die Dämmerung verlor das Ringen mit dem anbrechenden Tag und die Wachleute öffneten die Tore auf der Kreuzberger Seite. Annalisa überquerte mit dem Fahrrad das Tempelhofer Feld in Richtung Neukölln. Ihre Mutter hatte sie heute Morgen um sechs Uhr geweckt und ihr mitgeteilt, dass sie sie zum Unterricht fahren und bis in den Klassenraum hinein begleiten würde. Damit würde sie zum uncoolsten Mädchen der gesamten Schule werden und der Spott ihrer Klassenkameraden würde sie wochenlang begleiten. Aber es war ihr gelungen, abzuhauen, während ihre Mutter sich im Badezimmer zurecht gemacht hatte.

Annalisa griff nach ihrem Handy, stellte die Musik lauter und sah auf die Uhr. Sie hatte noch Zeit, stieg vom Rad, legte es am Rand der Wiese ab und entdeckte unter einem der wenigen Bäume eine braune Jacke und etwas Blaues, das sie an den Post erinnerte, den sie gesehen hatte. Sie hatte Charlottes Freundin auf dem Foto sofort erkannt und war eine Sekunde erleichtert gewesen, dass sie ihre Oma jetzt wieder ganz für sich hatte. Dann war ihr klar geworden, dass Charlotte jetzt allein da draußen herumirrte und die Sorge um sie hatte sie fast wahnsinnig gemacht.

Annalisa drehte sich einmal um ihre eigene Achse, suchte nach den Wachleuten. Dann fasste sie sich ein Herz und näherte sich langsam der Gestalt im Gras. Es war ein alter Mann. Er lag auf der Seite. Seine dünnen Beine waren angewinkelt, die Arme hatte er um einen blauen Regenschirm geschlungen.

„Hallo?“, rief Annalisa leise und stupste ihn zaghaft mit der Spitze ihres Turnschuhs an.

Aber der Mann rührte sich nicht und ihr kam der Gedanke, dass er vielleicht tot war. Panik durchflutete ihren Körper. Sie rannte zurück zum Fahrrad und raste in Richtung Neukölln. Hier waren die Tore noch verschlossen, aber in der Ferne entdeckte sie den grauen Wagen der Sicherheitsfirma und trat in die Pedale. Als sie das Fahrzeug fast erreicht hatte, gab der Fahrer plötzlich Gas. Annalisa schrie hinter ihm her und fuchtelte mit dem linken Arm, was der Mann nicht zu bemerken schien. Außer Atem gab sie die Verfolgung auf, zog ihr Handy aus der Jackentasche und suchte mit zittrigen Fingern Jans Nummer.

„Hi. Ist grad ganz schlecht. Kann deinen Anruf nicht entgegennehmen. Aber quatsch mir doch einfach auf die Box“, antwortete eine freudige Stimme.

Sie kappte die Verbindung, wischte sich die Tränen aus dem Gesicht und ließ den Blick hektisch über das Feld gleiten. Das graue Auto hatte gewendet und fuhr nun in ihre Richtung. Sie hüpfte auf und ab und wedelte mit beiden Armen, um die Aufmerksamkeit auf sich zu ziehen. Dieses Mal funktionierte es. Der Wagen stoppte neben ihr. Ein durchtrainierter Mann mit kurzen schwarzen Haaren stieg aus und fragte, was ihr Problem sei.

„Da hinten liegt ein Toter.“

Der Sicherheitsmann betrachtete ihre geröteten Augen. „Hast du zu viel gekifft?“

Das Mädchen schüttelte den Kopf und sah ihn trotzig an. „Ich bin nicht bekifft. Eine Leiche. Du musst mir glauben.“

Dann brach sie in Tränen aus. Der Wachmann hob beschwichtigend die Hand und bedeutete ihr, vorzufahren. Auf der Höhe des Toten bat er sie, zurückzubleiben, stapfte über die taunasse Wiese, sprach den Mann an, rüttelte an seiner Schulter, fotografierte ihn und sendete seinem Chef eine Nachricht. Während er auf den Rückruf wartete, ließ er Annalisa nicht aus den Augen. Sein Handy klingelte. Er lauschte eine Weile und bestätigte die Order seines Vorgesetzten. Dann rief er die Polizei.

Keine fünf Minuten später preschte ein Streifenwagen heran. Ein blonder Hüne stieg aus, stapfte zu dem Wachmann und deutete auf den Toten. „Vorgestern in der Hasenheide war's 'ne Frau, heute ein Mann. Hoffe, das geht nicht so weiter."

Er rief seinem Kollegen zu, den Kriminalen Bescheid zu geben. Dann deutete er auf Annalisa. „Hat die Kleine was damit zu tun?"

Der Wachmann zuckte mit den Schultern. „Sie sagt, sie hat ihn gefunden. Bezeugen kann ich das nicht."

Der Uniformierte nahm von beiden die Personalien auf und bat sie, auf die Kriminalpolizei zu warten. Eine Viertelstunde später tauchte der rote Lancia von Delego auf.

„Wie schnell man sich doch wiedersieht", murmelte der Hüne.

Er ging dem Auto entgegen, informierte Delego über das, was er bereits wusste und deutete auf die Wiese.

„Kannst du bitte Verstärkung rufen und an beiden Seiten den Weg absperren, um eventuelle Gaffer fernzuhalten?"

Der Uniformierte zog sein Funkgerät heraus und ging zum Streifenwagen.

Delego wandte sich dem Wachmann zu. „Ich würde mir gerne kurz den Toten ansehen und danach mit Ihnen reden."

„Aber ich muss die restlichen Tore aufschließen."

„Sicher nicht", widersprach Delego freundlich lächelnd. „Am besten, Sie sperren alles wieder zu. Können Sie das machen und dann wieder herkommen?"

Der Sicherheitsmann nickte und ging zu seinem Fahrzeug.

Delego wandte sich dem Mädchen zu. „Ist alles okay bei dir?"

Annalisa schüttelte den Kopf.

„Willst du vielleicht lieber im Streifenwagen warten?"

Das Mädchen zuckte die Schultern. Die Kommissarin winkte den Hünen heran.

„Bring sie bitte ins Auto und falls du einen Schokoriegel oder so etwas hast ..."

Sie fingerte ihr Smartphone aus der Jackentasche, wählte Breschnows Nummer und landete erneut auf der Mailbox.

„Dann eben nicht", zischte sie leise und ging über die Wiese, den Blick starr auf den Rasen gerichtet, um keine Spuren zu vernichten oder vielleicht sogar welche zu finden.

* * *

Zofia verabschiedete sich um kurz vor fünf wegen Übelkeit und meldete sich bis auf Weiteres krank. Um sieben Uhr rief Anni an und teilte ihm mit, dass sie heute leider verhindert sei. Jan fluchte laut, dachte an die gefühlten hundert Brötchen, die er jetzt allein schmieren musste und sah sich nach seinen zwei Lieblingen um. Hilde war noch im Waschraum, aber Martha packte bereits ihre wenigen Habseligkeiten zusammen.

„Guten Morgen, Martha. Der Alte ist nicht mehr da. Hast du heute Nacht etwas bemerkt?"

„Gestern Abend war er noch da", sagte die Obdachlose und steckte ihre Zahnbürste in die Plastiktüte.

„Bist du dir sicher?"

„Klaro."

Dann habe ich mich also nicht getäuscht, dachte Jan. Der Alte ist gestern Abend zum Schlafen hierhergekommen und irgendwann in der Nacht verschwunden.

Hilde betrat den Raum.

„Der Alte ist weg", sagte Martha.

„Quatsch doch keen Scheiß! Machste inner letzten Zeit immer öfter. Wat soll'n ditte?"

„Halt die Klappe. Was weißt du schon. Der Alte ist in der Nacht abgehaun. Da hast du doch gepennt."

„Aber du nich, wa?"

Bevor der Streit eskalieren konnte, bat Jan die beiden Frauen um ihre Hilfe. Martha willigte sofort ein, Hilde ließ sich dreimal bitten. Jan schloss das Büro ab und schob sie in den Speisesaal, in dem die ersten Hungrigen bereits warteten.

Martha stellte sich vor die Theke, steckte sich zwei Finger in den Mund und pfiff laut. „Aufgepasst! Heut gibts keinen Rundumservice. Wenn ihr futtern wollt, stellt euch schön in die Schlange. Jeder kriegt was, nur'n bisschen später als sonst. Holt euch das Essen am Tresen ab. Den Tee müsst ihr euch selbst einschenken und die schmutzigen Teller kommen zurück zu mir. Und die Tische werden sauber verlassen."

Jan grinste und sah die ersten Hungrigen auf sich zukommen.

„Ick bleib hier draußen und regel allet", verkündete Hilde und schob eine kleine schüchterne Frau, die sich gerade anstellen wollte, hinter den Tresen.

Martha hakte sie unter und verschwand mit ihr in der Küche. Jan folgte den beiden, schloss die Kühlschränke auf, holte die Brötchenspende des türkischen Bäckers aus dem Schrank, stellte Margarine, Wurst und Käse auf einen großen Holztisch und verteilte die Schmiermesser.

Eine Stunde später waren alle versorgt. Dankbar drückte Jan seinen drei Helferinnen jeweils zehn Euro aus seiner eigenen Tasche in die Hand, eilte ins Büro und schnappte sich den Erste-Hilfe-Koffer. Einer der Gäste hatte eine Wunde am Handrücken, die er verbinden wollte. Er setzte sich zu ihm an den Tisch und wartete, bis er fertig gegessen hatte. Ungefragt servierte ihm die kleine Schüchterne einen Kaffee und nahm neben ihm Platz. Er wusste nicht, was er mit ihr reden sollte, aber sie schien zufrieden damit zu sein, einfach hier zu sitzen und noch einen Moment die Wärme und die Sicherheit genießen zu können. Als der Mann fertig war, nahm Jan ihn mit in den Waschraum, reinigte die Wunde und verband sie notdürftig. Dann bat er alle Übernachtungsgäste zu gehen und schloss hinter ihnen ab. Er holte sich noch einen Kaffee, setzte sich damit an den Schreibtisch und erledigte die lästige Dokumentation für den Geldgeber. Erst jetzt bemerkte er den eingegangenen Anruf mit unbekannter Nummer, war zu müde, um zurückzurufen, steckte das Handy in die Jackentasche und machte sich auf den Weg nach Hause.

* * *

Ein LKW donnerte vorbei und ließ die Scheiben vibrieren. Breschnow schrak hoch und sah sich verwundert um. Dann erinnerte er sich an die Frau, die gestorben war und dass er sich in ihrer Wohnung aufhielt, die immer noch darauf wartete, dass sie nach Hause kam.

Er streckte sich und stakste mit steifen Gliedern ins Badezimmer. Der Spiegel begrüßte ihn mit einem faltenreichen Gesicht, einem Dreitagebart, wirren grauen Haaren und tiefen Augenringen. Das Trockensein hatte offensichtlich noch keine sichtbaren Spuren zum Besseren hinterlassen.

Breschnow spritzte sich kaltes Wasser ins Gesicht und auf die Haare, glättete sie notdürftig und sah sich nach einem Handtuch um. Dann ging er in die Küche, um sein Handy zu holen. Delego hatte dreimal angerufen und zwei Nachrichten hinterlassen, Iris bereits vier. Leise fluchend hörte er sie ab, warf sich die Jacke über und eilte hinaus.

Als er den Gehweg betrat, fuhr ein Müllwagen vorbei. Ansonsten wirkte die Gegend seltsam unbelebt. Die Nachschwärmer waren verschwunden und die anderen Kiezbewohner noch nicht aufgestanden. Er rief sich ein Taxi, ließ sich über den Hermannplatz den Berg hoch in den Schillerkiez kutschieren und strandete zehn Minuten später an dem verschlossenen Gitter der Neuköllner Seite des Tempelhofer Feldes. Er rüttelte an dem verschlossenen Tor, sah über das Feld und hinauf in den Himmel, wo sich graue Wolken zusammenballten, und rief Delego an. Fünf Minuten später schloss ihm der Hüne auf und brachte ihn zum Fundort, gerade noch rechtzeitig, bevor der Himmel seine Pforten öffnete. Breschnow flüchtete ins Zelt der Spurensicherung. Grelles Licht blendete ihn und der Gestank des ungewaschenen Körpers ließ ihn die Luft anhalten.

„Moin, moin. Auch schon wach?“, begrüßte ihn Manfred.

„Wieder ein blauer Schirm?“, fragte Breschnow.

„Jo, aber leider sind diese Dinger Massenware, genauso wie die Bibel, die er in den Händen hält. Aber eine Handtasche habe ich dieses Mal nicht gefunden.“

„Sehr witzig“, murmelte Delego genervt.

„Schlechte Laune?“, erkundigte sich Breschnow.

„Es wäre schon schön, wenn ich meine Kollegen erreichen könnte, wenn ich sie brauche.“

„Damit meinst du wahrscheinlich mich.“ Er hob die rechte Hand und spreizte die ersten drei Finger. „Ich gelobe Besserung.“

„Wenn ihr fertig seid mit euren Beziehungsproblemen, bringe ich euch mal auf den neusten Stand“, sagte Manfred. „Meine Jungs haben draußen alles abgesucht, aber es scheint nicht mehr zu geben als das, was unser Toter in den Händen hält.“

„Gut“, sagte Breschnow und deutete an das Zeltdach, „denn

so wie sich das anhört, verwischt der Regen jetzt alle Spuren. Wissen wir schon, wer er ist?“

„Er trägt keine Papiere bei sich und dem Geruch und dem Zustand seiner Kleidung nach zu urteilen, handelt es sich wahrscheinlich um einen Obdachlosen“, antwortete Delego, die sich neben ihn gestellt hatte.

Breschnow ging in die Hocke, betrachtete das hagere Gesicht und den ausgemergelten Körper. „Er könnte zwischen siebzig und achtzig sein und ich sehe keine äußeren Verletzungen.“

Er erhob sich, was seine Knie mit einem vernehmlichen Knacken kommentierten. „Er sieht aus, als ob er sich zum Schlafen hingelegt hat.“

„Embryonalstellung“, sagte Manfred. „So schlafe ich auch. Aber ich nehme keine Regenschirme mit ins Bett. Und meine Bibel bleibt in der Kirche.“

„Kannst du sie ihm wegnehmen, damit wir sie uns genauer ansehen können?“, erkundigte sich Delego.

„Wahrscheinlich nur, wenn ich ihm die Finger breche und das überlasse ich lieber der guten Monika.“

„Darauf kannst du lange warten. Monika ist in Brandenburg unterwegs. Aber das Institut schickt einen anderen Rechtsmediziner.“ Delego deutete auf den Regenschirm. „Ich wette, das ist dieselbe Marke wie bei der toten Frau.“

„Dieser ist aber nicht abgesägt“, sagte Manfred.

„Nein, nur fest umschlossen von seinen Händen.“

Breschnow ging noch einmal in die Hocke. „Bestimmt hatte die Bibel eine Bedeutung für ihn. Und zweimal ein blauer Schirm. Ich wette, es gibt es eine Verbindung zwischen den Toten.“

„Wie war's in der Wohnung? Hast du was gefunden?“, erkundigte sich der Spurensicherer.

„Welche Wohnung?“, zischte Delego.

„Erzähl ich dir später“, antwortete Breschnow. „Wer hat die Leiche entdeckt?“

Die Kommissarin funkelte ihn wütend an. Der Kriminaltechniker ließ den Blick zwischen den beiden hin- und hergleiten.

„Eine Annalisa Brosius“, antwortete Delego widerstrebend. „Ist hier mit dem Fahrrad durchgefahren. War wohl auf dem Weg zur Schule. Ihre Mutter hat sie vor einer halben Stunde abgeholt.“

Ein kleiner dicker Mann betrat das Zelt, stellte seinen schweren Aluminiumkoffer ab und gab allen zur Begrüßung die Hand. Der Rechtsmediziner betrachtete die Leiche eine Weile, maß die Rektaltemperatur und bat Delego, die Außentemperatur zu nehmen. Er zog ein grünes Formular aus dem Koffer und notierte die Werte.

„Sind Sie darüber informiert, dass wir vorgestern eine Tote mit demselben Accessoir in der Hasenheide gefunden haben?“, fragte die Kommissarin.

Der Angesprochene schüttelte den Kopf. „Ich komme gerade aus dem Urlaub und ich mache hier nur die erste Leichenschau.“

„Wann ist der Mann gestorben?“, fragte Breschnow.

„Schätzungsweise zwischen acht Uhr gestern Abend und sechs Uhr heute früh. Die Leichenstarre ist ziemlich ausgebildet.“

Er zog einen Fotoapparat aus seinem Koffer und arbeitete sich mit dem Objektiv langsam den Körper entlang. Dann musterte er Breschnow, der ihn um circa fünfzehn Zentimeter überragte, drückte ihm die Kamera in die Hand und bat ihn, mehrere Aufnahmen von oben zu machen. Danach wechselte er die Handschuhe und besah sich die Haut am Hals und an den Händen. Vorsichtig tastete er sich den mageren Körper hinab und wieder hinauf, griff zu einer kleinen

Lampe, hob erst das eine, dann das andere Augenlid an und leuchtete hinein, ebenso wie in die Mundhöhle.

„Ich glaube, ich kann als Todesursache Erwürgen ausschließen."

„Können Sie nachsehen, ob er Einstiche in der Armbeuge hat?", bat Delego.

„Dafür müsste ich ihm die Arme brechen. Das macht man besser auf dem Tisch. Außerdem befürchte ich, dass sein Hemd mit dem Schmutz auf der Haut verwachsen ist. Das muss man mit Chemikalien lösen. Und drehen möchte ich ihn auch nicht so gerne, wegen der Sachen, die er in den Händen hält."

Er ging zu den Füßen des toten Mannes, kniete sich hin, schob vorsichtig das untere Hosenbein ein Stückchen hoch und inspizierte die Flecken auf der Haut.

„Ich denke, er wurde nach seinem Tod nicht mehr bewegt. Aber auch das kann erst mit Sicherheit festgestellt werden, wenn man ihn entkleidet." Er griff noch einmal nach der Kamera, fotografierte das winzige Stückchen Haut, das er freigelegt hatte. Dann stellte er sich neben Delego. „Der Mann war schon vor seinem Tod in einem wirklich schlechten Zustand. Ich würde mich nicht wundern, wenn er eines natürlichen Todes gestorben wäre."

Delego bedankte sich und verließ das Zelt. Sie erkundigte sich bei den Uniformierten, ob sie alle Eingänge zum Feld geschlossen und gesichert hatten und schickte sie zurück in ihre Dienststellen. Heute würde niemand mehr den ehemaligen Flughafen betreten und ob sie morgen das Feld wieder freigeben würden, hing von den Ergebnissen der Spurensicherung ab. Sie ging zu dem Leichenwagen, der neben ihrem Lancia stand und gab den Toten zum Transport frei. Dann winkte sie Breschnow heran und fuhr mit ihm zurück ins Präsidium.

„Jetzt haben wir zwei Tote“, sagte Delego. „Ein schlafender alter Mann, der einen blauen Schirm und eine Bibel umarmt, und eine Frau, die durch einen blauen Schirm vor dem Regen geschützt wird und sich einen Psalm in die Hand geschrieben hat. Vielleicht waren sie ein Paar oder miteinander verwandt.“

„Barbara Antes war neunundfünfzig, der Mann schätzungsweise zwischen siebzig und achtzig und er war wahrscheinlich obdachlos.“

„Sie auch, obwohl sie eine Wohnung hatte“, sagte Delego.

„In der sie aber in den letzten sechs Wochen nicht mehr gewesen ist“, sagte Breschnow.

„Woher weißt du das so genau mit den sechs Wochen?“

„Intuition?“

Delego stöhnte. „Du warst dort, oder?“

Der Hauptkommissar nickte. „Die Zeitungen hinter der Tür haben es mir verraten.“

Sie erreichten die Dienststelle und stiegen aus. Schmitti wartete auf sie im Besprechungsraum. Delego brachte ihn auf den neusten Stand.

„Wie ist der Mann aufs Feld gekommen?“, fragte Schmitti. „Der Flughafen wird doch abgesperrt, sobald es dunkel ist.“

„Er könnte sich schon am Vorabend dort versteckt haben. Ich glaube kaum, dass sie das Gelände so gründlich kontrollieren“, antwortete Breschnow.

„Gemeinsam mit seinem Mörder?“

„Auch hier wissen wir noch nicht, ob es ein Mord war“, erinnerte Delego.

„Aber wir gehen davon aus“, sagte Breschnow. „Sonst würden wir ja wohl nicht ermitteln.“

„Vielleicht sollten wir erst einmal die Obduktionen abwarten, bevor wir die Pferde weiter scheu machen“, schlug Schmitti vor.

„Denkst du wirklich, die beiden haben sich ihre Schirme geschnappt und sind in die Grünanlagen spaziert, um dort zu sterben?", fragte Breschnow.

„Die Schirme sagen nicht viel aus. Die kann man in jedem Drogeriemarkt kaufen."

„Aber keine abgesägten", widersprach der Hauptkommissar. „Außerdem vermute ich, dass jemand Barbara Antes diesen Psalm in die Hand geschrieben hat." Er stellte sich an das Whiteboard, griff zum Stift, malte einen Kreis und schrieb – Alter Mann – hinein. Dann stand er eine Weile nur da und starrte auf das Board. „Barbara Antes haben wir dank der neuen Medien ziemlich schnell identifiziert. Dass es mit unserem zweiten Toten genauso läuft, ist nicht zu vermuten. Wir sollten die Notübernachtungsstellen rund um die Hasenheide und das Tempelhofer Feld abklappern und dort nach ihm fragen."

Schmitti sah Delego an, die kaum merklich nickte.

Breschnow drehte sich zu ihnen um. „Wieso sind nicht beide in der Hasenheide getötet worden? Der Park bietet doch viel mehr Schutz als das offene Feld."

„Aber dort ist auch vierundzwanzig Stunden am Tag was los. Obdachlose, die da übernachten, Dealer, die ihr Zeug verticken. Die machen bestimmt keine Pausen" antwortete Schmitti. „Da ist das abgeriegelte Feld viel ruhiger."

„Vielleicht haben die Orte eine besondere Bedeutung", mutmaßte Delego.

„Für die Opfer oder für die Täter?", fragte Schmitti.

„Vielleicht für beide", antwortete Breschnow und

setzte sich wieder zu ihnen an den Tisch. „Anderes Thema: Barbara Antes hatte einen Kaiserschnitt. Sie hat also ein oder mehrere Kinder geboren. Hast du irgendwas darüber herausgefunden?"

„Bisher noch nicht", antwortete Schmitti, „aber ich kann

dir sagen, dass die Frau in Braunschweig geboren wurde und dort bis 1989 gewohnt hat. Als die Mauer fiel, ist sie nach Berlin gezogen."

„Leben die Eltern noch?", fragte Delego.

Schmitti verneinte und öffnete ein neues Fenster auf seinem Laptop. „Barbara Antes hat einen Eintrag im

Polizeiregister vom Herbst 1990. Störung der öffentlichen Ruhe. Sie hatte sich in der U-Bahn nackt ausgezogen und getanzt."

„Alk, Tabletten oder Drogen?", fragte Breschnow.

„Ein bunter Cocktailmix. Sie haben ihr im Krankenhaus den Magen ausgepumpt und sie dann zur Beobachtung nach Reinickendorf in die Psychiatrie gebracht. Als sie nicht bleiben wollte, wurde sie zwangseingewiesen."

„Wie lange war sie dort?"

„Zwei Monate."

„1990", rechnete Delego. „Da war Frau Antes einunddreißig."

„Als sie entlassen wurde, ist sie gleich zurück nach Braunschweig gegangen."

„Zwei Monate Bonnys Ranch und danach die traute Familie", murmelte Breschnow. „Und wann ist sie wieder hierhergekommen?"

„Das war 1994. Zunächst hatte sie wechselnde Wohnsitze. Aber seit Oktober 2000 ist sie dauerhaft in der Weichselstraße gemeldet."

Delego ging zum Whiteboard und notierte die neuen Informationen. Breschnow stand auf und stellte sich ans Fenster, blickte in den grauen Hof, wo sich ein Mannschaftswagen zur Abfahrt bereit machte.

„Als nächstes befragen wir das Mädchen, das die Leiche gefunden hat", sagte Delego.

Breschnow wandte sich ihr zu. „Ich gehe noch einmal in die Wohnung."

„Wir sind aber nur zu zweit. Wir müssen uns einigen. Ich finde, die Befragung des Mädchens hat Vorrang. Die Wohnung wird von der Spurensicherung durchsucht."

„Nimm doch Schmitti mit zu dem Mädchen", schlug Breschnow vor.

Der Genannte schüttelte vehement den Kopf, zählte mindestens fünf Hinweise auf, denen er dringend nachgehen musste und verließ fluchtartig den Raum.

Delego sah ihm ratlos hinterher. „Sein Widerwillen, draußen zu ermitteln, wird immer schlimmer. Aber in diesem Fall hat er recht. Er sollte lieber hier die Stellung halten."

„Dann müssen wir uns aufteilen", sagte Breschnow. „Ich gehe in die Wohnung und du zu der Zeugin."

„Nein! Wir gehen zusammen. Ende der Diskussion."

Delego griff nach ihrer Tasche und eilte hinaus. Breschnow folgte ihr zum Auto, öffnete die Beifahrertür und griff nach der Holzkiste auf dem Vordersitz.

„Finger weg! Du kannst hinten sitzen", fauchte die Kommissarin. „Im Moment habe ich meinen Papierkram lieber neben mir als dich."

„Du bist ja richtig sauer", stellte Breschnow fest und quetschte sich auf die Rückbank.

Delego drehte sich zu ihm um. „Du warst vier Monate nicht da und ich musste mich mit unserem Kollegen Drass arrangieren. Er hat sofort die Ermittlungsleitung bekommen, vielleicht weil er wie du Hauptkommissar ist, vielleicht aber auch, weil er ein Mann ist. Und jetzt hat er Urlaub und ich habe endlich mal die Chance, Ermittlungen durchzuführen, wie ich sie für richtig halte, und du torpedierst mich. Das ist nicht fair. Gerade von dir hätte ich etwas anderes erwartet."

Breschnow schloss die Wagentür und ließ sich Delegos Worte durch den Kopf gehen. Dann beugte er sich zwischen den Sitzen vor. „Wieso denkst du, dass die Zeugenbefragung wichtiger ist als die Wohnungsdurchsuchung?"

„Ich weiß nicht, ob es wichtiger ist. Ich fand es nur naheliegender. Zeugen vergessen schnell."

Breschnow lehnte sich ins Polster. „Das Mädchen wohnt in Kreuzberg, Solmsstraße achtundvierzig. Das ist fast oben an der Blücher."

Zehn Minuten später erreichten sie ihr Ziel und Delego parkte dicht an der Mauer eines Friedhofs. Das Haus, in dem Annalisa mit ihren Eltern wohnte, war einer der schmucklosen Altbauten, von denen man nach dem Krieg den Putz abgeschlagen hatte. Aber das Treppenhaus war sauber und es roch nach Veilchen. Sie klingelten an der Tür der Familie Brosius. Die Frau, die ihnen öffnete, war in den Fünfzigern und stellte sich als Ute Brosius vor. Sie bat die Kommissare in einen dielenähnlichen Flur, in dem ein Gummibaum sein lichtarmes Leben fristete. Delego fragte nach Annalisa. Frau Brosius führte sie in ein geräumiges Wohnzimmer und holte ihre Tochter. Die Kommissarin setzte sich auf einen der cremefarbenen Sessel. Breschnow stellte sich ans Fenster. Kurz danach betrat Annalisa den Raum, warf einen Blick auf den Hauptkommissar und hielt ihm eine verknitterte Visitenkarte hin. „Bist du das zufällig?"

Breschnow musterte zuerst das Mädchen, dann die Karte und nickte. „Woher hast du die?"

„Jan hat sie mir gegeben."

„Und wer ist Jan?"

„Der arbeitet in einer Obdachloseneinrichtung. Meine Oma schläft auch dort. Sie ist verschwunden und er hat mir gesagt, dass du mir helfen wirst, sie zu finden."

„Die Polizisten sind nicht wegen Charlotte hier", ermahnte sie ihre Mutter. „Also warte gefälligst ab, was sie dich fragen."

Annalisa ignorierte sie. „Wirst du mir helfen?“

Breschnow nickte und setzte sich auf einen Sessel neben seine Kollegin. Das Mädchen und seine Mutter nahmen auf dem Sofa gegenüber Platz. Annalisa versuchte, den Abstand zu ihr so groß wie möglich zu halten.

„Ich schlage vor, wir befragen dich jetzt erst einmal zu dem Toten auf dem Tempelhofer Feld und danach reden wir über deine Oma. Ist das okay für dich?“, begann Delego und zog einen Notizblock aus ihrer Tasche.

„Über Charlotte müssen Sie nicht reden“, widersprach die Mutter.

„Wieso? Wissen Sie, wo sich die Vermisste aufhält?“

Frau Brosius verneinte.

Delego wandte sich wieder dem Mädchen zu. „Also, du bist heute Morgen auf deinem Schulweg über das Tempelhofer Feld gefahren.“

„Tempelhofer Feld?“, schnaubte die Mutter. „Wo soll denn diese Schule sein?“ Sie durchbohrte ihre Tochter mit ihrem Blick. Annalisa schwieg.

Delego sah auf ihre Notizen. „In der Schillerpromenade. Stimmt das nicht?“

Die Mutter lachte gequält auf. „Da hat sie Ihnen einen Bären aufgebunden. Aber das ist ja nichts Ungewöhnliches für meine Tochter. Ihre Schule ist gleich hier um die Ecke in Fußnähe.“

„Was wolltest du dann auf dem Feld?“, fragte Breschnow.

„Meine Oma suchen“, antwortete Annalisa.

„Ist sie öfter dort?“

„Nein. Eigentlich in der Hasenheide. Aber da habe ich sie nicht gefunden und deswegen bin ich aufs Feld gefahren.“

„Meine Mutter hat …“, setzte Frau Brosius an.

Delego stoppte sie freundlich und bat sie, sich etwas zurückzuhalten und die Befragung, wenn möglich, nicht mehr zu unterbrechen.

„Du bist also über das Feld gefahren, um deine Großmutter zu suchen und hast stattdessen einen Toten gefunden", fasste Breschnow zusammen. „Kanntest du den Mann?"

Annalisa verneinte.

„Es gab noch eine weitere Tote", sagte Delego. „Sie wurde in der Hasenheide gefunden."

Sie rief das Foto von Barbara Antes auf ihr Display und zeigte es dem Mädchen. Annalisa beugte sich vor, um besser sehen zu können.

„Kennst du sie?"

Sie nickte kaum merklich.

„Woher?"

„Von da, wo Oma manchmal schläft. Ich mochte sie nicht."

„Warum mochtest du sie nicht?"

„Sie hat nie geredet und sie hat sich an Oma rangehängt. Irgendwie war sie mir unheimlich."

Die Kommissare wechselten einen Blick.

„Da sehen Sie!", konnte sich Frau Brosius nun nicht mehr zurückhalten. „Meine Mutter entscheidet sich, auf der Straße zu leben und zieht meine Tochter gleich mit in den Dreck."

„Seit wann vermisst du denn deine Oma?", fragte Breschnow.

„Seit drei Tagen. Normalerweise treffe ich sie tagsüber im Park. Aber am Dienstag hatte ich einen Test in der Schule. Und ich blöde Kuh bin hingegangen." Tränen stiegen ihr in die Augen. „Und am Abend war meine Oma weg. Es ist alles meine Schuld."

Delego wühlte in ihrer großen Tasche, zog ein Päckchen Taschentücher heraus und reichte ihr eins.

„Sie hätte auch diesen Test geschwänzt, wenn ich sie nicht zur Schule gebracht hätte", beklagte sich Frau Brosius. „Sagen Sie doch mal ehrlich: Was soll man denn da machen? Ein Schulabschluss ist doch wichtig."

„Frau Brosius. So geht das nicht“, sagte Delego. „Vielleicht können wir die Befragung trennen und Sie gehen mit meinem Kollegen in die Küche und erzählen ihm Ihre Sicht der Dinge, während ich mit Ihrer Tochter rede.“

„Annalisa ist erst fünfzehn. Ich habe ein Recht, dabei zu sein.“

„Das haben Sie und wir können Ihre Tochter auch nur mit Ihrer Einwilligung befragen. Aber wenn wir das getrennt tun, dann sind wir bestimmt schneller wieder weg.“

Das Argument schien zu ziehen. Die Mutter erhob sich, warf ihrer Tochter einen warnenden Blick zu und sah Breschnow auffordernd an.

„Ich möchte nicht mit Ihnen reden“, sagte Annalisa, „sondern mit ihm. Jan sagt, er ist okay und hat einen Freund, der auch auf der Straße lebt.“

Delego seufzte kaum hörbar. „Na gut. Dann machen wir es umgekehrt.“

Breschnow wartete, bis die beiden den Raum verlassen hatten.

„Erzähl mir von deiner Großmutter.“

„Sie ist die beste Oma der Welt“, strahlte Annalisa. „Ich bin quasi bei ihr aufgewachsen. Meine Mutter hatte keine Zeit für mich.“

„Das heißt, sie hatte eine Wohnung, in der sie gelebt hat?“

„Na klar, Mann. Aber als Werner gestorben ist, hat sie es dort nicht mehr ausgehalten und ist immer raus in die Hasenheide.“ Sie spielte mit dem Saum ihres T-Shirts. „Dort haben die beiden sich nämlich kennengelernt. Cool, oder? Sie will immer auf dieser einen Bank im Rosengarten sitzen, sagt, dass er auch da ist.“

„Und in ihrer Wohnung war sie dann gar nicht mehr?“

„Nur noch selten. Sie sagt, dass Tote sich in Räumen eingeschlossen fühlen. Deswegen findet man sie nur draußen.“

Breschnow dachte darüber nach.

Annalisa musterte ihn. „Ziemlich schräg, oder? Aber wer weiß, vielleicht ist es ja wirklich so."

„Ja. Vielleicht", murmelte Breschnow. „Wie lange kannten sich die beiden?"

„Drei Jahre oder fünf oder so."

„Und sie haben zusammengewohnt?"

Annalisa nickte.

„Du sagst, sie hat ihren Werner in der Hasenheide kennengelernt?"

„Ja, in der Hasenschänke. Da waren wir früher oft zum Eis essen."

„Wie alt ist deine Oma?"

„Ziemlich alt. Schon über siebzig. Sie ist ja die Mutter meiner Mutter und die ist ja auch schon alt."

Breschnow grinste. „So kann man das auch sehen. Deine Mutter scheint sauer auf dich zu sein. Wie oft hast du denn die Schule geschwänzt, um mit deiner Oma in die Hasenheide zu gehen?"

Annalisa runzelte die Stirn. „Nicht oft, Mann. Vielleicht einmal die Woche 'nen ganzen Tag. Und manchmal auch zweimal oder dreimal."

Breschnow zog eine Zigarette aus der Packung.

„Meine Mutter killt dich, wenn du hier rauchst. Aber wir können in mein Zimmer gehen und uns ans Fenster stellen."

Annalisa sprang auf und eilte hinaus. Breschnow folgte ihr in ein kleines, unordentliches Mädchenzimmer und ahnte die innere Zerissenheit, die dieses Alter oft mit sich brachte. Eine Wand war in einem zarten Rosa gestrichen, es gab einen Sessel in derselben Farbe und einen Holzschrank. Aber das Bett war schwarz bezogen und an der gegenüberliegenden Wand hingen Fotografien von heruntergekommenen Industriehöfen, von alten weggeworfenen Möbeln auf Fußwegen und das Plakat einer Punkband.

Annalisa hatte das Fenster, das zu einem düsteren, engen Hinterhof hinausging, aufgemacht und winkte ihn heran. Sie fingerte eine Zigarette aus einem Päckchen, das sie zwischen ihren Pullovern versteckt hatte und ließ sich Feuer geben. Breschnow zögerte kurz und steckte sich dann auch eine an. „Oma war schon immer etwas Besonders, weißt du. Irgendwie nicht so besessen von Regeln. Aber ganz ehrlich, in der letzten Zeit war sie auch irgendwie durchgeknallt."

„Wie meinst du das?"

„Naja, sie hat zum Beispiel den Weg in die Hasenheide nicht mehr gefunden, obwohl sie da ständig war. Ich hab dann mal ein bisschen im Internet rumgefragt und rausgefunden, dass sie Alzheimer hat, weil das wohl oft so losgeht, dass man sich nicht mehr an Wege erinnert."

„Oder die Uhr nicht mehr lesen kann", ergänzte Breschnow.

„Keine Ahnung, ob sie das konnte. Sie hatte ja keine. Und diese andere Alte, die war ja noch schlimmer."

„Sie war noch gar nicht so alt. Hat sie auch alles vergessen?"

„Ja. Und sie war immer mit Oma zusammen. Hat sie mir irgendwie weggenommen."

„Vielleicht hatte sie Angst, allein zu sein. Erzähl mir von ihr."

„Was soll ich da erzählen? Die Alte hat ja nie geredet. Sie trug immer so'n blauen Schirm mit sich herum. Ich hab mir gewünscht, dass Oma sie einfach mal im Park vergisst." Annalisa hielt kurz inne. „Und jetzt isses genauso gekommen, oder?"

Breschnow sah die Not in ihren Augen, wusste aber nicht, was er antworten sollte.

„Vielleicht hat Oma sie wirklich dort vergessen. Oh mein Gott. Wie scheiße ist das denn." Sie schnippte die Kippe aus dem Fenster und ließ sich auf ihr Bett fallen.

Breschnow drehte sich zu ihr um. „Weißt du, ob die beiden sich von früher kannten?"

Annalisa zuckte mit den Schultern.

„Hat deine Oma mal irgendetwas über sie erzählt?“

„Nee. Ich glaub, sie hat gemerkt, dass ich sie nicht mag.“

„Und der alte Mann? Bist du dir sicher, dass du ihn noch nie gesehen hast?“

„Total sicher. Aber vielleicht hat Oma ihn gekannt.“ Sie hielt kurz inne. „Meinst du, meine Oma ist auch tot?“

* * *

„Wir können die Befürchtung des Mädchens nicht ganz von der Hand weisen“, sagte Breschnow, als Delego und er wieder im Auto saßen. „Zwei Tote, die beide auf der Straße leben, und eine Obdachlose, die zur selben Zeit verschwindet.“

„Hast du das Annalisa auch so gesagt?“

„Natürlich nicht. Ich habe ihr gesagt, dass ich Charlotte finden werde.“

Delego bremste scharf. Vor ihr war ein Bus plötzlich zum Stehen gekommen. Sie hupte wütend.

„Du weißt doch gar nicht, was da vorne passiert ist“, brummte Breschnow.

„Und du weißt nicht, ob du diese Charlotte findest. Es ist unprofessionell, so etwas zu versprechen.“

Der Bus fuhr weiter. Warum er angehalten hatte, war nicht mehr festzustellen.

„Außerdem nervt mich dieser ganze Verkehr. Warum wollen alle plötzlich nach Berlin ziehen und Auto fahren?“

Breschnow lachte. „Was ist denn mit dir los?“

„Nichts.“

Delego gab Gas, überquerte den Hermannplatz, fuhr die Sonnenallee entlang und dann hinein in den Kiez. Vor dem Haus parkte ein Streifenwagen in zweiter Reihe, dahinter der graue Van der Spurensicherung und ein PKW, den sie nicht kannten. Delego stellte ihren Lancia dahinter ab und sie gingen zum Haus.

Vor Barbara Antes' Wohnung hatte sich eine junge Polizistin postiert, die ihre Ausweise verlangte. Delego zeigte ihre Dienstmarke und bürgte für ihren Kollegen. Beide betraten den hell erleuchteten Flur der Wohnung. Einer der Spurensicherer reichte ihnen die Schutzkleidung. Die Kommissarin winkte Manfred heran.

Der Kriminaltechniker eilte auf sie zu und wedelte mit einer Zeitung. „Die ist sechs Wochen alt. Im Flur lagen noch weitere, gerade so weit zur Seite geschoben, dass man die Wohnungstür öffnen konnte. Ich frage mich, wie diese vom Stapel auf den Tisch gekommen ist." Er zwinkerte Breschnow zu. „Wolltest du die Wohnung auf dich wirken lassen?"

„Ja, sie ist ein Teil der Toten. Und sobald dieser Zirkus hier beginnt, hört sie auf, das zu sein. Dann ist sie nur noch ein Ort, von dem man sich erhofft, brauchbare Spuren zu finden."

„Und du hast diesen Ort wissentlich kontaminiert", schimpfte Delego und marschierte in die Küche.

„Hat die Wohnung mit dir geredet?", fragte Manfred leise.

Breschnow nickte und folgte seiner Kollegin.

„Barbara Antes hat hier allein gelebt", sagte er. „Und ich bin sicher, sie hat es gerne getan. Überall kleine Schmuckstücke, Nippesfiguren, selbst bestickte Tischdeckchen, gehäkelte Sofakissenbezüge, die Topfblumen in Übertöpfen. Alles ist sauber, gepflegt und liebevoll hergerichtet. Aber hier", er deutete in den Raum, „ist es unaufgeräumt und schmutzig. Sie hat das Geschirr nicht abgewaschen. Sie hat die Lebensmittel auf dem Tisch stehen lassen und der Kühlschrank war ebenfalls noch gefüllt." Breschnow griff Delegos Arm und zog sie zum Schlafzimmer. „Und sie hat das Bett nicht gemacht. Annalisa sagt, dass beide Frauen, Charlotte und Barbara, in der letzten Zeit etwas verwirrt und vergesslich waren. Ich glaube ihr und es deckt sich mit der Beobachtung des Pfarrers. Barbara Antes hat ihre Wohnung verlassen, um irgendetwas zu erledigen und hat nicht mehr zurückgefunden."

* * *

Die Krankenschwester begrüßte ihn flüchtig und verschwand im Zimmer von Martha und Hilde. Jan war froh, sie zu sehen. Er arbeitete nicht gerne allein. Zofia war weiterhin krank und Renate würde sich verspäten. Er mochte die Kollegin nicht besonders, fand sie zu träge und unmotiviert, war aber trotzdem froh, dass sie eingesprungen war.

Jan ging ins Büro, schob sich einen Schokoriegel in den Mund und schaltete das Radio ein. Eine Sprecherin nannte die neusten Obdachlosenzahlen und dass sie seit dem Vormonat leicht zurückgegangen seien. Er fragte sich, woher diese Statistiken kamen. Die Schlange vor der Notübernachtung war genauso lang wie im Vormonat. Die Sprecherin wurde von einem Polizeireporter abgelöst, der berichtete, dass in den frühen Morgenstunden ein alter Mann mit unbekannter Identität tot auf dem Tempelhofer Feld gefunden worden war.

Jan dachte an den Alten, raufte sich die Haare und setzte sich an den Schreibtisch. Er fuhr den Laptop hoch und scrollte sich durch die Einträge in den sozialen Netzwerken. Neben alltäglichen Postings stolperte er über einen Beitrag, der ihn innehalten ließ. Das Bündel auf dem Feld war nicht gut zu sehen, aber Jan erkannte den braunen Mantel sofort. Tränen stiegen ihm in die Augen. Er hätte dem Alten einen besseren Ort zum Sterben gewünscht, wenigstens einen geheizten Raum und ein warmes Bett. Er lehnte sich zurück, blinzelte die Tränen weg und rang um professionelle Distanz. Er war wieder viel zu nah dran. Morgen würde er den Chef um eine Supervisionsstunde bitten. Dann richtete er seine Aufmerksamkeit wieder auf den Bildschirm. Der an ihn weitergeleitete Post von dem Toten hatte bereits viele Likes erhalten. Einige hatten das Foto kommentiert: *Erinnert mich an die Frau von gestern. Ist der auch tot?*

Quatsch, alles fake.

Kein Fake, dachte Jan. Er hob die Hände, wollte etwas Gemeines schreiben, um diese sensationsgeilen Idioten zu beleidigen. Aber bevor seine Finger die Tastatur erreichten, manifestierten sich weitere Buchstaben auf dem Bildschirm. Er verfolgte sie fassungslos, sprang auf und suchte Anni.

* * *

Auf der Straße drehte sich Delego noch einmal um und blickte auf die dunklen Fenster. Dann wartete sie auf ihren Kollegen. Sie hatte Breschnow dazu verdonnert, bei allen Mietern zu klingeln, aber es schien niemand zu Hause zu sein. Die Kommissarin öffnete den Kofferraum, schnappte sich eine Plastikkiste und klappte sie auf. Breschnow erreichte den Wagen und legte zwei Ordner und einen Stapel lose Papiere hinein, die die Kriminaltechniker ihnen zur Ansicht mitgegeben hatten.

„Was denkst du, wohin Barbara Antes wollte, als sie vergessen hat, wo sie wohnt?", fragte Delego.

„Vielleicht einkaufen gehen oder jemanden besuchen. Und dann trifft sie zufällig Charlotte und geht mit ihr in die Obdachloseneinrichtung."

„Wir müssen mit diesem Jan reden und morgen versuchen wir es noch mal mit den Mietern hier im Haus. Hoffentlich sind sie nicht kollektiv in den Urlaub gefahren."

„Sehr unwahrscheinlich", sagte Breschnow und stellte sich an die Beifahrertür.

Delego hievte die Kiste vom Vordersitz auf die Rückbank und ließ ihn einsteigen. Der Wagen holperte über das Kopfsteinpflaster. Delego musste immer wieder scharf bremsen, weil junge Passanten den Fahrweg überquerten.

„Die denken auch, die Straße gehört ihnen", brummte Breschnow, nachdem er fast gegen die Frontscheibe geknallt war.

„Wenn eine alte Dame auf der Straße herumirrt, muss das doch jemandem auffallen", sagte Delego.

„Wenn du eine alte Frau auf der Straße siehst, die nicht offensichtlich hilflos oder verletzt ist, dann gehst du doch nicht zu ihr hin und fragst, ob sie Hilfe braucht."

„Und woran erkenne ich eine offensichtlich Herumirrende?"

„Gute Frage", antwortete Breschnow und war froh, als sie auf den Kottbusser Damm einbogen und das Geholper endlich ein Ende nahm.

Schmitti meckerte, als Delego die späte Dienstbesprechung ansetzte. Er fuhr den Computer herunter, hängte sein Diensthandy an die Ladestation, griff nach dem Laptop und folgte den anderen in den Besprechungsraum. Delego hatte die Unterlagen aus Barbara Antes' Wohnung auf dem Tisch ausgebreitet.

„Sollen wir das alles heute Abend noch durchsehen?", fragte er besorgt.

„Wieso, hast du Angst, dass du nicht rechtzeitig nach Hause kommst?", frotzelte Delego.

„Ja, um ehrlich zu sein. Meine Frau liegt krank im Bett."

Als er ihren besorgten Blick sah, ergänzte er. „Nichts Ernsthaftes. Nur eine Erkältung mit Fieber."

„Dann mache ich es kurz", entschied Delego und fasste die Ereignisse der letzten drei Tage zusammen: „Zwei Tote. Ein Mann und eine Frau. Wir wissen nicht, ob sie etwas verbindet und wir wissen nicht, ob es sich um Tötungsdelikte handelt."

„Nicht gerade viel", sagte Schmitti. „Aber du hast die heiligen Sprüche vergessen und die Posts auf Social Media. Könnte dieses Mädchen sie ins Netz gestellt haben?"

Breschnow schüttelte den Kopf. „Das glaube ich nicht."

„Aber ausschließen können wir es nicht", widersprach Delego. „Annalisa hat den zweiten Toten gefunden und sie war oft in der Hasenheide unterwegs."

„Ich bleibe auf jeden Fall an den Technikern dran", sagte Schmitti. „Vielleicht schaffen sie es ja doch noch, der digitalen Spur zu folgen."

„Beziehen wir die verschwundene Charlotte in unsere Ermittlungen mit ein?", fragte Breschnow.

„Ich denke, wir warten noch ein oder zwei Tage, ob sie wiederauftaucht", antwortete Delego. „Hast du noch was für uns, Schmitti?"

Der Computerspezialist nickte und konsultierte seinen Laptop. „Barbara Antes hat einen Sohn. Nico Alexander Antes, geboren am 13.09.1995 in Berlin."

„Der dreiundzwanzigjährige Kaiserschnitt", sagte Delego.

„Ich habe ihn so schnell gefunden, weil er in unserer Datenbank ist. Diverse Diebstähle als Strafunmündiger. Mit sechzehn hat man ihn dann zu sozialen Einsätzen verknackt und er hat seine Strafstunden abgearbeitet. Seit er volljährig ist, hat er sich nichts mehr zu Schulden kommen lassen und bezieht Hartz IV."

„Wahrscheinlich hatte er Angst vorm Knast und hat sich deswegen zurückgezogen", sagte Delego.

„Was hat er denn damals geklaut?", fragte Breschnow.

„Hauptsächlich technische Geräte, die man gut verkaufen kann. Handys, Laptops, Tablets."

„Und von was hat seine Mutter in der Zeit gelebt?"

„Rund um die Schwangerschaft und die Geburt hat sie Sozialleistungen bezogen, aber ab 1996 nicht mehr.

Wahrscheinlich hat sie irgendwo schwarzgearbeitet. Im Sozialversicherungssystem habe ich sie erst nach der Jahrtausendwende gefunden. Da hat sie in einem Büro gejobbt."

„Wir müssen den Sohn über den Tod seiner Mutter informieren."

„Das habe ich bereits versucht", sagte Schmitti. „Telefonisch. Dachte, dass ihr damit einverstanden seid."

„Sind wir auch", beruhigte ihn Delego.

„Ich habe ihn aber nicht erreicht. Habe ihm dreimal auf seine Mailbox gesprochen und um Rückruf gebeten. Bisher hat er sich nicht gemeldet."

„Wo wohnt er?"

„In der Sonnenallee fünfundsiebzig."

„Versuch es morgen früh noch einmal und dann sag mir Bescheid. Zur Not müssen wir unangemeldet hinfahren." Delego sah auf die Uhr. „Ich erzähle euch noch kurz von dem Gespräch mit Frau Brosius und dann machen wir Schluss für heute. Die Frau war wirklich anstrengend. Aber irgendwie kann ich sie auch verstehen. Sie macht sich Sorgen um ihre Tochter."

„Kannte sie die Tote?", erkundigte sich Breschnow.

Delego schüttelte den Kopf. „Und ihre Version der

Geschichte hört sich etwas anders an als die von Annalisa." Die Kommissarin legte ihr Handy auf den Tisch. „Ich habe das Gespräch aufgenommen. Mit ihrer Erlaubnis natürlich."

Es knisterte kurz. Dann war Delegos Stimme klar zu hören. Sie bat Frau Brosius, von der Vermissten zu berichten.

„Meine Mutter ist mit vierundsiebzig auf die Straße gegangen. Das müssen Sie sich mal vorstellen!", sagte die Frau wütend. „Und vorher hat sie noch diesen Typen angeschleppt, diesen Werner. Der wollte sich doch nur mit ihrer Rente durchschnorren. Zum Glück ging das nicht lange. Er ist krank geworden und sie hat ihn gepflegt. Ich glaube, er hatte Bauchspeicheldrüsenkrebs. Ist ja auch kein Wunder, bei der Sauferei. Und als er tot war, ist sie völlig durchgedreht, hat behauptet, sie kann nicht mehr in der Wohnung sein. Ich habe ihr angeboten, dass sie zu uns ziehen kann. Immer wieder habe ich ihr das gesagt. Aber sie hat mir nicht geglaubt, hat behauptet, ich rede das nur so dahin."

„Und haben Sie das nur so dahin geredet?", fragte Delegos Stimme.

„Nein, bestimmt nicht. Aber ich habe natürlich Regeln aufgestellt, wann sie zu Hause sein soll zum Beispiel und dass sie keinen Besuch haben darf."

Breschnow stöhnte.

„... sind ja schon genug Leute in der Wohnung und ich wollte nicht, dass sie den nächsten Penner anschleppt. Außerdem habe ich sie gebeten, sich um Annalisas Schulsachen zu kümmern und ein bisschen im Haushalt zu helfen. Aber das wollte sie alles nicht, hat gesagt, dass es nicht gut ist, wenn die Eltern und die Kinder später noch einmal zusammenziehen. Und dass ich mir keine Sorgen zu machen brauche und sie mir nicht zur Last fallen würde." Die Stimme stoppte kurz, um dann in einer schrillen Tonlage fortzufahren. „Sie will mir Schuldgefühle machen. Deswegen ist sie verschwunden."

„Weswegen will Ihre Mutter, dass Sie sich schuldig fühlen?"
„Weil ich mein eigenes Leben führen wollte, früh ausgezogen bin und berufstätig war, um nicht von einem Mann abhängig zu sein. Wissen Sie, es ging immer nur um sie. Und jetzt hat sie auch noch meine Tochter mit reingezogen, hat sie von der Schule abgehalten. Annalisa betet Charlotte an, hängt ständig mit ihr rum."

„Was arbeiten Sie?", fragte Delegos Stimme.

„Ich bin Krankenschwester im Vivantes Klinikum am Urban."

Die Kommissarin stoppte die Aufnahme.

„Die holde Familie", flötete Schmitti.

„Ich kann verstehen, dass Charlotte nicht zu ihrer Tochter ziehen wollte. Da könnte mane sich gleich freiwillig eine Zwangsjacke anziehen", sagte Breschnow. „Hast du sie nach Barbara Antes gefragt?"

„Sie sagt, sie kennt sie nicht."

„Frau Brosius ist Krankenschwester. Das heißt, sie kann spritzen."

„Daran habe ich auch schon gedacht", sagte Delego.

„Hat dieser Werner einen Nachnamen, den ich durch die Suchmaschine jagen kann?", fragte Schmitti.

„Bisher leider noch nicht."

Ein Telefon klingelte. Dann ein zweites im Nebenbüro. Schmitti erhob sich, um den Anruf entgegenzunehmen. Kurz danach kehrte er zurück und hielt Delego den Hörer hin.

„Die Zentrale. Der Leiter irgendeiner Notübernachtungsstelle hat dort angerufen und behauptet, sein Mitarbeiter habe etwas in Verbindung mit unseren Toten gefunden."

* * *

Breschnow hatte nur wenig Mühe, Schmitti zu übereden, mit ihm zu der Obdachloseneinrichtung zu fahren. Wenn es um Computer ging, machte sein Kollege sogar gerne Außeneinsätze und nach einem Telefonat mit seiner kranken Frau, die ihm versicherte, von ihren Töchtern gut versorgt zu werden, fuhren sie los. Sie brauchten nur zehn Minuten bis zu ihrem Ziel. Ein junger Mann stand auf dem Bürgersteig und winkte sie heran. Schmitti parkte den Wagen und folgte Breschnow und dem Mitarbeiter ins Haus. Es war still und der Flur nur schwach beleuchtet.

„Wir lassen immer ein bisschen Licht an, weil manche Übernachtungsgäste Angst vor der Dunkelheit haben", erklärte Jan Stremer. „Aber es darf auch nicht zu hell sein, damit es die anderen nicht stört." Er lotste sie in das Büro und schloss die Tür hinter sich.

„Haben Sie uns angerufen?", fragte Breschnow.

„Nein. Das war mein Chef. Er war hier wegen der Abrechnung, konnte aber nicht auf Sie warten. Es gab eine Schlägerei in einer anderen Einrichtung und da musste er hin."

„Und was wollen Sie uns zeigen?"

Jan deutete auf die zwei Stühle, die er vor den Laptop gestellt hatte und bat sie, sich zu setzen.

„Jemand hat einen Post an mich weitergeleitet."

„Kennen Sie den Adressaten?"

Er schüttelte den Kopf. „Ich habe über tausend Freunde, nehme eigentlich jede Freundschaftsanfrage an."

„Tolle Freunde, wenn man die noch nicht mal kennt", brummte Breschnow und starrte auf die Aufnahme.

Sie zeigte den Toten vom Tempelhofer Feld. Der alte Mann lag zusammengekauert auf der Seite, den blauen Regenschirm mit beiden Armen fest umschlungen. Der Fotograf musste dicht an ihn herangetreten sein.

„Ich glaube, wir sollten uns mal das Handy von dieser Annalisa ansehen und mit der Aufnahme hier abgleichen", schlug Schmitti vor.

„Passen Sie auf! Gleich. Die Animation", sagte Jan und deutete auf den Bildschirm, wo sich die Pixel des Bildes langsam auflösten und schwarzen Buchstaben Platz machten.

Breschnow beugte sich vor und las. „Siehe, meine Tage sind eine Handbreit bei dir, und mein Leben ist wie nichts vor dir."

„Das ist die Fortsetzung des Psalm 39", erklärte Schmitti.

„Dann ist das unsere zweite Verbindung zwischen den Toten", sagte Breschnow und wandte sich Jan zu. „Sie wissen wahrscheinlich von der Frau, die wir in der Hasenheide gefunden haben. Haben sie und der alte Mann hier geschlafen?“

„Ziemlich regelmäßig sogar. Barbara war vor fünf, sechs Nächten zum letzten Mal hier, aber auf den Alten hatte ich ein Auge. Ich habe Martha und Hilde gebeten, sich um ihn zu kümmern. Aber irgendwie ist er dann in der Nacht verschwunden und keiner hat es gemerkt.“

„In der Nacht, in der er gestorben ist?“, fragte Breschnow.

Jan nickte.

„Und wer sind Martha und Hilde?“

„Zwei unserer Übernachtungsgäste, die regelmäßig kommen.“

„Kann ich mit ihnen reden?“

„Sie schlafen jetzt. Und es wäre gut, wenn sie das weiterhin tun könnten. Es ist ihr einziger Luxus.“

„Ein warmes, weiches Bett“, murmelte Breschnow.

„Ein sauberes, warmes, weiches Bett und ein Frühstück“, ergänzte Jan.

„Wann müssen die Gäste morgens gehen?“

„Um neun schließen wir die Einrichtung. Aber oft wird es auch zehn, bis alle raus sind.“

„Die beiden sollen morgen früh hierbleiben, damit ich mit ihnen sprechen kann. Kriegen Sie das hin?“

Jan versprach es.

Schmitti deutete auf den Laptop. „Darf ich?“

Breschnow stand auf und ging in dem kleinen Raum auf und ab.

„Sie sagen, beide Toten haben hier übernachtet. Erzählen Sie mir, was Sie über sie wissen.“

„Ich glaube, Barbara kam zum ersten Mal Ende Februar, Anfang März hierher. Sie war ziemlich betrunken und unsere Betten waren alle belegt. Deswegen habe ich sie nicht hereingelassen.“ Jan schmunzelte. „Sie hat den ganzen Laden zusammengeschrien. Ich wollte gerade die Polizei rufen, aber da ist Charlotte raus und hat es geschafft, sie zu beruhigen. Dann sind die beiden zusammen abgezogen. Seitdem habe ich sie nur noch im Doppelpack gesehen. Und Barbara hat danach nie mehr gesprochen. Wir haben sie die Stumme getauft."

„Meinen Sie Charlotte Brosius?", fragte Breschnow.

Jan nickte. „Sie war seit einigen Nächten nicht mehr hier. Hat Annalisa mit Ihnen gesprochen?"

„Das hat sie und wir werden uns darum kümmern. Sie sagten, dass die beiden Frauen unzertrennlich waren. Dann müssten sie doch eigentlich auch in der Mordnacht zusammen gewesen sein."

„In der Nacht sind sie nicht zum Schlafen hierhergekommen", sagte Jan. „Aber ob sie zusammen waren, kann ich Ihnen nicht sagen."

Schmitti hörte auf zu tippen. „Ich komme hier nicht weiter. Kann ich den Laptop mitnehmen?"

„Das ist eine rein rhetorische Frage", klärte Breschnow den jungen Mann auf. „Unsere Kriminaltechniker werden ihr kleines Kästchen an ein großes anschließen und hoffentlich endlich einen Treffer landen. Außerdem will mein Kollege sichergehen, dass nicht Sie der Verfasser sind. So viel habe ich vom technischen Ablauf verstanden Aber wie kommt es eigentlich, dass Wildfremde Ihnen irgendetwas schicken können?"

„Also ..., bei meinem Account schlägt das System einem Freunde vor, denen man dann eine Freundschaftsanfrage schicken kann. Und genauso fragen auch andere, die man nicht kennt, bei einem an. Ich überprüfe das nicht weiter, klicke immer auf annehmen."

„Und was hat man davon, sich die Einträge von Wildfremden anzusehen?"

Jan zuckte die Schultern. „Keine Ahnung, aber dafür ist

Social Media doch da. Alle vernetzen sich mit allen. Und manchmal trifft man so auf wirklich interessante Leute."

„Gut, dann beenden wir jetzt diese Unterrichtsstunde", sagte Schmitti und zog einen Stick aus der Hosentasche. „Ich sichere Ihnen vorsichtshalber die Daten von Ihrer Festplatte."

Jan ging zur Kaffeemaschine und schenkte sich ein. „Wollen Sie auch einen?"

Schmitti verneinte und steckte den Stick in den Rechner. „Ich brauche noch Ihre Personalien und die Ihrer Kollegen", sagte Breschnow. „Waren Sie in der Nacht von Montag auf Dienstag hier?"

„Ja", antwortete Jan. „Zofia und ich hatten Dienst. Wir arbeiten schon lange zusammen."

Schmitti notierte sich die Daten, verstaute den Laptop in seiner Aktentasche und ging. Breschnow ließ sich einen Kaffee geben, nahm Platz und streckte seine langen Beine aus. „Ist Ihre Kollegin heute auch da?"

Jan schüttelte den Kopf. „Sie hat sich krankgemeldet. Eine andere Kollegin ist für ein paar Stunden eingesprungen, aber die ist auch schon wieder weg. Im Moment bin ich hier allein." Er zog sich einen Stuhl heran und nahm dem Kommissar gegenüber Platz. „Es gab hier mal einen Willy. Er hatte eine Visitenkarte mit Ihrem Namen dabei."

„Willy? Ich habe ihn schon lange nicht mehr gesehen. Wie geht es ihm?"

„Er sagte, Sie sind sein Freund."

Breschnow grinste. „Wir haben uns oft in der Hasenheide getroffen und zusammen gesoffen."

„Wo haben Sie sich kennengelernt?", fragte Jan erstaunt.

„In einer Obdachlosenunterkunft in der Hermannstraße. Er war damals Zeuge einer Messerstecherei. War er in der letzten Zeit mal hier?"

Jan schüttelte den Kopf. „Willy ist von der Straße weg und wohnt jetzt bei seiner Freundin."

„Er hat mir von ihr erzählt, aber ich wusste nicht, dass er bei ihr eingezogen ist. Scheint ja gut zu gehen mit den beiden", freute sich Breschnow und trank einen Schluck Kaffee. „Ich habe noch einige Fragen. Erstens: Wie funktioniert diese Obdachloseneinrichtung? Zweitens: Was ist Ihre Aufgabe hier? Und drittens will ich noch mehr über Barbara Antes, Charlotte Brosius und den alten Mann wissen."

„Haben Sie die ganze Nacht Zeit?"

Breschnow nickte.

* * *

5

Delego verfluchte den schwarzen SUV, der sich vor sie in die Schlange gedrängt hatte, die sich träge über die Stadtautobahn schob. Sie hupte, was es auch nicht besser machte und erreichte mit einer halben Stunde Verspätung die Dienststelle. Ihre Kollegin Regina Monat war wieder genesen und die Kommissarin freute sich, sie zu sehen.

„Schön, dass du wieder im Dienst bist. Wie geht es dir?"

„Ich bin noch total verrotzt", erklärte Regina und nieste.

„Bist du sicher, dass du wieder arbeiten kannst?"

„Klar. Das Fieber ist weg. Außerdem interessieren mich die neuen Fälle."

„Wir wissen immer noch nicht sicher, ob die beiden Toten ermordet wurden oder einfach gestorben sind. Aber vieles deutet auf ein Gewaltverbrechen hin und deswegen behandeln wir es jetzt auch als eines. Ich erläutere dir nachher die Einzelheiten", sagte Delego und ging in den Besprechungsraum.

Schmitti saß bereits am Tisch und scrollte sich durch diverse Seiten. Regina setzte sich ihm gegenüber. Delego stellte sich an das Whiteboard.

„Ich habe die beiden Mitarbeiter der Obdachloseneinrichtung überprüft, die in den fraglichen Nächten Dienst hatten", begann Schmitti. „Jan Stremer und Zofia Wieczorek. Beide haben ein blütenreines Führungszeugnis. Jan Stremer studiert Sozialpädagogik an der Alice-Salomon-Fachhochschule. Er kommt aus Berlin, geboren am 11.12.1993 in Reinickendorf. Zofia Wieczorek wurde am 16.9.1990 in Kostrzyn geboren."

„Küstrin an der deutsch-polnischen Grenze?", fragte Regina.

„Genau, an der schönen Oder“, antwortete Schmitti. „Frau Wieczorek zog 2008 nach Berlin. Sie hat erst als Putzkraft gearbeitet und so ist sie auch in die Obdachloseneinrichtung gekommen. Hat berufsbegleitend eine Ausbildung als Sozialassistentin gemacht und wurde danach in den Betreuungsdienst übernommen.“

„Das heißt, sie geben sich gegenseitig ein Alibi“, sagte Regina.

„Genau. Aber es gibt noch ein zweites Team, das dort arbeitet. Renate Krüger, geboren am 5.11.1995 im Wedding. Ich habe mit ihr telefoniert. Sie hat eine Ausbildung als Erzieherin abgeschlossen und hat gleich im Anschluss in der Obdachloseneinrichtung angefangen. Sie hatte keinen Dienst in den Nächten, war zu Hause, was ihre Eltern bestätigen.“

„Sie wohnt noch bei ihren Eltern?“, fragte Delego.

„Wohnungen in Berlin sind rar und teuer geworden“, antwortete Schmitti. „Und der letzte im Quartett ist Jürgen Rot, geboren am 16.5.1973. Er ist Sozialpädagoge, arbeitet seit fast zehn Jahren in der Schlafstätte und macht gerade Urlaub.“

„Hast du das überprüfen können?“

Schmitti schüttelte den Kopf. „Ich habe Frau Krüger nach ihrem Kollegen gefragt. Sie sagt, dass er im Urlaub einfach drauflosfährt und in der Pampa nächtigt.“

„Outdoorurlaub in der brandenburgischen Wildnis“, lachte Regina.

Breschnow grinste. „Was sagt das Polizeiregister über die beiden?“

„Auch ihre Führungszeugnisse sind blütenrein.“

„Und weswegen hat man euch gestern gerufen?“, fragte Delego.

„Es wurde wieder etwas gepostet“, antwortete Schmitti. „Dieses Mal ein Foto und ein Psalm.“

„Lass mich raten. Ein neuer Nutzer und eine neue IP-Adresse?“

Schmitti nickte.

„Also wahrscheinlich wieder eine Sackgasse. Du kannst dich nennen, wie du willst. Du kannst schreiben, was du willst und du kannst nette kleine Aufnahmen von Toten ins Netz stellen, ohne dass es Konsequenzen hat", fasste Delego zusammen.

„Und genau das tut dieser Mensch meines Erachtens. Er wechselt einfach die Identität, dieses Mal nennt er sich Heiland Schulz. Er benutzt nie denselben Computer, tingelt von Bibliotheken zu Internetcafés."

„Und was schreibt er?"

„Siehe, meine Tage sind eine Handbreit bei dir, und mein Leben ist wie nichts vor dir."

Delego schrieb den Psalm an das Whiteboard. „Wirklich sehr poetisch. Sonst noch was aus der Welt der schönen Technik?"

Schmitti schüttelte den Kopf.

„Hast du Nico Antes heute Morgen schon angerufen?"

„Nein, ich dachte, Social Media ist wichtiger."

„Dann such mir bitte seine Adresse raus."

„Schon geschehen. Ich habe sie dir vorhin aufs Handy geschickt", sagte Schmitti.

Delego scrollte sich durch ihre Nachrichten, rief die Nummer an und erfuhr, dass der Teilnehmer vorübergehend nicht erreichbar sei. „Regina und ich fahren jetzt hin. Vielleicht treffen wir den jungen Mann ja doch zu Hause an."

* * *

Ein aufdringlich ansteigender Klingelton riss Breschnow aus seinen Träumen. Er war steif von den Stunden, die er auf dem unbequemen Stuhl geschlafen hatte, stöhnte und streckte sich. Die ungewohnte Umgebung hatte wieder seine Dämonen abgeschreckt. Kein Albtraum hatte ihn geplagt und er fragte sich, ob er von nun an jede Nacht woanders schlafen sollte.

„Um elf habe ich einen Tisch für deinen Toten“, informierte ihn die Rechtsmedizinerin. „Kannst du das einrichten?“

Breschnow versprach, pünktlich dort zu sein. Dann stand er auf und trat hinaus in den Flur. Jan diskutierte gerade mit zwei Frauen, die offensichtlich nicht einer Meinung waren.

„Ick red nich mit ’nem Bullen“, sagte die eine.

„Da killt jemand Obdachlose. Da musste mal ’ne Ausnahme machen“, sagte die andere und drehte sich Breschnow zu. „Stimmt doch, oder?“

Er grinste.

„Was’n dit für ’ne Antwort“, beschwerte sich die erste und verschwand im Zimmer.

„Das war Hilde“, sagte Jan.

„Ich bin Martha. Und dich hab ich vorher noch nie hier gesehen.“

„Ich bin der Bulle“, stellte sich Breschnow vor.

„Haste ’ne Kippe?“

Er nickte.

„Sag ich doch, dass man mit dir reden kann.“

Breschnow folgte Martha nach draußen und hielt ihr die Schachtel hin. Sie nahm sie, klaubte zwei Zigaretten heraus, reichte ihm eine und ließ das Päckchen anschließend in ihrer Hosentasche verschwinden. Danach wechselte auch das Feuerzeug den Besitzer.

„Wieso willste denn was über den Alten wissen?“, fragte Martha.

„Weil wir ihn gestern tot auf dem Tempelhofer Feld gefunden haben.“

Sie strich sich mit dem Zeigefinger quer über die Kehle und hob fragend eine Augenbraue.

„Ob er getötet wurde, wissen wir noch nicht sicher. Er liegt in der Rechtsmedizin und wird nachher untersucht."

„Aufgeschnitten. So nennt man das."

„Erzähl mir von eurem letzten Tag."

„Nix Besonderes. Alles wie immer. Sind nach'm Pennen hier los. Ich glaube rüber in den Park." Sie runzelte die Stirn und hob den Finger. „Und vorher noch in' Supermarkt. Und da hat der Alte die Zeitung gesehen, die mit dem Foto der Stummen drauf, und da ist der völlig ausgetickt, hat geschrien und geweint und sie haben uns rausgeschmissen. Er hat dann die Leute angemacht und irgendwie Kohle für 'nen Schnaps zusammengeschnorrt und ich hatte ja auch noch das Geld vom Jan. Wir haben zusammengelegt und nach 'ner Weile hat er sich beruhigt und wir hatten 'nen guten Tag. Und dann sind wir alle wieder hierher."

„Aber euer Freund ist nicht hiergeblieben?"

„Nee, er muss in der Nacht abgehaun sein. Hat keiner gemerkt. Und jetzt isser tot." Sie zog an ihrer Zigarette und behielt den Rauch für einige Sekunden in der Lunge.

„Haben der Alte und die Stumme sich gekannt?", fragte Breschnow.

„Na klaro. Der is ihr hinterher wie Nachbars Spitz", antwortete Martha lachend.

„Weißt du, woher sich die beiden kannten?"

„Ich glaub von früher. Er hat sie immer Zuckerschnecke genannt. Sie hat ja nich mehr geredet, war ja schon so'n bisschen ...", Martha tippte sich mit dem Zeigefinger an die Stirn, ließ ihn dann einfach stehen und ging zurück ins Gebäude.

Breschnow folgte ihr, um auch mit den anderen Gästen zu reden. Aber er kam nicht weit. Ein Pulk Männer drängte nach draußen und schob ihn einfach mit. Breschnow ließ sich treiben, sprach mit einigen von ihnen, erfuhr aber nichts Wesentliches und fand sich schließlich im Inneren eines Kiosks wieder. Sein Blick glitt langsam über die Regale mit den alkoholischen Getränken. Seine Hände begannen zu zittern, Schweiß rann ihm über das Gesicht. Breschnow rief sich den harten Entzug ins Gedächtnis, die Schmerzen und die Wahnvorstellungen, dachte an seine Schwester und seine Nichte, konzentrierte sich auf die Vielfalt der Zigarettenschachteln und zwang seine Beine in Richtung Ausgang. Er schaffte es hinaus, trottete erschöpft zur U-Bahn und überließ sich dem Wahnsinn des öffentlichen Nahverkehrs in der morgendlichen Rushhour.

* * *

Regina deutete auf das schmuddelige Gebäude links von ihnen. „Das müsste es sein."

Delego fuhr langsam weiter, fand eine Parkmöglichkeit in einer nicht genutzten Ausfahrt, legte vorsichtshalber das Polizeischild mit ihrer Handynummer ins Fenster und stieg aus.

„Wie läuft's mit Stefan?", erkundigte sich Regina, während sie auf das grüne Ampelmännchen warteten. Sie war die Einzige im Team, die Breschnow beim Vornamen nannte, da sie ihn durch ihre Freundschaft mit seiner Schwester auch privat kannte.

„Er tut sich ein bisschen schwer, mich als Ermittlungsleiterin zu akzeptieren", antwortete Delego und hielt kurz inne. „Nein, das ist nicht richtig ausgedrückt. Ich glaube, er vergisst es einfach."

Regina lachte und band ihre langen blonden Haare zu einem Pferdeschwanz zusammen. „Dreißig Jahre Routine. Die legt man nicht so einfach ab. Aber wenigstens ist unser Kollege Drass im Urlaub. Das entspannt die Situation etwas."

„Denkt er immer noch, dass Breschnow schuld am Tod seiner Freundin ist?"

„Darauf kannst du wetten! Und ich bin sicher, dass er niemals davon wegkommen wird."

„Aber die Innere Abteilung hat Breschnow nach eingehender Überprüfung freigesprochen. Diese Journalistin hat sich in die Ermittlungen eingemischt und ist zwischen die Fronten geraten, als das Mädchen angefangen hat, wild um sich zu schießen. Sie hat einfach Pech gehabt. Dafür kann doch Breschnow nichts."

„Da stimme ich dir vollkommen zu, aber er hätte nicht allein in das Parkhaus gehen dürfen", sagte Regina.

„Er wollte das Mädchen retten."

„Was ihm ja auch ansatzweise gelungen ist."

„Wie auch immer. Etwas Gutes ist auf jeden Fall dabei herausgekommen. Breschnow hat aufgehört zu trinken."

Sie überquerten die Sonnenallee und erreichten das Haus. Regina klingelte bei Antes. Delego ließ den Blick über die viel befahrene Straße schweifen und beobachtete eine junge Frau mit ihrem Nachwuchs, der auf kurzen Beinen über den Gehweg tapste.

Es knackte in der Gegensprechanlage. „Wer is'n da?"

„Kriminalpolizei", antwortete Regina.

„Willste mich verarschen, Alte."

„Keineswegs. Kommissarin Monat und Delego von der Mordkommission."

Es dauerte eine Weile, bis sich die Tür öffnete und sie in einem heruntergekommenen Flur standen. Auf dem ersten Treppenabsatz erwartete sie ein schwammiger Mann in den Zwanzigern, der sich die Dienstmarken zeigen ließ.

„Was wollen Sie von mir?"

„Sind Sie Nico Antes?"

Der Mann nickte.

„Können wir bitte hineingehen?", erkundigte sich Delego freundlich.

„Ich lasse keine Ausländer in meine Wohnung und erst recht keine schwarzen."

Regina atmete tief ein und setzte zu einer Gegenrede an. Delego schüttelte kaum merklich den Kopf, betrachtete das blasse Gesicht mit den müden Augen und verdrängte ihre Wut.

Plötzlich fing der Mann an zu lachen und zwinkerte. „Hab ich Sie rangekriegt? War doch nur'n Scherz!"

„Ihre Mutter ist tot", sagte Delego.

„Okay."

„Wahrscheinlich handelt es sich um einen Mord."

„Okay."

„Wir haben sie am Dienstagmorgen in der Hasenheide gefunden."

„Okay."

„Haben Sie verstanden, was meine Kollegin Ihnen gerade gesagt hat?", fragte Regina.

Der Mann nickte.

„Und haben Sie irgendetwas dazu zu sagen?"

„Wer killt denn meine Mutter? Ist doch Quatsch."

„Können wir bitte reinkommen?", fragte Delego.

„In meine Wohnung? Ich bin kein Mörder." Er lachte laut, als ob er einen guten Witz gemacht hätte.

Regina trat vor und stupste ihn mit dem Zeigefinger gegen die Brust. „Hey, Sie Clown. Sie sind verpflichtet, uns reinzulassen. Wenn Sie das nicht tun, fordere ich Verstärkung an. Die Kollegen werden Sie hier draußen im Flur in Gewahrsam nehmen, solange wir in der Wohnung sind"

Der junge Mann legte den Kopf schief.

Delego zog ihr Handy aus der Tasche. „Es ist Ihre Entscheidung."

„Okay", willigte er ein. „Es ist halt nicht aufgeräumt."

Er trat zur Seite und machte ihnen Platz. Die Kommissarinnen gingen durch den schmalen Flur in einen Wohnraum.

Regina blieb an der Tür stehen, Delego drängte sich an ihr vorbei und sah sich um. Nicht aufgeräumt war die Untertreibung des Jahres. Überall stapelte sich Verpackungsmüll von Lieferungen, Fastfood und Snacks. Leere Chipstüten lagen neben einem iPad, mit Tomatensauce befleckte Aluschachteln neben einer hochwertigen Stereoanlage. In dem kleinen Zimmer gab es nur ein Bett und eine Truhe, die für Kleidung gedacht zu sein schien, jetzt aber als Abfallbehälter diente. Über dem Ganzen schwebte eine Wolke aus Verwesung und Marihuana.

Er ist bekifft, dachte Delego, riss das Fenster auf und ging weiter in die Küche. Auf der Ablage türmten sich weitere Take-Away-Behälter, einige schmutzige Gläser und eine Katze. Das Tier schien genauso apathisch zu sein wie sein Besitzer. Es hob nur kurz den Kopf, betrachtete sie aus halbgeöffneten Augen und schlief wieder ein. Nico Antes schob sich an der Kommissarin vorbei und bückte sich nach einer der sieben Colaflaschen, die sich in einer Ecke drängten. Er schüttelte sie, drehte sie vorsichtig auf und trank gierig. Delego vermutete, dass er Amphetamine darin aufgelöst hatte, denn nachdem er fast einen halben Liter in sich rein gepumpt hatte, rülpste er vernehmlich und schien wie ausgewechselt.

„Das ist Felix“, sagte er fröhlich. „Ist aber nur auf Besuch. Felix, das sind die Bullen.“

Der Kater ignorierte seinen Vorstellungsversuch.

Nico Antes trank noch einen Viertelliter, unterdrückte diesmal das Rülpsen und redete weiter. „Ich hab's nicht so mit dem Haushalt. Die Frau, der das Viech gehört, putzt einmal die Woche für mich. Aber jetzt ist sie nicht da. Deswegen passe ich auf ihren Kater auf.“ Er hielt kurz inne. „Und meine Mutter ist wirklich tot?“

Delego nickte. „Wann haben Sie sie zuletzt gesehen?“

Der junge Mann kratzte sich ratlos am Kopf und wippte auf und ab. „Vor fünf Jahren, glaub ich. Da bin ich von zu Hause weg."

„Kam sie denn nie zu Besuch?", fragte Regina.

„Hat ja gar nicht gewusst, wo ich wohne. Ich hätte sie auch nicht reingelassen."

„Wieso nicht?"

Das Gesicht des jungen Mannes verfinsterte sich. „Weil sie eine Scheißmutter ist. Und 'ne miese Schlampe!"

* * *

Der Sektionssaal empfing ihn mit grellem Licht und der typischen Geruchsmischung aus Verwesung und Desinfektionsmitteln. Breschnow bereute, sich vorhin keinen Schnaps gekauft zu haben, hielt kurz die Luft an und atmete danach nur noch durch den Mund. Die Rechtsmedizinerin hatte den alten Mann bereits auf einen der Stahltische gelegt und begann nun, ihn in Augenschein zu nehmen.

„Hatte er Papiere bei sich?"

Breschnow schüttelte den Kopf. „Ich war gerade in der Obdachloseneinrichtung, in der er die Nächte verbracht hat. Aber dort kannte auch niemand seinen Namen und die zwei Personen, die uns weiterhelfen könnten, sind entweder verschollen oder tot."

„Dann finde doch einfach die Verschollene", schlug Monika lächelnd vor, zog sich die Handschuhe an und betrachtete ihren Schützling. „Ich schätze ihn auf irgendwas in den Siebzigern, vielleicht ist er auch älter. Das Leben auf der Straße ist hart und hinterlässt seine Spuren ..."

Sie zog dem Mann die Schuhe aus. „Die hätten nicht mehr lange gehalten. Hier siehst du, die Sohle ist gebrochen. Und seine Socken trägt er bestimmt schon monatelang." Monika puhlte sie ihm vorsichtig von den Füßen und reichte sie ihrem Assistenten. Dann widmete sie sich dem Rest der Kleidung.

„Seine Sachen sind alt, aber hochwertig. Natürlich landet auch solche Bekleidung in der Obdachlosenhilfe. Es könnte aber ebenso gut sein, dass er irgendwann in seinem Leben mal Geld gehabt hat."

„Barbara Antes' Kleidung war ebenfalls hochwertig und die Handtasche, die man bei ihr gefunden hat, sehr teuer", sagte Breschnow. „Ich habe mit einer Frau in der Obdachloseneinrichtung gesprochen und sie ist sicher, dass die beiden sich gekannt haben."

Monika griff nach dem Ärmel des Unterhemds und versuchte, ihn hochzurollen. Der Stoff klebte fest an der Haut.

„Das hat der Rechtsmediziner am Fundort auch schon probiert", sagte Breschnow. „Ich wollte wissen, ob der Mann Einstiche am Arm hat."

„Das will ich auch wissen", sagte Monika, zog sich die Handschuhe von den Fingern und bat ihn, einen Moment zu warten.

Breschnow sah ihr hinterher und registrierte erst jetzt, wie voll der Raum war. Alle fünf Tische waren mit zwei, teils drei Rechtsmedizinern und ihren Assistenten besetzt.

Monika kam mit einer Plastikflasche zurück, zog sich Handschuhe über und griff nach dem Arm des Mannes. Ihr Assistent hielt eine flüssigkeitabsorbierende Matte darunter und die Rechtsmedizinerin besprühte den Ärmel mit einer scharf riechenden, alkoholhaltigen Flüssigkeit. Der Geruch raubte Breschnow fast den Atem. Er trat einen Schritt zurück. Der Assistent griff nach einer großen Pinzette, um das Ende des Ärmels anzuheben und Monika versuchte, mit einem stumpfen Skalpell den Stoff vom Arm zu lösen. Breschnow ahnte, dass diese Prozedur nur langsam vorangehen würde und ging hinaus in die Anlieferzone. Er steckte sich eine Zigarette an und beobachtete, wie ein Mann und eine Frau eine Bahre aus dem Auto hievten. Der Tote schien schwer zu sein. Breschnow überlegte, ob er ihnen zur Hand gehen sollte, verwarf den Gedanken aber gleich wieder und ließ sie ihre Arbeit tun. Drei Zigaretten später ging er wieder hinein.

Die Rechtsmedizinerin hatte mittlerweile den linken Arm bis zum Ellenbogen freigelegt, ihn gereinigt und keine Einstiche gefunden. Als sie sich dem rechten Arm widmete, sah sich Breschnow nach einem Stuhl um. Zwanzig Minuten später war klar, dass auch diese Armbeuge einstichfrei war.

„Er ist so abgemagert, dass es mich nicht wundern würde, wenn er einfach verhungert wäre", sagte Breschnow und starrte auf den Brustkorb, der ihm überdimensional groß erschien, weil das Bauchfett komplett fehlte.

Monika griff nach einem Lappen, besprühte ihn und reinigte die Fußgelenke. Dann ließ sie sich eine Lupe geben, besah sich die Haut und schüttelte den Kopf.

„Keine Einstiche. Jetzt sehe ich ihn mir mal von innen an." Sie griff zum Skalpell und setzte den Ypsilonschnitt an, öffnete den Brust- und den Bauchraum, entnahm die inneren Organe, wog und untersuchte sie.

„Er hat geraucht und er hat getrunken. Gegessen hat er schon lange nichts mehr." Sie besah sich das Herz. „Das sieht nicht gut aus. Ich untersuche es gleich genauer, aber vorher will ich sein Gehirn sehen."

Sie griff nach der Säge. Breschnow biss die Zähne zusammen, als das Blatt den Knochen traf. Die Rechtsmedizinerin entnahm das Gehirn und untersuchte es auf einem Nebentisch.

„Keine degenerative Erkrankung, altersgemäßer Verschleiß."

Dann zog sie sich einen Rolltisch heran, justierte eine Lampe und begann, das Herz in Scheiben zu schneiden.

* * *

Der verknitterte Kommissar hatte seinen Zeitplan völlig durcheinandergebracht. Frühstück gab es um neun und abschließen konnte er erst gegen Mittag. Jan durchquerte den Torbogen und freute sich, Annalisa zu sehen.

„Ich muss von zu Hause weg. Meine Mutter tillt total. Kann ich mit zu dir?"

Er betrachtete das Mädchen und überlegte, ob sie ihm Ärger machen könnte. Sie war noch nicht volljährig. Das sah er ihr an.

„Ich bin noch keine achtzehn, aber älter als sechzehn", log Annalisa, als ob sie seine Gedanken gelesen hätte. „Dir kann also nichts passieren, wenn du mich aufnimmst."

„Also bist du siebzehn", sagte er, um überhaupt etwas zu sagen.

Das Mädchen nickte und folgte ihm die Straße runter, dann durch die Hasenheide in den Schillerkiez. Zwanzig Minuten später erreichten sie ihr Ziel in der Weisestraße.

„Voll geil! Du wohnst im hipsten Kiez", schwärmte Annalisa.

„Hip? Vor allem ist es schweineteuer", sagte Jan und schloss die schwere Haustür auf. „Wieso willst du ausgerechnet zu mir?"

„Weil meine Oma dich mag", anwortete das Mädchen und schob sich an ihm vorbei.

Die schmutzigen Scheiben im Treppenhaus ließen nur wenig Tageslicht hinein, was den Vorteil hatte, dass man die klebrige Treppe, die in diesem Jahr noch nicht gereinigt worden war, nur im Schummerlicht sah. Sie stiegen hinauf in den zweiten Stock. Jan schloss die Wohnungstür auf und ließ sie eintreten. Annalisa stürmte durch den Flur in das einzige Zimmer und blieb erstaunt vor dem prall gefüllten Bücherregal stehen. „Hast du die alle gelesen?“

Jan nickte, ging in die Küche und kam mit zwei Gläsern Leitungswasser zurück. „Ich hab nichts anderes da, aber wir können gerne noch mal los und was einkaufen.“

Annalisa griff nach dem Glas und trank es in einem Zug leer. Dann stellte sie es auf einer Apfelsinenkiste ab, die als Tisch diente und ließ sich auf das grüne Sofa plumpsen. „Hier drauf pennt es sich bestimmt prima.“

„Du solltest deiner Mutter wenigstens Bescheid sagen.“

„Nee, die soll sich ruhig mal Sorgen machen.“

„Und wenn sie zur Polizei geht und dich suchen lässt?“

„Mir egal. Ich muss meine Oma finden und das kann ich nicht, wenn ich Hausarrest habe.“

„Erzähl mir von Charlotte“, bat Jan und setzte sich auf sein Bett.

„Oma hat mich großgezogen. Meine Mutter hatte wenig Zeit für mich. Mein Vater ist ja abgehauen und sie musste die Kohle für uns beide ranschaffen.“

„Weißt du, wo dein Vater jetzt ist?“

Annalisa zuckte mit den Schultern. „Interessiert mich auch nicht.“ Sie sah sich im Zimmer um. „Weißt du, dass man die Toten nur draußen treffen kann?“

Jan betrachtete sie irritiert.

„Oma sagt das. Und als ihr Typ dann tot war ist sie immer in die Hasenheide und hat mit ihm geredet. Meistens im Rosengarten. Meinst du, wir sollen da noch mal nachsehen?“

„Dort ist sie nicht. Ich habe den ganzen Park abgesucht“, sagte Jan und gähnte. „Tut mir leid, aber ich bin total groggy.“

„Dann schlaf doch. Und ich such noch mal nach ihr. Und wenn du mir Kohle gibst, kaufe ich danach was zu essen für uns.“

Jan griff in seine Hosentasche und zog einen verknitterten Zwanzigeuroschein heraus.

„Wann bist du denn fertig mit pennen?"

„Vielleicht so gegen vier. Dann können wir noch zusammen essen, bevor ich zum Dienst muss", antwortete Jan und gähnte erneut. „Aber danach solltest du nach Hause gehen."

Annalisa griff nach ihrer Jacke, stopfte sich den Zwanziger in die Tasche und ging zur Tür. Dort drehte sie sich noch einmal um. „Weißt du was? Ich würde mich nicht wundern, wenn meine Mutter da mit drinhängt."

Bevor Jan nachfragen konnte, war das Mädchen verschwunden und die Wohnungstür ins Schloss gefallen.

* * *

Delego überquerte die Sonnenallee, stieg in den Wagen und lächelte zufrieden. „Sie sind verpflichtet, uns reinzulassen. Wenn Sie das nicht tun, fordere ich Verstärkung an", rezitierte sie mit hoher Stimme. „Das hast du wirklich gut gemacht, Regina. Und der Kerl hat es dir abgekauft."

„Schade, dass wir nicht von der Drogenfahndung sind. Dann hätten wir ihn gleich mitnehmen können."

„Bestimmt nicht. Wir haben seine Wohnung unrechtmäßig betreten, was bedeutet, dass alles, was wir finden, vor Gericht nicht anerkannt wird", widersprach Delego. „Der junge Mann hat Dreck am Stecken. Das spüre ich. Er hat kein Alibi für die Mordnacht und er hasst seine Mutter."

„Tut das nicht mindestens ein Viertel aller Kinder?"

„Meinst du, es sind so viele?", fragte Delego erstaunt und ließ den Motor an.

„Keine Ahnung", sagte Regina. „Vielleicht ist es gut, wenn Breschnow mal mit ihm redet, so von Mann zu Mann."

„Oder Schmitti“, kicherte Delego, blickte in den Spiegel und fädelte sich in den Verkehr ein. „Zur Abwechslung mal was Lebendes als Gegenüber wäre doch eine echte Alternative zur Maschine. Außerdem hat er Erfahrung mit Pubertierenden und dieser Kerl verhält sich doch wie ein Vierzehnjähriger.“

„Ich weiß nicht, wer mehr Schaden nehmen würde“, sagte Regina lachend und beobachtete, wie sich ein Fahrradfahrer rechts am Wagen vorbeidrängelte. „Und was hat die Ermittlungsleiterin als Nächstes im Sinn?“

„Wir fahren erst einmal zurück in die Dienststelle und durchforsten die Kartons aus Barbara Antes’ Wohnung, falls Schmitti uns noch etwas übrig gelassen hat.“

Delego setzte den Blinker, bog nach links ab und fuhr auf der anderen Straßenseite zurück.

„Sieh mal“, sagte Regina und deutete mit dem Zeigefinger aus dem Beifahrerfenster. „Mann mit Kater.“

Sie sahen Nico Antes gerade das Haus verlassen. Auf seinem Rücken prangte ein prall gefüllter Rucksack, auf dem Arm trug er den Kater.

„Wo will denn die kleine Ratte jetzt so plötzlich hin?“, fragte Delego.

„Wir sollten an ihm dranbleiben“, schlug Regina vor.

Delego blinkte und fuhr rechts ran. Ihr Zielobjekt schlurfte am Auto vorbei und bewegte sich weiter in Richtung Hermannplatz. Dann bog es an der nächsten Querstraße rechts ab.

„Denkst du dasselbe wie ich?“, fragte Delego und startete den Wagen.

Regina nickte. Zwei Busse fuhren vorbei. Ihr Windstoß ließ den PKW leicht schaukeln.

„Rudelfahren“, sagte Regina. „Entweder es kommen zwei, manchmal auch drei hintereinander oder es kommt stundenlang gar keiner.“

Delego setzte den Blinker.

„Jetzt fahr doch endlich", drängelte Regina.

„Würde ich ja gerne."

Ein LKW donnerte an ihnen vorbei, gefolgt von einer endlosen Autoschlange. Endlich gelang es der Kommissarin, sich in den Verkehr einzufädeln.

„Da vorne ist er", sagte Regina.

Delego fuhr langsam an ihm vorbei, stoppte und blickte in den Rückspiegel. Der junge Mann stand jetzt vor dem Haus seiner Mutter und rüttelte an der Eingangstür.

„Was macht er da?"

„Sieht so aus, als ob er versucht, ins Haus zu kommen."

„Denkst du, er hat einen Schlüssel für die Wohnung?"

„Das bezweifle ich."

Nico Antes verschwand im Hausflur.

„Mist! Ich will nicht, dass die kleine Kröte etwas aus der Wohnung mitnimmt", sagte Delego, sprang aus dem Wagen und eilte zum Eingang. Hastig drückte sie mehrere Klingelknöpfe gleichzeitig und rief, als jemand die Gegensprechanlage betätigte „Post".

„Schon wieder?", brummelte die Stimme, öffnete aber trotzdem.

Die Kommissarin hechtete die Treppen hoch. Nico Antes stand vor der Wohnung seiner Mutter und fummelte mit einer Plastikkarte an der Tür herum. Der Kater hing schlaff in seinem Arm und öffnete ein Auge.

„Das würde ich lieber bleiben lassen", sagte Delego.

Der junge Mann drehte sich überrascht zu ihr um.

„Sehen Sie nicht, dass die Wohnung versiegelt ist?"

Delego deutete auf den Klebestreifen zwischen Tür und Rahmen.

Nico Antes stellte den Rucksack ab und setzte den Kater

auf den Fußboden. „Aber das is doch jetzt meine und ich will da rein."

* * *

Schmitti beäugte den älteren Herren in dem grauen Lodenmantel misstrauisch, und fragte sich, wie er es hier hoch geschafft hatte, ohne bemerkt zu werden. Er musste durch den Hintereingang gekommen sein, denn am Bereitschaftstresen hätten ihn die Beamten bestimmt gestoppt, angerufen und dann hierher begleitet.

„Ich such Breschnow“, sagte der Mann. Seine Stimme klang heiser.

„Und was wollen Sie von ihm?“

„Kann ich ihm nur selbst sagen."

„Hauptkommissar Breschnow ist leider im Moment außer Haus. Aber vielleicht kann ich Ihnen weiterhelfen?“

Der Besucher schüttelte den Kopf.

„Sind Sie als Zeuge hier?“, erkundigte sich Schmitti.

„Sozusagen. Es geht um die Frau in der Hasenheide, die Sie gefunden haben." Er trat einen Schritt vor und streckte Schmitti die Hand hin. Der Computerspezialist zögerte kurz und schüttelte sie dann.

„Ich bin Willy."

„Kommissar Schmitt."

„Und ich muss dringend selbst mit meinem Kumpel sprechen. Alles andere geht nicht."

Schmitti griff zum Telefon und wählte Breschnows Mobilnummer. Der Anschluss war vorübergehend nicht erreichbar. Dann kontaktierte er Delego, die auch nicht genau wusste, wo sich Breschnow zurzeit aufhielt.

„Sie können ihm eine Nachricht hinterlassen“, bot Schmitti an. Er reichte dem Mann einen Stift und einen Block und deutete auf den Schreibtisch seiner Kollegin. „Wollen Sie sich vielleicht setzen?“

„Das mach ich glatt“, sagte Willy und ließ sich schwerfällig auf den Stuhl plumpsen. „War ja schon mal hier. Aber nich hier oben.“

Schmitti musterte das verlebte Gesicht und die grauen, leicht fettigen Haare und versuchte sich zu erinnern, ob und wo er den Mann schon einmal gesehen hatte. Willy beugte sich tief über das Papier und malte die Buchstaben mehr, als dass er sie schrieb. Dann erhob er sich, nickte zum Abschied und verließ das Büro. Schmitti folgte ihm in den Flur und vergewisserte sich, dass der Fremde wirklich die Abteilung verlassen hatte. Dann nahm er den Zettel, las ihn neugierig und legte ihn auf Breschnows Schreibtisch.

* * *

Die Rechtsmedizinerin besah sich den abgetrennten Teil des Herzens noch einmal genauer. Dann drehte sie sich mit dem Stuhl zu Breschnow hin.

„Der Mann stand kurz vor einem Herzinfarkt. Er ist stark unterernährt, vermutlich hat er zu viel geraucht, denn seine Lunge hat nicht mehr gut funktioniert. Er muss extrem kurzatmig gewesen sein. Außerdem hat er zu viel getrunken. Seine Leber hätte höchstens noch drei Wochen mitgemacht und in seinem Darm habe ich Geschwüre entdeckt, kann aber noch nicht sagen, ob sie gut- oder bösartig sind.“

„Er lag da, als ob er sich zum Schlafen hingelegt hätte, die Bibel und den blauen Schirm wie zwei Kuscheltiere im Arm. Ein sehr friedliches Bild.“

„Vielleicht war er erleichtert zu sterben. Vielleicht hatte er starke Schmerzen und gemerkt, dass es mit ihm zu Ende geht.“

„Du meinst also, er ist einfach eingeschlafen?“

„Ob es so einfach war, kann ich dir nicht sagen. Aber sein schlechter Zustand und die Kälte in der Nacht …“

„Also kein Einstich, kein Erlöser.“

„Aber vielleicht ein Erlöster“, sagte die Rechtsmedizinerin.

„Und Barbara Antes? Gibt es schon eine Rückmeldung aus dem Labor?“

Monika schüttelte den Kopf. „Aber spätestens morgen Abend. Und bis dahin habe ich auch sie untersucht.“

Breschnow verabschiedete sich. An der Schleuse drehte er sich noch einmal um. „Wieso wurde eigentlich der Mann zuerst obduziert?“

„Es gab eine Panne bei der Registrierung.“

„Ist wie es ist“, murmelte Breschnow und ging zum Ausgang, fragte sich, ob die korrekte Reihenfolge sie weitergebracht hätte und verließ das Gebäude. Er überquerte den Parkplatz, sah am äußeren Rand eine Gestalt liegen und dachte an die vielen Bettler, die auf den Straßen oder in der U-Bahn um ein paar Cent baten, und daran, wie wenig ihnen gegeben wurde. Er trat die Kippe aus, fummelte das Handy aus der Tasche und rief Delego an.

„Schön, dass du dich auch mal meldest. Schmitti hat versucht, dich zu erreichen.“

Breschnow ignorierte den spitzen Tonfall. „Monika hat den Alten seziert. Wahrscheinlich ist er nicht ermordet worden.“

Delego stöhnte. „Wahrscheinlich? Gibt es denn nichts Eindeutiges?“

„Leider nicht.“

„Und Barbara Antes?“

„Sie kommt erst morgen auf den Tisch und die toxikologische Untersuchung ist auch noch nicht abgeschlossen. Soll ich noch reinkommen?“

„Auf jeden Fall und so schnell wie möglich", sagte Delego und beendete das Gespräch.

Breschnow ging weiter in Richtung U-Bahn. Am Kiosk standen dieselben Männer wie vor drei Tagen. Wahrscheinlich standen sie jeden Tag dort und tranken. Ein schönes Leben, dachte er und wusste gleichzeitig, dass das Unsinn war. Mit jedem Schritt steigerte sich sein Verlangen nach dem Stoff, der seine Nerven beruhigte und ihn die Welt besser ertragen ließ. Es zog ihn magisch näher zum Kiosk heran. Ein junger Mann in einem Jogginganzug kreuzte seinen Weg. Breschnow stoppte abrupt, um nicht mit ihm zusammenzustoßen, blieb kurz stehen, besann sich und rannte ihm keuchend hinterher – weg vom Kiosk und der Versuchung und hinunter in den Tunnel, wo gerade die U-Bahn einfuhr.

Der Waggon, in den er einstieg, war fast leer. Die Frau, die zusammengerollt auf einer Sitzbank lag, stank bestialisch. Breschnow setzte sich ihr gegenüber, beobachtete die Schlafende eine Weile und dachte, dass es ihm vielleicht ähnlich ergangen wäre, wenn er nicht in letzter Minute die Kurve gekriegt hätte. Langsam beruhigten sich seine Nerven. Er berichtete der Frau von seinem Tag und davon, wie sehr ihm das Saufen fehlte. Dann lehnte er sich zurück und starrte aus dem Fenster in den dunklen Tunnel. Die Fahrgäste, die an den Stationen einstiegen, wandten sich hastig ab, verließen den Waggon gleich wieder oder suchten sich einen Platz am anderen Ende. Er sah den Ekel in ihren Augen. Bevor Breschnow ausstieg, steckte er der Frau einen Zwanziger in die Jackentasche und wünschte ihr viel Glück. Er ließ sich Zeit, von der Gneisenaustraße hoch zur Friesenstraße zu laufen. Es war ein milder Abend, der Frühling fast schon spürbar.

Seine Kollegen hatten sich bereits im Besprechungsraum versammelt. Breschnow nahm sich einen Kaffee.

„Du bist ja wirklich total grau geworden, Stefan. Deine

Schwester hat es mir erzählt, aber ich wollte es nicht glauben", sagte Regina. „War die Reha denn so schlimm?"

Breschnow nickte knapp und setzte sich.

Schmitti blickte von seinem Laptop hoch. „Ich habe die ersten zwei Aktenordner und die Papiere aus der Antes-Wohnung durchforstet. Kontoauszüge, Versicherungen, Stromrechnungen und so weiter. Nichts Besonderes und nichts, was uns weiterhelfen könnte."

„Das ist schade", sagte Delego und bat Breschnow, von der Obduktion zu berichten.

„Der Mann war alt und sein Gesundheitszustand erbärmlich. Wahrscheinlich hat ihm die Kälte den Rest gegeben", fasste Breschnow zusammen, ging zum Whiteboard, nahm einen Stift und wollte den Eintrag – Alter Mann – durchstreichen.

„Das würde ich nicht tun. Auch wenn der Mann eines natürlichen Todes gestorben ist, gibt es Verbindungen zu der Frau im Park, nämlich den blauen Schirm und den Psalm", sagte Delego und legte die mittlerweile in Plastik eingeschweißte Bibel auf den Tisch.

Breschnow setzte sich wieder, zog das Buch zu sich heran und las. „Bittruf angesichts der menschlichen Vergänglichkeit." Seine Augen glitten weiter zu der Markierung. „HERR, lehre mich doch, dass es ein Ende mit mir haben muss und mein Leben ein Ziel hat und ich davon muss", rezitierte er. „Psalm 39, wie bei Barbara Antes."

Delego nickte. „Nur noch etwas verschönert."

Breschnow betrachtete die Figur, die den Rand des Textes schmückte. Sie sah aus wie ein Engel, aber irgendwie auch nicht.

Schmitti strich sich über seine Glatze. „Mich erinnert die Zeichnung an ein Buch, das ich früher mit meinen Töchtern gelesen habe, als sie noch nett und umgänglich waren. Ich glaube, es hieß ‚Hui Buh, das Schlossgespenst' oder so ähnlich."

Der Engel erinnerte tatsächlich eher an ein Gespenst als an ein Himmelswesen. Er war in einem Strich gemalt, hatte zwei Punkte als Augen. Aber die Farben waren beeindruckend, die Flügel des Wesens feuerrot ausgemalt, die Mitte des Körpers und der Kopf golden.

„Ein Kind, das Engel in die Bibel seines Vaters gezeichnet hat?"

„Könnte sein. Vielleicht war es auch ein Enkel." Breschnow blickte in die Runde. „Hat das Tempelhofer Feld eine Bedeutung für den Alten?"

„Bedeutsam ist es für viele Berliner, vor allem für die Älteren. Schließlich wurde die Stadt von Juni 1948 bis Mai '49 über die Luftbrücke versorgt", dozierte Schmitti.

„Er könnte früher dort gearbeitet haben. Vielleicht erklärt das auch, wie er auf das Gelände gelangt ist", sagte Regina. „Möglicherweise hat er einen Schlüssel behalten und ist einfach durch das Gebäude aufs Feld gegangen", ergänzte Delego. „Der Flughafen wurde im Herbst 2008 geschlossen. Er könnte danach für den Sicherheitsdienst gearbeitet haben, der seitdem das Feld betreut."

Delego sah Schmitti an.

„Hab schon verstanden", reagierte der Computerspezialist, „aber keine Recherche ohne einen Namen."

„Die im Flughafen haben bestimmt Fotos von ihren Mitarbeitern. Allein schon wegen der Dienstausweise", sagte Regina.

„Und wenn ich Glück habe, sind die Unterlagen digitalisiert worden und es gibt eine Datenbank."

Schmitti machte Anstalten aufzustehen.

Delego hielt ihn zurück und deutete auf eine Urkunde, die vor ihr auf dem Tisch lag. „Die Wohnung in der

Weichselstraße gehört Barbara Antes. Sie wurde ihr 2008 von einem Hans-Peter Gernau geschenkt."

„Wieso hat der Hamburger Verwalter so getan, als ob sie eine Mieterin wäre?", erkundigte sich Breschnow.

„Weil er nicht wissen konnte, dass sie die Besitzerin ist. Offiziell ist Gernau der Eigentümer und Antes seine Mieterin. Es gibt zwar diese Schenkungsurkunde, aber die Wohnung wurde nicht im Grundbuchamt auf ihren Namen umgeschrieben."

„Ist sie schuldenfrei?"

Delego nickte.

„Und wo wohnt dieser Hans-Peter Gernau?", fragte Regina.

Schmitti tippte einen Befehl ein und landete auf der Seite der Meldestelle. „Kleinen Moment ... Da hab ich es schon. Er ist in Dahlem gemeldet. Bachstelzenweg 3." Er rief ein Kartenprogramm auf, betrachtete das Satellitenbild der Gegend und pfiff leise durch die Zähne.

„Was?", fragte Delego ungeduldig.

Schmitti blickte in die Runde. „Super Wohngegend. Nur hochherrschaftliche Villen."

* * *

Jan quetschte sich durch den verhältnismäßig kleinen Pulk vor der Notunterkunft und schloss die Tür auf. Die Temperaturen waren deutlich gestiegen. Einige der Übernachtungsgäste würden die Nacht lieber auf der Straße verbringen, um der Enge der Schlafräume zu entgehen. Er drehte sich um und sah Anni durch das Tor kommen. Sie war heute früh dran und er hoffte, dass sie ihm ein wenig zur Hand gehen würde. Sein Chef hatte so schnell keinen Ersatz für die jetzt auch noch erkrankte Renate gefunden.

„Könntest du mich ein bisschen beim Abendessen

unterstützen?“, fragte Jan. „Jetzt sind beide Kolleginnen krank und Jürgen ist noch im Urlaub.“

„Das würde ich wirklich gerne tun. Aber meine Mutter. Ich muss gleich wieder los. Tut mir leid.“ Sie schlüpfte an ihm vorbei.

„Ich helfe dir“, verkündete eine Stimme hinter ihm.

Er drehte sich um und blickte in Annalisas Gesicht. „Wo warst du? Ich dachte, du kommst noch mal zurück in meine Wohnung.“

Das Mädchen lächelte gequält. „Sorry. Is was dazwischengekommen.“ Sie hielt ihm den Zwanzigeuroschein hin.

„Den kannst ooch mir jeben, Mädchen“, tönte ein kleiner dicker Mann ganz vorne in der Reihe und rieb sich über den Bauch. „Dann jeh ick Pommes essen und brauch nich diesen Fraß hier fressen.“

„Mecker nich über das Essen. Das is gut. Sei froh, dass du überhaupt was kriegst“, maßregelte ihn Martha.

Jan schnappte sich den Zwanziger und schob Annalisa durch die Tür. Gemeinsam kontrollierten sie die Zimmer und die Waschräume und waren dabei ein so gut eingespieltes Team, als ob sie schon seit Jahren zusammenarbeiten würden.

„Ich schließe jetzt auf. Gehst du schon mal zur Essensausgabe?“

Jan stellte sich an die Tür und bat die Gäste, sich in einer Reihe aufzustellen. Annalisa fragte nach dem Kühlschrankschlüssel.

„Ich hasse das“, flüsterte er. „Das sind erwachsene Menschen und sie müssen sich anstellen wie früher in der Schule.“

Er zog den Schlüssel vom Bund und reichte ihn ihr. Dann winkte er die Versehrten heran und ließ sie zuerst eintreten. Er kannte die meisten Besucher, manche begrüßte er mit einem Handschlag, manche mit einem Nicken. Am Ende der Schlange hatten sich fünf Neue angestellt. Sie hielten Bierflaschen in den Händen.

„Alkohol ist in der Einrichtung verboten“, sagte Jan.

Der erste in der Reihe hielt seine Flasche hoch und schwenkte sie lachend hin und her. Sein Freund übersetzte und löste damit einen Tumult aus. Einer der Männer wollte Jan ins Gesicht schlagen, ein anderer brüllte irgendwas, jemand versuchte, ihn zu beruhigen. Der Sprache nach kamen die Männer aus einem der ehemaligen Ostblockstaaten.

Jan trat einen Schritt zurück und hob beschwichtigend die Hände. „Ich lasse euch rein, aber nur ohne Flaschen. Außerdem muss ich eure Rucksäcke nach Alkohol und Messern durchsuchen. Ihr könnt die Sachen bei mir abgeben und bekommt sie morgen früh zurück.“

Ein Raunen ging durch die kleine Gruppe. Der Übersetzer stellte seine leere Flasche ab und hielt Jan den Rucksack hin. Ein zweiter Mann folgte seinem Beispiel. Der dritte schlug Jan auf die Hand und spuckte ihm vor die Füße.

Jan erstarrte kurz, nahm dann seinen ganzen Mut zusammen und erklärte mit fester Stimme. „Entweder durchsuche ich deine Sachen oder du kannst hier nicht schlafen.“

Der Mann drehte sich um und wankte davon. Die, die noch draußen standen, folgten ihm. Die anderen zwei wurden eingelassen.

Jan atmete auf und schwor sich, morgen den Dienst nicht mehr allein zu machen. Zur Not musste der Laden geschlossen bleiben. Er zeigte den Neuankömmlingen ihre Betten und führte sie in den Speisesaal. Annalisa, Martha und Hilde standen hinter dem Tresen und verteilten das Essen. Es waren noch Tische frei und Jan beschloss, sich zu den Neuen zu setzen, sie über die Regeln für die Nacht aufzuklären und ein Auge auf sie zu haben. Martha brachte ihnen Tee und einen Teller mit Broten.

Nach dem Essen verteilte Jan Handtücher, Zahnbürsten und Seife und schlichtete kleinere Streitereien. Als langsam Ruhe einkehrte, ging er ins Büro, um seinen Chef anzurufen. Kurz danach kam Annalisa und verkündete, dass alles sauber und aufgeräumt sei. Jan bedankte sich für ihre Hilfe, nahm sich einen Kaffee und bot ihr auch einen an.

„Martha und Hilde sind echt klasse", sagte das Mädchen und nahm die Tasse. „Sie haben bis zum Schluss mitgeholfen und es hat echt Spaß gemacht."

„Super. Ohne euch wäre ich wirklich aufgeschmissen gewesen. Warst du vorhin noch in der Hasenheide? Hast du weiter nach Charlotte gesucht?"

Das Gesicht des Mädchens verfinsterte sich.

„Wir werden sie finden", versprach er.

Annalisa schüttelte trotzig den Kopf. „Nein! Ich such sie nicht mehr."

„Wieso das denn?"

Das Mädchen presste die Lippen fest aufeinander.

„Bist du wieder nach Hause zurückgegangen? Hast du mit deiner Mutter geredet? Weiß sie etwas über Charlotte?"

Annalisa sprang auf, entsperrte ihr Smartphone und deutete auf das Display. „Hast du schon mal das Video von den Zoologen gesehen? Echt coole Band."

„Jetzt lenk nicht ab."

„Ich bin so wütend, weil sie einfach weg ist", gestand Annalisa und setzte sich wieder. „Aber vielleicht habe ich eine Spur."

„Wirklich? Was hast du denn rausbekommen?"

Das Mädchen wand sich auf ihrem Stuhl. „Glaub mir, ich würd dir voll gerne davon erzählen, aber ich kann nicht."

„Ist schon gut“, sagte Jan. „Aber sag mir unbedingt Bescheid, wenn du Hilfe brauchst und pass auf dich auf.“

* * *

Es war fast Mitternacht, als Breschnow endlich nach Hause kam. Nach der Dienstbesprechung war es zu spät gewesen, noch einmal in die Obdachloseneinrichtung zu fahren. Stattdessen hatte er einen Spaziergang gemacht und gehofft, dass sich ein Gedichtsfragment zeigen würde, dass die Worte zurückkehrten, die nach der Reha verloren gegangen waren.

Seine Schwester saß in der Küche und funkelte ihn wütend an. „So geht das nicht, Stefan! Du kannst nicht einfach zwei Nächte wegbleiben, ohne mir Bescheid zu sagen. Wir wohnen jetzt zusammen und ich mache mir Sorgen.“

„Aber du hast doch mit Delego und Regina telefoniert. Das haben sie zumindest gesagt.“

„Das habe ich. Sonst hätte ich schon längst eine Vermisstenanzeige aufgegeben. Aber sie wussten auch nicht, wo du in den Nächten warst. Außerdem hat Mona ständig nach dir gefragt.“

Breschnow setzte sich. „Das tut mir leid. So weit habe ich gar nicht gedacht. Ich ruf dich in Zukunft an.“ Er deutete auf das Buch, das aufgeschlagen auf dem Tisch lag.

„Was liest du da?“

„Lenk nicht ab.“

„Verdammt noch mal, Iris. Ich habe mich entschuldigt, ich habe mich erklärt und ich habe versprochen, dir in Zukunft Bescheid zu sagen. Was willst du denn noch?“

„Spüren, dass du es wirklich ernst meinst.“

Breschnow stöhnte, stand auf und goss sich ein Glas Apfelsaft ein. Iris schlug das Buch zu und drehte es in seine Richtung.

„Sicherheitstechnik zur Bewachung von Gebäuden“, las Breschnow.

„Ich werde mich umschulen lassen. Mona ist wieder gesund und es wird Zeit, dass ich wieder arbeite“, erklärte Iris.

Sie nahm eine zusammengefaltete Zeitungsseite aus dem Buch und reichte sie ihrem Bruder. Er strich das Papier glatt und überflog die Anzeige.

„Du willst diesen Lehrgang machen und dann bei einer Securityfirma arbeiten?“

Iris nickte. „Das ist das einzige, was ich gefunden habe, was mir irgendwie gefallen hat.“

„Aber es ist gefährlich.“

„Das sagst gerade du.“

„Du hast Schichtdienst, früh, spät und auch nachts. Wie willst du das mit Mona machen?“

„Verlässliche Grundschule. Nachmittags geht sie in einen Hort und nachts bist du ja da. Meistens zumindest.“

„Und wenn ich mal nicht da bin, weil ich auch arbeiten muss?“

„Darüber habe ich jetzt zwei Nächte lang gegrübelt und bin zu dem Entschluss gekommen, dass es viele Möglichkeiten gibt und ich mir erst Gedanken machen muss, wenn es soweit ist.“

Breschnow betrachtete sie verwundert. „Du bist doch sonst immer diejenige, die alles genau plant und versucht, alle Eventualitäten zu vermeiden. Was hat sich geändert?“

Iris beugte sich zu ihm vor. „Du hast dich verändert, Onkel Stefan. Seit du nicht mehr trinkst, bist du verlässlicher geworden und ich kann dir meine Tochter anvertrauen.“

Breschnow leerte das Glas. „Was, wenn ich einen Rückfall habe?“

„Das kommt im Hause Breschnow nicht vor“, sagte Iris. „Wir stehen durch, was wir angefangen haben.“

Breschnow grinste und hielt sein Glas hoch. „Dann müsste ich doch eigentlich weitersaufen und es zu Ende bringen."

„Ich warne dich, Bruderherz!", drohte sie ihm lachend mit der Faust. Dann wurde sie wieder ernst. „Du weißt, ich wollte immer ein Kind und ich finde es toll, dass Mona da ist, aber langsam fange ich an, mich als nur-Hausfrau-und-Mutter zu langweilen. Was die Nächte angeht, kann Mona bestimmt auch ab und zu bei einer Freundin übernachten. Oder ich suche einen Babysitter."

„Oder du fragst unsere Nachbarin."

„Genau. Sie hat ja schon öfter ihre Hilfe angeboten", sagte Iris, stand auf, öffnete den Hängeschrank und nahm eine Packung Kekse heraus. „Ich koche mir jetzt einen Tee Willst du auch einen?"

Breschnow schüttelte den Kopf. „Lieber nicht. Sonst muss ich wieder die ganze Nacht pinkeln."

Iris lachte, füllte den Wasserkocher und schaltete ihn ein.

„Ich weiß, dass du nicht gerne Verantwortung für Mona übernehmen willst, aber mir fällt wirklich die Decke auf den Kopf. Außerdem will ich mein eigenes Geld verdienen und nicht mehr vom Amt oder von dir abhängig sein."

„Es geht mir nicht um die Verantwortung", widersprach Breschnow.

„Um was geht es dann? Um deine Bequemlichkeit?" Sie fixierte ihn mit zusammengekniffenen Augen. „Genau! Das ist es. Du hast dich an meinen Rundumservice gewöhnt und willst nicht darauf verzichten."

Der Wasserkocher schaltete sich aus.

„Welcher Rundumservice?", fragte Breschnow.

„Ich fass es nicht", schnaubte sie und sprang auf. „Kriegst du denn nicht mit, dass ich den ganzen Haushalt schmeiße, einkaufe und koche?"

Er grinste.

„Was ist daran so witzig?“

„Du. Weil du nicht merkst, wenn man dich auf den Arm nimmt.“

Iris goss kochendes Wasser in die Kanne und setzte sich wieder. „Du willst nicht, dass sich etwas ändert.“

„Nein, ich will nicht, dass sich etwas ändert. Mir gefällt es so, wie es ist. Es gibt mir Stabilität und auch immer wieder die Kraft durchzuhalten.“ Er trank einen Schluck Apfelsaft. „Aber wenn du diese Fortbildung machen willst, dann werde ich dich unterstützen, so gut ich es kann.“

Iris nahm die Kanne und eine Tasse. „Dann ist ja alles klar. Ich geh jetzt in mein Zimmer und versuche diesen Antrag fürs Arbeitsamt auszufüllen. Schlaf gut, Stefan.“

Breschnow trank noch ein Glas Saft und versuchte sich vorzustellen, es wäre ein Grog. Er fragte sich, ob er es wirklich schaffen würde, sich mehr um seine Nichte und den gemeinsamen Haushalt zu kümmern und ob er das überhaupt wollte. Er war all die Jahre gut allein klargekommen, hatte sich irgendwann sogar eine Waschmaschine gekauft. Gegessen hatte er meistens auswärts, wenn überhaupt. Wer viel trinkt, braucht weniger zu essen.

Aber jetzt war alles anders. Er war trocken und es verlangte seine ganze Willenskraft, es zu bleiben. Konnte er in diesem Zustand die Verantwortung für die kleine Familie übernehmen?

Er wusste es nicht und würde es wahrscheinlich auch nicht wissen, bevor er es nicht versuchte. Er stellte das leere Glas in die Spüle und ging ins Bad, um sich die Zähne zu putzen. Als er endlich im Bett lag, dachte er an den alten Mann und wie abgemagert er gewesen war, genauso wie die Frau aus der Hasenheide. Vielleicht waren sie früher ein Paar gewesen, hatten sich geliebt, gemeinsam getanzt und getrunken. Er beschloss, morgen noch einmal in die Notunterkunft zu gehen und etwas länger zu bleiben, um mit allen Gästen zu reden. Vielleicht war doch noch einer dabei, der den Alten gekannt hatte.

* * *

Der nächste Morgen begrüßte ihn mit strahlendem Sonnenschein. Breschnow war erleichtert, dass die Nacht vorbei war, griff nach den Zigaretten auf seinem Nachttisch und zündete sich eine an. Er hatte wieder von den Toten geträumt. Sie hatten gemeinsam mit ihm und seiner Schwester am Küchentisch gesessen und über das Sterben diskutiert. Seine Erklärungsversuche, warum er ihnen nicht hatte helfen können, waren ungehört verhallt und die Diskussion immer hitziger geworden. Nur die Journalistin, seine letzte Verfehlung, war stumm geblieben. Ihr Tod zerriss ihn innerlich und er fragte sich immer wieder, wie er ihn hätte verhindern können.

Breschnow drehte sich aus dem Bett, schlüpfte in seine Klamotten vom Vortag und war überrascht, die Wohnung leer vorzufinden. Ein Blick auf die Küchenuhr verriet ihm, dass er verschlafen hatte. Er stellte sich an das Waschbecken, spritzte sich kaltes Wasser ins Gesicht und trank einen Schluck. Dann griff er nach seiner Jacke und fuhr in die Dienststelle.

„Unsere beiden Damen sind schon wieder weg", informierte ihn Schmitti, der ausnahmsweise mal nicht vor seinem Computer saß, sondern an Delegos Schreibtisch einen Apfel zerteilte. „Sie wollten noch einmal in die Antes-Wohnung und danach mit den Nachbarn reden. Aber im Besprechungsraum wartet der Sohn auf dich. Er kam fast eine Stunde zu spät. Ich habe ihm gesagt, dass du noch einmal wegmusstest. Delego hat das erste Gespräch mit ihm für dich zusammengefasst und die Punkte aufgelistet, die du heute unbedingt ansprechen sollst." Er reichte seinem Kollegen drei zusammengetackerte Din-A4-Blätter.

„Du hast gestern versucht, mich anzurufen?", fragte Breschnow.

„Ja. Es war jemand hier, der nur mit dir sprechen wollte. Leider habe ich den Namen vergessen, aber er hat dir eine Nachricht hinterlassen. Sie liegt auf deinem Schreibtisch."

Breschnow überflog Delegos Notizen und ging in den Besprechungsraum. Nico Antes fläzte in einem Stuhl am Kopfende des großen Tisches und starrte in sein schrill pfeifendes Handy. Der Kommissar stellte sich hinter ihn und sah bunte Kugeln über den Bildschirm hüpfen.

„Auch eine Möglichkeit, seine Zeit zu vertun", brummte er, nahm das Aufnahmegerät aus dem Schrank und stellte es auf den Tisch.

„Befragung von Nico Antes, Sohn der tot aufgefundenen Barbara Antes. Anwesend sind der Befragte und Hauptkommissar Breschnow." Er nannte das Datum und die Uhrzeit und bat den jungen Mann, der weiterhin mit seinem Handy beschäftigt war, um seine Personalien. Nico Antes reagierte nicht. Breschnow betrachtete ihn eine Weile, und fragte sich, ob er in seinem Leben noch etwas anderes tat, als auf einen Bildschirm zu starren, Junkfood in sich hineinzustopfen und Drogen zu konsumieren. Hatte er Freunde oder eine Freundin? Ging er in die Disco? Wieso berührte ihn der Tod seiner Mutter nicht?

Er trank einen Schluck und verzog das Gesicht. Der Kaffee war zu stark und zu bitter, aber er weckte seine Lebensgeister. Delego hatte geschrieben, dass sich Antes abfällig über ihre Hautfarbe geäußert und es danach aber als Scherz deklariert hatte. Breschnow überlegte kurz, wie er vorgehen wollte, schaltete dann das Aufnahmegerät ab, riss dem jungen Mann das Handy aus der Hand und verließ den Raum. Antes lautstarker Protest folgte ihm durch den Flur.

„Was hast du denn mit dem gemacht?“, fragte Schmitti.

Breschnow hielt das Handy hoch. „Ihm sein Lebenselixier entzogen. Hast du ihn überprüft?“

„Hat ’ne lange Geschichte. Willst du sie hören?“

Breschnow schüttelte den Kopf. „Ich will, dass du mitkommst und ihm seinen Lebenslauf und jedes seiner Vergehen akribisch vorträgst.“

„Verhält er sich, wie meine ewig pubertierenden Töchter?“

„In etwa so“, brummte Breschnow und reichte seinem Kollegen das Handy. Schmitti ließ es in der Schreibtischschublade verschwinden.

Nico Antes hatte die Arme auf dem Tisch gekreuzt und den Kopf darauf gebettet. „Ich will mein Handy“, quengelte er, ohne sich zu rühren. „Ohne mein Handy sage ich gar nichts.“

„Das brauchst du auch nicht. Jetzt reden erst mal wir.“ Breschnow startete das Aufnahmegerät und bat Schmitti, anzufangen.

„Es ist zehn Uhr vier. Zur Befragung dazu gekommen ist Kommissar Schmitt. Bei dem Befragten handelt es sich um Nico Antes, geboren am 13. September 1995 in Berlin. Die Mutter, Barbara Antes, war alleinerziehend, der Vater ist namentlich nicht bekannt.“

Der junge Mann hob den Kopf.

„Der Befragte hat die Rütlischule besucht, die ersten vier Klassen absolviert, ist dann aber immer wieder sitzen geblieben und hat die Schule ohne Abschluss nach Ende der Schulpflicht verlassen.“

„Wir hatten echt bekloppte Lehrer“, unterbrach ihn Nico Antes, „und nur Türken und Araber in der Klasse. Wie soll man denn so irgendwas lernen?“

„Mit dreizehn Jahren wurde der Genannte zum ersten Mal

straffällig“, fuhr Schmitti fort. „Er wurde auf Trebe aufgegriffen, hatte sich einer Jugendbande angeschlossen. Mittelschwere Diebstähle. Mehrere richterliche Ermahnungen.“

„Was wurde gestohlen?“, fragte Breschnow.

„Handys, Laptops, Tablets, manchmal auch Fernseher und Computer.“

Nico Antes sah vom einen zum anderen. „Mann, ihr Bullen habt überhaupt keine Ahnung. Die haben mich dazu gezwungen. Die hätten mich sonst kaltgemacht.“

Die beiden Ermittler ignorierten ihn.

„Mit sechzehn zu Sozialstunden verurteilt, die er in einer Behinderteneinrichtung abgearbeitet hat.“

„Das hat er geschafft?“, fragte Breschnow.

„Mit Bravour“, antwortete Schmitti. „Der dort tätige Sozialpädagoge hat ihm sogar eine Empfehlung für eine Ausbildung im zweiten Bildungsweg als Heilerziehungspfleger ausgesprochen.“

„Die er aber nicht gemacht hat, nehme ich an.“

„Ich hatte keinen Bock mehr auf Schule“, mischte sich Nico Antes ein. „Kein Bock mehr auf diese Spasten.“

„Stattdessen beantragt er Hartz IV“, sagte Schmitti.

„Denken Sie, das war der richtige Weg?“, fragte Breschnow.

„Ich hab als Ehrenamt weitergemacht.“

„Als Ehrenamtlicher“, korrigierte ihn der Hauptkommissar.

„Ja, Mann“, murrte Nico Antes sichtlich genervt.

„Er gibt zu Protokoll, keine enge Beziehung zu seiner Mutter gehabt zu haben“, fuhr Schmitti fort.

„Sie is ’ne Schlampe. Ohne sie wäre ich jetzt besser dran.“

„Ohne sie wären Sie gar nicht auf der Welt“, sagte Breschnow.

Antes tippte sich an die Stirn. „Sie hat mich hier im Kopf krank gemacht.“

„Und wie hat sie das getan?“

„Na, zuerst treibt sie’s mit meinem Vater, der sich dann

verpisst und dann hurt sie mit irgendwelchen Männern rum, bis sie einen gefunden hat, der sie aushält und ihr die Wohnung schenkt."

„Während der zuletzt genannten Beziehung war Barbara Antes zweimal im Krankenhaus wegen Verletzungen, die auf häusliche Gewalt zurückzuführen waren", informierte Schmitti seinen Kollegen. „Zum letzten Mal 2008. Da hat sie angegeben, auf der Treppe gestürzt zu sein."

„Das war nicht ihr Lover. Da war sie besoffen und ist hingefallen."

„Ich habe das überprüft", sagte Schmitti. „Laut Krankenhausunterlagen wurde kein Alkohol in ihrem Blut nachgewiesen."

Nico Antes lehnte sich zurück und schüttelte den Kopf. „Ihr labert echt nur Scheiße. Der Typ hat ihr die Wohnung geschenkt und als Dank hat sie ihn abserviert."

„Könnte auch sein, dass er sich damit entschuldigen oder freikaufen wollte", sagte Breschnow und blätterte weiter. „Hier steht, dass Sie keinen Kontakt mehr mit Ihrer Mutter hatten, seit Sie volljährig sind. Stimmt das so?"

Der junge Mann rutschte auf seinem Stuhl hin und her und tippte gedankenverloren auf das Display eines imaginären Handys.

„Hatten Sie noch Kontakt oder nicht?", fragte Breschnow streng.

„Ja, schon. Sie hat mir immer mal wieder Geld zugesteckt."

„Wann haben Sie sie zuletzt gesehen?"

Nico Antes dachte nach. „Weiß nich. Ende September oder im Oktober. Sie hatte diesen Test gemacht und war danach total irre im Kopf."

„Welchen Test?"

„Na diesen Altentest für die, die alles vergessen."

„Sie hat sich auf Alzheimer testen lassen?"

„Genau."

„Das heißt, sie war daran erkrankt und Sie wussten das?“

„Kann ich jetzt mein Handy wiederhaben?“

Schmitti schüttelte den Kopf. „Es wird noch untersucht.“

„Wieso denn das, Mann?“

„Wir untersuchen alle Handys von Leuten, die uns anlügen“, antwortete Breschnow. „Wie ging es nach der Untersuchung mit Ihrer Mutter weiter?“

„Irgendwann war sie weg.“

„Und Sie haben nicht nach ihr gesucht, obwohl Sie wussten, dass sie sehr krank war?“

Nico Antes sah ihn verwundert an. „Wieso? Jeder lebt doch sein Leben.“

Breschnow schaltete das Aufnahmegerät ab. „Weil deine Mutter wahrscheinlich das Haus verlassen und nicht mehr zurückgefunden hat. Sie musste noch eine Zeit lang auf der Straße leben. Im Winter. Orientierungslos. Bestimmt hat sie gefroren und Angst gehabt. Zum Glück hat sich eine andere Obdachlose ihrer angenommen, sodass sie wenigstens die Nächte in einer Notübernachtung verbringen konnte und einmal am Tag etwas zu essen bekommen hat.“ Er sprang auf. „Das hättest du ihr alles ersparen können!“

Breschnow eilte in sein Büro und zündete sich eine Zigarette an. Seine Nerven vibrierten. Er verfluchte die neue Dünnhäutigkeit, rauchte noch eine und ging wieder zurück in den Besprechungsraum.

Schmitti schaltete das Aufnahmegerät wieder ein.

„Nachdem Ihr Vater die Familie verlassen hatte, kam also ein neuer Mann ins Haus“, sagte Breschnow.

„Nee, nich wirklich. Sie hatte erst andere Lover und dann den. Aber der wohnte woanders. Wenn sie bei ihm war, hat sie mich immer zu ’ner Freundin gebracht. Die war echt cool.“

„Wie hieß die Freundin?“

Nico Antes zuckte mit den Schultern. „Is lange her. Ich hab sie immer nur Tante genannt."

Breschnow stellte sich ans Fensterbrett. Er brauchte den Abstand. „Haben Sie den Mann kennengelernt?"

„Na klar, Mann. Ab und zu wohnte der ja auch bei uns. Der war ganz okay."

„Und 2008, nach dem Krankenhausaufenthalt, war dann Schluss?"

„Ja. Sie is nich mehr zu ihm hin und war immer zu Hause."

„Ich vermute, der Mann hatte auch einen Namen?", fragte Breschnow.

Der junge Mann nickte und lächelte ihn an.

Breschnow hätte ihn am liebsten geschüttelt. „Und? Verraten Sie ihn mir?"

„Hans-Peter."

„Nachname?"

„Was weiß ich. Hab ihn ja nich mit Sie angeredet."

Breschnow drehte sich um, sah aus dem Fenster und atmete tief ein. Sein Blick blieb an einem Baum hängen. Eine Krähe wippte auf einem der oberen Äste.

„Kann ich jetzt mein Handy wiederhaben?"

Der Vogel hob ab und flog über das Nachbargebäude. Breschnow sah ihm hinterher.

„Wieso hatten Sie es eigentlich so eilig, in die Wohnung ihrer Mutter zu ziehen?"

„Na, weil das Amt meine nich mehr bezahlt und ich die Kündigung habe."

Schmitti hob ein DIN-A4-Blatt in die Höhe. „Das ist ein Schreiben des Vermieters. Herr Antes hat die Zahlungen der Sozialbehörde, die für die Miete auf sein Girokonto überwiesen wurden, seit drei Monaten nicht mehr weitergeleitet. Als das bekannt wurde, weil der Vermieter sich beim Amt beschwert hat, wurden die Zahlungen komplett eingestellt."

„Sie haben keine Miete mehr bezahlt?“

Breschnow begann im Raum hin- und herzulaufen.

„Eh, Hartz IV is echt nich viel.“

„Und da haben Sie ein bisschen aufgestockt?“

Nico Antes nickte.

„Mittlerweile wurde ein Verfahren eingeleitet. Herr Antes muss die unterschlagene Miete plus Zinsen binnen der nächsten sechs Monate an das Amt zurückzahlen. Solange bleiben die Hartz-IV-Zahlungen gesperrt.“

„Keine schönen Aussichten“, sagte Breschnow.

Der junge Mann grinste. „Na, jetzt isses ja egal. Jetzt hab ich ja ’ne Wohnung und Kohle. Kann ich mein Handy wiederhaben?“

„Kohle?“

„In der Wohnung gibt’s jede Menge Plunder, den man verscherbeln kann.“

Breschnow dachte an die liebevoll ausgestattete Wohnung, an die Tischdeckchen und den Nippes. Er ging zu dem Schrank, schloss ihn auf, nahm die braune Handtasche des Opfers heraus und stellte sie auf den Tisch.

„Kenn ich nich“, behauptete der junge Mann.

„Das ist die Handtasche Ihrer Mutter.“

Er zog den Reißverschluss auf, nahm einen grauen Stein, ein benutztes Papiertaschentuch, ein Zehncentstück, einen Weinflaschenkorken, ein verknittertes Foto und einen kleinen verschmutzten Teddy heraus.

„Und das sind die Sachen, die Ihrer Mutter offensichtlich wichtig waren.“ Breschnow setzte sich.

Nico Antes hob den Kopf, starrte eine Weile auf das Stofftier und erklärte mit belegter Stimme: „Mit dem hab ich immer als Kind gespielt.“

* * *

Willy zog den grauen Lodenmantel fester um seinen Körper. Es war wieder kalt geworden, aber er musste trotzdem seinen Job machen und die Hasenheide nach leeren Flaschen durchforsten. Er wollte nicht von seinem Engel abhängig sein. Willy erinnerte sich gerne, wie er seine Freundin auf einer Bank in der Schillerpromenade kennengelernt und wie sie ihn von der Straße geholt und bei sich aufgenommen hatte. Mittlerweile waren sie schon lange ein Paar, aber manchmal vermisste er seine alte Freiheit und den offenen Raum um sich herum und brauchte ein paar Tage Abstand. Dann lebte er wieder auf der Straße, suchte die ehemaligen Schlafplätze auf und traf seine alten Kumpel.

Schon von Weitem sah Willy die drei leeren Flaschen neben der Parkbank und eilte auf sie zu. Er fingerte die Plastiktüte aus der Manteltasche und stopfte die Flaschen hinein. Ein hagerer Mann kreuzte seinen Weg und lächelte ihn freundlich an. Willy dachte an Breschnow und fragte sich, warum er gestern Abend nicht zur Hasenschänke gekommen war. Er hatte ihm von Barbara erzählen wollen und was er in der Nacht gesehen hatte, als sie starb. Aber zum Revier würde er kein zweites Mal gehen.

Er bückte sich, um zwei weitere Bierflaschen aufzuheben und trottete weiter. Plötzlich schubste ihn jemand heftig von hinten. Willy ruderte mit den Armen, versuchte sich abzufangen, fiel. Ein stechender Schmerz im rechten Arm und in der Schulter, als er auf dem Schotter landete. Der Angreifer zögerte kurz. Dann trat er zu. Dumpfe und brennende Schmerzen im Rücken und an den Oberschenkeln. Aus den Augenwinkeln sah Willy den Fuß des Mannes auf seinen Kopf zuschnellen. Schützend hob er den linken Arm und legte die Hand an den Schädel.

Der Schläger hielt inne, beugte sich zu ihm herunter. „Das

ist nur eine Warnung, Mann. Wenn du irgendwas sagst, mache ich Hackfleisch aus dir."

Der Mann umrundete ihn, blieb vor ihm stehen. Sein Turnschuh fand seinen Weg in Willys Bauch und bohrte sich langsam hinein. „Kakerlaken zertreten!"

„Bitte", wimmerte Willy. „Bitte, ich ..."

Es raschelte im Gebüsch. Schritte kamen näher. Viele Menschen. Von zwei Seiten stürmten sie heran. Der Schläger ließ von ihm ab und rannte davon. Sie folgten ihm. Willy konnte seinen Kopf nicht mehr hochhalten, nicht mehr richtig atmen. Es wurde schwarz um ihn.

* * *

Delego öffnete nun zum dritten Mal dieselbe Schublade und starrte hinein, ohne etwas zu sehen. Sie hatte schlecht geschlafen. In der Nachbarwohnung hatte es eine Party gegeben und die Gäste hatten noch bis weit nach Mitternacht lautstark gefeiert. Regina rief ihr aus der Küche etwas zu. Delego verstand es nicht und ging zu ihr hin.

„Frau Antes hat ein abschließbares Fach im Küchenschrank. Die Spurensicherer haben es anscheinend übersehen. Ich habe es aufgebrochen." Sie reichte ihrer Kollegin ein handbeschriebenes Blatt.

Delego las: *Lieber Nico, ich habe für meinen Tod vorgesorgt. Hier findest du die bezahlte Rechnung für meine Beerdigung und bei der Notarin Frau Dr. Stern in der Karl-Marx-Straße liegt ein Testament für dich bereit. Ich wünsche dir, dass du im Leben einmal Fuß fassen wirst und es für dich viele gute Zeiten bereithält. In Liebe, deine Mutter.*

Die Kommissarin sah auf das Datum. „Das Schreiben ist von September 2014. Da war Barbara Antes gerade fünfundfünfzig. Sie hat sich wirklich früh Gedanken gemacht."

„Alleinerziehende Mutter“, sagte Regina. „Aber warum hat sie es so gut versteckt? Wusste ihr Sohn davon?“

Bevor Delego antworten konnte, legte sie den Zeigefinger an den Mund und horchte. „Ich glaube, es hat geklopft.“

„Ruf Schmitti an. Wir brauchen einen Beschluss zur Einsicht des Testaments.“

Regina zog ihr Telefon aus der Jackentasche. Delego verließ die Küche, öffnete schwungvoll die Tür und stand einer Frau im mittleren Alter gegenüber.

„Ich habe Geräusche gehört und gehofft, dass Barbara zurückgekommen ist. Sind Sie eine Freundin von ihr?“

„Nein. Ich bin von der Polizei.“ Delego wies sich aus.

„Polizei? Ist Barbara etwas passiert?“

„Das würde ich Ihnen ungern hier im Treppenhaus erzählen, Frau …?“

„Müller. Ganz einfach. Müller. Wollen Sie vielleicht mit zu mir rüberkommen?“ Sie deutete auf die angelehnte Tür gegenüber.

Delego nickte, informierte ihre Kollegin und folgte der Frau durch einen breiten Flur in ein geräumiges, helles Wohnzimmer.

„Möchten Sie eine Tasse Kaffee trinken?“

„Sehr gerne. Bitte mit Milch, wenn Sie welche im Haus haben.“

Die Kommissarin ließ sich auf das Sofa fallen und hätte sich am liebsten hingelegt und geschlafen. Stattdessen ließ sie den Blick durch das aufgeräumte Zimmer schweifen. Es war nur mit einem Sessel, einem Tisch, dem Sofa und einer Kommode möbliert und wirkte ein wenig leer. Die Nachbarin kehrte mit zwei Tassen Kaffee zurück und stellte sie auf dem Wohnzimmertisch ab.

„Wo ist Barbara?“

„Da habe ich leider keine gute Nachricht für Sie. Barbara Antes ist tot.“

Entsetzt riss die Frau die Augen auf und schlug sich die Hand vor den Mund. „Oh mein Gott. Sie wollte doch nur zum Supermarkt. Sie sollte mir Kaffee mitbringen. Den gab's gerade im Angebot. Und dann war sie auf einmal weg. Ist sie dort ...?"

„Nein. Sie ist in der Hasenheide gestorben."

„In dem Park? Was hat sie denn dort gemacht? Da sind doch immer diese scheußlichen Drogenhändler."

Delego zuckte mit den Schultern.

„Wann ist ..." Frau Müller räusperte sich. „Wann ist Barbara denn von uns gegangen?"

„Vor fünf Tagen."

„Vor fünf Tagen? Aber sie ist doch schon wochenlang weg. Wo war sie die ganze Zeit?"

„Wahrscheinlich hat sie auf der Straße gelebt und in einer Obdachlosenunterkunft übernachtet. Aber sie hatte Hilfe von einer anderen Obdachlosen."

„Obdachlosenunterkunft? Warum ist sie nicht nach Hause gekommen?"

Delego atmete tief ein. „Wir vermuten, dass sie nicht mehr wusste, wo sie gewohnt hat."

Frau Müller ließ sich auf den Sessel sinken und brach in Tränen aus. Delego erhob sich und strich ihr sanft über den Rücken.

„Barbara hat alles getan, damit es nicht auffällt", schluchzte die Frau. „Aber manchmal habe ich mich gewundert, wenn sie sich nicht mehr erinnert hat, was wir gerade gegessen oder im Fernsehen gesehen haben. Manchmal stand sie einfach nur so da und starrte mit leerem Blick in den Raum. Oh mein Gott! Ich hätte etwas tun müssen!"

‚Ja, das wäre gut gewesen. Dann wäre der armen Frau einiges erspart geblieben', dachte Delego und sagte: „Es ist nicht Ihre Schuld, Frau Müller. Kann ich Ihnen ein Glas Wasser bringen?"

Die Frau nickte und deutete zur Tür. Delego ging in die Küche und öffnete einen Hängeschrank nach dem anderen. Alles war sauber und aufgeräumt, die Lebensmittel in den Dosen beschriftet, das Geschirr ordentlich sortiert. Sie griff sich ein Glas, füllte es mit Leitungswasser und ging zurück in den Wohnraum. Frau Müller wiegte ihren Körper hin und her. Ihre Augen waren vom Weinen gerötet. Die Kommissarin reichte ihr das Wasserglas und ein Taschentuch, das sie aus der Spenderbox auf dem Tisch gerupft hatte. Sie wartete, bis die Frau sich geschnäuzt und etwas getrunken hatte und setzte sich wieder auf das Sofa.

„Es wundert mich, dass Sie nichts von dem Tod Ihrer Nachbarin gehört haben. Es wurde in der Zeitung, im Radio und in der Abendschau darüber berichtet."

Die Frau zog noch ein Papiertaschentuch aus dem Spender und knetete es mit beiden Händen. „Ich habe mir die Nachrichten abgewöhnt. Es hat mich ganz krank gemacht, dieses ständige Sterben, die Anschläge und die dummen Reden der Politiker. Und als Trump dann Präsident wurde, war das Maß endgültig voll."

Delego nickte. Sie verstand genau, wovon die Frau redete. Auch sie war zunehmend von dem Spekulationsfieber und der Sensationsgier der Reporter genervt und beim amerikanischen Präsidenten schaltete sie konsequent den Fernseher aus.

„Wissen Sie, ob Ihre Nachbarin Ärger mit jemandem hatte?"

„Nein, das kann ich mir nicht vorstellen. Sie ist ein recht umgänglicher Mensch. Aber haben Sie schon mit ihrem Sohn gesprochen? Der hat ihr immer nur Kummer gemacht. Dem würde ich alles zutrauen."

Delego schenkte ihnen Kaffee ein und trank einen Schluck. „Aber warum sollte er seine Mutter töten?"

„Vielleicht wollte er Geld für seine Drogen und sie hat es ihm nicht geben können? Glauben Sie mir, er hat seiner

Mutter die letzten Euros aus der Tasche geleiert. Ich denke, er hat sie auch bedroht. Und jetzt könnte er die Wohnung verkaufen. Das bringt ja mittlerweile viel Geld."

„Ist Ihre Wohnung auch eine Eigentumswohnung?"

Frau Müller nickte. „Aber nicht meine. Man hat mich sozusagen mitverkauft."

„Erzählen Sie mir von Barbara Antes."

„Wo soll ich da anfangen?"

„Wo immer Sie wollen."

Frau Müller dachte eine Weile nach. „Ich glaube, ich fange am besten ganz von vorne an bei der Jahrtausendwende. Da zog Barbara hier ins Haus. Ich wohnte schon fast zwanzig Jahre hier. Ich habe mich über die neue Nachbarin gefreut. Mit den Leuten davor bin ich nicht so gut ausgekommen. Damals stand die Wohnung zum Verkauf und ihr damaliger Freund hat sie genommen. Da war Nico vielleicht fünf oder sechs."

Sie hielt inne, ihr Blick schweifte ab. Delego ließ ihr die Zeit, sich zu erinnern.

„Wissen Sie, ich mag Kinder. Ich habe selbst nie welche bekommen. Deswegen freute ich mich besonders über diese kleine Familie. Manchmal habe ich auf den Jungen aufgepasst und manchmal ist er auch über Nacht oder übers Wochenende bei mir geblieben. Dann konnten sie mal ausgehen oder bei Hans-Peter übernachten. Es gab ja keine Großeltern."

„Hat der Freund von Frau Antes nicht hier gewohnt?"

„Nein. Er hatte ja seine eigene Wohnung. Aber er war oft hier."

„Gab es noch andere Freundschaften?"

„Das weiß ich nicht. Aber Barbara hat nie von Freunden gesprochen."

„Und wo hat Hans-Peter gewohnt, wenn er nicht hier war?"

„Ich glaube in Dahlem."

„Wir wissen, dass Barbara Antes ursprünglich aus Braunschweig kam. Hat sie ihre Eltern mal erwähnt?"

„Selten. Ich weiß nur, dass sie nach Nicos Geburt den Kontakt endgültig abgebrochen hat."

„Wissen Sie auch, warum?"

„Nicht so genau. Sie hat mir erzählt, dass ihr mit neunzehn etwas passiert ist, was die Beziehung zu ihren Eltern extrem verschlechtert hat. Danach hat sie wohl mit dem Trinken angefangen und Drogen genommen und ist ziemlich abgerutscht. Und statt ihr zu helfen, haben ihre Eltern sie in die Psychiatrie gesteckt, was sie ihnen verständlicherweise nie verziehen hat. Mehr weiß ich leider nicht." Sie gab Zucker in ihren Kaffee und trank einen Schluck. „Barbara war an dem Abend, als sie mir das erzählt hat, ganz schön angetrunken. Sie hat hier auf meinem Sofa gesessen und stundenlang geweint. Dann ist sie plötzlich aufgestanden und gegangen, ohne sich zu verabschieden. Und in den Wochen danach ist sie mir ausgewichen. Ich war froh, als sie dann irgendwann wieder vor meiner Tür stand."

„Und ihr Freund? Kannte der ihre Geschichte?"

„Das weiß ich nicht, aber ich glaube nicht, dass Barbara mit ihm darüber gesprochen hat. Er war kein Mann für so etwas."

„Wie meinen Sie das?"

„Er war eine fröhliche Natur und er hat Barbara wirklich geliebt, aber er war auch irgendwie oberflächlich."

„Wir haben Informationen, dass es Gewalt in der Beziehung gegeben hat."

Frau Müllers Gesicht verfinsterte sich. „Daran war Nico schuld ..."

Es klingelte an der Wohnungstür. Die Frau erhob sich, um zu öffnen und kurz darauf stürmte Regina ins Zimmer.

„Wir müssen sofort los, Delego! Es gab einen Überfall in der Hasenheide. Das Opfer ist ein Obdachloser."

„Lebt er noch?"

„Ich weiß es nicht."

* * *

Breschnow starrte auf die Notiz, die ihm Schmitti auf den Schreibtisch gelegt hatte und erkannte die kindliche Schönschrift. Willy hatte ihn gestern Abend an der Hasenschänke treffen wollen. Es schien ihm wichtig gewesen zu sein, sonst wäre er nicht hierher in die Höhle des Löwen gekommen. Normalerweise vermied sein Freund den Kontakt zur Polizei. Er hatte, wie so viele andere Obdachlose, schlechte Erfahrungen mit den Gesetzeshütern gemacht. Breschnow verfluchte seine Nachlässigkeit, beschloss, Willy in der Hasenheide zu suchen, verschob es auf später und verließ die Dienststelle.

Die U-Bahn nach Krumme Lanke war hoffnungslos überfüllt. Junge Leute, wahrscheinlich Studenten der nahe gelegenen Freien Universität, starrten auf ihre Handys, nur wenige unterhielten sich. Am Bahnhof Dahlem-Dorf verließ Breschnow den Zug und fühlte sich wie in einer anderen Welt. Die Luft roch frischer, die Menschen waren besser gekleidet, nur die Hunde waren dieselben, aber ihre Hinterlassenschaften nicht mehr so allgegenwärtig. Er hielt sich links, passierte die Domäne Dahlem, die er schon seit Jahren mit seiner Nichte besuchen wollte, überquerte eine breite Allee und bog links in den Bachstelzenweg ein. Villen und hochherrschaftliche Häuser reihten sich aneinander. In diesem Teil der Stadt war er noch nie gewesen. Er fand sein Ziel, ohne sich zu verlaufen, und klingelte an der Tür mit dem Schild Gernau. Eine Kamera richtete ihr Auge auf ihn.

Dann ertönte ein Summer und eine junge Frau erkundigte sich nach seinem Anliegen. Breschnow kramte nach seinem Dienstausweis, erinnerte sich, dass er ihn immer noch nicht abgeholt hatte, nannte seinen Namen und seinen Dienstgrad und fragte nach Hans-Peter Gernau. Die Frau ließ ihn eintreten, führte ihn in einen quadratischen, schummerigen Flur, nahm ihm die Jacke ab und lotste ihn weiter zu einer geräumigen Bibliothek, wo sie ihm zu warten bedeutete und sich verabschiedete. Breschnow ließ sich in einen der grauen Ohrenbackensessel sinken und betrachte die bis zur Decke reichenden Bücherregale an den Wänden.

Diesen Raum würde ich nie verlassen, dachte er. Ich würde hier jahrelang einfach nur sitzen, lesen und rauchen. Das wäre das Paradies.

Eine schlanke Frau trat ein. Ihre Haare waren kurz geschnitten und grau. Sie trug ein blaues Kostüm. Breschnow schätzte sie in den Sechzigern.

„Sie suchen meinen Arbeitgeber?"

„Hans-Peter Gernau."

„Er war schon lange nicht mehr hier." Sie setzte sich ihm gegenüber und schlug die Beine übereinander.

„Und wann haben Sie ihn zum letzten Mal gesehen?"

„Am 31. März 2016."

„Hat das Datum eine besondere Bedeutung oder warum können Sie sich so genau daran erinnern?"

Die Frau wirkte überrascht. „Das Erinnern gehört zu meinen Aufgaben. Ich bin hier die Hausdame."

„Hausdame", wiederholte Breschnow.

Die Frau lächelte freundlich. „Ich bin mit sechzehn in den Dienst der Familie Gernau getreten. Die Herrschaften sind leider schon lange verstorben. Gernau Junior hat die Villa geerbt. Aber seit zwei Jahren lebe ich hier allein und warte darauf, dass er zurückkommt."

„Waren Sie bei der Polizei?“

Sie sah ihn erstaunt an. „Um was zu tun?“

„Um eine Vermisstenanzeige aufzugeben?“

„Warum? Mein Arbeitgeber ist nicht verpflichtet, mir zu sagen, wohin er geht. Er ist mein Dienstherr.“

„Verstehe“, sagte Breschnow, obwohl er das nicht tat.

„Kennen Sie eine Barbara Antes?“

„Frau Antes ist eine Freundin von Herrn Gernau. Sie war manchmal gemeinsam mit ihm hier.“

„Wann war das?“

Sie dachte kurz nach. „1997 kam sie zum ersten Mal und zuletzt im Sommer 2008.“

„Und danach nicht mehr?“

„Nein.“

„Wissen Sie, warum Frau Antes ihre Besuche eingestellt hat?“

Die Hausdame schüttelte den Kopf. „So etwas geht mich nichts an.“

„Wer war die Frau, die mir die Tür geöffnet hat?“

„Das ist Frau Strauß, unser Mädchen für alles. Sie kommt alle vierzehn Tage, wenn Herr Gernau nicht im Haus ist, sonst natürlich öfter.“

„Vielleicht kann sie mir noch etwas zu Frau Antes sagen.“

Die Hausdame schüttelte den Kopf. „Das glaube ich kaum. Sie ist erst seit einem Jahr bei uns.“

„Sie sagten Gernau Junior ist seit zwei Jahren nicht mehr hier gewesen. Wie bezahlt er Sie?“

„Mein Gehalt wird jeden Monat überwiesen.“

„Können Sie mir die Kontonummer geben, von der Sie Ihr Gehalt beziehen?“

Sie stand auf und verließ den Raum. Breschnows Blick glitt wieder über die Bücher aber seine Gedanken kreisten um die Frau, die ihm wie eine Figur aus einem anderen Jahrhundert vorkam. Irgendwo klingelte ein Handy. Es dauerte einen Moment, bis er begriff, dass es sein eigenes war.

„Die Rechtsmedizinerin beginnt jetzt mit der Obduktion von Barbara Antes und möchte, dass du dazukommst", informierte ihn Schmitti.

Breschnow erhob sich zögernd. Er wäre gerne noch ein paar Stunden in dieser wunderbaren Privatbibliothek geblieben. An der Tür stieß er fast mit der Hausdame zusammen. Freundlich lächelnd reichte sie ihm die gewünschte Auskunft auf einem Bogen blütenweißem Papier und rief das Hausmädchen, damit sie ihn hinausbegleitete.

Die junge Frau hielt an der Eingangstür an, drehte sich um und vergewisserte sich, dass die Hausdame nicht in der Nähe war.

„Ich habe Sie beide reden hören", flüsterte sie. „Die Tür stand ja offen. Meine Mutter hat vor mir hier gearbeitet. Eigentlich war sie eine gute Bekannte von Gernau Junior, aber das ist eine lange Geschichte. Auf jeden Fall hat sie auch Frau Antes kennengelernt. Als die Beziehung zu Ende war, war Gernau Junior am Boden zerstört und hat sich die Schuld dafür gegeben. Er hat viel getrunken in dieser Zeit und irgendwann meiner Mutter eröffnet, dass er weggehen würde, um auf der Straße zu leben. Er wollte Buße tun. Ich glaube, er hat seine Freundin geschlagen. Meine Mutter hat gesagt ..."

Ein Geräusch ließ sie verstummen. Die Hausdame erschien in der Diele.

„Sie sind ja noch da", stellte sie erstaunt fest und bedachte das Hausmädchen mit einem mißbilligenden Blick. Breschnow verabschiedete sich von den beiden. Auf dem Weg zur U-Bahn ließ er sich das Gehörte noch einmal durch den Kopf gehen. Dann forderte der öffentliche Nahverkehr seine ganze Aufmerksamkeit.

Von der langen Fahrt nach Moabit und den vielen Menschen gestresst, gönnte er sich noch eine Zigarette in der Anlieferzone des Instituts, bevor er den Sektionssaal mit seinen extremen Gerüchen betrat. Die Rechtsmedizinerin hatte Barbara Antes bereits aufgeschnitten.

„Deine Tote war ziemlich gesund“, begrüßte sie ihn und deutete auf den Tisch, auf dem die Lunge, das Herz und die Leber lagen. Zwei junge Männer, ein Langer und ein Lockenschopf, saßen davor und diskutierten leise.

„Medizinstudenten“, klärte ihn Monika auf und griff nach der Knochensäge.

Die Studenten erhoben sich und stellten sich neben sie. Monika zeigte ihnen, an welchen Stellen die Schädeldecke zu öffnen war und bat den Lockenkopf, eine Schüssel zu holen. Die Säge kreischte auf. Breschnow hielt sich die Ohren zu. Der Student mit der Schüssel erblasste, als die Schädeldecke hineinfiel. Monika wechselte die Handschuhe und griff mit beiden Händen in den Kopf, um das Gehirn herauszuheben.

„Was denkt ihr, mit was ihr es hier zu tun habt?“, fragte sie die jungen Männer.

„Gehirne hatten wir noch nicht“, antwortete der Lockenkopf und folgte ihr zum Tisch.

Behutsam legte Monika das Organ auf das vorbereitete Brett und winkte Breschnow heran.

„Darf ich jetzt mitraten?“, fragte er.

„Es ist uns eine Ehre, Herr Hauptkommissar“, antwortete Monika lächelnd.

„Das Gehirn ist geschrumpft“, sagte der Lange. „Es müsste eigentlich größer und dichter sein.“

Die Rechtsmedizinerin wog das Organ, griff dann nach dem Skalpell, trennte einen Teil ab und zwang Breschnow, sich vorzubeugen. „Siehst du es?“

„Es sieht aus wie ein durchgeschnittener Blumenkohl“, murmelte er.

„Aber etwas ist anders als bei den gesunden Gehirnen. Weißt du, was ich meine?“

„Der Blumenkohl hat faule Stellen und Löcher.“ Breschnow hatte das Bedürfnis, sich zu übergeben.

Die Rechtsmedizinerin nickte. „Alzheimer. Das ist eine degenerative Krankheit, die die Funktion des Gehirns beeinträchtigt. Es kommt zu einem erheblichen Verlust an Hirngewebe und zu Veränderungen im Großhirn.“

„Tau-Proteine in den Nervenzellen“, sagte der Lange. „Dadurch werden die Transportprozesse gestört. Die Zelle verliert an Stabilität und stirbt.“

„Und der Verlust an Nervenzellen führt zum Abbau von Hirnsubstanz. Bis zu zwanzig Prozent. Dadurch vertiefen sich die Furchen in der Hirnoberfläche und die Hirnkammern erweitern sich“, ergänzte die Rechtsmedizinerin.

„Also war Barbara Antes krank?“ fasste Breschnow zusammen.

„Eindeutig.“

Monika griff sich ein übergroßes Schneidemesser und reichte es dem Lockenkopf. Der junge Mann zog sich den Mundschutz hoch und begann das Organ in Scheiben zu schneiden.

„Jeder Krankheitsverlauf ist anders“, erklärte die Rechtsmedizinerin.

Sie bat den Studenten, kurz zu unterbrechen, zog einen Stift aus ihrer Kitteltasche und deutete damit auf eine Stelle des Restgehirns. „Das ist der Bereich für das Kurzzeitgedächtnis. Hier ist fast alles kaputt. Du kannst also davon ausgehen, dass sie nicht mehr wusste, was sie gerade gegessen hatte oder wen sie getroffen hat. Und es stärkt deine Theorie, dass sie nicht mehr nach Hause zurückgefunden hat, weil sie orientierungslos war.“

„Der Erlöser“, brummte Breschnow.

„Irgendwie war es ja auch eine Erlösung für die Betroffene“, sagte der Lockenschopf nachdenklich.

„Aber würdest du jemanden wegen dieser Krankheit töten?“, fragte sein Kommilitone.

Der junge Mann zuckte mit den Schultern. „Ich weiß nicht. Vielleicht schon, wenn es meine Mutter oder meine Oma treffen würde und es ihr Wunsch wäre.“

„Und woher willst du wissen, ob sie möchte, dass du nachhilfst?“, fragte Breschnow streng.

„Das müsste sie mir sagen.“

„Das kann sie aber nicht mehr in dem Zustand.“

„Nein. Ich meine vorher, bevor das Gehirn schrumpft.“

„Und wenn sie zwischenzeitlich ihre Meinung geändert hat und trotz der Krankheit weiterleben will, solange es geht?“, fragte der Lange.

„Es reicht!“, mischte sich die Rechtsmedizinerin ein. „Wenn ihr weiter ethische Fragen diskutieren wollt, müsst ihr euch verabreden.“

Sie wies die beiden Studenten an, alle Organe zu archivieren und den Tisch zu reinigen und führte Breschnow zurück zu der Leiche.

„Ich habe den Einstichkanal genauer untersucht, aber ich kann dir trotzdem nicht eindeutig sagen, ob sie sich selbst etwas gespritzt oder ob jemand nachgeholfen hat. Aufgrund ihrer jetzt diagnostizierten Demenz bin ich allerdings ziemlich sicher, dass sie es nicht selbst getan haben kann.“

„Ziemlich sicher?“, fragte Breschnow.

„Neunundneunzig Prozent. Es hätte zu viel Koordination gefordert, die Spritze aufzuziehen und sie fachgerecht zu benutzen.“

„Dann passt es, dass am Tatort nichts Derartiges gefunden wurde. Und die toxikologische Untersuchung?“

„Das Ergebnis ist mittlerweile da. Man hat eine hohe Dosis Morphium in ihrem Blut festgestellt."

„Sie ist also eingeschläfert worden", sagte Breschnow.

„So würde ich das nicht nennen. Aber sie ist eindeutig eingeschlafen und hat aufgehört zu atmen. Die Morphiumdosis war stark genug, um die unbewusste Atemsteuerung im Hirnstamm zu stoppen. Und es gibt auch keine Abwehrspuren an ihren Händen."

„Sie hat sich also nicht gewehrt. Vielleicht hat sie gar nicht mehr verstanden, was mit ihr passiert", sagte Breschnow.

„Das kann gut sein. Aber vielleicht hatte sie auch keine Angst vor dem Fremden, der sich ihr genähert hat, weil er ihr irgendwie vertraut vorkam oder gar kein Fremder war."

Die Rechtsmedizinerin drehte sich zu den Studenten um, die an dem mittlerweile gereinigten Tisch standen und auf weitere Anweisung warteten.

„Einer von euch kann die Frau zunähen und der andere holt mir den nächsten Kunden rein."

Breschnow verabschiedete sich und eilte hinaus.

* * *

Der Hüne winkte Delego heran und fluchte: „Schöne Scheiße, das hier. Zuerst die Frau, dann der alte Mann und jetzt der Obdachlose. Dauert nicht mehr lange und wir kommen aus dieser verfluchten Hasenheide gar nicht mehr raus, weil wir ständig Streife laufen müssen."

Sein Partner trat neben ihn. „Die Sanis haben den Mann schon mitgenommen. Er lebt noch, hat aber wohl ziemlich viel abgekriegt. Ich habe Fotos für euch gemacht." Er reichte Delego sein Handy.

„Ich kenne diesen grauen Lodenmantel, aber von dem

Gesicht ist ja leider nicht viel zu sehen." Sie hielt ihrer Kollegin die Aufnahme hin.

„Ich fürchte, das ist Willy.", sagte Regina. „Wir sollten Stefan informieren." Sie griff nach ihrem Handy.

Delego schüttelte den Kopf. „Warte lieber noch, bis wir absolut sicher sind und wissen, wie es Willy geht."

Die Kommissarin ließ das Handy wieder in der Jackentasche verschwinden und deutete auf eine kleine Gruppe von Menschen an der Absperrung.

„Wer sind diese Leute?"

„Wenn ich das richtig verstanden habe, haben sie dem Opfer den Arsch gerettet", antwortete der Hüne.

„Und wer sagt das?"

„Das Mädel, das am Rand der Gruppe steht."

Die beiden Kommissarinnen gingen zu ihr hin und bemerkten erst jetzt den Kriminaltechniker, der auf dem Boden kniete und nach Spuren suchte.

„Hast du schon was gefunden?", erkundigte sich Regina.

Der Spurensicherer schüttelte den Kopf.

Delego wandte sich der kleinen Gruppe zu und wies sich aus.

Die fünf Männer und die Frau betrachteten sie misstrauisch. „Kann mir einer von Ihnen sagen, was genau hier passiert ist?"

Zwei der fünf Männer verschränkten die Arme, einer drehte sich demonstrativ um, der andere blickte zu Boden. Nur die Frau hielt Delegos Blick stand. Ihre dunklen Pupillen waren stark geweitet. Sie strich sich eine Strähne ihrer fettigen schwarzen Haare aus dem Gesicht und kratzte sich an der rechten Hand, bis es blutete.

„Ick wees von nix. War noch nich da, als dit passiert is. Kann ick jetz jehn?"

„Brauchen Sie einen Arzt?", erkundigte sich Regina.

Die Angesprochene lachte und schüttelte den Kopf. „Den brauch ick schon lang nich mehr."

Einer der Männer trat vor. „Wir jetzt gehen."

Er war groß und stämmig. An seinem Hals wand sich eine tätowierte Schlange bis hoch zu seiner Schläfe.

„Wir können uns auch auf der Wache unterhalten, wenn Ihnen das lieber ist", schlug Delego vor.

Der Mann spuckte ihr vor die Füße und stellte sich wieder zu den anderen.

Die Frau schlang die Arme um ihren mageren Körper. „Isset da warm?"

„Mollig warm", antwortete die Kommissarin lächelnd.

„Jut. Denn komm wa mit, oder?"

Sie drehte sich zu den Männern um. Der Stämmige zeigte ihr den Stinkefinger.

„Det sind Helden", sagte die Frau stolz. „Meene Helden. Aber jetze müssen wa erstma diskutiern."

Sie gesellte sich zu der kleinen Gruppe und redete heftig auf die Männer ein. Ihr permanentes Kopfschütteln versprach nichts Gutes. Delego nahm ihr Handy, rief Schmitti an und bat ihn, vorsichtshalber die beiden Verhörräume zu checken und zu blocken. Sie hatte genug für heute.

„Mir ist kalt und ich will nach Hause", rief sie den Diskutierenden zu. „Daher bitte ich Sie, jetzt entweder mit mir aufs Präsidium zu kommen und dort zu reden oder Ihre Personalausweise bereit zu halten, damit wir Sie später befragen können."

Aus den Augenwinkeln sah sie den Hünen auf sich zukommen. Er stoppte bei Regina und flüsterte ihr etwas ins Ohr. Plötzlich sprangen drei Uniformierte aus den Büschen und je zwei näherten sich von rechts und links. Die Zeugen stoben in alle Richtungen auseinander, wurden aber sofort festgehalten. Nur einer schaffte es an den Polizisten vorbei und der

Hüne setzte ihm nach. Die Frau blieb einfach stehen, wo sie war und redete weiter.

„Was soll der Scheiß?", rief Delego.

„Eine Drogenrazzia", klärte sie ein Uniformierter auf. „Konzertierte Aktion an fünf Standorten gleichzeitig.

Der Hüne kam zurück. Er hatte den Flüchtigen, der sich immer noch heftig wehrte, obwohl er zwanzig Zentimeter kleiner war, im Schwitzkasten. Delego ging zu den beiden hin. „Ich kann diese Razzia jetzt sofort beenden, wenn ihr alle mitkommt", sagte sie. „Mir ist es egal, ob ihr Drogen vertickt. Ich will nur wissen, wer den Obdachlosen zusammengeschlagen hat."

Der Zeuge schimpfte in einer Sprache, die Delego nicht verstand.

„Jetzt kann ich dir was sagen", rief der Spurensicherer.

Delego wartete noch einen Moment auf die Antwort des Zeugen und ging dann zu ihm hin.

„Hier ist Blut auf dem Boden und der Tatort ist ziemlich zertrampelt. Sieht aus, als ob mehrere Personen involviert waren. Die Erde ist noch feucht und ich kann die Schuhabdrücke unterscheiden. Aber wer wen angegriffen oder wer mit wem gekämpft hat, kann ich euch nicht sagen. Und ein Schlagwerkzeug oder eine Waffe habe ich auch nicht gefunden."

„Hast du Fotos gemacht?"

„Klar. Soll ich sie dir mailen?"

„Das wäre hilfreich für unsere abendliche Dienstbesprechung."

„Ich schicke sie eurem Computerfreak."

Delego bedankte sich und sah sich nach ihrer Kollegin um, die mit den zwei verbliebenen Polizisten am Streifenwagen heftig stritt. Der Hüne war rot angelaufen. Der andere blickte auf sein Handy.

„Was ist hier los?", erkundigte sich die Kommissarin müde.

„Die Frau ist weg und sie haben nicht mitgekriegt, dass sie sich aus dem Staub gemacht hat", erklärte Regina wütend.

„Wir aber auch nicht", sagte Delego und marschierte zurück zum Zeugen.

* * *

Jemand stupste ihn an der Schulter. Breschnow schlug die Augen auf und blickte in ein blondgelocktes Kindergesicht. „Meine Mutter sagt, alle müssen hier aussteigen." Das Mädchen kicherte und lief davon.

Breschnow setzte sich auf und sah am Ende des Waggons eine Schaffnerin stehen, die auf die Tür deutete. Ihre Lippen formten das Wort Endstation. Er nickte und erhob sich mühsam. Seine Beine waren schwer, sein Rücken tat von der unbequemen Lage weh und in seinem Kopf hämmerte der Schmerz. Er schleppte sich aus dem Wagen und ließ sich auf die nächste Bank sinken. Das Kind und seine Mutter folgten ihm.

„Geht es Ihnen nicht gut?", fragte die Schaffnerin.

„Doch, doch. Alles in Ordnung. Ich bin eingeschlafen und nur noch etwas benommen."

„Sie können den nächsten Zug zurück nehmen. Er kommt in zehn Minuten."

Breschnow bedankte sich und schloss die Augen, träumte von Barbara Antes' Gehirn. Kleine Boote durchquerten die Seen, die durch das Schrumpfen entstanden und durch Gehirnflüssigkeit aufgefüllt worden waren. Bunte Eiweißmoleküle umrundeten sie quietschend. Breschnow schreckte hoch, sah die U-Bahn einfahren und war dankbar, wieder wach zu sein. Er schlurfte in den leeren Waggon, lehnte sich gegen eine Haltestange und blieb sicherheitshalber während der Fahrt stehen. Am Hermannplatz verließ er den Zug, kaufte sich am Kiosk eine Cola, drängelte sich genervt durch die

Menge, die den Markt auf dem Platz bevölkerte und endete knapp zehn Minuten später in der Schlange vor der verschlossenen Tür zur Notübernachtung. Er drängelte sich an den Wartenden vorbei, bis eine Hand nach ihm griff und ihn stoppte.

„Ey, hinten anstellen, Kumpel. Wirst schon noch 'nen Platz kriegen."

Breschnow roch den Alkoholatem und das Verlangen brannte in seinem Kopf. „Hast du was zu trinken?"

Der andere lachte. „Hättste wohl jerne. Aber det hier", er drehte sich mit ausgestrecktem Arm einmal um seine eigene Achse, „is alkoholfreiet Kampfjebiet."

Der Obdachlose hinter ihm johlte, griff Breschnows Arm, zog ihn nach hinten und reichte ihn weiter an den nächsten.

Am Ende der Warteschlange angekommen, blieb Breschnow kurz stehen, hielt den Saufdruck nicht mehr aus, eilte zum Hofausgang in Richtung der nächsten Trinkhalle und rannte direkt in Jans Arme.

„Gut, dass du da bist", begrüßte ihn der junge Mann freudig. „Mein Chef hat mir versprochen, dass es heute Verstärkung gibt, aber dann doch niemanden gefunden. Eigentlich bin ich nur gekommen, um die Leute wieder wegzuschicken. Aber jetzt bist du ja da. Du hilfst mir doch, oder?"

Breschnow wollte nicht helfen, er wollte trinken, schüttelte den Kopf.

„Bitte. Sonst müssen alle wieder gehen und die Nacht auf der Straße schlafen."

Breschnow drehte sich um und betrachtete die Hilfesuchenden. Jemand trat hinter ihn und schlug ihm auf die Schulter. Er drehte sich um und blickte in das attraktive Gesicht von Martha.

„Ah, der Herr Bulle is auch wieder da", begrüßte sie ihn

freundlich, hakte sich bei ihm ein und führte ihn an der Warteschlage vorbei zum Eingang. Jan und Hilde folgten ihnen.

„Ich wollte noch einmal über den Alten reden. Vielleicht kennt doch jemand seinen Namen“, sagte Breschnow.

„Dann hilfst du uns heute Abend?“, fragte Jan.

Der Hauptkommissar nickte.

„Prima! Dafür spendiere ich eine Runde Extratee für alle“, sagte Jan und schloss auf.

Martha schob Breschnow in die Küche. „Haste den Mörder schon gefangen?“, fragte sie und reichte ihm ein großes Brett und das Brot. „Dünne Scheiben schneiden.“

Breschnow schüttelte den Kopf und griff nach dem Messer. „Du hast gesagt, dass der Alte und Barbara Antes sich gekannt haben.“

„Nich nur gekannt, sondern geliebt. Sowas fühlt man doch. Die waren früher mal ’nen Paar.“ Martha beäugte die Dicke der Scheiben und schien zufrieden.

„Weißt du, wie der Alte heißt?“

„Nee. Aber ich kenn jemand, der es weiß.“

„Ist er heute hier?“

Martha nickte.

„Kannst du ihn herholen?“

„Immer langsam mit den jungen Pferden. Der steht da draußen, der kommt von allein rein.“ Sie deutete auf das Brot. „Erst die Arbeit.“

Breschnow zerteilte ein Brot nach dem anderen, Martha beschmierte die Scheiben mit Margarine und Hilde belegte sie mit Wurst und Käse. Die ersten Menschen betraten den Saal. Breschnow reichte jedem eine Tasse Tee und erkundigte sich nach Barbara Antes und dem Alten. Erst dann ließ er sie weiter zu den Frauen gehen, die die Stullen verteilten. Als alle gegessen hatten und alles aufgeräumt war, darauf hatte Martha bestanden, führte sie ihn zu einem kräftigen Mann mit grau melierten kurzen Haaren, der vor seiner Tasse Tee saß und vor sich hinstarrte. Breschnow setzte sich ihm gegenüber.

„Du hast den Kopf geschüttelt, als ich dich nach Barbara Antes und dem Alten gefragt habe. Martha behauptet aber, dass du die beiden kennst."

„Vorhin wusste ich noch nicht, um was es geht und wer redet schon gerne mit den Bullen. Gibt ja meistens nur Ärger." Er strich sich über den grauen Bart und sah Breschnow mit wässrigen Augen an. „Hans und ich waren mal Freunde. Wir sind zusammen geflogen."

„Geflogen?"

„Beim Militär. Haben dort unsere Ausbildung gemacht. Ich hatte mich als Berufssoldat verpflichtet. Hans ist in die zivile Luftfahrt gegangen, hat bei den Amis in Tempelhof gearbeitet. Er saß oben im Tower." Er nippte an seinem Tee. Sein rechtes Auge zuckte. „Hans liebte das Fliegen, aber er hasste den Krieg. Ich habe leider zu spät begriffen, was Bomben mit Menschen machen; erst nach drei Auslandseinsätzen."

Sein Blick verlor sich kurz, dann zuckte der Mann zusammen und fixierte ein Ziel im Raum.

„Na? Alles klar? Seht ja nich besonders fröhlich aus", sagte Martha, die an den Tisch getreten war.

Der Mann versuchte ein Lächeln und reichte ihr leicht zitternd die leere Tasse.

„Zehn Minuten noch, hat der Chef gesagt, dann müsst ihr pennen gehen."

Breschnow fischte sein Handy aus der Jackentasche. Nach einigen Versuchen gelang es ihm, das Foto des Toten vom Tempelhofer Feld zu öffnen. Sein Gegenüber betrachtete es kurz. Dann verdunkelte sich das Display.

„Ja, das ist Hans. Als die Amis abgezogen sind, haben sie ihn in den Ruhestand versetzt. Er hat es nicht ertragen, keine Flugzeuge mehr um sich zu haben. Da half nur der Suff.

Dabei hatte er eine nette Freundin. Sie hat wirklich versucht, ihm zu helfen."

Sein Blick glitt wieder in die Ferne. Breschnow lehnte sich zurück, wollte ihn nicht drängen.

„Wir haben uns oft gestritten. Ich wollte, dass er sich einen neuen Job sucht und wieder anfängt zu leben. Es ist nicht leicht mit anzusehen, wenn ein Freund den Halt verliert." Er hielt kurz inne und räusperte sich. „Dann hat er Barbara im Suff geschlagen und danach war er weg."

„Wann war das?"

Der andere schüttelte den Kopf. „Zeit verliert sich auf der Straße."

„Er ist also einfach verschwunden?"

Der Mann nickte.

„Und du?", fragte Breschnow.

„Ich glaube, ich war schon vorher verschwunden, habe die Bilder der Auslandseinsätze im Alkohol ertränkt und irgendwann gemerkt, dass es nicht mehr ohne geht. Keine Miete mehr bezahlt, keine Hilfe angenommen, keine Kohle beantragt. Und dann habe ich Hans und Barbara hier wieder getroffen. Sie hat mich nur angestarrt und er hat nicht mehr mit mir geredet."

„Barbara Antes war dement", sagte Breschnow. „Wahrscheinlich hat sie dich gar nicht erkannt."

„Und Hans wollte mich nicht mehr erkennen." Er beugte sich vor und flüsterte fast: „Weißt du, es war mir egal, so wie mir alles egal war bis heute. Und jetzt habe ich eine Scheißangst um mein versautes Leben und Schiss, dass der Verrückte noch mehr von uns tötet. Warum hassen die Leute uns so?"

Darauf wusste Breschnow keine Antwort. Der Mann stand auf. „Hier drin fühle ich mich sicher. Manchmal klaut dir einer was, aber getötet wurde hier noch keiner." Er gähnte. „Ich bin müde. Ich lege mich jetzt hin."

„Nur noch eine Frage“, hielt ihn Breschnow zurück. „Wie heißt Hans mit vollem Namen?“

„Hans-Peter Gernau“, antwortete der Mann und schlurfte davon.

Breschnow blieb noch eine Weile sitzen, dachte an die Hausdame in Dahlem, die Gernau Junior vor zwei Jahren das letzte Mal gesehen hatte, dachte an den fast verhungerten alten Mann auf dem Tempelhofer Feld, der sich aufgemacht hatte, um Buße zu tun. Dann fragte er sich, warum der Obdachlose nicht wissen wollte, woran sein Freund gestorben war. Aber wahrscheinlich war es ihm einfach egal. Tot war tot. Er fummelte eine Zigarette aus dem Päckchen, und ging hinaus auf den Hof, um Delego anzurufen. Aber der Bildschirm blieb schwarz. Nachdem er eine zweite Zigarette geraucht hatte, beschloss er, von Jans Apparat zu telefonieren. Er drückte gegen die Eingangstür, aber die war ins Schloss gefallen und ließ sich nicht mehr öffnen. Breschnow wollte nicht klingeln, wollte niemanden stören, erinnerte sich, wie gut er in Barbara Antes’ Wohnung geschlafen hatte und machte sich auf den Weg.

* * *

Sie hatte wieder den ganzen Park durchsucht, war am Rosengarten gewesen, an der Hasenschänke, hatte in der kleinen Laubenkolonie am Tempelhofer Feld nachgesehen und auf der Schillerpromenade. Aber gefunden hatte sie ihre Oma nicht und ärgerte sich über die fünf Euro, die sie gestern dem Typen gegeben hatte. Der hatte behauptet, Charlotte mit einer Frau an der Hasenschänke gesehen zu haben. Alles gelogen.

Annalisa setzte sich auf eine Bank, sah auf ihr Handy, war überrascht, wie spät es geworden war. Nach Hause wollte sie nicht. Da würde es nur Ärger geben. Sie erwog, in die

Obdachlosenunterkunft zu gehen, verwarf den Gedanken wieder und überlegte, ob sie bei einer Freundin übernachten konnte. Aber dort würde sie um diese Zeit bestimmt einen Elternaufstand anzetteln.

Ein feiner Nieselregen setzte ein und vertrieb sie. Hastig durchquerte sie den Park, endete am Hermannplatz, geriet an einen jungen Mann, der ihr Drogen verkaufen wollte, stieg genervt hinab in den U-Bahnhof, überlegte es sich anders und ging wieder hinauf. Sie überquerte den Platz, fuhr drei Stationen mit dem M41er, betrat einen Discounter, schlenderte durch die Reihen, bis ihre Beine müde wurden. Von ihrem letzten Geld kaufte sie Weingummi, drückte sich noch eine Weile im Eingangsbereich rum und stand dann wieder auf der Straße. Der Regen hatte zwar aufgehört, aber der Wind blies noch heftig. Sie fror und suchte nach einer geschützten Ecke, aber als sie aus den Augenwinkeln einen Streifenwagen heranfahren sah, rannte sie über die Straße und stieg in den Bus, der gerade seine Türen öffnete. Sie beschloss, bis zur südlichen Endstation zu fahren und dann wieder zurück bis zum Hauptbahnhof. Das würde ihr zwei trockene Stunden bringen. Als sie sich nach einem Sitzplatz umsah, bemerkte sie die Person, von der Nico gestern geredet hatte. Er war ziemlich high gewesen, hatte viel Scheiß gelabert und sie hatte nur mit halbem Ohr zugehört, hatte auch ziemlich viel gekifft. Annalisa durchquerte den Bus und ließ sich auf der letzten Bank neben einem Hipster nieder. Der junge Mann sah von seinem Handy auf und lächelte. Annalisa kuschelte sich in den Sitz, war froh, im warmen Bus zu sein. Der Hipster reichte ihr einen seiner Kopfhörer, den sie dankend annahm und in ihr Ohr stopfte. Leider dauerte der Musikgenuss nur drei Haltestellen an. Dann stieg der Mann am S-Bahnhof Sonnenallee aus. Annalisa schloss kurz die Augen und fühlte den Bus wieder anfahren. Er überquerte die

Autobahnbaustelle, hielt noch einige Male, um vereinzelte Fahrgäste aufzunehmen. Sie stand auf und stellte sich an die Tür, linste zu der Person, die Nico so treffend beschrieben hatte und wusste auf einmal, woher sie sie kannte. Der Bus erreichte sein Ziel. Alle stiegen aus und weil Annalisa nichts Besseres zu tun hatte, spielte sie Detektiv und folgte ihrem Überwachungsobjekt über die Straße.

Es schien dunkler zu sein in diesem Teil der Stadt. Die Laternen verteilten ihr gelbes Licht nur zaghaft. Sie fühlte sich wie in einem Agentenfilm. Die Person vor ihr hielt auf eine Brücke zu und bog nach links ab. Annalisa fror und fragte sich, was sie hier eigentlich machte, drehte sich um, wollte zurück zum Bus. Aber dann siegte ihre Neugier und sie ging weiter bis zur Ecke. Die Straße war leer, ihr Zielobjekt verschwunden. Mission misslungen. Annalisa eilte weiter bis zum Ende der Straße, war aber der einzige Mensch weit und breit. Frustriert drehte sie um, ging langsam zurück und sah sehnsüchtig in die beleuchteten Fenster der warmen Häuser. Es begann wieder zu regnen. Sie beschleunigte ihre Schritte, hörte, wie ein Fenster geöffnet wurde und eine vertraute Stimme den Weg in ihr Ohr fand. Erstaunt blieb sie stehen und lauschte.

* * *

Delego drehte sich mit ihrem Schreibtischstuhl mal in die eine, mal in die andere Richtung und sah im Minutentakt auf die Uhr. Der Stundenzeiger überquerte gerade die Zehn, als sie erneut zum Handy griff und Breschnow anrief. „Der Teilnehmer ist zurzeit nicht erreichbar."

„Vielleicht hat er sein Handy ausgestellt", sagte Regina und gähnte.

„Ich tippe eher auf einen nicht geladenen Akku", mutmaßte Schmitti. „Und was macht ihr jetzt mit euren Gefangenen?"

„Zeugen", korrigierte ihn Delego. „Die Männer sind freiwillig da."

Delego stoppte ihren Stuhl. „Was brauchen wir Breschnow. Wir haben doch Schmitti. Wir beide machen die Befragung."

Wie erwartet protestierte ihr Kollege. Delego schenkte ihm ein zuckersüßes Lächeln und winkte ihm, ihr zu den Verhörräumen zu folgen. Dort entschied sie, alle Zeugen gemeinsam zu befragen. Schmitti holte die Männer aus dem anderen Zimmer und setzte sich neben seine Kollegin an den Tisch. Regina, die auch gerne dabei sein wollte, bezog Position hinter der Scheibe. Nachdem alle Platz genommen hatten, schaltete Schmitti das Mikro seines Diensthandys an, stellte sich und Delego vor, nannte Zeit und Ort und bat die Zeugen um ihre Personalien.

Einer der Angesprochenen erhob sich langsam und deutete auf das Mobiltelefon. „Wir nur sprechen, wenn aus."

Delego überlegte kurz und erfüllte seinen Wunsch.

Der Schwarze setzte sich wieder und ein südländisch aussehender Mann beugte sich vor. „Fragen Sie. Wir sind oft in der Hasenheide. Wir wissen Bescheid."

„Weil Sie dort dealen?", fragte Schmitti.

Delego hob beschwichtigend die Hände. „Wir sind nicht von der Drogenkommission. Es ist uns egal, womit Sie Ihr Geld verdienen. Uns interessiert nur der Überfall, bei dem Sie Zeuge waren. Das Band ist ausgestellt. Je schneller Sie mit uns reden, desto eher können wir alle nach Hause."

Die Männer besprachen sich. Es dauerte eine Weile, bis sie sich einig wurden. Ein pickeliger Junge, Delego schätzte ihn auf höchstens achtzehn, übernahm das Wort.

„Da kommt immer so'n Junkie in'n Park. Manchmal hat er Kohle, oft nich. Heute hatte er nix und weil wir nich von der Heilsarmee sind, schreiben wir auch nich an. Der Kerl hat immer weiter palavert. Dann ham wir'n gemeinsam aus'm

Gebüsch geschubst und er is direkt in den Obdachlosen gestolpert."

„Und Sie haben in Ruhe zugesehen, wie er den Mann verprügelt hat?", fragte Schmitti.

Der junge Mann sah ihn verständnislos an.

„Wir nix sehn", widersprach der Schwarze.

„Wir war'n ja mit der Frau am Verhandeln", übernahm der Picklige wieder das Wort.

„Die Frau, die Sie im Park gebeten hat, zu reden?"

Der Mann nickte. „Aber dann ham wir's schreien gehört und sind alle rausgestürmt und haben den Junkie vertrieben. Der war nämlich jetzt richtig drauf auf dem Penner. Eigentlich müssen wir 'ne Prämie von euch kriegen."

„Manchmal darf man auch ehrenamtlich etwas tun", kommentierte Delego und bat die Zeugen, den Junkie zu beschreiben.

„Ist dünn und blond und blöd", sagte der Schwarze.

Die anderen lachten.

„Bitte konzentrieren Sie sich", sagte Schmitti.

„Wir wollen diese Befragung doch nicht unnötig in die Länge ziehen", ergänzte Delego.

Die Männer berieten sich erneut und gaben sich offensichtlich Mühe, den Junkie zu beschreiben. Die Kommissarin notierte das Gehörte. Vor ihrem inneren Auge entstand ein Bild von einem schmächtigen Mann zwischen achtzehn und fünfundzwanzig mit schlechten Zähnen und strohblonden Haaren.

„Ich habe keine weiteren Fragen, würde aber gern noch wissen, ob Sie in der Nacht von Montag auf Dienstag im Park waren?"

„Nachts isses zu gefährlich", antwortete der Pickelige.

Delego stöhnte.

„In der Nacht wurde eine Frau getötet", ergänzte Schmitti.

Der Pickelige drehte sich zu den anderen um.

Der Kräftige mit der Schlange am Hals übernahm: „Jetzt reichts! Wir haben eure Fragen alle beantwortet, haben den Penner gerettet, bevor ihn dieser Spast tottritt und jetzt wollt ihr uns einen Mord anhängen?"

„Wir wollen Ihnen keinen Mord anhängen. Wir fragen Sie als Zeugen", sagte Schmitti.

Sie besprachen sich wieder. Delego hatte den Eindruck, als ob der Schwarze etwas sagen wollte, aber der Schlangenmann schien ihm zu drohen und er sank in sich zusammen.

„Wir wissen nichts", sagte der Kräftige schließlich. „Und wenn das Gesetz auch für uns gilt, dann können wir jetzt gehen."

„Ich habe den Eindruck, dass Sie uns etwas verheimlichen. Ich habe Ihnen zwar zugesagt, dass ich Sie anonym befrage, aber jetzt brauchen wir doch Ihre Personalien, damit wir gegebenenfalls noch einmal mit Ihnen reden können", sagte Delego.

Zwei Männer sprangen auf, ein anderer schimpfte. Der Schwarze saß still da und beobachtete das Treiben, der Pickelige begann zu feilschen, bot drei Telefonnummern gegen einen Ausweis. Delego blieb stur.

Nach einer Viertelstunde mühseligen Tauziehens und der Bereitschaft der Kommissarin, nur eine Personalie aufzunehmen, gaben die Männer endlich nach. Die Wahl fiel auf den Pickeligen, der widerstrebend seine Papiere aus der Tasche zog und seine Telefonnummer nannte. Schmitti eilte nach oben, um den Ausweis zu überprüfen, Delego wählte die Handynummer. Danach konnten alle gehen.

* * *

6

Breschnow erwachte in seinem eigenen Bett. Auf dem Weg zu Barbara Antes' Wohnung war ihm sein Versprechen eingefallen und er war nach Hause gefahren, um seine Schwester nicht zu beunruhigen. Ausgeschlafen stellte er sich unter die Dusche, und fragte sich, wo seine Dämonen genächtigt hatten. Dann zog er sich an und fuhr zur Dienststelle. Er war als erster dort, ging in den Besprechungsraum und kochte Kaffee.

Kurz danach rauschte Delego herein und raunzte ihn an. „Sorge gefälligst dafür, dass du in Zukunft erreichbar bist. Wenn dein Akku leer ist, melde dich irgendwie anders. Aber so geht das nicht."

„Willst du einen Kaffee?"

„Hast du mich verstanden?"

„Ja, du hast dich klar und deutlich ausgedrückt. Willst du jetzt einen Kaffee?"

Delego nickte und setzte sich. Kurz danach kamen Schmitti und Regina.

„Wir wissen jetzt, dass unser Toter Hans-Peter Gernau heißt, mit Barbara Antes liiert war und ihr die Eigentumswohnung geschenkt hat", begann Breschnow und berichtete von seinem Gespräch in der Obdachloseneinrichtung und von seinem Besuch in der Villa.

Währenddessen gab Schmitti etwas in seinen Laptop ein und startete ein Programm. Er sah auf. „Eine richtige Hausdame?"

„Wohl eher eine Leibeigene", zischte Delego.

„Außerdem war ich noch in der Rechtsmedizin", fuhr Breschnow fort. „Barbara Antes ist ermordet worden. Die Toxikologen haben eine hohe Dosis Morphium in ihrem Blut gefunden, das sie sich nicht selbst gespritzt haben kann."

„Schön, dass ich das auch schon erfahre", fauchte Delego. „Du hättest mich sofort informieren müssen. Hast du sonst noch etwas, was ich als Ermittlungsleiterin wissen sollte?"

Breschnow schwieg und fragte sich, warum er Delego nicht angerufen hatte. Er schob es auf den Alkoholentzug.

Die Kommissarin stand auf und notierte die neuen Informationen auf dem Whiteboard.

Schmitti sah von seinem Laptop auf. „Breschnow und ich haben mit dem Sohn der Verstorbenen gesprochen. Wenn ihr mich fragt, hat Nico Antes die nötige kriminelle Energie und ein maßgeschneidertes Mordmotiv. Der junge Mann steht kurz vor der Zwangsräumung, wird entweder auf der Straße landen oder im Gefängnis. Er braucht dringend Geld für seine Mietschulden und ein Dach über dem Kopf."

„Dagegen spricht, dass seine Mutter wohl seine einzige Geldquelle war. Die Nachbarin behauptet, Barbara Antes hätte ihm immer wieder etwas zugesteckt", sagte Regina.

„Ich kann mir einfach nicht vorstellen, dass dieser vollgedröhnte Typ so zielgerichtet tötet, dass er einen Plan entwirft, wie er seine Mutter am besten umbringen kann und sich dann das Morphium für die Injektion besorgt?", sagte Delego und blickte in die Runde.

„Und dass er sich dann noch als Erlöser präsentiert und der Toten den Psalm in die Hand schreibt, finde ich auch unwahrscheinlich", ergänzte Regina.

„Kann der überhaupt schreiben?", fragte Delego und setzte sich wieder.

„Wir haben Nico Antes das Foto von dem Alten auf dem Feld gezeigt", fuhr Schmitti fort. „Er behauptet, den Mann auf dem Bild nicht als den Freund seiner Mutter zu erkennen. Ich zitiere: ‚Der Kerl ist zu alt und zu tot'."

„Vielleicht stimmt das sogar. Wahrscheinlich war Hans-Peter Gernau damals noch nicht so abgemagert", gab Regina zu bedenken.

Delego stellte sich wieder an das Whiteboard, verband die drei Namen und kreiste sie ein.

Schmitti tippte einen Befehl in seinen Laptop. „Ich habe hier die Daten von Hans-Peter Gernau. Er wurde am 3. März 1949 in Berlin geboren. Sein Vater war ein hohes Tier beim Bund und seine Mutter Ärztin. Ihre Familie lebte bereits seit drei Generationen in der Villa in Dahlem. Gernau war ein Einzelkind. Er meldete sich 1967 freiwillig als Zeitsoldat, wurde als Flieger ausgebildet. Hat die Armee nach sechs Jahren verlassen und bis zur Schließung bei den Amis auf dem Flughafen Tempelhof gearbeitet." Schmitti wechselte die Seite. „Laut Steuerunterlagen hat er die Wohnung in der Weichselstraße 1999 gekauft, aber gemeldet ist er seit seiner Geburt im Bachstelzenweg."

„Warum hat er für Barbara Antes eine Wohnung gekauft? Warum ist sie nicht zu ihm in die Villa gezogen?", fragte Delego.

„Vielleicht wollte sie ein Stück Unabhängigkeit behalten", mutmaßte Regina. „Wenn es stimmt, was die Nachbarin sagt, hat Frau Antes noch vor ihrem zwanzigsten Geburtstag etwas Traumatisches erlebt – vielleicht hatte es damit zu tun."

„Dann sollten wir herausfinden, was das war", sagte Delego. „Schmitti, recherchiere mal in Richtung Braunschweig. Einwohnermeldeamt, Krankenhäuser, Anlaufstellen für misshandelte Kinder oder Jugendliche. Vielleicht hat auch die Presse dort irgendetwas berichtet."

„Wir haben vielleicht noch einen Fall", sagte Regina und wandte sich Breschnow zu.

„Noch einen Mord?"

„Hoffentlich nicht."

Sie berichtete von dem Überfall auf den Obdachlosen in der Hasenheide.

„Ich finde den Tathergang eindeutig anders", sagte Breschnow. „Aggressiv und gewalttätig. Das passt nicht zu einem Erlöser, der Engel in eine Bibel malt."

Delego gab ihm recht, setzte sich neben ihn und schob ihm einen Plastikbeutel zu. „Diesen Fetzen Stoff haben wir am Tatort gefunden."

„Grauer Lodenmantel? Doch nicht etwa Willy?" Breschnow sprang auf. „Er war hier in der Dienststelle, wollte sich mit mir treffen."

„Hatte er Informationen?"

„Ich weiß es nicht. Ich habe seine Nachricht zu spät gelesen. Wohin haben sie ihn gebracht?"

„Ins Neuköllner. Regina wird dich begleiten."

Breschnow eilte aus dem Besprechungsraum. Regina hatte Mühe, ihm zu folgen. Als sie den Parkplatz betraten, deutete sie auf einen grünen Peugeot.

„Wann hast du Willy das letzte Mal gesehen?", fragte sie.

„Das war noch vor der Reha", antwortete Breschnow und stieg ein.

Regina rollte vom Hof. „Wie geht es dir ohne Alkohol?"

Breschnow zuckte die Schultern. „Frag jetzt nicht. Fahr lieber. Ich will wissen, wie es Willy geht."

Sie nickte und gab Gas.

Das Krankenhaus wirkte an diesem trüben Morgen besonders abweisend. Auch der Platz davor, auf dem sich gewöhnlich die Raucher trafen, wirkte verwaist. Nur ein paar hart Gesottene drängten sich unter ein kleines Plexiglasvordach und rauchten. Am Infopoint erkundigte sich Regina nach dem Verletzten. Es dauerte, bis die Verwaltungskraft ihn gefunden hatte. Auf dem Weg zur Intensivstation irrten sie eine Weile durch die nicht enden wollenden Gänge, bis sie vor einer Glastür strandeten. Regina klingelte. Nach einer Weile erschien eine gestresste Schwester. Die Kommissarin hielt ihren Dienstausweis an die Scheibe. Breschnow durchwühlte erfolglos seine Taschen und behauptete, der Bruder des Verletzten zu sein. Die Krankenschwester reichte ihnen Mundschutze und führte sie zu ihm.

Willy sah aus wie eine Mumie. Kopf, Hals und beide Arme waren in weiße Verbände gewickelt. Aus seinem Körper hingen an jeder Seite zwei Schläuche. Ein Überwachungsmonitor bestätigte, dass er noch lebte.

„Es sieht schlimmer aus, als es ist", sagte die Schwester. „Er atmet selbständig. Wir behalten ihn vorsichtshalber noch einen Tag hier und überwachen ihn."

„Und wieso ist er so eingewickelt?", fragte Breschnow.

„Prellungen am ganzen Körper. Wir haben ihn eingesalbt. Aber die Schläge und Tritte haben wahrscheinlich keine inneren Organe verletzt. Wir warten nur noch auf die Auswertung der Milzbilder."

Breschnow griff sich einen Stuhl und schob ihn neben das Bett.

„Ich muss weiter", sagte die Krankenschwester. „Und ich darf Sie hier drin nicht allein lassen."

„Fünf Minuten", bat er und griff Willys verbundene Hand.

Nach kurzem Zögern willigte die Krankenschwester ein und eilte zum nächsten Zimmer.

* * *

Regina beobachtete ihren Kollegen durch die Scheibe. Sie wusste nicht genau, was die beiden Männer verband, aber Stefan schien sehr erschüttert zu sein. Ein kurzer Harfenton verkündete den Eingang einer SMS. Sie las den Text und klopfte leise an die Scheibe. Breschnow drehte sich zu ihr um. Regina winkte ihn heran.

„Delego hat mir eine Nachricht geschickt“, flüsterte sie. „Bei Barbara Antes wurde eingebrochen.“

Breschnow nickte, warf seinem schlafenden Freund einen letzten Blick zu und folgte seiner Kollegin.

Eine knappe halbe Stunde später parkten sie vor Barbara Antes’ Haus. Oben vor der Tür saß die Nachbarin auf einem Stuhl. Sie wirkte erleichtert, sie zu sehen.

„Der wär nicht noch einmal in die Wohnung reingekommen“, sagte sie und erhob sich.

„Wer?“, erkundigte sich Breschnow.

„Na, Nico. Der hat doch schon immer alles kaputt gemacht.“

Regina deutete auf das durchtrennte Siegel, drückte die Wohnungstür vorsichtig auf und betrat den Flur. Breschnow bat die Nachbarin, zurück in ihre Wohnung zu gehen, was diese vehement verweigerte.

„Nico war doch am Ende gar nicht mehr zu ertragen“, schimpfte sie. „Zuerst hat er Hans-Peter vertrieben und aus Kummer hat sie angefangen zu trinken. Danach wurde es immer schlimmer. Sie war ständig so verwirrt.“

Breschnow verkniff sich die Frage, ob sie nicht bemerkt hatte, dass Gernau ein Alkoholiker und Schläger gewesen war, ob ihr Barbara Antes’ Verletzungen nicht aufgefallen seien. Er schob die Frau zu ihrer Wohnung. Dann folgte er seiner Kollegin.

„Es ist niemand mehr da“, sagte Regina. „Aber irgendjemand hat hier definitiv rumgewühlt.“

Breschnow betrachtete die aufgerissenen Schubladen und die Papiere und Utensilien, die über dem Dielenboden verstreut waren. Er sah fünf Kerzen und erinnerte sich an den antiken Leuchter. Der Topf des Gummibaums war verschoben worden, in der Erde des Schiefblatts entdeckte er Zigarettenasche. Breschnow ging ins Schlafzimmer. Der Inhalt des geräumigen Kleiderschrankes war auf dem Doppelbett verstreut, Jacken- und Manteltaschen auf links gedreht, die drei Handtaschen geöffnet.

„Hat Barbara Antes im Bad Medikamente gehabt?“, erkundigte sich Regina.

„Ich glaube schon. Ich erinnere mich, dass die Spurensicherung Antidepressiva und Valium aufgelistet hat.“

„Jetzt ist der Medizinschrank leer.“

„Das spricht für ihren Sohn“, brummte Breschnow und ging zurück ins Wohnzimmer.

„Ich rufe die Spurensicherung“, sagte Regina und verschwand im Flur.

Breschnow kniete sich auf den Fußboden, um sich die verstreuten Fotos anzusehen. Eine Aufnahme zeigte eine junge Frau mit einem Baby. Barbara Antes und ihr Sohn Nico. Auf der nächsten war ein Paar abgebildet, Barbara Antes und Hans-Peter Gernau, und eine weitere zeigte die beiden mit einem etwa achtjährigen Jungen, der in die Kamera grinste. Sie wirkten glücklich. Breschnow sah sich die anderen Aufnahmen an, reiste mit der Toten nach Italien und in die Berge, schwamm mit ihr im Meer. Unter einer größeren Fotografie entdeckte er einen rosaroten Briefumschlag. Die Schleife war aufgerissen, aber der Inhalt schien unversehrt und er zog eine der Aufnahmen heraus. Sie zeigte ein kleines Mädchen. Die Beschriftung auf der Rückseite informierte ihn, dass das Kind fünf Jahre alt war. Einen Namen gab es nicht. Auf der nächsten Fotografie war das Mädchen drei, dann ein Säugling. Breschnow ging in die Küche, legte die Fotos auf den Tisch, sortierte sie nach dem Alter des Kindes, suchte die fehlenden Bilder auf dem Wohnzimmerfußboden. Nach und nach entblätterte sich ein ganzes junges Leben. Für jedes Jahr eine Aufnahme, einundzwanzig insgesamt, ein Mädchen ohne Gesicht.

* * *

„Nach der Schließung des Flughafens hat Hans-Peter Gernau beim Wachdienst gearbeitet", sagte Schmitti und sah vom Bildschirm auf.

„Hat dieser Freund aus der Notunterkunft nicht gesagt, dass Gernau seit der Entlassung durch die Amis arbeitslos war?", fragte Delego.

„Dann bringt er etwas durcheinander. Ich habe hier auf jeden Fall die Unterlagen der Personalabteilung."

„Aber dieser Freund hat auch gesagt, dass Gernau gesoffen hat. Wachleute werden doch überprüft, oder nicht?"

Schmitti bejahte.

„Wann hat Gernau bei der Security aufgehört?"

„Erst 2015. Da war er sechsundsechzig."

„Wollte er aufhören oder haben sie ihn rausgeschmissen?"

„Das geht aus den Unterlagen nicht hervor, aber Gernau hatte das Rentenalter erreicht", antwortete Schmitti.

„Wohin wurde sein Gehalt überwiesen?"

„Zur Volksbank. Ich habe dort nachgefragt. Sie schicken mir keine Kontoauszüge ohne richterlichen Beschluss, aber sie haben wenigstens das Konto bestätigt."

Schmitti schlug eine schmale Akte auf, entnahm ein Blatt und reichte es seiner Kollegin. „Wieso stochern wir eigentlich immer noch weiter in diesem Fall herum, obwohl es gar kein Tötungsdelikt ist?"

„Gernau könnte seine Freundin ermordet haben. Eine Obdachlose aus der Übernachtungsstätte behauptet, dass er ihr permanent hinterhergerannt ist und sie ihn ständig abgewiesen hat. Möglicherweise ahnte er auch, dass er stirbt und wollte sie mitnehmen."

„Dann hätte er sich bestimmt neben sie gelegt."

„Wahrscheinlich", gab ihm Delego Recht. „Ich hoffe, wir finden noch jemanden im Dunstkreis des Mannes, der uns weiterhelfen kann." Sie zog den Antrag für die Konteneinsicht näher zu sich heran und unterschrieb. „Und der Kaiserschnitt?"

„Nico Antes ist es auf jeden Fall nicht. Der ist ganz normal auf die Welt gekommen."

„Dann hat Barbara Antes noch ein zweites Kind. Frag mal die Braunschweiger Krankenhäuser an."

„Schon passiert, ich habe es auf den Zeitraum von 1974 bis 1977 eingegrenzt. Hoffe, dass sie bald antworten."

Delego gab ihm den Antrag zurück und klopfte nervös mit dem Bleistift auf die Schreibtischplatte. „Ist eigentlich diese Charlotte wiederaufgetaucht?"

„Nicht, dass ich wüsste."

„Hast du ihre Tochter überprüft? Sie ist Krankenschwester, hätte Zugang zu Morphium und kann Spritzen setzen."

„Ute Brosius ist so sauber wie ein Neugeborenes. Keine Einträge, keine Vorstrafen."

Delego starrte noch eine Weile vor sich hin. Dann stand sie auf und ging in den Besprechungsraum.

* * *

Jan fühlte sich äußerst unwohl in Begleitung von Frau Brosius. Sie hatte vor der Einrichtung auf ihn gewartet, aus ihm unerfindlichen Gründen davon überzeugt, ihre Tochter bei ihm zu finden. Vor Monaten war sie schon einmal da gewesen. Damals hatte sie Charlotte gesucht. Jan hoffte inständig, dass Annalisa sich irgendwo herumtrieb und nicht vor seiner Wohnung saß. So wie die Frau drauf war, würde sie ihm glatt sexuelle Belästigung unterstellen und ihn anzeigen, obwohl er das Mädchen nicht angerührt hatte. Sie war erst fünfzehn. Das hatte Frau Brosius ihm heute bereits dreimal gesagt.

Ein Radfahrer schoss auf ihn zu. Er bemerkte ihn erst in letzter Sekunde und sprang erschrocken zur Seite. Frau Brosius schimpfte dem Mann hinterher. Dann setzten sie ihren Weg fort, Jan immer zwei Schritte voraus. Als sie aus dem Schutz der Grünanlage traten, traf sie ein heftiger Wind. Jan beschleunigte seine Schritte, Frau Brosius zog sich die Kapuze über und fiel noch weiter zurück. Im Schillerkiez begann es zu regnen, ein feiner, fieser Nieselregen, der unter die Klamotten kroch. Jan hatte Hunger und sein Kühlschrank war leer. Deswegen erklärte er seiner unfreiwilligen Begleiterin, dass er noch einen Abstecher in den Supermarkt machen müsste. Zu seiner Überraschung ging sie mit ihm hinein, ließ ihn nicht aus den Augen und drängte ihn zur Eile. Hastig wählte Jan eine Fertigpizza mit Ananas und Schinken aus, kaufte zwei Flaschen Bier und stellte sich in die Kassenschlange. Als sie fünf Minuten später den Laden verließen, schüttete es. Jan erklärte, wo er wohnte und schlug einen Sprint vor. Trotzdem erreichten sie sein Haus völlig durchnässt. Auf dem Weg nach oben sprach er Frau Brosius zweimal laut mit ihrem Namen an, hoffte, dass Annalisa ihn hören und abhauen würde, falls sie doch oben auf ihn wartete. Die Mutter durchschaute sein Spiel sofort und blaffte ihn an, den Mund zu halten.

Jan erklomm die letzte Treppe, sah seine Wohnungstür und atmete auf. „Ihre Tochter ist nicht hier. Dann können wir uns ja jetzt verabschieden.“ Er schloss auf.

„Ich werde natürlich noch mit reinkommen“, sagte Frau Brosius und drängte sich an ihm vorbei.

Bevor Jan protestieren konnte, hatte sie das Bad und die Küche durchsucht und ließ sich im Zimmer auf sein Sofa fallen. Jan stellte die Lebensmittel im Flur ab, ging auf die Toilette, pinkelte und fragte sich, was er jetzt tun sollte.

„Ich möchte, dass Sie gehen", vertraute er dem Spiegel an, fand, dass es überzeugend klang und sagte es kurz darauf seiner ungebetenen Besucherin.

„Hast du bitte ein Glas Wasser für mich?", ignorierte ihn die Frau.

„Bitte. Gehen Sie."

„Ich dachte, du wolltest mehr über Charlotte wissen? Das hast du mir vorhin zumindest gesagt."

Sofort siegte Jans Neugier über sein Unbehagen. Er holte zwei Gläser mit Leitungswasser aus der Küche und setzte sich auf das Bett ihr gegenüber.

„Meine Mutter kommt ursprünglich aus einem kleinen Dorf in Brandenburg. Sie hat zwar lange in Berlin gelebt, aber als ich aus dem Haus ging, ist sie zurück ins Dorf gezogen und kam erst wieder in die Stadt, nachdem Annalisa geboren wurde und ich sie gebeten hatte, mir mit dem Kind zu helfen." Sie trank einen Schluck. „Charlotte ist dann in eine kleine Wohnung in unsere Nähe gezogen. Annalisa wuchs anfangs mehr bei ihr als bei mir auf. Ich war völlig überfordert als Alleinerziehende, musste ja das Geld für unseren Lebensunterhalt verdienen. Ich bin Krankenschwester mit Schichtdienst und so weiter. Und die Kleine konnte ja nicht allein zu Hause bleiben."

„Was ist mit dem Vater?"

„Eine gute Frage. Als ich ihm gesagt habe, dass ich schwanger bin und das Kind behalten möchte, war er weg."

„Das tut mir leid", sagte Jan.

„Braucht es nicht. Letztendlich sind wir gut ohne ihn klargekommen." Sie hielt kurz inne und sah ihn an. „Kannst du dir vorstellen, dass mich meine Mutter tatsächlich einmal gefragt hat, ob Annalisa nicht ganz bei ihr wohnen kann? Sie wollte damals schon zurück nach Brandenburg und war der Ansicht, dass das Landleben ihrer Enkelin guttun würde." Sie schüttelte den Kopf. „So eine verrückte Idee."

„Und warum ist Charlotte auf der Straße gelandet?"

„Ich glaube, nach Werners Tod, als sie dann ganz auf sich allein gestellt war, hat sie gemerkt, dass mit ihrem Kopf irgendwas nicht mehr stimmt." Frau Brosius leerte ihr Glas und stellte es auf die Apfelsinenkiste, die als Tisch diente. „Meine Mutter hat Annalisa abgöttisch geliebt und jeden Cent, den sie nicht zum Leben brauchte, für sie gespart. Sie wollte mit dem Geld kein Heim bezahlen. Da ist sie lieber auf die Straße gegangen."

Jan schwieg beeindruckt. Seine Großmutter hatte jeden Pfennig für sich ausgegeben und seine Mutter war ganz in ihre Fußstapfen getreten. Er fand das in Ordnung. Schließlich war er jung und konnte sein Geld selbst verdienen. „Und haben Sie überhaupt keine Idee, wo Charlotte sein könnte?"

„Nein und ganz ehrlich ist es mir auch egal. Wenn meine Mutter verschollen ist, wird mein Kind irgendwann zur Ruhe kommen. Seit Charlotte auf der Straße lebt, geht Annalisa nicht mehr zur Schule und treibt sich draußen rum. Ich habe schon alles versucht, sie wieder zur Vernunft zu bringen." Sie krauste die Stirn. „Eigentlich bin ich sogar froh, dass sie alle weg sind."

„Wer denn noch, außer ihrer Mutter?", fragte Jan.

„Na, die ganze Sippe", antwortete Frau Brosius. „Charlotte und Werner, Barbara und Hans-Peter. Annalisa wollte ständig zu ihnen, hätte alles getan, um bei dieser Mischpoke zu sein. Die vier haben einen Keil zwischen uns getrieben, mir mein Kind entfremdet."

„Charlotte kannte Barbara von früher?“

Frau Brosius blickte ihn finster an und erhob sich müde. „Eigentlich wollte ich hier auf meine Tochter warten, aber mittlerweile glaube ich dir, dass du sie nicht versteckt hast. Falls du sie siehst, sag ihr, sie soll bitte nach Hause kommen.“ Sie ging zur Tür und drehte sich noch einmal um. „Ich habe vielleicht viel falsch gemacht in meinem Leben, aber ich liebe mein Kind über alles.“

* * *

Nico Antes lugte durch den Spion. Als er die Polizisten sah, trat er leise einen Schritt zurück.

„Du kannst uns ruhig aufmachen“, rief Breschnow. „Sonst drücke ich dir die Tür ein und Geld für einen Schreiner hast du bestimmt nicht.“

Der junge Mann öffnete einen Spaltbreit.

„Hallo, es scheint dich ja richtig zu freuen, uns zu sehen.“ Breschnow drückte die Tür ganz auf.

Nico Antes starrte in das verlebte Gesicht des hochgeschossenen Mannes und wippte nervös auf und ab.

Breschnow erwiderte seinen Blick. „Warst du kürzlich zufällig in der Wohnung deiner – ?“

Ein Geräusch ließ ihn innehalten. Regina schob ihn zur Seite, stürmte durch den Flur und riss die Badezimmertür auf. Der Raum war leer, das Fenster geöffnet. Auf dem schwarzen Klodeckel darunter prangte der Abdruck eines Turnschuhs. Sie rief die beiden Männer heran.

„Sie hatten wohl Besuch, der es sehr eilig hatte“, stellte Breschnow fest.

Nico Antes schüttelte den Kopf. „Ich wollte das Fenster putzen. Gerade eben, als Sie geklingelt haben.“

Regina betrachtete erst die schmutzige Scheibe, dann die

Füße des jungen Mannes und lachte. Breschnow bat Nico, den rechten Schuh auszuziehen.

„Dafür brauchen Sie einen Gerichtsbeschluss."

„Du siehst zu viele Krimis." Der Hauptkommissar hob den Zeigefinger. „Erstens: Einbruch in eine versiegelte Wohnung." Der Mittelfinger folgte. „Zweitens: Unterschlagung von Beweismaterial." Und dann der Ringfinger. „Drittens: Behinderung von Ermittlungen in einer Strafsache. Mindestens fünf Wochen Arrest."

„Wenn nicht sogar acht", sagte Regina.

Nico Antes blickte vom einen zum anderen und zog widerstrebend seinen rechten Turnschuh aus. Breschnow hielt ihn über den Abdruck auf dem Toilettendeckel.

„Ziehst du dir beim Fensterputzen immer Schuhe an, die dir zwei Nummern zu klein sind und wechselst sie dann schnell, wenn es an der Haustür klingelt?"

Regina fischte ihr Smartphone aus der Jackentasche, fotografierte den Schuh und den Abdruck und schickte beides Schmitti.

„Unser schlauer Kollege wird die Aufnahmen in einem Größenraster vergleichen. Das kann man dann vor Gericht verwenden", erklärte Breschnow, nahm Nicos Arm und führte ihn ins Wohnzimmer. Er drückte den jungen Mann auf einen Stuhl, wischte den Müll vom Sofa und setzte sich. „Was wolltest du in der Wohnung deiner Mutter?"

„Ich war nicht in der Wohnung, Mann!"

Nico Antes streckte die Hand nach der Kommissarin aus, die neben seinem Stuhl stand. „Kann ich jetzt meinen Schuh wiederhaben?"

Regina schüttelte den Kopf.

„Was wolltest du in der Wohnung deiner Mutter?", wiederholte Breschnow seine Frage.

„Ich war nicht drin." Er deutete auf Regina. „Sie hat mich doch davon abgehalten."

„Aber nicht gestern Nacht", widersprach die Kommissarin.

Nico Antes verschränkte die Arme und senkte den Blick.

„Auch wenn ich Gefahr laufe, dich zu nerven, frage ich dich ein drittes Mal. Was wolltest du in der Wohnung deiner Mutter?"

„Nichts", zischte Nico Antes. „Aber eigentlich steht mir was zu!"

„Weil du so ein guter Junge bist?", fragte Breschnow. „Was hast du außer dem Bronzeleuchter noch mitgehen lassen?"

Der junge Mann schwieg. Breschnow betrachtete ihn eine Weile, ließ ihm Zeit. Dann erhob er sich langsam: „Okay. Dann spielen wir eben Ostern. Ich fange als erster an zu suchen."

Nico Antes sprang auf. „Sie dürfen nicht einfach meine Wohnung durchsuchen. Nicht ohne so einen Befehl."

„Der Befehl heißt Durchsuchungsbeschluss und den kannst du dir sonst wo hinstecken."

Blitzschnell stürzte sich der junge Mann auf den Hauptkommissar, brachte ihn zu Fall. Dann rannte er zum Ausgang. Regina setzte ihm nach, fing ihn im Treppenhaus wieder ein. Breschnow setzte sich stöhnend auf, befreite sich von leeren Pizzakartons, Teigresten, Salami- und Schinkenstücken und erhob sich mühsam.

„Alles okay mit dir? Brauchst du einen Arzt?", fragte die Kommissarin.

Breschnow schüttelte den Kopf, ließ sich wieder auf das Sofa fallen und hob den kleinen Finger. „Tun wir noch viertens dazu: Verletzung eines Beamten im Dienst. Eine ansehnliche Liste. Also, was hast du aus der Wohnung mitgehen lassen?"

„Kohle", antwortete Nico Antes trotzig. „Sie hatte da so'n Topf in der Küche."

„Und an dem hast du dich bedient."

Breschnow fegte den Müll vom Tisch. Kaffeebecher und Bierdosen fielen zu Boden. Nico Antes zuckte zusammen.

Der Kommissar legte eines der Fotos von dem unbekannten Mädchen auf die Platte. „Wer ist das?"

„Ey, weiß ich doch nich. Kann ja nich jeden kennen."

„Die Fotos sind aus der Wohnung Ihrer Mutter", sagte Regina.

„Na und?"

Breschnow legte eine weitere Aufnahme daneben. Das Mädchen war darauf zehn Jahre alt. Es trug ein rotes Kleid und schwarze Schuhe. Das Gesicht war verkratzt.

„Warst du das? Hast du die Gesichter unkenntlich gemacht?"

„Mann ey, bin ich jetzt an allem schuld? Das war sie bestimmt selber. Vielleicht wollte sie nicht mehr auf'm Foto sein."

„Und du bist dir ganz sicher, dass du nicht weißt, wer die Person ist?", fragte Breschnow.

„Ja Mann, frag doch meine Mutter. Sind doch ihre ..." Er brach ab und ließ sich auf den Stuhl sinken.

* * *

Delego starrte auf das Whiteboard und sehnte sich nach den alten Zeiten, sehnte sich danach, mit Regina, Drass, Schmitti und Breschnow am Besprechungstisch zu sitzen und sich auszutauschen. Als Ermittlungsleiter hatte es Breschnow immer verstanden, alle zu ermuntern, das zu sagen, was ihnen gerade durch den Kopf ging und meistens war daraus eine brauchbare Spur entstanden. Jetzt war sie die Ermittlungsleiterin, aber sie schaffte es einfach nicht, ihre Gedanken und die der anderen in Schwung zu bringen. Sie vermisste

Breschnows Kompetenz, sein Querdenken, seine ungewöhnlichen Wege, zum Ziel zu kommen. Auch wenn sie es niemals laut sagen würde, war er ihr als Trinker lieber gewesen, kreativer, unberechenbarer. Der Alkoholentzug schien seinen Kopf irgendwie ausgetrocknet zu haben. Er brannte nicht mehr für die Sache. Aber er gab sich Mühe und war engagiert. Und er hielt sich auch weiterhin nicht an alle Regeln, was sie einerseits wütend machte, andererseits beruhigte.

Zwei Stimmen rissen sie aus ihren Gedanken, die helle von Regina, die tiefe von Breschnow. Delego war froh, dass sie zurück waren. Sie setzten sich zu einer kleinen Dienstbesprechung zusammen. Danach schickte Delego Regina und Schmitti nach Hause und folgte Breschnow in sein Büro.

„Jan hat mich gebeten, noch einmal zu ihm zu kommen", sagte der Hauptkommissar und zündete sich eine Zigarette an.

„Hat er neue Informationen?"

„Keine Ahnung. Er hat mir auf den Anrufbeantworter gesprochen." Er grinste. „Vielleicht will er auch nur, dass ich ihm bei der Arbeit helfe."

„Wie, bei der Arbeit helfen?"

Breschnow winkte ab und schnippte die Kippe aus dem Fenster.

„Ich komme mit", entschied Delego und sah so etwas wie ein Lächeln in seinem verlebten Gesicht." Außerdem solltest du dir endlich einen Aschenbecher zulegen."

„Keine Zeit", brummte Breschnow und schob sie sanft hinaus auf den Flur.

Jan erwartete sie bereits vor der Einrichtung. Breschnow stellte seine Kollegin vor. Die beiden schüttelten sich die Hand.

„Martha und Hilde sind wieder eifrig, aber es wäre toll, wenn du solange bleiben könntest, bis alle schlafen", sagte Jan.

Delego fragte sich, was ihr Kollege hier nächtens tat und erkundigte sich, über was Jan am Telefon nicht hatte reden wollen. Der Student sah sich um, senkte die Stimme und berichtete von Ute Brosius' Besuch.

Breschnow grinste. „Sie hat sich also einfach auf dein Sofa gesetzt und ihr habt euch unterhalten? Wahrscheinlich hat sie doch gemerkt, dass du ein guter Schwiegersohn wärst."

„Hatte die Mutter einen konkreten Grund, das Mädchen bei Ihnen zu suchen?", fragte Delego.

Jan senkte den Blick. „Annalisa war manchmal hier, hat ihre Großmutter gesucht und einmal war sie auch in meiner Wohnung." Er atmete tief ein und hob den Zeigefinger. „Aber ich hab sie nicht angerührt. Das schwöre ich."

„Das behauptet auch keiner", sagte Breschnow. „Weißt du, wo das Mädchen jetzt ist?"

Jan schüttelte den Kopf.

„Wenn sie hier auftaucht, wäre es gut, wenn Sie uns anrufen. Wir würden gerne noch einmal mit ihr reden", bat Delego.

Jan versprach es und sah auf die Uhr. „Da ist noch was ... Aber das erzähl ich euch später. Zuerst müssen wir wieder rein."

Delego hätte ihn am liebsten zurückgehalten. Sie war neugierig, was er zu sagen hatte, doch bevor sie protestieren konnte, kam eine Frau heraus und schlug Breschnow auf die Schulter.

„Wusste gar nich, dass die Polizei so viel Zeit für unsereins hat. Willste 'nen Tee?", fragte Martha und musterte Delego neugierig. „Du kannst auch gerne einen haben."

„Es gibt keinen Tee mehr", entschied Jan. „Jetzt ist Nachtruhe."

Er schob die laut protestierende Frau zurück in den Flur und verschwand mit ihr im Zimmer. Breschnow führte Delego in den Speiseraum. Sie setzten sich an einen der vielen Tische und lauschten den Geräuschen der Nachtgäste.

„Es ist ein guter Platz für die Nacht“, sagte Breschnow nach einer Weile. „Vielleicht wäre ich irgendwann auch hier gelandet.“

„Ja, vielleicht“, sagte Delego. „Aber so ist es besser.“

Nach und nach verebbten die Geräusche. Es kehrte Ruhe ein. Jan setzte sich zu ihnen und stellte zwei Gläser Wasser auf den Tisch. Breschnow leerte seines in einem Zug, Delego nippte an ihrem.

„Frau Brosius war irgendwie gruselig. Sie hat davon gesprochen, dass es gut ist, dass ihre Mutter weg ist und die anderen auch. ‚Die ganze Sippe‘ hat sie gesagt. ‚Charlotte und Werner, Barbara und Hans-Peter.‘“

„Sie ist froh, dass die ganze Sippe weg ist?“, vergewisserte sich Delego. „Das waren ihre Worte?“

Jan nickte. „Und im Treppenhaus hat sie noch ergänzt, dass es gut wäre, wenn Charlotte nicht wiederkäme. Dann gäbe es endlich Ruhe und sie wäre erlöst.“

„Hat sie damit sich selbst oder ihre Mutter gemeint?“

Jan zuckte mit den Schultern.

„Sie kannten sich alle“, sagte Breschnow. „Und von der kleinen Gruppe lebt nur noch Charlotte, jedenfalls soweit wir wissen, und die ist verschwunden. Die vier hatten offensichtlich Zeit für ein Mädchen, das Aufmerksamkeit brauchte. Etwas, das ihr zu Hause fehlte.“

„Frau Brosius war bestimmt eifersüchtig auf die vier. Und Annalisa hat uns angelogen. Sie kannte den Toten vom Feld. Vielleicht weiß sie mehr, als sie uns sagt“, spann Delego den Faden weiter.

„Ich denke, sie sagt die Wahrheit. Sie hat den Alten nicht erkannt. Sie hat ihn lange nicht mehr gesehen und er hatte sich sehr verändert.“

„Annalisa lügt bestimmt nicht", sprang der Student für das Mädchen in die Bresche. „Aber ihre Mutter ... Was soll ich tun, wenn sie noch mal auftaucht?"

„Mit ihr reden. Vielleicht ist sie ihrem Schwiegersohn in spe gegenüber geständiger", antwortete Breschnow.

Delego sah auf die Uhr und seufzte. „Leider ist es zu spät, sie jetzt noch einmal zu befragen."

Breschnow widersprach und erhob sich.

„Aber sagt nicht, dass ihr die Infos von mir habt. Ich will keinen Ärger, ehrlich", sagte Jan. „Ich wollte euch nur Bescheid sagen."

„Wir werden morgen mit ihr reden", wiederholte Delego an Breschnow gewandt noch einmal eindringlich und erhob sich. „Morgen. Nicht heute Nacht! Hast du mich verstanden?"

Sie verabschiedete sich von Jan und verließ die Einrichtung. Breschnow blieb noch eine Weile sitzen und starrte missmutig vor sich hin.

* * *

Mechanisch setzte Annalisa einen Fuß vor den anderen, hatte Angst, sich noch einmal umzudrehen. Bestimmt stand da noch diese Person und sah ihr nach.

Nachdem sie bei ihrem Detektivspiel die Stimme ihrer Oma gehört hatte, war sie zu dem Fenster gegangen und entdeckt worden. Die Person hatte sie ins Haus geholt und ihr unmissverständlich klargemacht, dass Charlotte etwas zustoßen würde, wenn sie redete, und ihr eingebläut, so weiterzumachen wie immer.

Annalisa wusste nicht, ob sie das konnte und spielte mit dem Gedanken, unterzutauchen. Sie erinnerte sich an die Laubenkolonie, in der sie als Kind mit ihrer Freundin gespielt und ihrer Mutter danach wochenlang erfolglos in den Ohren gelegen hatte, auch einen Garten zu mieten. Das war eine gute Zeit gewesen. Aber die Freundin war weggezogen und Annalisa hatte seitdem nichts mehr von ihr gehört. Außerdem würde sie die Laubenkolonie ohnehin nicht mehr wiederfinden.

Sie beschleunigte ihre Schritte, ging durch Straßen, die sie nicht kannte. Vielleicht sollte sie mit dem Nachtbus zum Alex fahren. Dort hing doch immer jemand rum, man fiel nicht auf und der Bahnhof bot viel Platz, die Nacht zu überbrücken. Genauso wie der Hauptbahnhof oder der Ostbahnhof. Es gab viele Möglichkeiten, in dieser Stadt unterzutauchen.

Sie beschloss, einfach in eine Richtung weiterzugehen, hoffte, irgendwann an einer Nachtbushaltestelle oder einem Bahnhof zu landen und war froh, einen Plan zu haben. Die Gegend, in der sie sich befand, war ihr fremd und nach einer Weile schmerzten ihre Füße. Sie wünschte sich, ihre Kopfhörer mitgenommen zu haben. Die Musik würde das langweilige Laufen erträglicher machen. Ein Geräusch. Annalisa zuckte zusammen und blieb stehen. Ein Tier huschte vor ihr über den Gehsteig. Wahrscheinlich eine Ratte. Endlich sah sie eine Haltestelle und rannte. Der Nachtbusfahrer startete gerade, bemerkte sie nicht und fuhr los. Annalisa war den Tränen nah. Dann fing es an zu regnen und sie beschloss, ihren Plan zu ändern.

* * *

Breschnow folgte Jan zum Frauenschlafraum und sah Martha und Hilde eng umschlungen auf einer Matratze liegen. Anschließend kontrollierten sie das Männerzimmer, in dem es vorhin wieder Streit gegeben hatte. Jetzt war alles ruhig und Breschnow verabschiedete sich mit gutem Gewissen.

In die Nacht entlassen, marschierte er zum Hermannplatz,

stieg in den Bus und ließ sich, Delegos Anweisung ignorierend, nach Kreuzberg fahren. Die Fenster der Wohnung, in der die Familie Brosius lebte, waren dunkel. Er lungerte noch zehn Minuten vor dem Haus herum und machte sich dann auf den Heimweg.

Die Nacht war kalt, der Regen hatte aufgehört, Sterne zeigten sich am Himmel, ein Vollmond erhellte die dunklen Ecken auf dem Weg zu seiner alten Stammkneipe. Breschnow zitterte, kalter Schweiß lief ihm den Rücken hinab. Er wusste, dass er heute keine Chance hatte, wusste, dass er sich besaufen musste. Der Druck war einfach zu stark. Sein Gehirn schrie nach Betäubung.

Die Wirtin empfing ihn herzlich. Wie selbstverständlich bestellte Breschnow sich ein Bier und einen Schnaps dazu. Rosie schüttelte den Kopf und stellte eine große Apfelschorle vor ihn auf den Tresen. „Herzlichen Glückwunsch zum Trockensein. Wie viele Tage hast du schon geschafft seit der Reha?"

Breschnow sah sie fragend an.

„Deine Schwester war kürzlich hier und hat es mir erzählt."

Wütend schob Breschnow das Getränk auf Armlänge von sich und bestellte sich noch einmal ein Gedeck.

„Mach mir keinen Ärger", bat Rosie, „sonst schmeiße ich dich raus."

„Ich geh ja schon", brummte er, stand auf, überquerte die Straße und steuerte die Lichter eines Spätkaufs an. Der Druck, aber auch das Veto in seinem Kopf, wurden stärker. Der Verkäufer war froh, endlich wieder einen Kunden zu haben, bediente ihn unentwegt schwatzend, bot ihm eine Zigarette an, die sie gemeinsam vor dem Laden rauchten, bis der nächste Kunde kam. Breschnow setzte seinen Weg fort. Die Flaschen klirrten leise in der Plastiktüte. Am liebsten wäre er draußen geblieben, hätte sich auf eine Bank im Viktoriapark gesetzt, getrunken und den Himmel bewundert, aber der öffnete gerade wieder seine Schleusen und schickte einen eiskalten Regen zur Erde. Breschnow sprintete los, erreichte keuchend sein Haus und fuhr hoch in den dritten Stock. Er lauschte kurz an der Wohnungstür, schloss auf und schlich in sein Zimmer. Behutsam stellte er die Plastiktüte auf dem Fußboden ab, eilte in die Küche, um einen Flaschenöffner zu holen und stieß mit seiner Schwester zusammen, die auf dem Weg zur Toilette war.

„Was ist denn mit dir los?", fragte sie verschlafen und sah in sein bleiches Gesicht. „Alles okay?"

Breschnow senkte den Blick, drängte sich an ihr vorbei, riss die Küchentischschublade auf, wühlte sich durch diverse Utensilien, förderte eine Schere, eine Garnrolle, drei Päckchen Streichhölzer und zwei Gabeln zutage und warf sie wütend auf den Tisch.

„Das, was du suchst, wirst du hier nicht mehr finden", sagte Iris, die mit verschränkten Armen im Türrahmen lehnte. „Ich habe den Flaschenöffner rausgenommen. Erinnerst du dich? Du hast mich selbst darum gebeten, falls du mal einen Rückfall hast."

„Verdammt, Iris. Ich bin kein Kind mehr!"

„Und du hast mir auch gesagt, was ich tun soll, wenn du mich bittest, ihn dir zu geben."

Breschnow ließ sich auf den Küchenstuhl sinken. Er erinnerte sich. Keine Flaschenöffner und keine Feuerzeuge.

Iris eilte in sein Zimmer, kehrte mit der Tüte zurück und stellte die Wodka- und die zwei Bierflaschen vor ihn auf den Tisch.

„Der Wodka ist für Willy, das Bier für mich", sagte Breschnow. „Ich habe keine Kraft mehr, dagegen anzukämpfen."

Iris holte den Flaschenöffner aus ihrem Zimmer, öffnete

das Bier und goss den Inhalt in die Spüle. Der Alkoholgeruch breitete sich aus. Breschnow sog ihn gierig ein, sprang auf und hielt ihren Arm fest, als sie die zweite Flasche greifen wollte.

„Gib mir den Öffner!“ verlangte er barsch.

Sie schüttelte den Kopf.

„Verdammt! Hör auf, mich zu bevormunden und gib mir endlich den Öffner“, brüllte er.

Iris griff beide Flaschen und rannte hinaus. Breschnow folgte ihr, blieb aber abrupt stehen, als er Mona im Flur stehen sah.

„Nicht streiten. Bitte nicht streiten“, schluchzte das Kind.

Iris stellte sich schützend vor sie. Breschnow suchte ihren Blick, schüttelte kaum merklich den Kopf, streckte die zitternden Hände nach seiner Nichte aus. Er führte sie in die Küche und setzte sie auf den Stuhl neben seinem. Iris folgte ihnen und lehnte sich misstrauisch in den Türrahmen.

„Weißt du, deine Mutter und ich sind Geschwister und Geschwister streiten sich immer mal wieder. Aber wir tun das nie lange.“ Er beugte sich zu seiner Nichte vor. „Denn dann kommt die kleine Polizistin Mona und alles ist wieder gut. Siehst du?“, er deutete auf seine Schwester, „deine Mutter lächelt schon wieder.“

„Und du?“, fragte Mona.

Breschnow versuchte ein Grinsen und überzeugte sie.

„Aber ihr habt mich geweckt. Dafür bekomme ich jetzt einen Kakao.“

Iris holte die Milch aus dem Kühlschrank, setzte sie auf und auch Wasser für einen Tee. Sie stellte drei Tassen auf den Tisch, ließ den Blick immer wieder zwischen ihrem Bruder und ihrer Tochter hin- und hergleiten. Breschnow bemerkte ihre Sorge und schämte sich. Mona kletterte auf seinen Schoß und kuschelte sich an ihn. Als das Kind eingeschlafen war, brachte er es zurück ins Bett, legte ihm den Eisbären in die Arme und schloss die Tür.

„Und was jetzt?“, fragte Iris.

„Jetzt gehen wir auch schlafen?“

„Wird so etwas wieder passieren?“

„Ich weiß es nicht“, sagte Breschnow, „aber wahrscheinlich schon.“

„Wenn die Flasche Wodka wirklich für Willy ist, dann werde ich sie ihm morgen bringen“, versprach Iris, verschwand kurz in ihrem Zimmer und kam mit zwei gelben Pillen zurück. „Der Arzt hat sie mir für den Notfall gegeben. Er sagt, sie helfen gegen den Druck.“

„Ich war nicht beim Arzt.“

„Das weiß ich doch. Deshalb bin ich ja für dich hingegangen.“ Sie reichte ihm ein Glas Wasser. „Ich war schon immer lebenstauglicher als du, großer Bruder.“

* * *

7

Er stand vor der Tür und starrte auf das überdimensionierte Stangenschloss, das ihn davon abhalten sollte, sein rechtmäßiges Erbe zu betreten. Heute Morgen hatte ein Brief in seinem Kasten gelegen. Er hatte schon lange keine Post mehr bekommen. Zum Glück, denn die letzten Briefe waren nur Mahnungen vom Jobcenter gewesen und die Androhung der Zwangsräumung.

Nico Antes hatte erst mal einen extragroßen Joint geraucht und sich dann eingeredet, dass der heutige Brief von seiner Mutter war, sie ihm auf diesem Wege endlich den Wohnungsschlüssel zukommen ließ und vielleicht auch etwas Kohle, die er sich wirklich verdient hatte. Wenn er einen Schlüssel hätte, wäre er der rechtmäßige Besitzer und dann müsste die Polizei dieses Monstrum von Schloss an seiner Wohnungstür abbauen. Er kicherte. Er freute sich schon auf den Augenblick, den verknitterten Bullen für sich arbeiten zu lassen.

Er griff in seine Jackentasche, zog das Schreiben heraus und glättete es notdürftig. Er hatte den Brief nicht geöffnet, auch nicht auf den Absender geachtet, ihn einfach so eingesteckt. In dem großen Umschlag steckte noch ein kleiner. Es war ein Schreiben der Hausverwaltung. Er verstand nicht wirklich, was er da las, aber er sah, dass es keinen Schlüssel in dem Umschlag gab. Wütend trat er gegen die Tür, rüttelte an der Eisenstange und brüllte, bis sich über ihm die Wohnungstür öffnete, ein kräftiger Mann langsam die Treppe herunterkam und sich vor ihm aufbaute. Der Mann befahl ihm, die Klappe zu halten, weil sein Baby gerade eingeschlafen war und seine Frau ihre Ruhe brauchte. Als dann noch die alte Schrulle von nebenan die Tür öffnete und drohte, die Polizei zu rufen, ergriff Nico Antes die Flucht. Am Ende der Treppe stieß er mit Kalle zusammen. Sein Freund hatte ein blaues Auge und eine Platzwunde an der Stirn, seine rechte Hand war in einen Verband gewickelt. Nico fragte sich, ob es Kalles komische Freundin gewesen war, die ihn so zugerichtet hatte. Sie war älter als er und stark wie ein Bär.

„Mann, ich hab dich überall gesucht. Du musst mir helfen", sagte Kalle. „Kann ich mit zu dir?"

„Nein, du Opfer. Die Bullen war'n bei mir. Haben deinen Fußabdruck auf'm Klo gesehn. Die kommen bestimmt bald wieder."

* * *

„Guten Morgen", murmelte Annalisa müde.

Der Regen der Nacht hatte ihre Kleider völlig durchnässt. Dort, wo sie stand, bildete sich eine kleine Pfütze.

Ihre Mutter kauerte vor einer Tasse Kaffee am Küchentisch und starrte sie an. Dann sprang sie auf, gab ihr eine Backpfeife, drückte sie danach fest an sich und schluchzte. „Wo bist du nur gewesen? Ich habe mir solche Sorgen gemacht."

Annalisa wand sich aus der Umarmung.

Ihre Mutter hielt sie an den Oberarmen fest. „Ist alles okay?"

Das Mädchen nickte mechanisch. „Ich bin nur nass und müde und mir ist kalt und ich will baden."

„Dann tu das und ich mache dir ein warmes Frühstück."

Annalisa schlurfte aus dem Raum. Ihre Mutter folgte ihr ein paar Schritte in den Flur hinaus, wartete, bis die Zimmertür ins Schloss fiel.

„Ist sie zurück?", erkundigte sich Karsten, zog den Hosenreißverschluss hoch und folgte seiner Lebensgefährtin in die Küche. „Hat sie gesagt, wo sie war?"

„Ich habe noch nicht mit ihr geredet. Sie wollte erst baden."

Ute nahm die Kaffeekanne aus der Maschine und schenkte ihnen beiden ein. Karsten holte die Milch aus dem Kühlschrank, stellte sie auf den Tisch, zwei Frühstücksteller dazu und eine Müslischlüssel für Annalisa. Sie tranken ihren Kaffee schweigend, warteten. Endlich war das Mädchen fertig und setzte sich zu ihnen.

„Wo warst du?", fragte die Mutter.

„Mal da und mal dort. Nix besonderes."

„Warum hast du nicht angerufen?"

„Akku war leer."

„Und keiner deiner Freunde hatte ein Telefon?", erkundigte sich Karsten.

Das Mädchen schüttelte den Kopf.

„Wieso lügst du uns an? Ich will jetzt sofort wissen, wo du warst."

Annalisa brach in Tränen aus. Karsten erhob sich und legte eine Hand auf ihre Schulter und fuhr mit der anderen über ihren Kopf.

„Es tut mir leid", schluchzte das Mädchen. „Ich wollt' euch wirklich nicht ..."

„Hast du Charlotte gesucht?", fragte die Mutter.

Annalisa schlug die tröstenden Hände weg, sprang auf und rannte aus der Küche. Ute und ihr Freund sahen sich fragend an.

Karsten schenkte sich noch einmal Kaffee ein. „Ich glaube, wir sollten sie jetzt erst einmal in Ruhe lassen."

„Aber ich muss wissen, wo sie war. Vielleicht ist ihr etwas passiert, vielleicht hat irgendein Kerl ..." Sie ließ den Satz unbeendet.

„Aber wenn du sie drängst, wird sie dir nichts davon erzählen. Gib ihr Zeit."

„Und wenn sie wieder abhaut?“

„Ich hau‘ nicht wieder ab“, versprach Annalisa, die wieder in der Tür stand. Sie hob ihre Schultasche an. „Es regnet. Fährst du mich zur Schule, Karsten?“

Frau Brosius betrachtete sie misstrauisch, bestand darauf, dass sie zuerst frühstückte und gab ihr Geld für die Cafeteria. Nachdem die beiden die Wohnung verlassen hatten, eilte sie in Annalisas Zimmer, hob die nassen Sachen vom Boden auf, durchsuchte die Hosen- und Jackentaschen und fand einen schmalen Goldring mit einem kleinen grünen Stein. Sie erkannte das Schmuckstück sofort. Sie hatte es oft an ihrer Mutter gesehen.

* * *

Breschnow war der Erste in der Dienststelle und kochte Kaffee. Er hatte die ganze Nacht mit seiner Scham und den Dämonen gekämpft, sich unruhig im Bett hin- und hergeworfen und sich gefragt, ob das für immer so bleiben würde. Iris hatte ihm am Morgen zwei Tabletten gegeben. Mona hatte noch geschlafen.

Jetzt saß er hier in seinem stillen Büro und schob ein blaues Heft von rechts nach links und wieder zurück. Früher hatte er seine Gedichte darin aufgeschrieben. Früher, als der Alkohol ihn noch zusammengehalten hatte. Er steckte sich eine Zigarette an und stellte sich ans Fenster. Draußen eilte die Nachtschicht vom Kriminaldauerdienst zu ihren Fahrzeugen. Breschnow beneidete sie, weil sie die Nacht sinnvoll verbracht hatten.

Delego betrat sein Büro. Sie sah müde aus.

„Kommst du?“, fragte sie.

Er folgte ihr hinaus zum Parkplatz. Die Kommissarin entriegelte ihren Lancia. Breschnow fuhr den Beifahrersitz so weit wie möglich zurück, und versuchte, seine langen Beine auszustrecken.

„Es wäre mir sehr lieb, wenn du mich mit Frau Brosius reden lässt. Und wenn die Tochter zu Hause ist, kannst du sie dir schnappen", sagte Delego.

Breschnow nickte und verfolgte mit den Augen einen bärtigen Mann auf einem Fahrrad. „Ich finde, es sieht nach einer Beziehungstat aus."

„Weil es ein Mann und eine Frau sind?"

„Nein. Wegen der Regenschirme. Barbara Antes liebte dieses Ding. Sie hat es immer mit sich herumgetragen. Und der Täter hat das gewusst."

„Und deswegen war das Letzte, was sie sehen sollte, dieser Schirm", spann Delego den Faden weiter. „Das ist doch eigentlich eine liebevolle Geste. Vielleicht war es Hans-Peter Gernau. Zuerst erlöst er seine Geliebte von den Qualen der Demenz und danach legt er sich selbst zum Sterben hin."

„Sehr romantisch. Leider haben wir niemanden, den wir fragen können, warum diese Schirme so wichtig für die beiden waren."

„Die vermisste Charlotte könnte es wissen. Denkst du, sie ist auch tot?"

„Nein, mittlerweile denke ich, sie lebt", sagte Breschnow.

„Und warum denkst du das?"

„Weil sich der Täter nach dem Mord und dem Tod des alten Mannes so deutlich als Erlöser positioniert hat. Als Charlotte verschwand, gab es keine Bekenntnisse."

„Aber Charlotte war die Erste. Vielleicht war der Täter da noch nicht so mutig."

„Sie lebt", sagte Breschnow und sah wieder aus dem Fenster.

Delego setzte den Blinker. „Falls Gernau der Täter ist, müsste er einen Komplizen gehabt haben, der die Erlösernummer abgezogen hat."

„Wir sollten noch einmal das gesamte Leben von Barbara Antes durchleuchten. Irgendwo dort liegt der Schlüssel."

„Schmitti ist dran."

Delego stoppte neben einem kleinen Park, um einen Fußgänger über die Straße gehen zu lassen. Breschnow sah, wie sich zwei Vögel auf einem Ast niederließen.

„Wenn Charlotte noch lebt, könnte es gut sein, dass sie irgendwo herumirrt, weil sie den Weg zu Jan nicht mehr findet", brummte er.

„Aber ihre Enkelin hat intensiv nach ihr gesucht", sagte Delego und fuhr an.

„Aber nur an den ihr bekannten Plätzen in Neukölln. Die alte Frau könnte ebenso gut auch woanders hingegangen sein."

„Warum sollte sie das tun?"

„Vielleicht, um ihren Werner zu finden."

„Und warum gerade jetzt?" Delego überholte einen grauen SUV und schnitt ihn. Der Fahrer hupte.

„Ihre Demenz schreitet fort. Sie weiß immer weniger, was sie tut."

Vor ihnen drängelte sich ein Doppeldeckerbus in den Verkehr. Delego bremste scharf und schimpfte.

„Busse haben immer Vorfahrt", murmelte Breschnow.

Delego bog in die Solmstraße ein, fuhr an der Wohnung vorbei und parkte. Breschnow sah Frau Brosius aus dem Haus kommen, riss die Tür auf und rief nach ihr. Die Angesprochene blieb stehen und drehte sich zu ihm um.

„Wir müssen mit Ihnen reden", sagte Breschnow.

„Können wir kurz hoch in Ihre Wohnung gehen?", fragte Delego.

„Nein, das können wir nicht. Ich habe gleich einen Termin. Kommen Sie doch später noch mal wieder."

Sie schloss ihren Wagen auf. Breschnow griff ihren Arm und hinderte sie am Einsteigen.

„Lassen Sie mich sofort los!“, keifte die Frau.

„Es dauert wirklich nicht lange“, versuchte es Delego noch einmal und warf ihrem Kollegen einen missbilligenden Blick zu. „Können Sie nicht bei Ihrem Termin anrufen und sagen, dass Sie sich etwas verspäten?“

Breschnow ließ Frau Brosius’ Arm los und spähte ins Auto. Auf dem Rücksitz lagen zwei Koffer.

„Wollen Sie verreisen?“

„Meine Tochter und ich fahren für ein paar Tage nach Bad Saarow.“

„Nur Ihre Tochter und Sie? Nicht die ganze Sippe?“

Frau Brosius sah ihn verständnislos an.

„Barbara Antes, Hans-Peter Gernau, Werner und Ihre Mutter. Sie weinen ihnen keine Träne nach, oder?“, fragte Breschnow.

„Was reden Sie da?“

„Können wir bitte reingehen“, versuchte es Delego erneut.

Frau Brosius seufzte, schloss den Wagen wieder ab und ging zum Haus. Die Ermittler folgten ihr. Aus den Augenwinkeln sah Breschnow, dass sich einer der Vorhänge in der Wohnung bewegte. „Ist Ihre Tochter zu Hause?“

„Nein. Ich glaube nicht“, antwortete Frau Brosius, schloss die Wohnung auf und sagte laut. „Annalisa ist in der Schule.“

Breschnow schob sich an ihr vorbei und trat in den Flur. Frau Brosius griff nach seinem Arm. „Wo wollen Sie hin?“

„Ich sehe mal in ihrem Zimmer nach.“

„Das werden Sie nicht tun! Sie dürfen meine Wohnung nur betreten, wenn ich es Ihnen erlaube. Wir leben nicht in einem Polizeistaat.“

Breschnow betrachtete sie finster, blieb aber stehen.

„Also, was wollen Sie von mir?“

„Wollen wir uns nicht setzen?“, fragte Delego.

„Ich finde es hier im Flur passend.“

„Sie haben einem Mitarbeiter der Obdachloseneinrichtung

aufgelauert und ihn genötigt, sie in seine Wohnung zu lassen“, sagte Breschnow.

„Genötigt?“ Frau Brosius lachte bitter. „Hat er sich beschwert? Sind Sie deswegen hier?“

Breschnow schüttelte den Kopf. „Wir sind hier, weil Sie behauptet haben, Barbara Antes und Hans-Peter Gernau nicht zu kennen. Sie haben gelogen.“

„Kommen Sie ins Wohnzimmer“, sagte Frau Brosius und ging voran.

Delego setzte sich in den cremefarbenen Sessel, Breschnow blieb in der Tür stehen.

„Sie waren befreundet“, begann die Frau, ließ sich auf das Sofa fallen und stellte ihre Handtasche neben sich. „Barbara und meine Mutter und später kamen noch Werner und Hans-Peter dazu.“

„Und warum haben Sie das nicht gleich gesagt?“, fragte Delego.

„Ich wollte keinen Ärger.“

„Wann haben die beiden Frauen sich kennengelernt?“

Ute Brosius knöpfte ihren Mantel auf. „1989 oder 90. Sie haben sich in einer Kneipe kennengelernt und angefreundet. Meine Mutter lebte damals noch auf dem Land, aber sie kam immer in die Stadt zum Tanzen und Barbara verbrachte manchmal die Wochenenden bei ihr. Mir war das egal. Aber später, als Annalisa auf der Welt war, da hat es mich gestört.“

„Warum?“

Die Frau tippte sich mit dem Zeigefinger an die Stirn. Delego sah sie fragend an.

„Barbara hatte ’nen Knall. Ich glaube, sie war auch mal in der Klapse. Ich wollte nicht, dass meine Tochter von so einer miterzogen wird.“

„Heißt das, Ihre Tochter hat weder Barbara Antes noch Hans-Peter Gernau gekannt?“, fragte Breschnow.

Ute Brosius drehte sich zu ihm um. „Nicht, wenn sich meine Mutter an unsere Absprache gehalten hat, was ich jedoch stark bezweifle." Sie stand auf und stellte sich ans Fenster. „Alles wurde besser, als ich Karsten kennengelernt habe. Annalisa war damals ein Jahr alt. Ich konnte meine Stunden reduzieren, nachdem er bei uns eingezogen war."

„Aber soweit ich es verstanden habe, war Ihre Tochter auch danach noch oft bei ihrer Großmutter", sagte Delego.

Frau Brosius setzte sich wieder und betrachtete ihre Hände. Nach einer Weile fuhr sie fort. „Meine Tochter ist sehr willensstark. Sie wollte nicht in die Krippe gehen und später auch nicht in den Kindergarten. Sie wollte immer nur zu ihrer Oma. Manchmal war es ein Kampf, sie überhaupt noch mal nach Hause zu kriegen."

„Das hat Sie bestimmt wütend gemacht", mutmaßte die Kommissarin.

Frau Brosius sah sie an. „Ich hätte sie umbringen können. Charlotte wusste, dass ich auf sie angewiesen war und sie hat es schamlos ausgenutzt."

„Was meinen Sie damit?"

„Meine Mutter hat es genossen, die Superoma zu sein. Sie hat mir immer zu verstehen gegeben, dass Annalisa bei ihr besser aufgehoben ist als bei Karsten und mir. Sie mochte Karsten nicht und sie hat es mir nie verziehen, nicht den Vater des Kindes geheiratet zu haben. Aber sie hatte ja keine Ahnung."

„Und warum haben Sie den Kindsvater nicht geheiratet?", erkundigte sich Delego.

„Ich glaube nicht, dass Sie das etwas angeht", schnaubte Frau Brosius.

„Es geht uns etwas an, wenn es zur Lösung des Mordfalls beiträgt."

„Das tut es nicht. Der Mann lebt nicht mehr. Er hatte zwei

Jahre nach Annalisas Geburt einen Autounfall. Das Amt hat uns davon in Kenntnis gesetzt."

„Wussten Sie, dass Herr Gernau vermögend war?", fragte Breschnow und wechselte seinen Standort von der Tür zum Fenster, sah auf die Straße hinaus.

„Ehrlich? Ich dachte, das hätte sich Barbara nur ausgedacht. Sie hat immer damit angegeben, dass er in einer Villa im Grunewald wohnt, oder war es Dahlem? Ist auch egal."

Frau Brosius stand auf und ging in die Küche. Breschnow wollte ihr folgen, aber Delego hielt ihn zurück. Schränke wurden geöffnet, Geschirr klapperte. Dann kehrte sie mit einem Glas Saft zurück und setzte sich wieder.

„Lebt Ihre Mutter noch?", fragte Breschnow.

„Woher soll ich das wissen? Seit sie sich entschlossen hat, auf der Straße zu wohnen, haben wir keinen Kontakt mehr."

„Und die Sippe? Haben Sie da vielleicht etwas nachgeholfen? Barbara, Hans-Peter, Charlotte, Werner, die können sich jetzt nicht mehr einmischen. Sie haben Ihre Tochter ganz für sich allein, müssen sich nicht mehr sorgen, wenn sie zur Oma will und dort lieber ist als bei Ihnen."

Frau Brosius betrachtete ihn entgeistert. Dann leerte sie ihr Glas und stand auf. „Es ist Zeit, dass Sie gehen."

„Wo waren Sie in der Nacht von Montag auf Dienstag?", fragte Delego.

„Wahrscheinlich zu Hause. Nachts bin ich immer zu Hause. Das kann Karsten Ihnen bestätigen."

„So ein Freundschaftsalibi ist für uns wenig wert", sagte Breschnow.

„Sie sind ausgebildete Krankenschwester", setzte Delego nach. „Sie können spritzen. Sie kommen an Morphium ran."

„Glauben Sie an Gott?", fragte Breschnow und sah einen Schatten durch den Flur huschen. Dann fiel die Wohnungstür ins Schloss.

Frau Brosius zuckte zusammen und schrie ihn an. „Jetzt hast du sie vertrieben, du Idiot!"

* * *

Schmitti nahm den nächsten Ordner vom Stapel und schlug ihn auf. Regina machte es sich am Schreibtisch ihrer Kollegin bequem und griff nach einem Schnellhefter. Vor einer Stunde hatte ihnen die Spurensicherung zwei weitere Kisten mit Unterlagen aus der Wohnung von Barbara Antes gebracht und ihnen viel Vergnügen damit gewünscht.

„Krankenversicherung", murmelte Schmitti.

„Ich habe hier die Steuer", sagte Regina.

Der Computerspezialist sah auf. „Delego hat mich gebeten, ein bisschen wegen Charlotte Brosius zu recherchieren. Wusstest du, dass sie auch Krankenschwester war?"

„Vielleicht hat sie ihre Freundin totgespritzt und sich dann auf die Kanaren abgesetzt", sagte Regina.

„Warum sollte sie das tun?"

„Keine Ahnung. Wenn ich das wüsste, hätte ich den Fall gelöst. Liest du mir noch mal vor, was du über sie herausgefunden hast?"

Schmitti scrollte in seinen Notizen. „Sie wurde 1943 in Sandkrug in Brandenburg geboren, hat dort die Schule besucht und ist 1961 mit ihren Eltern nach Berlin gekommen."

„Westen oder Osten?"

„Westberlin. Sie hat eine Ausbildung als Krankenschwester in Tempelhof gemacht. Danach ist sie schwanger geworden."

„Gibt es einen Eintrag, wer der Vater ist?"

„Unbekannt. Sie hat den Namen nicht angegeben."

„Wie sich die Geschichte in Familien wiederholt. Manchmal finde ich das unheimlich."

„Was meinst du damit?"

„Charlotte Brosius hat ihre Tochter ohne Vater aufgezogen und Ute Brosius Annalisa auch."

„Immerhin gibt es diesen Karsten Suberow in der Familie, seit das Mädchen ein Jahr alt ist", gab Schmitti zu bedenken.

„Vielleicht gab es so einen auch bei Charlotte. Das sagen uns die Unterlagen leider nicht. Hast du noch mehr?"

„Charlotte Brosius ist nach der Geburt ihrer Tochter ein Jahr zu Hause geblieben. Danach hat sie wieder in demselben Krankenhaus gejobbt, später einen Abendkurs besucht und sich zur Bürokraft umschulen lassen. Nach der Umschulung ist sie zurück aufs Land gezogen, hat dort bei der Gemeindeverwaltung gearbeitet. Und 2001 ist sie wieder zurück in die Stadt."

„Ich glaube, 2001 wurde ihre Enkelin geboren."

Draußen auf dem Flur wurden Stimmen laut. Delego betrat das Büro.

„Wie ist das Gespräch verlaufen?", fragte Regina.

„Erst ganz gut. Aber nachdem Annalisa wieder abgehauen ist, ist Frau Brosius total durchgedreht. Ich habe wirklich gedacht, ich muss einen Krankenwagen rufen."

Breschnow trat ein und setzte sich auf Delegos Besucherstuhl. „Fahren wir später noch einmal hin?"

Die Kommissarin schüttelte den Kopf. „Ich glaube, sie hat uns alles Wesentliche gesagt und wir haben nichts gegen sie in der Hand." Sie hielt kurz inne. „Und ich will nicht, dass du nachher allein dorthin fährst."

Breschnow hob die Hände und grinste. „Du bist die Chefin."

Regina betrachtete ihn skeptisch. Das Telefon klingelte. Schmitti hob ab und stellte den Lautsprecher an. „Sie müssen sofort kommen. Nico hat wieder versucht, die Wohnung ... und jetzt ist er ... und ..."

Delego verdrehte die Augen. „Sag ihr, ich komme gleich."

Ein zweiter Anruf ging ein. Dieses Mal auf Breschnows Handy.

Es knisterte kurz, dann räusperte sich jemand und begann zu rappen: „Du suchst den Kerl, / der die Obdachlosen schlägt, / der ist bekifft / und ruht sich aus. / Helf ich den Bullen, / hab ich was gut, / sag ich den Namen, / bin ich ein Held."

Der Anrufer verstummte.

Breschnow klemmte sich den Hörer zwischen Ohr und Schulter und klatschte. „Und wie heißt der Kerl?"

„Kalle Wischkowski", sagte der Anrufer und legte auf.

„Was war das denn?", fragte Regina verwundert.

„Eine moderne Form der Denunziation", antwortete Delego.

„Kalle Wischkowski", wiederholte Breschnow.

Schmitti tippte den Namen in die Suchmaschine und landete vier Treffer. „Nettes Bürschchen. Ist uns wohlbekannt."

* * *

Jan erwachte gegen zwei. Er würde sich heute nicht beeilen, würde etwas später zum Dienst gehen und seine Kollegin, die wieder gesund war, spüren lassen, wie es ist, allein den Laden schmeißen zu müssen. Er stieg aus dem Bett und ging in die Küche. Der Kühlschrank brummte zur Begrüßung, begleitet vom regelmäßigen Tropfen des Wasserhahns. Die Hausverwaltung hatte versprochen, heute einen Handwerker zu schicken und Jan hoffte, dass er noch rechtzeitig kommen würde. Er öffnete die Kühlschranktür, begutachtete die Salamischeibe, die sich einsam auf einem riesigen Teller wölbte, und das Reststück Butter, das sein Dasein in der zusammengeknüllten Verpackung fristete. Er nahm beides heraus, holte das Brot aus der Aufbewahrungsbox und stellte das Radio an. Suzi Quatro schrie sich in einem alten Hit die Seele aus dem Leib. Jan gröhlte lauthals mit und überhörte fast die Klingel.

Eine kräftige Frau in Klempnermontur musterte ihn von oben bis unten. „Is wohl spät jeworden jestern Nacht, wa?"

Sie betrachtete seinen blauen Pyjama. „Hab jenau denselben. Jabs bei Aldi im Anjebot."

Sie drängte sich an ihm vorbei in den schmalen Flur. „Wo is'n det Sorjenkind?"

Jan deutete auf die Küchentür. Die Klempnerin marschierte los, stellte ihren Werkzeugkoffer geräuschvoll vor der Spüle ab, drehte den Hahn auf und wieder zu.

„Ich wollte gerade duschen", sagte Jan.

„Keen Problem. Ick muss det Wasser nich abstellen. Is nur die Dichtung."

Jan raffte seine Sachen und verschwand im Bad. Als er sich die Zähne putzte, hörte er die Klempnerin in der Küche laut mitsingen. Er stieg unter die Dusche, drehte das Wasser voll auf und genoss die heißen Strahlen. Zehn Minuten später stand er wieder in der Küche.

„... die Gesuchte ist 75 Jahre alt, hat lange graue Haare und trägt wahrscheinlich einen schwarzen Mantel und gelbe Gummistiefel", sagte die Radiosprecherin.

„Charlotte", murmelte Jan.

„Da hamse jemand verloren. Vielleicht war se nich mehr so richtich im Koppe. Hört man ja immer mal wieder." Die Klempnerin deutete auf den Wasserhahn und strahlte. „Allet wieder heile. Jetzt brauch ick nur noch 'nen Autogramm."

Jan quittierte die Reparatur. „Haben die im Radio gesagt, wie die Vermisste heißt?", fragte er.

„Hab ick nich jehört. Nur, dass et 'ne Frau is. Vermissen se eene?" Sie lachte laut.

Jan schüttelte den Kopf. Sein Handy klingelte.

Die Klempnerin stupste ihn in die Seite. „Na, det wird se sin" und ging weiter lachend zur Tür.

„Du musst sofort kommen", sagte Zofia. „Hilde tickt total aus. Martha ist verschwunden."

* * *

Es hatte zwar vor Stunden aufgehört zu regnen, aber die nassen Straßen spiegelten immer noch die Bremslichter der vorausfahrenden Fahrzeuge. Delego lenkte den Wagen auf die linke Spur, die rechte war zugeparkt. Regina sah aus dem Fenster auf die vorbeiziehenden Häuser, die niedriger wurden, als sie den S-Bahnring unterquerten.

„Wischkowski ist nicht unser Job. Willy lebt, also ist es nur Körperverletzung und dafür sind andere Kollegen zuständig. Sie werden es nicht mögen, wenn wir ihnen ins Handwerk pfuschen."

„Das weiß ich selbst. Aber Willy und Breschnow sind befreundet und der Anruf ist bei ihm auf dem Handy gelandet", sagte Delego leicht genervt. „Wenn du nicht mitwillst, lasse ich dich hier raus."

Regina schüttelte den Kopf und starrte wieder aus dem Fenster. Sie schwiegen eine Weile.

„Wie kann man heutzutage sein Kind noch Karl-Heinz nennen?", fragte Delego.

Ein Harfenklang verkündete einen Posteingang. Regina studierte die neue E-Mail auf ihrem Bildschirm.

„‚Frau Wischkowski scheint jedes Jahr ein Kind zu kriegen. Bisher sind es zehn', schreibt Schmitti."

„Zehn Kinder? Da lohnt es sich ja richtig, von Sozialleistungen zu leben."

Regina warf ihrer Kollegin einen tadelnden Blick zu.

Delego gab Gas und überfuhr eine gelbe Ampel. „Will Breschnow Anzeige gegen Nico Antes stellen, weil er ihn geschubst hat?"

Regina schüttelte den Kopf und lachte. „Du hättest ihn sehen sollen, voller Pizzareste und Nudeln."

„Vielleicht lässt er sich wenigstens die Reinigung bezahlen."

„Von was denn? Der Kerl hat doch keine Kohle. Breschnow hat ihm die Fotos von dem Mädchen gezeigt, die wir in der Wohnung seiner Mutter gefunden haben. Er behauptet, sie nicht zu kennen, aber ich glaube ihm kein Wort."

„Wieso sollte er lügen?"

„Gute Frage."

Delego setzte den Blinker und bog in den Efeuweg ein.

„Alles Einfamilienhäuser. Bist du sicher, dass ich hier in der Gropiusstadt bin?"

„Drei oder vier davon sind Sozialwohnungen, die die Stadt finanziert", sagte Regina und lotste sie zu der richtigen Hausnummer.

Delego blinkte, fuhr rechts ran und parkte in der Einfahrt.

„Vielleicht hätte ich mir auch ein paar Kinder zulegen sollen. Dann hätte ich jetzt ein Haus mit Garten. Von meinem Polizeigehalt kann ich mir so etwas nicht leisten."

„Was ist denn heute los mit dir?"

„Ich bin total gestresst. Ich glaube, die Verantwortung überfordert mich. Und Breschnow hält sich einfach nicht an unsere Absprachen."

„Vielleicht kann ich dir noch irgendetwas abnehmen. Oder soll ich mal mit Stefan reden?"

„Untersteh dich! Aber danke für's Angebot."

Sie gingen zum Haus. Regina klingelte. Ein Baby fing an zu schreien und eine kleine Frau mit rot gefärbten Haaren riss die Tür auf und schimpfte.

„Jetzt hast du deinen Bruder aufgeweckt. Hast du wieder deinen Schlüssel vergessen?"

Sie verstummte und sah die beiden Frauen erstaunt an. „Sie sind gar nicht mein Sohn."

Regina hielt ihr die Dienstmarke hin.

Die Frau riss die Augen auf. „Ist etwas passiert?“

Delego schüttelte den Kopf.

„Dann hat er wieder was ausgefressen. Kommen Sie rein. Ich muss nur das Baby ruhig kriegen und ins Bett bringen. Sie können im Wohnzimmer warten.“

Sie drehte sich um und ließ die beiden stehen.

„Willst du immer noch viele Kinder haben?“, flüsterte Regina.

„Nein. Ich verzichte lieber auf das Haus“, antwortete Delego, schob sich an ihrer Kollegin vorbei und steuerte den vollgestopften Wohnraum an. Auf dem Teppichboden, auf den Stühlen und auf dem Sofa verteilten sich Plastikklötze, Soldaten, Puppen und Legosteine. Ein Regal diente als Raumteiler. Dahinter lag ein Spielteppich für die ganz Kleinen. Delego räumte sich einen Sessel frei und setzte sich. Regina linste in die angrenzende Küche. In der Spüle stapelten sich Teller und Babyflaschen. Sie ging zurück in den Flur, zählte vier Türen und hörte aus einem der Räume ein zufriedenes Glucksen.

Eine Viertelstunde später ließ sich die erschöpfte Mutter in einen fadenscheinigen Sessel fallen. „Es geht um Fritz, oder?“

Delego schüttelte den Kopf. „Wir sind wegen Ihrem Sohn Kalle hier. Wohnt er noch zu Hause?“

„Er teilt sich ein Zimmer mit den anderen beiden Großen. Unten im Keller. Aber meistens ist er bei seiner Freundin. Was hat er denn diesmal ausgefressen?“

„Jemand beschuldigt ihn, einen Obdachlosen zusammengeschlagen zu haben.“

„Nein, nicht mein Kalle. Er hat die Schule geschwänzt und er hat auch mal geklaut. Aber er hat sich nie gekloppt. Und jetzt macht er ’ne Ausbildung.“

„Wann haben Sie ihn zuletzt gesehen?“

„Das ist bestimmt schon 'ne Woche her, aber Rüdiger sagt, dass er gestern ein paar Sachen zum Anziehen geholt hat."

Fritz, Karl-Heinz und Rüdiger, dachte Delego. Wahrscheinlich hieß der Vierte im Bunde Norbert. „Kann ich dann bitte mit Rüdiger sprechen?"

„Nein. Er ist einkaufen. Ich dachte, dass er es ist, als Sie gekommen sind. Er vergisst oft seinen Schlüssel." Sie lehnte sich zurück. „Wer hat gesagt, dass mein Kalle jemanden verprügelt hat?"

„Das wissen wir nicht. Der Anruf war anonym."

„Das war bestimmt dieser Nico."

„Nico Antes? Die beiden kennen sich?", fragte Regina.

„Sie sind zusammen zur Rütli gegangen. Kalle war ein guter Schüler, bis er Nico kennengelernt hat."

Delego betrachtete sie und fragte sich, ob Barbara Antes genau dasselbe von ihrem Sohn sagen würde. Es waren doch immer die anderen schuld, wenn etwas schieflief.

„Ich hätte ihn damals aus der Schule nehmen sollen. Aber da haben wir noch in Nordneukölln gewohnt und die Rütli war die Grundschule in unserem Einzugsgebiet."

„Haben Sie auch Nico Antes' Mutter gekannt?"

„Klar. Elternabend, Elterncafé, alles, was man so tun muss als Mutter. Die Väter gehen ja nie hin."

„Manche schon", widersprach Delego.

„Na, da müssen Sie aber ein Sonderexemplar erwischt haben."

„Hatten Sie auch außerschulischen Kontakt mit Frau Antes?", fragte Regina.

„Nee. Sie hat mir immer die Schuld gegeben, wenn ihr Früchtchen wieder was ausgefressen hat. Wir haben uns oft gezankt. Das braucht man nicht auch noch privat. Sie müssen wissen: Nico war ihr einziges Kind, ihr absoluter Prinz. Sie hat ihn vergöttert. Man durfte echt nichts gegen ihn sagen. Sie ist erst spät Mutter geworden. Ich glaube, da war sie schon sechsunddreißig." Sie lächelte. „Ich hatte damals schon sieben."

An der Tür waren Geräusche zu hören. Kurz danach betrat ein dicker Teenager den Raum. Delego schätzte ihn auf höchstens siebzehn. Frau Wischkowski stand auf und folgte ihm in die Küche, verstaute die Lebensmittel in den Schränken und im Kühlschrank. Der Teenager fläzte sich derweil auf ihren Platz im Sessel.

„Wir suchen deinen Bruder Kalle. Weißt du, wo wir ihn finden können?", fragte Regina.

„Entweder bei seiner Freundin oder bei Nico. Da hängt er immer ab."

„Bei Nico ist er nicht. Kennst du den Namen seiner Freundin?"

„Pia. Glaub ich."

„Weißt du, wo sie wohnt?"

Rüdiger schüttelte den Kopf.

„Vielleicht ist Kalle ja doch zu Hause", sagte Frau Wischkowski. „Geh doch mal nachsehen."

Rüdiger erhob sich träge und ging hinaus. Delego folgte ihm hinunter in den Keller. Es roch nach Schweißfüßen und schmutziger Wäsche. Der Junge steuerte die Tür am Ende des Gangs an und öffnete sie. Schale Luft, vermischt mit dem Geruch von Haschisch, schlug ihnen entgegen. Er deutete auf eines der Doppelstockbetten. Auf der oberen Matratze lag Kalle und schlief seinen Rausch aus.

* * *

Breschnow war zu Barbara Antes' Wohnung gefahren, hatte Nico dort aber nicht mehr angetroffen. Er beruhigte die Nachbarin und machte sich danach auf den Weg ins Krankenhaus, um nach Willy zu sehen. An der Tür zur Intensivstation klingelte sein Handy. Sofort schoss eine Krankenschwester auf ihn zu und blaffte ihn an, das Gerät auszustellen. Breschnow erkundigte sich nach seinem Freund und erfuhr, dass er verlegt worden war. Er ließ sich den Weg erklären und fand die Station ohne Probleme.

Sie hatten Willy in ein Dreibettzimmer einquartiert. Er versuchte ein Lächeln. Es verkam zu einem Schmerzlaut.

Breschnow zwängte einen Stuhl neben das Bett und setzte sich. „Alles klar mit dir?“

„Schon besser“, krächzte Willy. „Is doch kein Organ kaputt, aber das hier …“, er hielt den rechten Arm ein wenig hoch, „… tut verdammt weh.“

„Kannst du dich erinnern, wer dich zusammengeschlagen hat?“

Willy senkte den Blick und richtete ihn auf das Bettlaken. „Kein bisschen. Dieser Irre is einfach auf mich los. Aber die Dealer ham ihm die Hölle heiß gemacht.“ Er sah wieder auf und grinste schief.

Breschnow zog sein Smartphone aus der Tasche, schaltete es ein und versuchte, die Aufnahme von Kalle zu finden. Willy beobachtete ihn amüsiert, ließ sich dann das Smartphone zeigen und dirigierte ihn durch die Anwendungen. Als das Foto erschien, starrten sie beide auf den Bildschirm.

„Soll das der Mann sein?“, fragte Willy und betrachtete die Aufnahme eine Weile. Dann schüttelte er den Kopf. Die Drohung, die der Kerl ausgesprochen hatte, war deutlich gewesen. Er musste die Klappe halten. Sonst wären die Schläge nur der Anfang.

Enttäuscht steckte Breschnow das Handy zurück in seine Jackentasche und setzte sich wieder auf den Stuhl.

„Ich hab sie gekannt“, sagte Willy. „Barbara. Wir war’n mal

zusammen. Sie hatte immer diese blauweißen Teller und sie liebte Kakao."

„Wann war das?"

„In einem anderen Leben", antwortete Willy und stöhnte, als er sein Gewicht verlagerte. „Wir hatten damals beide noch unsere Jobs. Sie kellnerte in einer Kneipe und ich war Architekt. Sie hat mir oft von ihrer Tochter erzählt. War'n ganz schöner Schweinkram, was da damals passiert ist."

Die Tür wurde aufgerissen und ein Essenswagen hereingeschoben. Das Geschirr klirrte auf dem Metall. Eine Schwesternschülerin stellte jedem Kranken eine Tasse heißen Tee hin.

„Kannste nich trinken", flüsterte Willy. „Schmeckt wie Katzenpisse."

Die Schwester scherzte an einem der anderen Betten mit einem sehr alten Mann. Breschnow freute sich, dass sie so zugewandt war, fieberte aber darauf, dass sie endlich den Raum verließ.

Er beugte sich vor. „Was hat dir Barbara über ihre Tochter erzählt?"

„Kannste uns nich 'nen Schnaps besorgen?"

„Ich habe dir schon eine Flasche gekauft. Sie steht bei mir zu Hause unter der Obhut meiner Schwester. Eigentlich wollte Iris sie dir heute vorbeibringen."

„Hat sie aber nicht getan. Dann besorg mir wenigstens 'nen Bier. Dauert 'nen bisschen, die Geschichte, und ich hab 'nen trockenen Hals."

Breschnow wusste, dass sein Freund ohne Alkohol nicht weiterreden würde und machte sich auf den Weg. Er ließ sich vom Fahrstuhl in den Eingangsbereich bringen und suchte den Krankenhauskiosk. Doch die Rollläden waren geschlossen. Er verließ das Gebäude und überquerte die stark befahrene Straße an der Ampel. Es war das zweite Mal seit der Reha, dass er einen Verkaufsraum betrat, um Alkohol zu kaufen. Eine Flasche für Willy, eine für ihn, Iris würde es nicht merken. Er schlich an den Regalen vorbei, sog gierig die Ausdünstungen einer Flasche Bier auf, die heruntergefallen und am Boden zerschellt war. Der Verkäufer beobachtete ihn misstrauisch. Breschnow zitterte, ihm wurde heiß und er zwang sich mit aller Kraft, den Kiosk zu verlassen. Er floh über die Straße, zurück in die Sicherheit des Krankenhauses, zog aus einem Automaten eine Flasche Apfelsaft, damit Willy nicht seinen Pissetee trinken musste und ging zurück zur Station.

Sein Freund lag ausgestreckt auf dem Rücken und schnarchte. Einer der Mitpatienten hatte die Lautstärke seines Fernsehers hochgedreht, der Alte im Bett daneben schien nichts davon zu hören und blätterte in einer Zeitung. Breschnow stellte den Saft auf das Nachtschränkchen, setzte sich und betrachtete Willys geschundenen Körper. Es war nicht das erste Mal, dass ihm auf der Straße Gewalt angetan worden war, aber hoffentlich das letzte Mal. Breschnow wünschte ihm ein friedliches Alter in einer warmen Wohnung und nahm sich vor, etwas dazu beizutragen.

Willys Schnarchen war in ein ruhiges Atmen übergegangen. Breschnow schloss die Augen, lauschte den Geräuschen um ihn herum, den eiligen Schritten im Gang, den Stimmen im Fernseher und schlief ein.

Ein sanfter Schlag auf die Schulter ließ ihn aufspringen. Er taumelte kurz, fand Halt am Nachttisch.

„Ich muss da mal ran“, sagte die Schwester und hielt ein Tablett in die Höhe. „Oder wollen Sie ihn füttern?“

Willy gluckste heiser. Breschnow schüttelte leicht verwirrt den Kopf, ging hinaus in den Gang, um sich die Beine zu vertreten, hielt aber den Geruch nach Kräutertee und Desinfektionsmitteln nicht lange aus. Er fuhr wieder ins Erdgeschoss, rauchte eine Zigarette und erinnerte sich an die erste Begegnung mit Willy, an den Gestank in dem Zimmer, in dem er und noch drei weitere Männer sich aus Angst um ihr Leben verbarrikadiert hatten. Nachdem der Fall aufgeklärt und sich die Obdachlosen wieder sicher gefühlt hatten, waren Willy und er so etwas wie Freunde geworden, hatten oft in der Hasenheide zusammengesessen und getrunken. Und im letzten Jahr waren sie ans Meer gefahren. Das war kurz vor seiner Reha gewesen, kurz bevor der Entzug sein Leben auf den Kopf gestellt hatte.

Breschnow trat die Zigarette aus und fuhr wieder hinauf. Willy saß aufrecht im Bett und wartete auf ihn. Die Krankenschwester hatte seine Rückenlehne hochgefahren, aber das Sitzen schien ihm Schmerzen zu bereiten.

„Haste den Schnaps?“, fragte er erwartungsvoll.

Breschnow schüttelte den Kopf. „Gab keinen mehr. Ich habe dir Saft gekauft.“

Willy starrte auf das Mitbringsel, überlegte kurz und lachte dann. „Deine Schwester konfiziert den Schnaps und du bringst mir Apfelsaft. Biste etwa trocken?“

„Zwangsweise. Sonst wäre ich meinen Job losgewesen.“

„Haste mir noch gar nich erzählt.“

„Will ich auch nicht. Reden wir lieber über Barbara.“

Breschnow drehte die Saftflasche auf und reichte sie Willy, der gierig trank.

„Barbara war aus Braunschweig. Weist’e das?“

Breschnow nickte und trank auch einen Schluck.

„Sie war auf einer Schulfeier und hat da ’nen Kerl kennengelernt. Sofort Liebe und die Beine breit. Und schwups, war sie schwanger.“

Willy griff wieder nach der Saftflasche. „Biste echt trocken?“

Breschnow nickte.

„Barbara wollte das Kind. Aber die Eltern haben’s ihr

verboten. Sie hat es trotzdem bekommen und sie haben sie gezwungen, dass sie den Säugling abgibt."

„War das Kind ein Mädchen?"

Willy nickte.

„Kam das Kind per Kaiserschnitt zur Welt?"

„Ja, ich glaub schon. Barbara hat erzählt, dass es eine schwierige Geburt war. Die Kleine wollte einfach nicht raus. Kann man irgendwie verstehen. Da im Mutterbauch ist es warm und ..."

„Und die Eltern haben Barbara damals gezwungen, ihre Tochter zur Adoption freizugeben, obwohl sie das gar nicht wollte?", unterbrach ihn Breschnow.

„So war das in den Siebzigern. Ihre Alten hatten Schiss um ihren guten Ruf. Danach ist Barbara wohl völlig ausgetickt, also so richtig im Kopf, und sie haben sie in die Klapse gebracht."

„Lieber die Tochter in der geschlossenen Psychiatrie als die Missbilligung der Nachbarn?"

Willy nickte. Nach einer Weile redete er weiter. „Vier Jahre war sie in 'ner Klapse. Dann ist sie nach Berlin."

Breschnow dachte an die einundzwanzig Aufnahmen. „Und was wurde aus dem Kind?"

Willy zuckte die Schultern. „Das hat sie mir nie erzählt. Vielleicht hat sie's selbst nich gewusst. Hör mal, ich bin müde. Kannste mir das da runterlassen?"

Breschnow brachte die Rückenlehne in Schlafstellung und versprach, morgen wiederzukommen.

„Und dann geh'n wir in die Hasenheide", murmelte Willy und schloss die Augen.

* * *

Jan rannte aus der Wohnung und stieß im Treppenhaus mit Ute Brosius zusammen.

„Annalisa ist schon wieder abgehauen. Ist sie bei Ihnen?“, fragte sie außer Atem.

„Nein, sie ist nicht hier. Ich habe sie auch nicht gesehen. Und ich muss jetzt schnellstens zur Arbeit.“

Er schob die Frau zur Seite und eilte weiter. Ute Brosius ließ sich nicht abschütteln und folgte ihm bis zur Obdachloseneinrichtung, wo Zofia vor der Tür stand und eine E-Zigarette rauchte.

„Ist Martha wiederaufgetaucht?“, fragte Jan außer Atem.

„Nein, und Hilde ist jetzt auch weg, um sie zu suchen. Ganz schöner Affenzirkus. Ich glaub, ich lass mich wieder krankschreiben.“

„Du spinnst ja! Lass mich bloß nicht schon wieder hängen.“

Jan ging hinein. Er versuchte, nicht an Martha zu denken, versuchte, sich nicht zu sorgen und irgendwie seinen Job zu machen. Jedes Mal, wenn er eine rauchen ging, begegnete er Frau Brosius, die draußen verzweifelt Stellung bezogen hatte. Um kurz vor zehn kam Hilde endlich zurück und er war froh, wenigstens sie zu sehen. Er führte sie in die Küche, kochte ihr einen heißen Tee und legte eine Decke um ihre Schultern.

„Was ist denn passiert?“

Hilde griff die Tasse mit beiden Händen, versuchte sich daran zu wärmen. „Wir war'n drüben uff'm Feld. Und da hat Martha jemanden jesehn.“

„Wen?“

„Hat se mir nich veraten, hat jesacht, det ick ihr sowieso nich jlauben tu und is über'n Damm.“

„In die Hasenheide rein?“

Hilde nickte und trank noch einen Schluck. „Ick hinterher. Aber da war se schon wech. Hab jedacht, dass se jleich hierher is, hab mich jeärjert, dett se nich jewartet hat.“ Sie schluchzte. „Se hat die Tage schon so uff heimlich jemacht. Hat behauptet, det se mir nich mehr vertraut, weil ick ihr een mal nich jeglaubt hab."

„Was hast du ihr nicht geglaubt?"

Hilde zuckte mit den Schultern. „Wes ick nich mehr."

Jan reichte ihr ein Taschentuch. „Und dann hast du gemerkt, dass sie nicht hier ist und bist zurück in den Park gegangen?"

„Wat mach'n wir'n jetzt? Soll'n wir den Bull'n rufen. Den mag se doch so jerne."

„Das ist eine gute Idee, Hilde. Aber du legst dich jetzt hin und versuchst ein bisschen zu schlafen."

„Dit kann ick nich. Ick jeh wieda in Park."

„Und wenn Martha kommt, dann bist du weg und ich schicke sie in den Park und dann kommst du wieder und ich schicke dich Martha suchen und so geht das dann die ganze Nacht?"

Hilde dachte darüber nach. „Nee, wenn Martha kommt, denn sachste ihr, det se hier uff mich wart'n soll."

Jan lachte kurz auf. „Als ob Martha sich jemals etwas sagen lässt."

„Det stimmt", gab Hilde ihm recht und willigte ein, sich ein paar Stunden hinzulegen.

Jan zog das Handy aus der Tasche, wählte erfolglos Breschnows Nummer und ging hinaus, um eine zu rauchen. Frau Brosius war endlich verschwunden. Er atmete erleichtert auf und stellte sich neben seine Kollegin.

„Vielleicht wird Martha jetzt auch erlöst", sagte Zofia und hielt die E-Zigarette hoch. „Solltest du endlich mal probieren."

* * *

Delego gefiel es nicht, dass ihre Arbeitstage immer länger wurden. Auch heute würde sie ihre Lieblingsserie ‚Law and Order' verpassen. Bisher hatte sie sich noch nicht dazu durchringen können, sich einen Festplattenrekorder zu kaufen und ihr Laptop war für Streaming nicht geeignet. Wütend betrachtete sie den jungen Mann, der vor ihr saß und ihr den Feierabend versaute. Am liebsten hätte sie ihn über Nacht in der Zelle schmoren lassen, aber außer diesem anonymen Rapgesang, der auf Breschnows Handy eingegangen war, hatte sie nichts gegen ihn in der Hand. Es lag weder Selbst- noch Fremdgefährdung vor und es war auch nicht damit zu rechnen, dass sich Kalle Wischkowski ins Ausland absetzte. Ebenso wenig verweigerte er die Aussage, sondern redete wie ein Wasserfall, gab Nico Antes und einem gesichtslosen Dritten die Schuld, weil sie ihn angerempelt und angestachelt hatten.

„Jetzt halt mal die Klappe", fuhr Delego ihn an. „Sehe ich aus wie deine Mutter, der du Märchen erzählen kannst? Ich will nach Hause, du willst nach Hause, also sag uns einfach, was passiert ist."

Der junge Mann schien seine Chancen abzuwägen. Er hielt den Kopf leicht schräg und lächelte devot. Delego hätte ihm am liebsten eine geknallt. Regina gab ihr ein Zeichen, dass sie gerne übernehmen würde. Delego nickte kaum merklich.

„Also Ihr Freund Nico hat Sie genötigt, mit ihm in die Hasenheide zu gehen und bei den Dealern nach Gras und Pillen zu fragen, obwohl er wusste, dass er die Drogen nicht würde bezahlen können."

„Ich wusste nich, dass er keine Kohle hat."

„Natürlich nicht", feixte Delego.

Ihre Kollegin warf ihr einen mahnenden Blick zu. „Also, Sie fragen die Drogenhändler nach der Ware, die wollen Geld sehen und verjagen sie, als sie mitbekommen, dass Sie nichts dabeihaben. Und was passierte dann?"

„Dann ham'se mich geschubst und gehau'n und ham mich voll verrückt jemacht und dann bin ich auf diesen Penner los." Er hielt kurz inne und vergewisserte sich, dass die

Kommissarin ihm zuhörte. „Ich wollte das nich. Echt nich. Ich schwör's. Ich stand voll im Stress. Hab ihn geschubst und er is hingefall'n und dann kam dieser Rambotyp und hat ihn fertig gemacht." Er deutete mit dem rechten Daumen zu einer Seite, „hier die Dealer", und mit dem linken zur anderen, „und da der Penner und dieser Typ. Wo sollt ich denn hin? Konnt ja nur noch abhau'n."

Delego prustete los. Als der Anfall vorüber war, sprang sie auf. „Wenn du mir weiter so einen Mist erzählst, dann sitzen wir die ganze Nacht hier."

„Ich hab alles gesagt. Ich bin fertig", entgegnete Kalle Wischkowski kleinlaut.

Delego setzte sich wieder und Regina fuhr mit der Vernehmung fort.

„Also noch einmal fürs Protokoll. Sie behaupten, den Obdachlosen nur geschubst zu haben. Dann kam dieser kräftige Mann und hat angefangen, den wehrlos am Boden Liegenden zu schlagen und mit den Füßen zu treten."

Kalle Wischkowski nickte zufrieden.

„Fürs Band bitte noch einmal laut."

„Ich hab ihm nichts getan, das war alles der Rambo."

„Also ist der Rambo an allem schuld. Vielleicht auch das Opfer? Hätte sich doch nicht im Park rumtreiben müssen", fauchte Delego und erhob sich. „Mir reicht's!"

Sie stellte das Band aus und rief einen Uniformierten, der Kalle Wischkowski in den Nebenraum bringen sollte. Als die Männer den Raum verlassen hatten, atmete sie tief aus.

„Ich weiß, ich habe überreagiert. Aber dieser Typ geht mir wirklich auf die Nerven."

„Mir auch", gab Regina zu.

„Vielleicht würde ihm eine Nacht in der Arrestzelle guttun. Dann könnte er in Ruhe darüber nachdenken, was er angestellt hat."

„Wir dürfen ihn nicht hierbehalten. Wenn er seine Rechte kennt, kriegen wir richtig Ärger."

„Die kennt er bestimmt nicht", sagte Delego.

„Wenn du dich da mal nicht täuschst. Oft kennen gerade solche Leute ihre Rechte ganz genau. Ich finde, jetzt ist der richtige Moment, um den Fall an die Kollegen abzugeben."

„Wahrscheinlich hast du recht. Aber ich bin noch nicht fertig mit ihm. Ich möchte ihn morgen früh gemeinsam mit Breschnow befragen. Danach übergebe ich ihn an das Dezernat für Körperverletzung."

„Das ist keine gute Idee", gab Regina zu bedenken. „Du bist genervt von dem Mann und Breschnow ist viel zu nah dran, weil das Opfer sein Freund ist."

„Ich denk drüber nach", versprach Delego, „aber in die Arrestzelle geht der Kerl auf jeden Fall." Sie streckte sich. „Vorhin wollte ich unbedingt nach Hause, jetzt ist mir eher nach Kneipe zumute. Hast du Lust, noch etwas trinken zu gehen?"

„Aber nur in Verbindung mit einem fetten Essen", sagte Regina. „Ich sterbe vor Hunger."

* * *

8

Das Telefon klingelte und eine eifrige Stimme erkundigte sich, ob der Gefangene jetzt zur Vernehmung gebracht werden sollte. Breschnow drückte die Kippe aus, verließ das Büro und stieg hinab in den grauen, kahlen Verhörraum im Keller. Hier war seit Jahren nicht mehr renoviert worden. Es roch nach Angst und Schweiß, wobei Breschnow nicht sicher war, ob er sich das mit seinem neu erwachten Geruchssinn nur einbildete. Er setzte sich an den Vernehmungstisch und streckte seine langen Beine aus. Kurz danach brachte der eifrige Polizist Kalle Wischkowski rein.

„Ich brauche deine Personalien", sagte Breschnow und deutete auf das Aufnahmegerät.

Kalle Wischkowski nannte gehorsam seinen Namen, die Wohnadresse und sein Geburtsdatum, legte den Kopf leicht schief, betrachtete sein Gegenüber und deutete zur Tür. „Kommt die andere nich?"

Breschnow schüttelte den Kopf und beugte sich vor, roch den Schweiß der Nacht in Gefangenschaft. „Erzähl mir von Willy."

Kalle Wischkowski wich zurück. „Welchem Willy?"

„So heißt der Mann, den du zusammengeschlagen hast."

„Ich hab nich ..." Er hielt inne. „Also, ich hab nachgedacht. Pennen kann man ja hier nich."

„Waren die anderen nicht nett zu dir?"

Breschnow dachte an die Betrunkenen, die Junkies und die Verwirrten, die jede Nacht in der Stadt aufgelesen und in die Sammelzellen gebracht wurden. Manche kamen auch freiwillig, weil es dort wärmer war als auf der Straße, klauten noch schnell etwas beim Kiosk oder beschimpften einen Polizisten. Andere wurden zwangsweise hergebracht, weil sie nicht mehr wussten, wer sie waren oder zu betrunken, um es zu kommunizieren. Breschnow lehnte sich zurück und verschränkte die Arme.

„Ey, tut mir echt leid." Kalle Wischkowski wippte mit beiden Beinen auf und ab. „Ich war so wütend wegen der Dealer, weil sie mir nix gegeben haben. Da hab ich Dampf abgelassen."

Breschnow beugte sich vor. „Du hast Willy schwer verletzt. Sein Körper ist voller Hämatome und er kann seinen Arm kaum noch bewegen."

Kalle Wischkowski senkte den Blick und betrachtete den schmutzigen Fußboden.

„Willy liegt im Krankenhaus, zum Glück nicht mehr auf der Intensivstation. Willst du ihn besuchen? Willst du sehen, was du angerichtet hast?"

Kalle Wischkowski schüttelte heftig den Kopf, weiter mit dem Boden beschäftigt.

„Sieh mich an!", befahl Breschnow.

Der junge Mann folgte der Aufforderung nur zögernd. Breschnow sah die Angst in seinen Augen.

„Vielleicht war Willy ja nicht dein einziges Opfer. Vielleicht hast du auch die alte Frau umgebracht."

Kalle Wischkowski blickte wieder angestrengt nach unten und murmelte. „Welche Frau?"

„Barbara Antes. Sie wurde in der Hasenheide mit einer Überdosis Morphium getötet und soviel ich weiß, machst du doch gerade eine Ausbildung zum Krankenpfleger."

Der junge Mann riss den Kopf hoch und sprang auf. „Das lass ich mir nich unterschieben! Ich hab niemanden umgebracht."

„Und dein Freund Nico?"

Kalle Wischkowski setzte sich wieder. „Nico hat auch nix damit zu tun. Mann, wir können doch niemanden töten." Er sah Breschnow kurz in die Augen und wiederholte: „Ehrlich. Das können wa nich. Das musste mir glauben, Bulle."

„Ich glaube, wenn man jemanden ohne Grund so verprügeln kann, dann kann man auch töten."

Die Tür wurde aufgerissen. Delego sah zuerst den Verdächtigen, dann ihren Kollegen an und winkte ihn heraus.

„Kannst ja noch mal drüber nachdenken", sagte Breschnow. „Bin gleich wieder zurück." Er trat hinaus in den Flur und schloss die Tür hinter sich.

„Was zum Teufel soll das schon wieder?", fauchte Delego. „Wieso verhörst du ihn allein? Du solltest doch auf mich warten."

„Das hat sich so ergeben", antwortete Breschnow. „Kalle hat gestanden, dass er Willy zusammengeschlagen hat, aber ich kann mir nicht vorstellen, dass er etwas mit dem Tod von Barbara Antes zu tun hat. Ich glaube, er ist gar nicht in der Lage, so zielgerichtet zu planen und seine Tat auszuführen, ganz zu schweigen von den Erlöserbekenntnissen danach. Wahrscheinlich hätte er auch Willy nicht so zugerichtet, wenn er nicht unter enormem Stress gestanden hätte."

„Stress!" Delego spuckte das Wort förmlich aus. „Du hörst dich an wie ein Sozialarbeiter."

„Vielleicht sollte ich umschulen. Vielleicht liegen da meine wirklichen Talente", sagte Breschnow grinsend, wurde aber gleich wieder ernst. „Ich glaube, Kalle war auf Entzug. Er brauchte dringend Nachschub. Ich bin mir ziemlich sicher, wenn du dir seine Arme ansiehst, dann findest du Einstiche."

Sein Handy klingelte. Er fischte es umständlich aus der Hosentasche.

„Martha ist verschwunden", krächzte Jans Stimme aus dem Lautsprecher. „Ich dachte, du hilfst uns suchen."

„Bin schon auf dem Weg", sagte Breschnow.

„Was ist passiert?"

„Wieder eine vermisste Obdachlose."

„Soll ich mitkommen?"

Breschnow schüttelte den Kopf und deutete auf die Tür zum Verhörraum. „Bring das hier lieber zu Ende. Ich halte dich auf dem Laufenden."

Zehn Minuten später stieg Breschnow aus dem Taxi und eilte in den Hof. Circa zwanzig Leute hatten sich hinter Jan und Hilde versammelt. Manche hatten bereits die rosige Farbe von alkoholgetränktem Blut angenommen, andere waren aschfahl und manche zitterten leicht. Aber ihre Blicke waren entschlossen. Sie alle wollten Martha finden.

„Wir suchen zuerst in der Hasenheide", erklärte Jan. „Hilde sagt, dass sie Martha dort zuletzt gesehen hat." Er reichte dem Hauptkommissar ein verknittertes Foto. „Das hat Hilde bei ihren Sachen gehabt. Wir können es verwenden."

Breschnow betrachtete die Fotografie. Martha trug ein blaues Kostüm und einen roten Schal und lächelte siegesgewiss. Ein Gruß aus der anderen Welt vor der Obdachlosigkeit. Er steckte es in seine Jackentasche, hakte sich bei Hilde unter und bat sie, zu erzählen. Sie nuschelte stark, hatte sich an diesem Morgen einiges an Schnaps gegönnt. Breschnow zündete zwei Zigaretten an und reichte ihr eine. Dann gab er das Zeichen zum Abmarsch und der Tross setzte sich langsam in Bewegung. Nur Zofia, die gelangweilt an ihrer E-Zigarette nuckelte, und die ehrenamtliche Krankenschwester, die der wankenden Hilde besorgt hinterhersah, blieben zurück.

„Kommen die beiden nicht mit?", erkundigte sich Breschnow.

Jan schüttelte den Kopf. „Anni muss gleich wieder nach Hause, irgendwas mit ihrer dementen Mutter. Und Zofia muss den Betrieb aufrechterhalten." Er senkte die Stimme. „Außerdem kannst du die sowieso vergessen. Sie hat zwar Marthas Verschwinden gleich auf Social Media und auf diversen Blogs gepostet, aber im wahren Leben würde sie keinen Finger für die Leute rühren."

Hilde verlangte eine weitere Zigarette, klemmte sie sich hinters Ohr, machte sich von Breschnow los und hakte sich bei einer Frau ein. Der Tross setzte sich langsam in Bewegung, überquerte die Straße und obwohl die Ampel auf Rot wechselte, warteten die Autofahrer, bis auch der letzte den Gehsteig erreicht hatte. Auf Hildes Bitte hin übernahm Breschnow die Leitung der Suchaktion. Er teilte die Freiwilligen in drei Gruppen, wies jeder ein Suchgebiet im Park zu und verabredete als Treffpunkt die Hasenschänke. Hilde, die nun etwas klarer wirkte, ging mit ihrer Gruppe ostwärts los. Jan startete mit der anderen Richtung Süden und Breschnow setzte sich mit fünf Männern westwärts in Bewegung.

Einer hielt ihm die Flasche Wodka hin. „Kennst mich wohl nich mehr? Na ja, is ja auch lange her. Waren früher mal zusammen hier im Park."

„Mit Willy?", fragte Breschnow.

„Klaro. Wie geht's dem Alten?"

„Nicht so gut im Moment. Er liegt im Krankenhaus."

Breschnow beschleunigte seine Schritte. Er musste schnell weg von dem Schnaps.

Der andere blieb zurück und maulte. „Bist dir wohl zu fein geworden, um mit mir zu saufen."

„Halt die Klappe", wies ihn ein Hochgewachsener zurecht und griff nach dem Wodka. „Mach bloß keinen Stunk hier, Kumpel. Mach lieber die Augen auf und such nach Martha."

Breschnow war froh, der Verlockung entronnen zu sein, hoffte, dass der Mann ihm die Flasche kein zweites Mal anbieten würde und stieg langsam den gewundenen Weg zu der kleinen Anhöhe hinauf. Oben auf dem Gipfel saßen zwei junge Männer und küssten sich. Einige der Obdachlosen pfiffen. Breschnow grinste, ging zu ihnen hin und fragte nach Martha. Die beiden hatten sie nicht gesehen, schlossen sich aber der Gruppe an. Breschnow gab Order, zu zweit bergab das Gebüsch zu durchsuchen und sich unten wieder zu sammeln. Das Paar machte händchenhaltend den Anfang, die Obdachlosen schlossen sich in Zweiergruppen an. Breschnow ging gemeinsam mit dem Hageren.

„Glaubst du, wir finden sie?"

„Das hoffe ich", antwortete der Hauptkommissar, „Das hoffe ich wirklich."

Unten angekommen, war das Paar verschwunden, aber der Rest der Gruppe fand sich wieder zusammen. Breschnow beschloss, mit ihnen erst einmal auf dem breiten Weg weiterzugehen.

„Bist du 'nen Bulle?", fragte ihn einer der Dealer am Wegrand. „Schicken die jetzt als Penner verkleidete Beamte?" Er betrachtete Breschnow von oben bis unten. „Oder willste was kaufen? Du siehst aus, als ob du was vertragen könntest."

„Wir suchen eine Obdachlose. Eine Frau um die vierzig, mit kurzen braunen Haaren." Er hielt dem Mann das Foto hin:„Hast du sie gesehen?"

Ein Afrikaner näherte sich. „Du Polizei?"

Breschnow nickte.

„Und die?"

„Freunde."

„Wir helfen", erklärte der Hagere und deutete auf das Foto, das Breschnow noch immer hochhielt. „Sie war wirklich 'ne Gute. Wir müssen sie finden."

Die zwei Dealer wechselten ein paar Worte miteinander und schlossen sich dann dem Tross an. An jeder Ecke pfiffen sie ihre Kollegen herbei und so wurden sie immer mehr.

Breschnow vermutete, dass sie ihnen halfen, weil eine weitere Tote oder ein Polizeieinsatz schädlich für ihre Geschäfte waren, aber er freute sich trotzdem über die unerwartete Unterstützung. Nach und nach durchkämmten sie ihren Teil der Grünanlage und näherten sich langsam der Hasenschänke, wo Jan mit seinen Leuten bereits auf sie wartete. Plötzlich zerschnitt ein lauter Pfiff die Luft. Breschnow drehte sich um und sah einen der Obdachlosen neben einem Dealer unter einer Eiche stehen und auf den Boden deuten. Er lief los.

* * *

„Na endlich", sagte Delego und nahm das Dokument aus dem Faxgerät.

„Was ist das?", erkundigte sich Schmitti.

„Der Gerichtsbeschluss für die Eröffnung des Testaments von Barbara Antes."

Sie griff zum Hörer und rief die Notarin an, bat um einen sofortigen Termin, verhandelte zäh, ließ sich nicht abwimmeln und legte zufrieden auf. Dann versuchte sie es bei Breschnow. Der Anruf blieb unbeantwortet, ebenso wie der bei Regina.

„Was soll das denn jetzt?", fluchte die Kommissarin und starrte wütend auf ihr Handy.

„Vielleicht ist das Nichtrangehen ansteckend", sagte Schmitti. „Übrigens, diese Braunschweiger verweigern sich. Ohne eine richterliche Verfügung geben sie uns keine Informationen über ihre Adoptivkinder. Sie berufen sich dabei auf den Datenschutz."

Delego stöhnte.

Schmitti hob den Zeigefinger. „Aber ich habe etwas über Annalisa Brosius ausgegraben. Sie war bereits zweimal wegen Drogenmissbrauchs in einer Klinik. Ihre Mutter hat sie dorthin gebracht."

„Muss man da nicht freiwillig hingehen?“

„Das stimmt. Wahrscheinlich hat die Mutter sie nur hinbegleitet.“

Delegos Handy klingelte.

Es war Regina. „Du hast mich angerufen?“

„Wo warst du?“

„Auf der Toilette ...“

Schmitti lachte. Delego warf ihm einen wütenden Blick zu. „Und wo bist du jetzt?“

„In der Antes-Wohnung. Ich will mich vergewissern, dass wir nichts übersehen haben. Es gibt hier noch andere interessante Fotos. Ich wollte gerade rüber gehen und sie der Nachbarin zeigen.“

„Mach das, aber beeil dich. Wir haben endlich den Beschluss zur Testamentseröffnung. Ich hole dich gleich ab.“

Delego legte auf und wandte sich Schmitti zu. „Versuch weiter Breschnow zu erreichen. Er soll sofort zu Ute Brosius fahren und sie nach der Drogenkarriere ihrer Tochter fragen. Vielleicht war sie auf Morphium. Möglicherweise gibt es noch weitere Familiengeheimnisse, von denen wir wissen sollten.“

Delego zog sich die Jacke an und verließ die Dienststelle. Sie war froh, ein paar Minuten allein im Auto zu sitzen und in Ruhe nachdenken zu können. Dieser Fall wurde immer seltsamer und sie hoffte sehr, dass das Testament sie weiterbringen würde. Als sie in den Reuterkiez einbog, sah sie ihre Kollegin schon von Weitem. Regina lief die Straße auf und ab, winkte ihr zu und stieg ein.

„Was hast du gefunden?“, fragte Delego.

Regina reichte ihr die Aufnahme. Sie zeigte eine junge Frau mit einem Baby im Arm.

„Das Foto hat wohl vorher auf der Kommode gestanden und ist irgendwie nach hinten runtergerutscht“, erklärte Regina.

„Vielleicht, als Nico die Wohnung verwüstet hat. Und was sagt die Nachbarin?“

„Dass sie die junge Frau leider nicht kennt und auch nicht sagen kann, ob das Baby Nico Antes ist.“

„Nico ist 1995 geboren. Da wohnte Barbara Antes noch nicht in dieser Wohnung.“ Delego besah sich das Foto erneut. „Vielleicht ist es das 21-Aufnahmen-Mädchen. Diesmal mit Gesicht. Ein persönliches Treffen mit der Tochter, die sie weggeben musste.“

„Möglich“, sagte Regina und sah noch einmal zum Haus hin.

Delego gab Gas, bretterte über das Kopfsteinpflaster, überquerte die Sonnenallee und bog links in die Karl-Marx-Straße ein. Sie drehte mehrere Runden, fand keinen Parkplatz, entschied sich für den Discounter eine Straße weiter und legte die Parkscheibe ins Fenster. Regina öffnete die Tür und kollidierte mit einem Einkaufswagen. Die Kundin schimpfte vernehmlich, zog dann aber weiter. Die Kommissarinnen gingen in Richtung Karl-Marx-Straße. An der alten Hauptpost prangte ein Gerüst mit einem Plakat, das verkündetete, dass hier teure Wohnungen und Galerien für eine finanzkräftige Klientel entstanden. Delego erinnerte sich, dass die Bezirksbürgermeisterin stolz verkündet hatte, aus Neukölln ein zweites Prenzlauer Berg machen zu wollen. Danach war sie in den Bundestag verschwunden.

Die Kommissarinnen überquerten die baustellengeplagte Karl-Marx-Straße und klingelten bei der Notarin. Es dauerte eine Weile, bis der Summer ertönte und es dauerte noch länger, bis sie endlich vorgelassen wurden und die Notarin den Eilbeschluss des Gerichtes gefunden hatte, der ihr am Morgen zugefaxt worden war. Erst danach bat sie die beiden in ihre geheiligten Räume, setzte sich an einen modernen, weiß lackierten Schreibtisch und öffnete die Akte.

„Was wissen Sie über die Erbmasse?“, erkundigte sie sich.

„Nur, dass es eine Eigentumswohnung in der Weichselstraße gibt“, antwortete Delego.

„Die aber noch nicht im Grundbuch eingetragen wurde“, stellte die Notarin klar. „Mir liegt lediglich die Schenkungsurkunde vor. Aber falls sie doch als Erbmasse freigegeben wird, dann soll sie dem Sohn der Verstorbenen zugesprochen werden.“

Sie zog ein weiteres Blatt aus ihrer Akte, überflog es und sah Delego an. „Es gibt noch eine zweite Verfügung, die an einem anderen Testament hängt.“

„Hans-Peter Gernau?“ fragte Regina.

Die Notarin nickte. „Er ist auch mein Klient und war gemeinsam mit Frau Antes hier. Haben Sie für sein Testament einen Beschluss?“

Delego schüttelte den Kopf.

„Eigentlich gehört doch die Eröffnung des Gernau-Testamentes zur Eröffnung der letzten Verfügung von Barbara Antes“, sagte Regina.

„Das ist Auslegungssache.“

„Und was sollen wir tun, damit Sie es so auslegen können?“

„Bekommen Sie auf die Schnelle vielleicht einen telefonischen Beschluss?“, fragte die Notarin.

„Das können wir versuchen“, sagte Delego. „Wir könnten aber auch den Raum verlassen. Sie öffnen das Testament von Gernau und entscheiden, ob der Teil, der Barbara Antes betrifft, mit dem vorliegenden Gerichtsbeschluss abgedeckt ist.“

„Es ist sehr dringend“, ergänzte Regina. „Wir ermitteln in einem Mordfall und suchen nach einer verschwundenen Obdachlosen. Wir sind auf Ihre Hilfe angewiesen.“

Die Notarin bat um einen Moment Bedenkzeit und die Kommissarinnen verließen den Raum. Delego zog ihr Handy aus der Tasche, beantwortete die drei Anrufe in Abwesenheit. Regina starrte aus dem Fenster in den trüben Tag, an dem es wieder nicht richtig hell werden wollte. Dann rief die Notarin sie zurück in den Raum.

„Hans-Peter Gernau vererbt seinen gesamten Besitz Barbara Antes und damit greift der Gerichtsbeschluss, den Sie erwirkt haben."

„Von welcher Summe reden wir?", erkundigte sich Delego.

„Die genaue Summe hängt noch vom Verkauf der Immobilie ab. Sie wurde 2008 in einer ersten Schätzung mit 750.000 Euro festgesetzt. Aber die Immobilienpreise haben sich seitdem sehr positiv entwickelt. Außerdem gibt es Barwerte in Höhe von 286.541 Euro, die letzte Zinsauszahlung noch nicht mit eingerechnet."

„Und wer erbt das jetzt alles?"

„Frau Antes hat verfügt, dass das Gesamtvermögen, nach Verkauf des Anwesens und abzüglich der Eigentumswohnung, zu einem Drittel an Charlotte Brosius, zu einem weiteren Drittel an die Martin-Luther-Kirchengemeinde in der Fuldastraße und zum letzten Drittel an eine nicht namentlich benannte Person geht."

„Wie kann jemand erben, der nicht benannt wird?", erkundigte sich Regina.

„Die Erblasserin hat vor fünfzehn Jahren ein anonymes Treuhandkonto für diese Person eingerichtet." Die Notarin erhob sich. „Zugegebenermaßen ist es ein ungewöhnlicher Erbfall. Wer von den beiden ist zuerst verschieden?"

„Barbara Antes. Zwei Tage vor Gernau."

„Dann könnte es sein, dass die Sache vor Gericht landet. Es gibt Übergangsfristen, aber die sind etwas undurchsichtig. Weil die Erbin bereits verstorben war, hätten eventuelle Angehörige von Gernau oder der Staat Anspruch auf den Nachlass. Aber wie gesagt, das ist Auslegungssache.

Auf jeden Fall müssen sich die Begünstigten beim Verkauf des Anwesens einigen. Und ob die Eigentumswohnung als Einzelvermögen behandelt werden kann und damit an den Sohn fällt oder ob sie, weil nicht im Grundbuch eingetragen, in die gesamte Erbmasse mit eingeht, bleibt auch noch abzuwarten."

Delego schwirrte der Kopf. Sie bedankte sich und ging zur Tür. Regina folgte ihr.

„Warten Sie", sagte die Notarin. „Frau Antes verfügt noch zu Gunsten Ihrer Nachbarin, dass diese sich aus der Eigentumswohnung nehmen darf, was ihr zusagt."

Sie klappte die Akte zu. „Ich werde jetzt das Nachlassgericht informieren und die Begünstigten anschreiben. Die offizielle Testamentseröffnung findet am kommenden Mittwoch statt. Ich hoffe, dass wenigstens einer der Erben persönlich erscheint. Zwei wären besser und alle vier perfekt."

* * *

Endlich hatten sie die Stadt hinter sich gelassen. Der Flughafen Schönefeld zog an ihnen vorbei, erst der alte, dann der neue, der nicht fertig werden wollte und danach begann das flache Brandenburger Grasland mit seinen ehemaligen Rieselfeldern. Ute Brosius gab Gas und raste an der nicht enden wollenden LKW-Schlange in Richtung Polen entlang.

Annalisa fummelte an ihren Kopfhörern herum, die sie sich tief in die Ohren geschoben hatte. Sie war wieder nach Hause gegangen, hatte bemerkt, dass ihre Mutter den Ring gefunden hatte und versucht, erneut abzuhauen. Aber Ute hatte sie an der Wohnungstür abgefangen, zum Auto gezerrt und die Kindersicherung aktiviert. Und Karsten hatte ihr dabei geholfen.

Annalisa wusste nicht, wohin sie unterwegs waren. Es war ihr auch egal. Sie würde ohnehin an der nächsten Raststätte abhauen. Aber Ute stoppte nicht, sondern verließ eine Dreiviertelstunde später die Autobahn und folgte der Bundesstraße. Annalisa versuchte sich den Weg einzuprägen, falls sie zurücktrampen musste. Erneut verließen sie die Straße, bogen auf einen schmalen Nebenweg, durchfuhren ein verlassen wirkendes Dorf. Annalisa starrte auf die Windräder auf den Feldern, sah ihre gewaltigen Flügel den grauen Himmel zerfurchen. Es regnete jetzt. Der Scheibenwischer fegte die dicken Tropfen nach rechts und links, ihre Mutter bog in einen Feldweg ein, durchfuhr ein schmales Stück Wald und hielt an einem umzäunten grauen Gehöft. Annalisa fröstelte beim Anblick des unwirtlichen Geländes. Sie wusste, dass ihre Mutter Charlotte nichts angetan hatte, aber bei Barbara war sie sich nicht so sicher. Solange sie denken konnte, hatte Ute diese eigentümliche Frau gehasst. Hatte sie sie auch getötet? Eigentlich schien Annalisa dieser Gedanke abwegig, aber ganz abtun konnte sie ihn auch nicht.

Und was hatte sie jetzt mit ihr vor?

* * *

Hilde schlug sich die Hände vors Gesicht und begann zu weinen. Einer aus der Gruppe reichte ihr die Flasche, die sie dankbar entgegennahm. Breschnow deutete auf die rote Mütze am Boden und fragte, ob sie Martha gehöre.

Die Obdachlose schluchzte noch einmal kurz auf, trank einen Schluck, straffte sich und sah ihn an. „So'n Weihnachtskerl mit 'nem weißen Bart hat sie ihr jeschenkt. Det hat ihr jefallen."

„Wollen wir noch weitersuchen?", fragte Jan.

Breschnow ging in die Hocke und besah sich die Spuren am Fundort. An manchen Stellen schien das feuchte Laub platt getreten und verrutscht. Er stand wieder auf, suchte mit den Augen den Boden rundum ab. Einige Blätter hatten sich außerhalb der Reichweite des Baums am Rasen festgesogen. Er folgte ihrer Spur, die sich aber bald im feuchten Grün verlor.

„I see!", rief eine Stimme von weiter hinten. Ein schmaler, dunkelhaariger Mann kämpfte sich nach vorne, ein blonder folgte ihm.

„Er sagt, er hat was gesehen", sagte der Blonde. „Er bedient nachts die Kundschaft."

Breschnow trat zu dem Schwarzhaarigen und bot ihm eine Zigarette an. Der junge Mann deutete auf die Stelle, auf der die rote Weihnachtsmütze lag. „In night. Woman here."

„Du sagst, du hast heute Nacht eine Frau gesehen?"

Der Befragte legte die Hände aneinander, bettete seinen Kopf darauf und schloss kurz die Augen.

„Die Frau hat geschlafen", murmelte Breschnow.

„Blue Light."

„Blaues Licht? Blaulicht. Sanitäter oder Polizei?"

„No police. Men help." Der junge Mann ging ein paar Schritte in Richtung Weg, trug eine imaginäre Trage.

„Sie haben Martha ins Krankenhaus gebracht", riet Jan. „Aber in welches?"

„Die Sanis fahren immer in das nächstgelegene und das sind in unserem Fall das Urban und das Neuköllner. Teilen wir uns auf und fragen nach", antwortete Breschnow.

Jan zog sein Smartphone aus der Tasche, suchte die Telefonnummer vom Urbankrankenhaus und ließ das Handy wieder sinken. „Ich kenne ihren Nachnamen nicht. Ich habe sie immer nur Martha genannt."

Er wandte sich an Hilde, die mit den Schultern zuckte, sich

bückte, die Mütze aufhob und sie fest an sich drückte. Sie hielt immer noch die Flasche in der Hand, die mittlerweile leer war, und schwankte leicht.

„Ich habe ein Foto und du kannst Martha beschreiben. Außerdem wissen wir, wann sie ungefähr eingeliefert wurde. Wir fahren in die Krankenhäuser und fragen dort nach ihr", entschied Breschnow und betrachtete den Tross, der sich langsam auflöste. Die Dealer gingen zurück zur Arbeit, einige Obdachlose steuerten die Hasenschänke an. Jan rief ihnen einen Dank hinterher. Breschnow hätte ihnen gern ein Bier spendiert, aber die Zeit drängte.

„Welche Klinik willst du übernehmen?"

Jan entschied sich, ins Urban zu gehen. Dort kannte er eine Krankenschwester in der Notaufnahme, die eine Zeit lang als Ehrenamtliche in der Obdachlosenunterkunft gearbeitet hatte. Breschnow blieb das Neuköllner und er überlegte, mit welchem Verkehrsmittel es am schnellsten gehen würde. Hilde sah mit glasigen Augen von einem zum anderen. Sie schien sich nicht entscheiden zu können, mit wem sie mitgehen sollte, drückte die Mütze noch fester an ihre Brust und folgte dann den anderen zur Hasenschänke. Nach ein paar Metern blieb sie stehen und drehte sich noch einmal um.

„Es ist schon okay, Hilde. Wir sagen dir Bescheid, sobald wir Martha gefunden haben", versprach Jan.

Breschnow zog sein Handy aus der Tasche. Delego hatte versucht, ihn zu erreichen. Er steckte es wieder ein.

„Keinen Bock zu telefonieren?", fragte Jan. „Dann schreib doch eine SMS."

Breschnow sah ihn verständnislos an.

„Wie kann jemand mit so wenig technischem Wissen überhaupt bei der Polizei sein? Gehört das bei euch nicht zur Grundausbildung?"

„Vor dreißig Jahren gab es noch keine Handys“, brummte Breschnow.

Jan schüttelte den Kopf, ließ sich den Apparat geben und fragte, was er schreiben sollte. Breschnow diktierte.

* * *

„Ich wäre ganz schön sauer, wenn alles, was ich vererben will, dem Staat zufällt“, sagte Regina und schnallte sich an.

Delego stimmte ihr zu, rollte vom Discounterparkplatz und strandete im Stau. Statt der sonst üblichen zehn Minuten brauchten sie eine halbe Stunde, weil Bauarbeiter die Flughafenstraße aufgerissen hatten und der Verkehr durch die angrenzenden kleinen Straßen umgeleitet wurde.

„Gibt es Ergebnisse bei der Fahndung nach Charlotte Brosius?“ fragte Delego und warf ihre Riesenhandtasche auf ihren Schreibtischstuhl.

„Nein, leider nicht“, antwortete Schmitti.

„Und Kalle Wischkowski?“

„Es ist keine Anzeige gegen ihn eingegangen.“

„Wenn Willy ihn nicht meldet, ist er damit aus'm Schneider“, sagte Regina und verschwand in das andere Büro, um ihre E-Mails abzufragen.

Delego fischte ihr Smartphone aus der Tasche. „Breschnow schreibt, dass sie im Park eine Spur gefunden haben und er jetzt ins Krankenhaus fährt.“

Schmitti sah erstaunt vom Bildschirm auf. „Breschnow schreibt dir eine SMS? Das kann nicht sein. Er kann ja noch nicht einmal einen Akku aufladen.“

„Denkst du, das ist eine Virusnachricht?“

Schmitti ließ sich das Handy geben, schloss es an seinen Computer an und kontrollierte die Hintergrunddaten. „Alles okay, soweit ich das sehen kann.“

„Ist etwas passiert?“, erkundigte sich Regina.

„Breschnow hat eine Nachricht geschrieben und Schmitti überprüft das gerade.“

Die Kommissarin lachte. „Wahrscheinlich hat er jemanden gebeten. Vielleicht diesen Jan Stremer, mit dem er zusammen gesucht hat.“

„So wird es gewesen sein“, sagte Delego und wandte sich wieder Schmitti zu. „Was genau ist eigentlich ein anonymes Treuhandkonto?“

Der Computerspezialist lehnte sich zurück und dozierte: „Eigentlich ist es ganz simpel. Person A eröffnet ein Konto für Person B, das diese nutzen kann, und ermächtigt einen Anwalt oder Notar, das Konto zu verwalten, aber darüber keine Informationen weiterzugeben.“

„Aha“, sagte Delego, „bedeutet das auch, dass wir wieder einen richterlichen Beschluss brauchen, um herauszufinden, wer B ist?“

„Hundert Punkte!“, antwortete Schmitti. „Wer hat denn ein anonymes Treuhandkonto eingerichtet?“

„Barbara Antes. Ich vermute, die Begünstigte ist ihre unbekannte Tochter.“

„Sie wollte bestimmt sicher sein, dass nach ihrem Tod alles so läuft, wie sie es verfügt hat. Ein Testament hätte Nico Antes ohne weiteres anfechten können“, sagte Regina.

„Aber dafür braucht sie doch kein anonymes Konto.“

„Vielleicht hat sie gedacht, dass es sicherer ist, wenn ihr Sohn den Namen der Begünstigten nicht kennt. Er scheint mir ziemlich träge und den Namen herauszufinden liegt vielleicht nicht unbedingt in seiner Kompentenz.“

Delego lachte.

„Vielleicht weiß Nico Antes auch gar nicht, dass er eine Halbschwester hat“, gab Regina zu bedenken. „Haben wir ihn danach gefragt?“

Delego schüttelte den Kopf. „Aber das sollten wir schleunigst nachholen."

„Erbt außer der Treuhandperson noch jemand?", fragte Schmitti.

„Ja, das Testament begünstigt drei Parteien. Charlotte Brosius, die verschwunden ist, was uns wieder zu ihrer Tochter führt, die Martin-Luther-Gemeinde und diese unbekannte Person."

„Ich kümmere mich um den richterlichen Beschluss, um dieses Konto aufzuspüren", sagte Schmitti.

„Und Regina und ich besuchen Ute Brosius und den Pfarrer. Zu wem möchtest du zuerst?"

„Lieber zu dem Pfarrer. Dann können wir in der Zwischenzeit versuchen, Breschnow zu erreichen. Ich denke, es ist sinnvoller, Frau Brosius wieder gemeinsam mit ihm zu befragen."

* * *

Ute Brosius zog ihr Smartphone aus der Tasche, verband sich mit der Alarmanlage und ließ das Tor aufgleiten. Annalisa fragte sich, ob das Gehöft eine Art Knast oder Besserungsanstalt war und ihre Mutter sie hier abgeben würde. Das Auto rollte in den Hof. Während Annalisa noch erwog, aus dem Wagen zu springen und davon zu rennen, schloss sich langsam das Tor hinter ihnen.

„Wir sind da", sagte ihre Mutter, stieg aus und öffnete mit dem Smartphone die Eingangstür zum Haus.

Annalisa schlang die Arme fest um ihren Oberkörper. Sie fröstelte.

Ute kam zurück zum Auto und öffnete die Beifahrertür. „Du kannst aussteigen. Hier sind wir sicher."

„Sicher vor wem?", fragte das Mädchen.

„Vor der Polizei, du Dummerchen. Denkst du, die hätten dich nicht nach dem Ring von Charlotte gefragt?“

„Nur wenn du gepetzt hättest“, fauchte Annalisa und schoss an ihrer Mutter vorbei in die großzügige Eingangshalle. „Wo sind wir hier eigentlich?“

„Das Haus gehört Karstens Eltern. Sie wohnen aber nicht mehr hier. Karsten musste sie in einem Seniorenstift unterbringen. Es ging nicht mehr anders. Das siehst du ja selbst.“

„Was seh ich?“

„Die Alten waren paranoid. Sie haben ihr Anwesen in einen Hochsicherheitstrakt verwandelt.“

Annalisa atmete auf. Wenigstens war es kein Knast oder so ein Psychoschuppen, in dem man vollgelabert wurde. Das brauchte sie kein drittes Mal.

Sie ging weiter den Flur entlang, betrat eine große Küche mit vergitterten Fenstern, schlenderte zum nächsten Raum mit einem Bett und einem Schreibtisch und endete erneut vor einem Gitter.

„Karstens Eltern haben einen Zaun um das gesamte Grundstück gezogen, haben eine Alarmanlage im Haus eingebaut und alle Fenster vergittert. Und er musste ihnen auch noch dabei helfen“, ergänzte Ute, die ihrer Tochter gefolgt war. „Wenn du willst, kannst du hier schlafen. Ich beziehe das andere Gästezimmer.“

Annalisa warf sich auf das Bett, zog ihr Handy aus der Tasche und wollte Jan anrufen. Aber was sollte sie ihm sagen? „Du, ich hab Charlotte gefunden, aber ich kann dir nicht verraten, wo sie ist. Und jetzt hat mich meine Mutter irgendwohin geschleppt und ich weiß nicht, wo ich bin.“ Jan würde bestimmt denken, dass sie übergeschnappt war und dann würde er sie nicht mehr sehen wollen. Sie steckte das Handy wieder weg und beschloss, sich auf das Spiel einzulassen. Irgendwann würde ihre Mutter einen Fehler machen und dann konnte sie immer noch abhauen. Sie schloss die Augen und schlief ein.

Es war bereits dunkel, als sie erwachte und es roch verführerisch nach ihrer Lieblingssuppe. Annalisa streckte sich und schlurfte in die Küche. Der Tisch war für zwei gedeckt, zwei tiefe Teller mit Goldrand und zwei große Gläser. Sie merkte, wie hungrig sie war und setzte sich. Ihre Mutter tat ihr auf.

„Hast du etwas geschlafen?"

Annalisa nickte und begann gierig die Suppe zu löffeln. Ute sah ihr lächelnd dabei zu.

Das Mädchen deutete auf den zweiten Teller. „Willst du nichts essen?"

„Du bist ein hübsches Mädchen geworden", sagte ihre Mutter, ging zum Herd und schöpfte sich Suppe auf ihren Teller. „Ich sehe dich leider so selten."

Annalisa verdrehte die Augen und verlangte einen Nachschlag. „Und jetzt erzähl mir, woher du den Ring hast", insistierte Ute.

„Oma hat ihn mir geschenkt."

„Wann?"

„Schon länger her."

„Charlotte würde dir den Ring ohne Frage vererben, aber solange sie lebt, würde sie ihn nie hergeben. Es ist das Einzige, was ihr von Werner geblieben ist. Hast du ihn etwa geklaut?"

Annalisa sprang auf und rannte in ihr Zimmer. Eine halbe Stunde später kehrte sie zurück in die Küche, um sich ein Glas Wasser zu holen.

Ute saß noch immer am Tisch. „Ich glaube, ich muss mich bei dir entschuldigen. Du liebst Charlotte, du hättest sie nicht bestohlen."

Annalisa setzte sich. „Die Bullen, die bei uns waren, denken, dass du Oma was angetan hast."

„Sie irren sich und das weißt du auch."

Ute beugte sich vor. „Woher hast du den Ring?"

Das Mädchen schwieg.

Ihre Mutter griff ihr Handgelenk. „Du weißt, wo Charlotte ist, oder? Macht sie das meinetwegen? Will sie, dass ich in den Knast gehe? Ist sie dann zufrieden?"

Annalisa riss sich los. „Oh, du bist so peinlich!"

„Vorsicht, Fräulein! Mäßige deinen Ton!" Ute erhob sich, holte eine Flasche Orangensaft aus dem Kühlschrank und stellte zwei Gläser auf den Tisch.

„Ich will nichts trinken", blaffte Annalisa.

„Ich dachte, deswegen bist du in die Küche gekommen." Sie setzte sich wieder. „Also, wo ist Charlotte?"

„Wie oft willst du mich das noch fragen?"

„Solange, bis du mir die Wahrheit sagst."

Das Mädchen lehnte sich zurück und verschränkte die Arme. „Was bedeutet schon Wahrheit."

„Oh, jetzt wird sie philosophisch, meine Tochter." Ute stand auf und umrundete den Tisch. „Jetzt hör mir mal gut zu, mein Fräulein. Du hast mich mit deinen Drogen schon so oft belogen, dass ich gelernt habe, dich zu lesen. Und im Moment sagst du mir nicht die Wahrheit."

„Was willst du tun? Willst du mich foltern?"

Die Mutter lachte. „Jetzt werd nicht albern. Woher hast du den Ring?"

Annalisa überdachte ihre Optionen. Sie wusste, dass ihre Mutter es ernst meinte und sie solange hier festhalten würde, bis sie die Wahrheit sagte. Aber dann würde es ein großes Unglück geben und sie wäre schuld daran. Andererseits wollte sie nicht in diesem Knast verfaulen, wollte zurück nach Berlin, wollte zu Jan. Sie musste sich schnell eine gute Geschichte einfallen lassen, aber ihr Kopf war so leer.

„Ich weiß wirklich nicht, wo Oma ist. Und jetzt bin ich müde."

Ihre Mutter stöhnte. „Bitte, Annalisa. Hilf mir. Die Polizei wird mich immer wieder befragen und vielleicht sogar verhaften. Sag mir endlich die Wahrheit."

„Das tue ich ja schon die ganze Zeit. Ich habe Oma nicht gesehen. Geht das nicht in deinen Schädel? Und was ist eigentlich mit Barbara? Hast du was mit ihrem Tod zu tun?"

Ute erstarrte. Dann holte sie aus und gab ihrer Tochter eine Ohrfeige. Annalisa schrie kurz auf und rannte hinaus.

* * *

Der Pfarrer der Martin-Luther-Kirche empfing sie im schwarzen Talar mit weißem Beffchen und entschuldigte sich, gerade keine Zeit zu haben. In diesem Moment läuteten auch schon die Glocken und riefen ihn zum Gottesdienst.

„Kommen Sie doch mit", lud er sie ein.

Regina verneinte und fuhr mit den Öffentlichen zurück in die Dienststelle. Delego entschied sich zu bleiben. Der Geistliche öffnete die Tür zur Kirche, ließ ihr den Vortritt, versprach noch einmal, sich nachher Zeit für ihre Fragen zu nehmen und schritt am seitlichen Rand nach vorne zum Altar. Delego ließ den Blick durch den hellen, weiß gestrichenen Raum gleiten, setzte sich in die vorletzte Reihe und beobachtete die Kirchgänger, die sich eingefunden hatten. Es waren hauptsächlich Frauen, die sich zu kennen schienen, die meisten etwas älter, manche in Begleitung ihrer Männer. Delego fragte sich, wie oft Barbara Antes hier gesessen, der Orgel gelauscht und gesungen hatte. Der Pfarrer sah lächelnd in die Runde, nickte seinen Schäfchen zu und begann zu predigen. Delego war überrascht, wie modern seine Themen waren. Er sprach über Geflüchtete und Menschen ohne Obdach, sprach von der Hilfe, die jeder Einzelne ihnen als Christ zukommen lassen sollte, sprach von Barmherzigkeit. Danach setzte die Orgel ein und Delego schloss die Augen. Jede Religion hat ihre eigene Kraft, dachte sie und legte im Kopf ihre Fragen an den Geistlichen zurecht.

Als der Gottesdienst zu Ende war und der Pfarrer sich von seiner kleinen Gemeinde verabschiedet hatte, setzte er sich neben sie auf die Bank. „Barbara hat den Gottesdienst immer sehr geliebt. Sie hatte eine wunderschöne Stimme und manchmal hat sie der Gemeinde vorgesungen. Und sie hat uns regelmäßig bei den Jahresfesten geholfen. Wissen Sie schon, wann ich sie beerdigen kann?"

„Ihre Leiche ist leider noch nicht freigegeben", antwortete Delego. „Barbara Antes war eine reiche Frau, wussten Sie das?"

Der Geistliche schüttelte den Kopf. Delego nannte die Summe der Erbschaft und informierte ihn, dass seine Gemeinde ein Drittel davon bekommen würde. Der Pfarrer betrachtete sie zunächst ungläubig, dann lächelte er.

„Und damit stehen Sie leider auch auf der Liste der Menschen, die wir genauer überprüfen müssen", fuhr die Kommissarin fort.

„Das kann ich verstehen. Sagen Sie mir bitte, wie ich Ihnen behilflich sein kann."

Delego blickte in das freundliche und ehrliche Gesicht und tat sich mit der nächsten Frage schwer. „Haben Sie ein Alibi für die Nacht von Sonntag auf Montag?"

„Ja, das habe ich. Es hatte leider einen schweren Unfall auf der Autobahn gegeben und ich wurde als Seelsorger dazu gerufen."

Der Pfarrer erhob sich, bat die Kommissarin, ihm zu folgen und führte sie aus dem Kirchraum heraus über zwei Treppen hinauf in den Bürotrakt der Verwaltung. Die Frau hinter dem Computer bestätigte den nächtlichen Einsatz auf der A14, der auch Mitglieder ihrer Gemeinde betroffen hatte. Der Pfarrer und sie waren gemeinsam dort hingefahren, um den Verwundeten und ihren Familien beizustehen.

„Kannten Sie Hans-Peter Gernau?“, fragte Delego

„Nur aus Barbaras Erzählungen“, antwortete die Sekretärin. „Sie kam manchmal auf ein kurzes Schwätzchen zu mir hoch ins Büro. Ich habe sie oft ermuntert, ihn mir doch einmal vorzustellen. Aber dazu ist es leider nie gekommen.“

„Und Sie?“, fragte Delego den Pfarrer.

„Ich habe ihn auch nie persönlich kennengelernt Aber sie hat mit mir über ihn gesprochen. Sie hatte ihn sehr gern.“

„Wussten Sie, dass er getrunken und sie geschlagen hat?“

„Barbara hat es mir erzählt und mich um Rat gebeten. Das war wirklich eine Ausnahme. Sie hat sonst immer alles mit sich allein ausgemacht.“

„Und was haben Sie ihr geraten?“

„Ihm zu verzeihen und ihn zu verlassen“, antwortete der Geistliche.

„Kannten Sie auch ihren Sohn?“

„Als er klein war, hat Barbara ihn immer mit hergebracht, aber als er selbst entscheiden konnte, ist er nicht mehr gekommen.“

„Hat Frau Antes über ihn geredet?“

Der Pfarrer schüttelte den Kopf. „Merkwürdigerweise nie, obwohl ich glaube, dass er ihr Kummer bereitet hat.“

„Mich hat sie einmal ins Vertrauen gezogen“, sagte die Sekretärin. „Nico hatte die Schule geschwänzt und sie hat mich gebeten, dort anzurufen und ihn zu entschuldigen. Es war ihr sehr peinlich.“ Sie hielt kurz inne und sah den Pfarrer an. „Und dann gab es noch diese junge Frau, mit der sie eine Zeit lang zusammen hierhergekommen ist.“

Der Pfarrer runzelte die Stirn. „Diese Frau habe ich nie kennengelernt. Das ist doch verwunderlich.“

„Nein, ist es nicht. Wenn ich mich richtig erinnere, war das noch vor Ihrer Zeit."

„Wann war das?", fragte Delego.

„Vielleicht so 2009 oder 2010. So genau weiß ich das nicht mehr. Aber ich erinnere mich, dass die junge Frau von einem auf den anderen Tag verschwunden ist und dass Barbara deswegen sehr traurig war. Aber darüber reden wollte sie mit mir nicht."

„Wie alt war diese Frau?"

„Vielleicht so um die Dreißig."

Delego rief ihre Kollegin an und bat sie, ihr die Aufnahme mit dem Baby zu schicken.

„Wir haben einige Fotografien in der Wohnung von Frau Antes gefunden und versuchen uns gerade ein Bild von ihr zu machen. So viel wir wissen, hatte sie keine Geschwister und entferntere Verwandte scheint es auch nicht mehr zu geben."

„Sie hat mit ihrer Familie gebrochen", erklärte der Pfarrer. „Ich habe ihr gut zugeredet, ihnen zu verzeihen. Man hat nur eine Familie und Eltern machen nun mal Fehler. Aber Barbara war zu verletzt und wütend, besonders auf ihre Mutter. Damals muss etwas Schreckliches passiert sein."

Delegos Posteingang meldete sich. Sie öffnete das Foto und zeigte es der Sekretärin. „Ist das die Frau, die Barbara Antes begleitet hat?"

„Ich kann es nicht mit Gewissheit sagen. Die Frau, mit der sie hier war, wirkte etwas älter. Aber sie sieht ihr ziemlich ähnlich."

* * *

Wie üblich quoll die Notaufnahme der Neuköllner Klinik über. Wartende saßen auf harten, festgeschraubten Metallstühlen, standen in den Ecken, lehnten an Wänden und hofften, dass sie bald an der Reihe sein würden. Breschnow hatte endlich seinen Dienstausweis abgeholt und hielt ihn, zusammen mit dem Foto von Martha, an die Scheibe des kleinen Büros.

„Ick sitz hier den janzen Tag in diesem Kasten. Von hier aus sehe ick keene Jesichter. Wenn Sie 'nen Nachnamen hätten, dann könnt ick Ihnen weiterhelfen. Aber fragen Sie doch oben inner Hauptverwaltung nach. Falls se stationär aufjenommen worden is, müsste se dort registriert sein."

Breschnow ließ sich den Weg erklären, irrte eine Weile durch die Gänge, kam dort wieder heraus, wo er angefangen hatte und suchte jemanden, der ihm weiterhelfen konnte. In der Raucherecke fand er eine Schwesternhelferin, die gerade Pause machte, bot ihr eine Zigarette an und ließ sich dann von ihr zur Verwaltung führen. Die Bürokraft verweigerte ihm die Auskunft. Sie verlangte entweder die Einwilligung der Patientin oder ein Schreiben vom Gericht. Breschnow berichtete ihr ausführlich über die zwei Todesfälle beschrieb die Gesichter der Opfer und dramatisierte das Verschwinden von Martha bis zur Schmerzgrenze. Die Bürokraft lauschte mit weit aufgerissen Augen. Als er nach zehn Minuten endete, machte sie sich unaufgefordert an die Arbeit. Nach zwanzig Minuten hatten sie einen Treffer.

Intensivstation, dachte Breschnow, erst Willy und jetzt Martha, und machte sich auf den Weg.

Dieses Mal öffnete ihm ein eifriger Assistenzarzt und führte ihn, ohne weitere Fragen zu stellen, zu der Neuaufnahme. Breschnow betrachtete Martha durch das Fenster. Sie war an diverse Maschinen angeschlossen und sehr bleich, ihr Kopf in einen weißen Verband gehüllt.

„Wie geht es ihr?"

„Sie liegt im Koma. Wir vermuten, dass sie sich zu viel Morphium gespritzt hat."

„Morphium? So viel ich weiß, war sie kein Junkie."

„Vielleicht wollte sie sich töten. Vielleicht hat sie die Dosis falsch bemessen", mutmaßte der Mediziner.

„Was ist mit ihrem Kopf?"

„Eine Platzwunde am Hinterkopf. Es stehen noch Untersuchungen aus. Sie könnte gestürzt sein oder die Wunde wurde durch einen Schlag verursacht."

„Wann kann ich mit der Patientin reden?"

„Das kann ich Ihnen nicht beantworten."

„Martha hat eine Freundin. Kann sie zu Besuch kommen?"

„Meinetwegen sehr gern. Wir wissen nicht genau, was ein Komapatient wirklich erlebt. Manchmal hilft es, jemand Vertrauten um sich zu haben. Ich bin auf jeden Fall die ganze Nacht hier."

Der Assistenzarzt ließ sich Hilde beschreiben und ging weiter zum nächsten Patienten. Breschnow verließ die Intensivstation, fuhr hoch in den zweiten Stock, um kurz bei Willy reinzuschauen, fand ihn im Gespräch mit seinem Bettnachbarn und setzte sich für zehn Minuten dazu. Seine Gedanken glitten immer wieder zu der Obdachlosen. Er hoffte, dass sie bald aufwachen würde und fragte sich, was Martha mit Barbara Antes verband.

Willy stupste ihn an der Schulter, lachte. „Wo bist du denn mit deinen Gedanken?"

„Bei meinem Fall", antwortete Breschnow.

„Spiel lieber mit mir und meinem neuen Kumpel Karten. Wir brauchen noch 'nen dritten Mann."

Breschnow schüttelte den Kopf. „Vielleicht nachher. Ich schaue noch mal rein."

„Aber nur mit 'ner Flasche Schnaps", befahl Willy. „Sonst brauchste dich gar nich wieder blicken lassen." Er gluckste laut und der alte Mann fiel mit ein.

Breschow zeigte ihnen einen Vogel und verließ das

Krankenhaus. Gierig atmete er die frische Luft ein, zündete sich eine Zigarette an und starrte eine Weile auf die Zufahrtstraße zur Klinik. Sein Mobiltelefon klingelte.

„Wo bist du?“, fragte Delego.

„Bin gerade aus dem Krankenhaus raus.“

„Hast du sie gefunden?“

Breschnow bejahte und berichtete, was der Arzt ihm gesagt hatte.

„Dann hoffen wir, dass Martha bald wieder aufwacht und wir mit ihr sprechen können. Ich nehme an, du kommst jetzt zurück in die Dienststelle. Kannst du bitte vorher bei Nico Antes vorbeifahren und ihn nach seiner Halbschwester befragen?“ Sie informierte ihn über ihrem Besuch bei dem Pfarrer. „Wir warten mit der abendlichen Besprechung, bis du da bist.“

Breschnow sah den Bus kommen und spurtete über die Straße. Der 171iger brachte ihn fast bis zu Nico Antes' Haustür. Er klingelte, aber niemand öffnete.

Sein Handy meldete sich erneut. „Die Nachbarin von Barbara Antes hat eben angerufen. Nico Antes lungert schon wieder vor der Wohnung seiner Mutter herum und versucht, das Schloss zu knacken“, informierte ihn Delego.

Breschnow eilte zurück zur Bushaltestelle und fuhr bis zum Hermannplatz. Er kämpfte sich durch die Hipsterhorden, die offensichtlich ein Event ansteuerten. Als er die Schlange vor der neuen Galerie sah, wechselte er die Straßenseite, kam jetzt schneller voran, klingelte bei der Nachbarin und eilte die Treppen hinauf. Nico Antes und Kalle Wischkowski saßen auf dem Boden, den Rücken an die Wohnungstür gelehnt und boten ein erbärmliches Bild.

* * *

Delego stellte sich an das Whiteboard und suchte nach einem roten Faden. Sie war wütend, weil Breschnow nach fast zwei Stunden immer noch nicht eingetroffen war und sie ihn gern bei der Besprechung dabeigehabt hätte, wütend, weil sich die Ermittlungen wegen der verdammten richterlichen Beschlüsse unnötig in die Länge zogen, wütend, weil sich das Puzzle einfach nicht vervollständigen wollte. Zwei Tote, eine Frau und ein Mann, ein heiliger Spruch und zwei blaue Regenschirme. Dann noch der Angriff auf Willy und jetzt auf eine weitere Obdachlose, die im Koma lag. Die beiden letzten Opfer waren nicht getötet worden, es gab keine blauen Schirme und auch keine heiligen Sprüche bei ihnen. Und Willy war genau genommen auch kein Obdachloser mehr. Wie passte das zusammen? Hatten die Übergriffe überhaupt etwas mit dem Mord zu tun?

„Wir sollten jetzt endlich anfangen", maulte Schmitti und deutete auf die Uhr.

Regina gab ihm recht. Delego zögerte, setzte sich dann aber zu ihnen an den Besprechungstisch.

„Ich war in der Hasenheide, da, wo der Suchtrupp die rote Mütze gefunden hat", begann Regina. „Die Kriminaltechniker sind sich einig, dass dort jemand gelegen hat, haben aber keine weiteren verwertbaren Hinweise gefunden."

„Kein blauer Schirm und keine Bibel", sagte Delego. „Und das Opfer liegt im Koma. Wir können es im Moment nicht befragen."

„Aber wir wissen, dass sie Morphium im Blut hatte", fuhr Regina fort. „Ich habe vorhin mit dem behandelnden Arzt telefoniert. Wenn Martha sich selbst die Dosis gespritzt hätte, müsste die Spritze in unmittelbarer Nähe liegen, weil die Dosis sie schlicht und einfach aus den Latschen gehauen hätte."

„Aber es gab keine Spritze am Fundort", sagte Delego.

„Eben."

„Die könnte auch ein Junkie eingesammelt haben", sagte Schmitti.

„Das ist nicht auszuschließen", stimmte ihm Delego zu und stellte sich wieder an das Whiteboard. „Wissen wir mittlerweile, wie sie heißt?"

„Keine Papiere, kein Nachname", antwortete Schmitti.

„Und wie alt ist sie?"

„Zwischen vierzig und fünfzig, schätzt der Mitarbeiter der Obdachloseneinrichtung. Ihre Freundin sagt, sie ist dreißig."

Delego malte einen Kreis und schrieb – Martha – mit einem Fragezeichen dahinter hinein. „Hoffen wir, dass sie schnell aufwacht." Sie legte den Stift zurück auf die Ablage und drehte sich zu ihren Kollegen. „Sprechen wir über das Testament."

„Meines Erachtens verhärtet es den Verdacht gegen Ute Brosius", sagte Regina. „Falls ihre Mutter weiterhin vermisst bleibt, kann Frau Brosius sie irgendwann als verstorben melden. Und dann würde sie eine Menge erben. Außerdem hätte sie dann ihre Tochter besser im Griff, weil die nicht mehr ständig zur Oma rennt. Wir sollten sie unbedingt fragen, wo sie gestern Nacht gewesen ist."

„Aber warum sollte sie die Obdachlose töten wollen? Was hat diese Martha mit Charlotte Brosius zu tun?", fragte Schmitti.

„Beide Frauen waren obdachlos, haben in derselben Einrichtung genächtigt. Vielleicht hat Martha irgendwas gesehen, was sie nicht hätte sehen sollen."

Delego blickte zur Uhr. Der Zeiger näherte sich der letzten Stunde. „Heute ist es zu spät für eine Befragung, aber morgen früh ist Ute Brosius die Erste auf unserer Liste."

„Um die Stimmung zum Feierabend noch etwas aufzuhellen, habe ich zumindest einen Teilerfolg zu vermelden", sagte Schmitti. „Die Bank hat uns die Nummer des Treuhandkontos gegeben. Es wird von einer Anwaltskanzlei in Braunschweig verwaltet. Die Staatsanwältin schickt morgen den Beschluss dorthin. Danach hänge ich mich ran." Er klappte den Laptop zu und stand auf.

Delego ließ den Blick in die kleine Runde gleiten, sah in die müden Gesichter, beschloss, es für heute gut sein zu lassen und ging noch einmal zum Whiteboard. Sie fragte sich, ob dieses unbekannte Kind wirklich eine Rolle spielte, fragte sich, ob das Geld der Schlüssel war oder etwas ganz anderes wie Rache oder Eifersucht. Sie dachte an Annalisas Hass auf Barbara Antes, dachte an Nicos Bemühen, in die geerbte Wohnung zu gelangen, dachte an einen Täter, der keine Obdachlosen mochte und sie totspritzte oder an einen kranken Mörder, der davon überzeugt war, sie zu erlösen.

* * *

Die beiden jungen Männer hockten nebeneinander, Schulter an Schulter, wie Kampfesbrüder nach einer Schlacht. Nico blutete aus einer Platzwunde an der Stirn, sein Auge war angeschwollen und dabei, sich zu verfärben. Kalles Nase wirkte irgendwie verschoben und seine Lippe war aufgerissen. Die Nachbarin öffnete vorsichtig die Tür, begrüßte Breschnow erleichtert und fragte, ob sie etwas für ihn tun könne. Er verscheuchte sie mit einer Handbewegung und ging in die Hocke. „Was ist passiert?"

Kalle murmelte etwas Unverständliches. Nico hielt ihm einen Umschlag hin. Breschnow öffnete ihn.

„Räumungsbeschluss. Und da hast du dir gedacht, du versuchst es noch einmal hier und hast deinen Freund gleich mitgebracht, damit er dir beim Aufbrechen helfen kann?"

Der junge Mann nickte und deutete mit dem Zeigefinger auf die Nachbartür. „Die Alte von nebenan hat Terror gemacht und der Kerl von oben ..."

„Hat für Ordnung gesorgt“, unterbrach ihn die Nachbarin, die mit verschränkten Armen in ihrer geöffneten Tür stand. „Das war ja auch nicht mehr auszuhalten. Dieses ständige Hämmern und Sägen.“

„Wollt ihr ihn wegen Körperverletzung anzeigen?“, fragte Breschnow.

Beide schüttelten den Kopf. Der Hauptkommissar griff nach seinem Handy und bestellte ein Taxi. Dann stiegen sie langsam die Treppen hinab. Der Wagen wartete bereits, als sie unten ankamen. Breschnow schob die beiden auf die Rückbank und setzte sich auf den Beifahrersitz. Der Taxifahrer reichte eine Rolle Küchentücher nach hinten und bat höflich, keine Blutflecken zu hinterlassen. Er redete viel auf der Fahrt ins Krankenhaus und Breschnow war froh darüber, weil er sonst eingeschlafen wäre.

Vor der Notaufnahme standen zwei Krankenschwestern und rauchten. Breschnow zog seinen Dienstausweis aus der Tasche, erklärte, dass er in einem Mordfall ermittle und bat, seine zwei Zeugen bevorzugt zu behandeln. Dann schob er die jungen Männer in den Wartebereich und setzte sich mit ihnen auf die harte Bank. Nico schloss die Augen, Kalle wippte nervös mit den Beinen. Breschnow beobachtete die zwei Krankenschwestern, die an der Glasscheibe mit der Verwaltung verhandelten. Dann lenkte ihn eine Neuaufnahme ab. Zwei Sanitäter schoben einen alten Mann auf einer Liege vorbei. Eine Frau lief hinter ihnen her, ließ sich nicht abschütteln. Sie verschwanden hinter der Glastür, die den Warte- vom Behandlungsraum trennte. Breschnow sah wieder zum Verwaltungsbereich. Die Krankenschwestern waren nicht mehr da. Kalle stöhnte und hielt sich die Nase, aus der unaufhörlich das Blut tropfte. Breschnow reichte ihm ein Papiertaschentuch und befahl ihm, den Kopf in den Nacken zu legen. Er beschloss, die Befragung von Nico wegen seiner Halbschwester auf später zu verschieben und schloss die Augen.

Eine Stunde später wurden sie aufgerufen. Die Ärztin führte sie in einen der Behandlungsräume, untersuchte die Wunden, reinigte und verpflasterte sie. Kalles Nase wurde begradigt und mit einer Plastikschiene versehen.

„Du willst dich bestimmt gerne bei dem Mann entschuldigen, den du zusammengeschlagen hast. Er liegt hier im Krankenhaus“, sagte Breschnow, als sie wieder im Flur standen.

Kalle schüttelte den Kopf.

„Memme“, feixte Nico. „Na, komm Alter. Wenn wir schon mal hier sind.“

„Tut auch gar nicht weh“, ergänzte Breschnow und grinste.

Kalle funkelte seinen Freund wütend an. Nico lachte. Bevor die beiden aufeinander losgehen konnten, schob Breschnow sie zum Aufzug. Willy freute sich, seinen Kumpel zu sehen, fragte nach dem Schnaps. Breschnow schob die beiden jungen Männer ins Zimmer. Willys Gesicht verfinsterte sich.

Der Kommissar deutete auf Kalle. „Ist das der Kerl, der dich zusammengeschlagen hat?“

Willy fixierte das junge Gesicht. Dann schüttelte er kaum merklich den Kopf.

„Bist du sicher?“, fragte Breschnow überrascht und deutete auf Nico. „Und der hier? War der dabei?“

„Nie gesehen“, murmelte Willy, griff nach der Fernbedienung und ließ das Kopfteil des Bettes herunter.

Breschnow runzelte die Stirn. Die Dealer hatten Kalle eindeutig identifiziert und er wunderte sich, dass Willy ihn nicht erkannte. Entweder er hatte ihn nicht richtig gesehen oder er verheimlichte etwas.

„Nehmt euch zwei Stühle und setzt euch. Ich muss mal eben aufs Klo“, sagte er und verließ das Zimmer.

Als Breschnow kurz danach zurückkehrte, war sein Kumpel allein.

„Die jungen Kerle sind weg."

„Wieso hast du sie gehen lassen?", fragte Breschnow verägert.

„Wie hätte ich sie denn festhalten können", krächzte Willy. „Ich brauch was zu trinken." Er setzte sich auf und stellte die Beine auf den Boden. „Kommste mit?"

Nein, dachte Breschnow und sagte: „Ja".

* * *

9

Delego beobachtete, wie die braune Brühe Blasen schlug und stellte die Herdplatte aus. Sie hatte sich heute Morgen einen griechischen Mokka gegönnt, mit extra viel Zucker, so wie sie es liebte. Sie setzte sich an den Küchentisch und ließ den Blick auf den Karton mit den noch immer verpackten Küchenutensilien gleiten. Eigentlich brauchte sie die Sachen gar nicht. Sie war den ganzen Tag im Dienst, sah am Abend fern oder las und ihr Essen besorgte sie sich beim Türken, Inder oder was sonst noch auf ihrem Weg lag. Das perfekte Singleleben. Ob es ihr gefiel, konnte sie noch nicht sagen. Sie stand auf, schob den Karton in eine Ecke, griff die blau-gelb karierte Wolldecke, die über der Stuhllehne hing und drapierte sie über den Umzugskarton.

Ein schöner Farbfleck in meiner Küche, dachte sie, griff nach ihrem Tablet und scrollte sich durch die Meldungen des Morgens. Eine Gruppe Geflüchteter hatte in einem U-Bahnhof zwei Obdachlose angezündet. Sie fragte sich, in welcher Hierarchiestufe eigentlich Wohnungslose rangierten.

Ihr Handy klingelte, zeigte eine unbekannte Nummer. Es war eine Krankenschwester, die sich erkundigte, ob sie einen „Kumpel Breschnow" kenne. Delego stöhnte, trank, während sie zuhörte, ihren Kaffee aus und versprach, sofort zu kommen.

Auf dem Weg zum Krankenhaus versuchte sie sich die Frage zu beantworten, wie lange sie noch die Feuerwehr oder das Kindermädchen für ihren Kollegen spielen sollte, überlegte, wann das Maß voll war. Auch Loyalität hatte ein Verfallsdatum.

Breschnow lag in Embryohaltung neben Willys Bett auf dem Boden, die Jacke als Kopfkissen mit beiden Händen festhaltend, ein Lächeln auf dem schlafenden Gesicht.

„Ich wollte hier keinen Aufstand machen", flüsterte die Krankenschwester, als ob sie befürchtete, ihn zu wecken. „Aber noch einmal darf das nicht passieren. Die beiden haben zusammen getrunken, um nicht zu sagen gesoffen. Man riecht es noch deutlich. Wenn das noch mal passiert, müssten wir den Patienten entlassen und gegen ihren Kollegen ein Hausverbot aussprechen." Sie ging zum Fenster und öffnete es. Dann widmete sie sich dem alten Mann.

Delego kniete sich neben Breschnow, brachte ihn in Rückenlage und schlug ihm sanft auf die Wange. Er stöhnte, bewegte sich aber nicht. Sie drehte sich zu der Schwester um, sah, dass diese ihr den Rücken kehrte, und gab ihrem Kollegen eine Backpfeife. Zu ihrer Freude verfärbte sich seine Wange rot. Er riss die Augen auf.

„Guten Morgen", sagte Delego. „Die Schelle hast du dir verdient."

Breschnow tastete nach seiner Jacke und versuchte, sich wieder auf die Seite zu drehen. Delego hielt ihn fest.

„Du hast jetzt genau zwei Möglichkeiten", zischte sie, „entweder du reißt dich zusammen und gehst mit mir runter in die Cafeteria oder du bleibst hier liegen und bist aus den Ermittlungen raus."

Breschnow verlangte nach Wasser. Delego half ihm, sich aufzusetzen und gab ihm zu trinken.

„Zuckerwasser und Salzwasser. Das hilft gegen den Kater", sagte die Krankenschwester, die noch einmal nach Willy sah.

„Wieso haben Sie eigentlich mich angerufen?", fragte Delego.

Die Frau deutete auf ihren Patienten: „Er war vorhin kurz wach und hat mir das Handy in die Hand gedrückt. Es gab nur eine einzige eingespeicherte Nummer. Nehmen Sie ihn jetzt mit?“

Delego nickte. Die beiden Frauen halfen Breschnow auf die Beine. Die Kommissarin bedankte sich bei der Schwester, hakte ihren schwankenden Kollegen unter und verließ mit ihm das Zimmer. Es kostete sie einige Mühe, Breschnow in die Cafeteria zu schleppen. Sie setzte ihn an einen Tisch in die Nähe des Tresens, orderte fünf Tassen Kaffee und baute vier davon vor ihm auf. Breschnow trank gierig und erwachte langsam.

„Was soll der Scheiß?“, schimpfte Delego. „Wieso verbringst du die Nacht im Krankenhaus und betrinkst dich mit einem Patienten?“

„Hab nicht getrunken“, nuschelte Breschnow.

Die Kommissarin sprang auf. Ihr Stuhl kippte um. Die anderen Gäste sahen neugierig zu ihnen herüber. Sie stützte sich mit beiden Händen auf den Tisch und fauchte: „Dann ist ja alles prima. Du bist also fit und bereit für einen erneuten Besuch bei Frau Brosius.“ Sie beugte sich näher zu ihm heran und schnüffelte. „Riechst zwar nicht frisch, aber das wird schon gehen.“ Dann griff sie in ihre Tasche, zog einen Flakon heraus und nebelte ihren Kollegen ein.

Breschnow wedelte hustend mit den Armen. Die drei Gäste am Nebentisch lachten. Delego hob den Stuhl auf und schob ihn zurück an den Tisch. „Meine persönliche kleine Rache.“

„Sie sei dir vergönnt“, brummte Breschnow, erhob sich langsam und schlurfte hinaus.

Schweigend durchquerten sie die Eingangshalle und gingen über den Parkplatz zum Auto.

„Bist du jetzt soweit wieder klar?“, fragte Delego. „Ich muss dir nämlich noch von dem Testament erzählen.“

Breschnow nickte, stieg in den Wagen, murmelte: „Testament.“ Und schlief sofort ein.

Delego fragte sich, wie viel er gestern Nacht getrunken

hatte und wie es mit ihm weitergehen würde, hoffte, dass der Entzug nicht umsonst gewesen war.

Als sich Breschnow für die Reha entschieden hatte, war sie froh gewesen und erleichtert, ihn nach dem Tod der Journalistin aus der Schusslinie zu wissen. Zuversichtlich, dass sie ihn heil zurückbekommen würde, hatte sie die Zeit mit Drass überbrückt, der seine Trauer über den Tod seiner Freundin in Wut umgewandelt und gegen sie gerichtet hatte.

Delego schaltete das Radio ein und suchte nach passender Musik, fand ein Klavierkonzert und fuhr los. Nach einer halben Stunde bog sie in die Solmstraße ab, erwog, allein ins Haus zu gehen und Breschnow schlafen zu lassen. Als sie den Motor ausstellte, erwachte ihr Kollege und erkundigte sich, ob sie am Ziel seien. Delego informierte ihn über das Testament, stieg aus und klingelte. Karsten Suberow empfing sie freundlich, wartete bis Breschnow die Tür erreicht hatte und bat sie beide ins Wohnzimmer.

„Wir möchten gern noch einmal mit Ihrer Lebensgefährtin reden", sagte Delego.

„Da kommen Sie leider etwas zu spät. Ute und Annalisa sind nach Bad Saarow gefahren. Aber in vier Tagen sind sie zurück. Das Mädchen muss ja wieder in die Schule."

Breschnow wollte etwas sagen, brachte aber nur ein Krächzen zustande. Karsten Suberow versorgte ihn mit einem Glas Wasser.

„Wo sind die beiden untergekommen?", fragte Delego.

Karsten Suberow nannte ihnen den Namen des Hotels. Die Kommissarin griff ihr Smartphone, suchte nach der Telefonnummer und rief dort an.

Breschnow ließ sich noch ein Glas Wasser geben und murmelte.

„Ich glaube nicht, dass wir sie dort finden."

Delego bestätigte seine Vermutung.

Karsten Suberow sank auf das Sofa. „Das muss ein Irrtum sein."

„Oder die beiden haben sich aus dem Staub gemacht", sagte Breschnow.

Der Mann betrachtete ihn irritiert. „Wieso sollten sie das tun?"

Delego überging die Frage und stand auf. „Vielleicht hat Ihre Freundin kurzfristig das Reiseziel geändert und versäumt, es Ihnen mitzuteilen."

Karsten Suberow zuckte mit den Schultern.

„Denken Sie in Ruhe darüber nach und falls Sie eine Idee haben, wohin die beiden gefahren sein könnten, rufen Sie mich bitte sofort an."

* * *

Ute hatte sie nicht schlafen lassen. Immer wieder war sie ins Zimmer gekommen und hatte nach Charlotte gefragt. Annalisa fühlte sich beschissen. Sie war sauer auf ihre Mutter, sauer auf ihre Oma und auf den blöden Ring. Hätte sie bloß nicht die Stimme gehört. Wäre sie doch nie in dieses Haus gegangen. Sie drehte sich zur Seite und schloss die Augen. In dem Moment betrat ihre Mutter das Zimmer, wie immer, ohne anzuklopfen.

„Merkst du überhaupt noch irgendwas?", fauchte Annalisa sie an.

„Was meinst du damit?"

„Es gibt so was wie eine Privatsphäre. Schon mal von Anklopfen gehört?"

Ute betrachtete sie müde. „Für dich nicht, meine Liebe. Du bist meine Tochter."

Annalisa setzte sich auf. „Raus hier!"

„Wo ist meine Mutter?"

„Leck mich!“, schrie Annalisa und sprang auf.

Ute ging hinaus und ließ die Zimmertür offenstehen.

„Tür zu!“, schrie das Mädchen, gab der Tür einen Tritt, setzte sich wieder auf das Bett und sah hinaus in den grauen Tag.

Zehn Minuten später war ihre Mutter wieder da. „Warum kannst du mir nicht sagen, wo Charlotte ist?“

Annalisa hielt sich die Ohren zu, schob sich an ihr vorbei und eilte in die Küche.

Ute folgte ihr. „Ich koch dir auch was, wenn du mir sagst, wo sie ist.“

„Kein Bedarf!“, fauchte das Mädchen, griff sich ein Glas und füllte es mit Leitungswasser.

„Okay. Dann machen wir einfach so weiter. Aber verhungern musst du Arme mir nicht.“

Sie nahm Eier und Schinken aus dem Kühlschrank und hielt ihrer Tochter die Milchtüte hin. „Möchtest du einen Kakao?“

„Scheiß auf deinen Kakao!“

Annalisa stellte sich an das vergitterte Fenster, blickte in den verlassenen Hof, wo die Pflanzen langsam ihr Territorium zurückeroberten und sich durch den rissigen Asphalt kämpften. Vielleicht hatte ihre Mutter ja vergessen, die Eingangstür abzuschließen, vielleicht die Alarmanlage nicht angestellt. Sie drehte sich um, stürmte durch den Flur, riss die Tür auf, verspürte einen winzigen Moment der Hoffnung, bis sie das Gitter registrierte. Schluchzend sank sie zusammen.

Ihre Mutter war ihr in den Flur gefolgt. „Ich sag doch, Karstens Eltern waren paranoid. Wer seine Fenster vergittert, lässt bestimmt nicht die Eingangstür aus. Komm zurück in die Küche.“

Annalisa rüttelte noch einmal an den Metallstäben und

starrte hinaus. Dann folgte sie ihrer Mutter in die Küche. Ute reichte ihr einen Becher mit heißem Kakao. Das Mädchen trank einen Schluck. Er wärmte die innere Kälte.

„Was würdest du tun, wenn ich dir sage, wo Charlotte ist?“

„Der Polizei Bescheid sagen, damit sie mich nicht mehr verdächtigen. Ich habe den Eindruck, du verstehst gar nicht, was das bedeutet. Sie könnten mich in den Knast bringen.“

„Und wenn du Oma dadurch in Gefahr bringst?“

„Du weißt also, wo sie ist.“

Annalisa nickte kaum merklich und schluchzte. „Aber ich kann es dir wirklich nicht verraten.“

Ihre Mutter setzte sich an den Tisch und griff ihre Hand. „Doch, das kannst du. Ich verspreche dir, dass ich nichts tun werde, was deiner Oma schadet.“

Das Mädchen wischte sich mit dem Handrücken die Tränen aus den Augen, betrachtete ihre Mutter eine Weile, wollte ihr so gern glauben. Aber das konnte sie nicht.

Annalisa sprang auf und rannte ins Bad, dem einzigen Raum, den man noch verschließen konnte. Es dauerte nicht lange, da hämmerte Ute wie eine Wilde an die Tür. Das Mädchen hielt sich die Ohren zu. Sie wusste, dass ihre Mutter nicht lockerlassen würde, bis sie ihr verriet, wo ihre Oma sich aufhielt. Und dann würde Charlotte sterben.

Das Hämmern verstummte. Ihre Mutter versuchte es jetzt mit guten Worten. Annalisa lauschte ihren Versprechungen, wollte endlich diese Last loswerden. Aber die Worte waren nichts als Lügen. Das wusste sie genau. Sobald sie diese Tür öffnen und ihr alles erzählen würde, wäre Charlotte verloren. Ihre Mutter setzte zu einer Schimpftriade an, schrie durch die verschlossene Tür. Dann wurde es wieder still und kurz danach entfernten sich ihre Schritte.

Annalisa atmete auf, verließ die Ecke, in die sie sich

gekauert hatte und setzte sich auf den Toilettendeckel. Sie wischte über das Smartphone und sah sich die kürzlich eingegangene Nachricht noch einmal genauer an.„Bist du brav?“, schrieb die Frau, die Charlotte gefangen hielt. Das Foto zeigte ihre Oma mit verbundenen Augen.

Das Hämmern an der Tür setzte wieder ein, aber der Ton war anders, dumpfer. Annalisa erschrak, dachte an einen Gummihammer und zweifelte nicht daran, dass ihre Mutter solange die Tür bearbeiten würde, bis sie aufsprang. Sie betrachtete noch einmal das Foto, strich zärtlich über den Bildschirm. Die Tür bebte im Rahmen. Hastig tippte das Mädchen eine Antwort in das Gerät, löschte danach die Nachricht, stand auf und rüttelte verzweifelt an den Gitterstäben. Ein letzter Schlag, die Tür gab nach. Ute stürmte in den Raum, zerrte sie vom Fenster weg und zog sie zurück in das Zimmer.

„Mir reicht es jetzt!“, keuchte sie. „Ich kann nicht mehr.“

Dann sank sie neben ihrer Tochter auf den Boden und schluchzte. Annalisa starrte aus dem Fenster und wunderte sich, dass es schon wieder dunkel war.

* * *

Delego sah auf die Uhr. Es war Zeit für die Dienstbesprechung und als Regina eintraf, rief sie Breschnow, der sich in sein Büro zurückgezogen hatte. Im Besprechungsraum roch es nach Kaffee und Regina hatte Kekse mitgebracht.

Schmitti klappte seinen Laptop auf und scrollte sich durch die Dokumente, bis er das richtige fand. „Die Anwälte in Braunschweig haben sich zum Glück nicht lange bitten lassen. Das Treuhandkonto wurde für eine Annette Riesing eingerichtet.“

„Sie erbt ein Drittel des Gesamtvermögens. Ob sie das überhaupt weiß?“, sagte Delego.

Schmitti blickte in die Runde. „Wollt ihr noch mehr über die Dame wissen?“

Die Kommissare nickten unisono.

„Annette Riesing ist zweiundvierzig Jahre alt, hat in Braunschweig eine Ausbildung zur Krankenschwester gemacht. Mit einundzwanzig ist sie mit ihrem Lebensgefährten nach Berlin gezogen. Der hat damals bei Siemens gearbeitet. Zehn Jahre später haben sich die beiden getrennt. Kinder gibt es keine. Er ist zurück in seine alte Heimat gegangen.“

„Hast du ihr Passfoto mit der Aufnahme aus der Antes-Wohnung verglichen?“, fragte Delego.

„Natürlich, Chefin.“ Der Computerspezialist machte eine kurze Pause, um die Spannung zu steigern.

„Und?“, fragte Regina ungeduldig.

„Volltreffer!“, antwortete Schmitti. „Sie ist eindeutig die Frau mit dem Baby auf dem Arm.“

„Und vielleicht auch das 21-Aufnahmen-Mädchen“, mutmaßte Delego. „Wurde sie gleich nach der Geburt adoptiert?“

„Das weiß ich noch nicht. Im Gegensatz zu den Anwälten ziert sich die Adoptionsagentur leider immer noch.“

„Trotz Beschluss?“

„Es gibt immer Mittel und Wege, diesen zu umgehen. Vielleicht befürchten sie, dass wir ihre Gesamtkartei durchforsten und auf Social Media posten“, sagte der Computerspezialist lachend.

„Vielleicht sollten wir ihnen damit drohen“, schlug Breschnow vor.

„Also wissen wir noch nicht, wie die Adoptiveltern heißen“, griff Delego den Faden wieder auf.

„Doch, wahrscheinlich schon“, sagte Schmitti. „Ich habe Riesing und Braunschweig durch die Suchmaschine gejagt. Und eigentlich passt nur ein Treffer vom Alter her. Gerda und Hans Riesing. Die Frau lebt noch, der Mann ist verstorben.“

„Eines natürlichen Todes?"

„Keine Ahnung. Solche Daten erfasst das Finanzamt nicht."

„Und die Witwe?", erkundigte sich Breschnow.

„Ist weiterhin in Braunschweig gemeldet."

„Hast du Kontakt mit ihr aufgenommen?", fragte Regina.

Schmitti schüttelte den Kopf.

Delego stand auf und schrieb die Namen an das Whiteboard. „Ob Annette Riesing weiß, dass sie adoptiert ist?"

„Nicht unbedingt", antwortete Regina. „Manchmal denken die Adoptiveltern, dass es für die Kinder besser ist, wenn sie es nicht wissen. Manchmal verpassen sie auch einfach den für sie geeigneten Moment."

„Wo wohnt die Krankenschwester?", fragte Breschnow.

„In Schöneberg, in der Bautzener Straße drei."

Er stand auf und griff nach seiner Jacke. Delego gab ihm ein Zeichen, noch zu warten.

„Sollen wir eine Fahndung nach Ute Brosius und ihrer Tochter rausgeben?", fragte sie in die Runde.

„Ich finde, wir sollten lieber dem Lebenspartner noch einmal auf den Zahn fühlen. Vielleicht fällt ihm doch noch ein, wo die beiden hingefahren sein könnten", sagte Breschnow.

Delego ging zum Whiteboard und fügte die neuen Informationen hinzu. Dann besprachen sie gemeinsam die nächsten Schritte. Nach der Dienstbesprechung bat Breschnow Delego in sein Büro. Er riss das Fenster auf und zündete sich eine Zigarette an. Nachdem er ein paar Züge genommen hatte, drehte er sich zu ihr um.

„Wenn du etwas gefunden hast, was dir guttut, du aber weißt, dass es nicht die Lösung für dein Problem sein kann, was würdest du tun?"

Die Kommissarin runzelte die Stirn. „Ehrlich gesagt, ist mir die Frage etwas zu kryptisch. Du müsstest schon etwas genauer werden."

Breschnow nahm noch einen langen Zug und drückte die Zigarette in dem Aschenbecher auf dem Fensterbrett aus.

„Ich habe nicht getrunken, Delego. Und es ist mir wichtig, dass du mir das glaubst."

* * *

Willy nippte an seinem Salbeitee und verzog das Gesicht. Die junge Krankenschwester wachte darüber, dass er ihn auch wirklich trank und er tat es, um die nette Frau nicht in Schwierigkeiten zu bringen. Nach zwei Tassen hatte die Quälerei ein Ende. Die Schwester lobte ihn überschwänglich und verließ den Raum.

Willy lehnte sich zurück und dachte an den gestrigen Abend und die Nacht. Nachdem Breschnow kurz rausgegangen war, hatte ihm Kalle gedroht, das nächste Mal richtig zuzuschlagen, falls er ihn verpfeifen würde, und Nico hatte ungläubig zugehört. Irgendwie schien er dem jungen Mann leidgetan zu haben, denn bevor Nico gegangen war, hatte er ihm zur Entschädigung einen Joint zugesteckt und sich bei ihm für seinen Freund entschuldigt. Dann war Breschnow zurückgekommen. Die Pilgerreise zum Kiosk. Zwei Flaschen Doppelkorn für ihn, eine Flasche Apfelsaft für seinen Kumpel.

Willy quälte sich aus dem Bett und schlich zum Schrank. Er nahm die Flasche heraus, schlüpfte in die Nasszelle und trank einen Schluck. Er schmeckte nach alter Freiheit.

Willy hatte den gestrigen Ausflug wirklich genossen. Nach kurzer Suche hatten sie ein trockenes Plätzchen in einem Hauseingang gefunden. Er hatte getrunken, Breschnow nach einigem Überreden gekifft. So glücklich hatte er seinen Kumpel noch nie gesehen.

Willy betrachtete die Flasche, trank noch einen Schluck, schlich hinaus und versteckte sie wieder im Schrank.

Es war wirklich eine schöne Nacht gewesen, so wie damals die Sommernächte in der Hasenheide. Kurz vor Mitternacht hatten sich Breschnow und er auf den Rückweg gemacht. Sein Kumpel hatte darauf bestanden, ihn ins Bett zu bringen und die ganze Zeit über geredet und gekichert und irgendwie hatten sie es geschafft, sich an der Nachtschwester vorbei zu schleichen. Breschnow hatte irgendwas davon gemurmelt, auf ihn aufpassen zu wollen, sich seine Jacke ausgezogen, sie sorgfältig gefaltet, sich neben dem Bett auf den Boden gelegt und war sofort eingeschlafen.

Willy betrachtete den Schrank, überlegte, ob er sich noch ein Schlückchen gönnen sollte, verwarf den Gedanken wieder und fragte sich stattdessen, wie er Nico finden und einen neuen Joint kaufen könnte, um Breschnow glücklich zu machen.

Irgendwo klingelte ein Handy. Die Lautstärke stieg langsam an und er begriff, dass das Geräusch vom Fußboden herkam. Er bückte sich und linste unter das Bett. Das Handy seines Kumpels vibrierte über den Boden. Willy fischte es hervor und nahm den Anruf an. Eine ihm bekannte Stimme redete drauf los.

„Bist du das Jan?“, unterbrach ihn Willy.

Die Stimme schwieg.

„Jan?“

„Ist da nicht Hauptkommissar Breschnow?“

„Das is sein Handy, aber er hat’s hier bei mir vergessen.“

„Und mit wem rede ich?“

„Mit Willy.“

„Willy? Hey, wie geht’s dir?“, fragte Jan.

„Bin im Krankenhaus. Is aber langweilig. Is was passiert?“

„Martha ist verschwunden und ich wollte Breschnow fragen, ob er sie im …“

„Martha? Die Martha?“, unterbrach ihn Willy entsetzt. „Ich komm sofort!“

Er drückte das Gespräch weg und als das Handy erneut klingelte, ignorierte er es. Es dauerte eine Weile, bis er sich angezogen hatte. Er griff die Flasche, verstaute sie in der Tasche seines schweren grauen Lodenmantels und öffnete die Tür einen Spalt breit. Der Flur war leer. Er schlüpfte hinaus, gelangte ungesehen zum Aufzug, drückte den Erdgeschossknopf und sah die Oberschwester aus dem gegenüberliegenden Zimmer auf den Gang hinaustreten. Die Schwesternschülerinnen folgten ihr wie Küken. Während sich die Aufzugtür langsam schloss und das Sichtfenster verkleinerte, hielt Willy die Luft an und atmete erst wieder ein, als er das Erdgeschoss erreichte. Auf der Straße fragte er sich, ob er überhaupt zurückkommen wollte. Er fühlte sich nicht mehr krank und den kleinen Ausflug gestern Nacht hatte er unbeschadet überstanden. Hoffnungsvoll marschierte er los. Nach fünfzehn Minuten schmerzten seine Beine. Er setzte sich an die nächste Haltestelle und wartete auf den Bus. Geld hatte er keines, aber im Bus wurde meistens nicht kontrolliert. Er fuhr bis zum Hermannplatz und erreichte zehn Minuten später erschöpft die Obdachlosenunterkunft. Vor der Tür stand eine junge Frau, die ihm irgendwie bekannt vorkam. Willy nickte ihr zur Begrüßung zu und griff nach der Türklinke. Sie fasste seine Hand und zog sie weg.

„Hast du dein Hirn schon so versoffen, dass du nicht mehr Tag und Nacht unterscheiden kannst? Das hier ist ein Haus zum Pennen für Penner wie dich. Aber jetzt ist es noch zu. Also verpiss dich!"

Willy fragte nach Jan, aber die Frau schob ihn einfach zur Seite, ging hinein und schloss die Tür. Willy trat einmal wütend dagegen, drehte sich zum Gehen um und erinnerte sich plötzlich, woher er sie kannte.

* * *

Regina fuhr die Bautzener Straße entlang und suchte nach der Hausnummer drei. Sie ärgerte sich über Schmitti, der sich wie üblich geweigert hatte, seinen Platz hinter dem Computer zu verlassen, und Delego war noch mit Breschnow unterwegs. Sie fragte sich, ob die beiden etwas miteinander hatten, verwarf den Gedanken aber sofort wieder. Seit der Trennung von ihrem Mann hielt sich Delego in Liebesdingen sehr zurück. Regina entdeckte die Nummer und fand etwas entfernt eine Parklücke. Sie lief zurück zum Haus, suchte das Klingelbrett erfolglos nach dem Namen Riesing ab und klingelte schließlich bei einem Nachbarn. Eine Männerstimme erkundigte sich, wer sie sei.

„Kriminalpolizei", antwortete Regina. „Ich suche Frau Annette Riesing."

„Da sind sie bei mir falsch."

„Laut Einwohnermeldeamt müsste sie Ihre Nachbarin sein."

„Wohne seit einem Jahr hier und gegenüber wohnen Türken, keine Riesing."

„Darf ich trotzdem kurz hochkommen?"

Der Summer öffnete die Tür. Regina durchquerte das Vorderhaus, trat auf einen gepflegten Innenhof und ging an Fahrrädern vorbei zum Hinterhaus. Der Nachbar wartete auf dem Treppenabsatz des dritten Stockes und verlangte, ihren Dienstausweis zu sehen. Dann deutete er auf die Wohnungstür gegenüber.

„Hab schon für Sie geklingelt. Scheint aber keiner da zu sein."

Regina zog das Foto von Annette Riesing und dem Baby aus der Tasche und zeigte es ihm.

„Hab ich nie gesehen", antwortete der Mann.

„Mittlerweile ist sie fast zwanzig Jahre älter."

„Trotzdem nie gesehen. War's das?"

Die Kommissarin nickte, reichte ihm ihre Visitenkarte und bat ihn anzurufen, wenn jemand von gegenüber nach Hause käme. Dann arbeitete sie sich langsam nach unten, befragte, die anderen Hausbewohner. Niemand kannte die Frau auf dem Foto.

Es dämmerte bereits, als Regina das Mietshaus verließ und sie beschloss, auf direktem Weg zurück in die Dienststelle zu fahren.

* * *

Sie hatten Karsten Suberow zu Hause nicht angetroffen und auch telefonisch nicht erreicht. Breschnow ließ sich von seiner Kollegin bei Jan absetzen, wollte ihm wegen Martha Bescheid sagen. Delego fuhr weiter zu Suberows Arbeitsstelle.

Breschnow überquerte die breite Straße und betrat den Hof durch den Torbogen. Schon von Weitem sah er die zusammengekrümmte Gestalt in dem grauen Lodenmantel auf den Treppenstufen zum Seitenflügel sitzen.

„Was ist denn mit dir passiert?“, fragte er.

Willy deutete auf die Tür zur Notübernachtung. „Sie hat mich weggeschickt.“

„Jans Kollegin?“

Willy nickte. „Jan hat angerufen. Auf deinem Handy. Martha is weg und ich wollt sie suchen helfen.“ Er zog das Mobiltelefon aus der Manteltasche und gab es seinem Freund.

Breschnow setzte sich neben ihn. „Wir haben sie gefunden. Sie liegt in demselben Krankenhaus wie du und ist in Sicherheit.“

„Gut“, sagte Willy, versuchte aufzustehen und stöhnte vor Schmerzen.

„Wie lange bist du schon hier?“

Willy zuckte mit den Schultern. Breschnow gab ihm einen Zehner für Schnaps zum Aufwärmen und ging wütend weiter zum Haus. Die Eingangstür war nicht richtig ins Schloss gefallen. Er drückte sie auf. Zofia Wieczorek saß im Büro und spielte ein Computerspiel. Als Breschnow den Raum betrat, sprang sie auf.

„Sag mal, spinnst du? Raus hier, du Penner!“ Dann hielt sie inne und legte den Kopf schief. „Bist du nicht der Bulle, der geholfen hat, Martha zu suchen?“

„Ja, der bin ich. Sie haben gerade einen verletzten Obdachlosen abgewiesen und ihn stundenlang in der Kälte sitzen lassen. Das grenzt an Körperverletzung.“

„Ach, der Kerl von vorhin. Hat er sich beschwert?“

„Gibt es gelegentlich Beschwerden über Sie, weil Sie die Gäste nicht gut behandeln?“

„Dann wäre ich wohl nicht mehr hier. Aber ich finde ‚Gäste‘ ist nicht das passende Wort. Es beschönigt die Situation.“

„Inwiefern?“

„Gäste kommen freiwillig. Die Penner kommen, weil sie nichts anderes haben, weil sie in Not sind oder was weiß ich.“

Breschnow setzte sich und legte die Fotografien von Barbara Antes und Hans-Peter Gernau auf den Tisch.

Die junge Frau betrachtete sie kurz. „Die haben beide hier geschlafen.“

„Und jetzt sind beide tot und Barbara Antes wurde definitiv ermordet.“

„Und was habe ich damit zu tun?“

„Seit wann arbeiten Sie hier?“, fragte Breschnow.

„Seit fast fünf Jahren.“

„Sie scheinen ihre Klientel nicht gerade zu schätzen.“

„Muss ich auch nicht. Ich mache diesen Job, um Kohle zu verdienen. Und Sie? Sind Sie Polizist geworden, weil sie sich dazu berufen fühlen?“

„Ich glaube schon“, antwortete Breschnow.

Zofia Wieczorek lachte. „Unverbesserlich. Genauso wie

Jan. Ich rate Ihnen, das noch einmal zu überdenken. Wenn Sie sich zu sehr auf einen Job einlassen, bringt der sie um."

Breschnow betrachtete das schöne, junge Gesicht und wunderte sich über die harten Worte, die aus diesem Mund kamen.

„Als die Stumme hier übernachtet hat, habe ich sie behandelt wie die anderen auch", fuhr Zofia Wieczorek fort. „Und ob Sie's glauben oder nicht – dem Alten habe ich sogar geholfen. Er konnte sich ja nicht mal mehr alleine ausziehen. Ist doch gut, dass er nich mehr da ist. Brauch er sich nicht mehr zu quälen." Sie sah auf die Uhr. „War's das jetzt? Ich muss wieder an die Arbeit."

„Sie hatten Dienst, als Barbara Antes ermordet wurde, oder?"

Die junge Frau nickte.

„Das kann ich bestätigen", sagte Jan, der den Raum betreten hatte. „Das war die Nacht, in der Charlotte nicht kam. Wir beide hatten zusammen Dienst." Er sah seine Kollegin an. „Und danach warst du krankgeschrieben."

„Nein, krankgeschrieben war ich erst ab Freitag."

„Ich glaube, du warst schon am Mittwoch krank", widersprach Jan. „Da hattest du dich erkältet."

„Es gibt doch sicherlich eine Krankschreibung", sagte Breschnow. „Kann ich die mal sehen?"

„Die liegt in der Geschäftsstelle", antwortete Jan und deutete auf die Uhr. „Wir sind schon spät dran. Wir müssen jetzt öffnen."

„Ich helfe dir", bot Breschnow an und schob den jungen Mann aus dem Büro raus vor die Tür, wo sich bereits einige Obdachsuchende versammelt hatten. „Ich habe Martha gefunden. Sie liegt im Neuköllner und erholt sich langsam."

„Aber sie wacht nich auf", widersprach Hilde, die sich aus der Schlange der Wartenden gelöst hatte und nach einer

Zigarette verlangte. „Ick war dort. Da is allet voller Schläuche und se wacht nich auf."

Auch Willy gesellte sich zu der kleinen Gruppe, zog seinen Schnaps aus der Manteltasche, drehte den Verschluss auf und reichte Hilde die Flasche. Breschnow versuchte, den Geruch zu ignorieren und trat einen Schritt zur Seite.

„Wenn ihr trinken wollt, müsst ihr auf die Straße gehen", sagte Jan. „Nicht hier vor der Tür."

Hilde maulte leise. Willy legte den Arm um ihre Schultern und schob sie in Richtung Torbogen.

„Stimmt das, was Hilde sagt? Liegt Martha im Koma?", fragte Jan.

Breschnow nickte und beobachtete, wie sich eine kleine schlanke Gestalt ihnen näherte. Sie erinnerte ihn an die Frau auf dem Passfoto, das Schmitti ausgegraben hatte. Doch bevor er Jan nach ihr fragen konnte, wurde dieser am Telefon verlangt.

* * *

Delego fand Karsten Suberow in einem der Sitzungssäle des modernen Bürogebäudes. Er trug einen grauen Anzug und eine taubenblaue Krawatte, hatte sein Telefon ausgestellt, weil er in einer Besprechung gewesen war. Die anderen Sitzungsteilnehmer waren bereits gegangen.

„Ich hoffe, Sie haben keine schlechten Nachrichten für mich, weil Sie mich hier aufsuchen."

Er deutete auf einen der Stühle an dem großen Tisch.

Delego setzte sich. „Mein Kollege hat sich mit der Verkehrswacht und Notfallrettung für die Autobahn in Richtung Frankfurt/Oder in Verbindung gesetzt. Es hat in der fraglichen Zeit keinen schweren Unfall gegeben."

„Das ist gut", sagte Karsten Suberow erleichtert und deutete auf die kleinen Mineralwasser- und Saftflaschen in der Mitte des Tisches. „Kann ich Ihnen etwas anbieten?"

Delego schüttelte den Kopf. „Aber ich muss gestehen, dass ich mich frage, ob Sie nicht doch eine Idee haben, wohin Ihre Lebensgefährtin mit ihrer Tochter gefahren sein könnte."

„Vielleicht habe ich mich im Hotel geirrt?" Er zog den Laptop zu sich heran, scrollte sich durch seine E-Mails und schüttelte den Kopf. „Nein, hier ist die Buchung. Ute macht das immer über meine E-Mail-Adresse. Keine Ahnung warum."

Delego stellte sich neben ihn und glich die Telefonnummer mit der ihres Anrufs ab, setzte sich wieder.

„Ich finde es eigentümlich, dass Ihre Lebensgefährtin Ihnen nichts von Ihrem neuen Reiseziel gesagt hat. Macht sie das öfter?"

Er schüttelte den Kopf.

„Wann haben Sie Frau Brosius kennengelernt?"

Der Mann lächelte. „Das war 2002. Annalisa war ein Jahr alt. Sie sind sozusagen in mich hineingerannt."

Delego sah ihn fragend an.

„Ich bin in der Hasenheide spazieren gegangen. Und sie waren dort auf dem Spielplatz, verließen ihn gerade, als ich vorbei ging und wir sind kollidiert. Ich glaube, es war so etwas wie Liebe auf den ersten Blick."

„Dann ist Annalisa quasi mit Ihnen aufgewachsen. Und mit ihrer Großmutter, oder?"

„Ja, mit uns beiden. Charlotte ist in Ordnung. Ich habe nie verstanden, warum Ute sie immer madig macht. Wahrscheinlich alte Familiengeschichten. Da steckt man nicht drin und sie redet nicht darüber."

„Ich nehme an, Sie wissen von dem Mord an Charlottes Freundin?"

Karsten Suberow nickte. „Schlimme Sache."

„Mittlerweile gibt es neue Fakten und wir müssten schnellstens mit Ihrer Lebensgefährtin sprechen."

„Welche Fakten?" fragte er besorgt.

Delego fixierte ihn und entschied, mit offenen Karten zu spielen. „Es gibt eine Erbschaft, die Charlotte Brosius begünstigt. Aber wenn sie das Erbe nicht antreten kann, geht das Geld und die Immobilie an Ihre Frau."

„Immobilie?", fragte Karsten Suberow. „Charlotte erbt ein Haus?"

„Genauer gesagt ein Drittel einer Villa", antwortete Delego. „Es lohnt sich also."

„Was lohnt sich?"

„Charlotte aus dem Verkehr zu ziehen."

Karsten Suberow riss die Augen auf. „Sie meinen, sie ist auch ...", er ließ den Satz unvollendet, griff sich eine der kleinen Wasserflaschen und schenkte sich ein. „Und was hat das alles mit Ute zu tun?"

„Vielleicht nichts, aber sie würde wirklich eine Menge erben. Es haben schon Leute für weniger Geld getötet."

„Aber nicht meine Ute. Das glauben Sie doch selbst nicht."

„Nein", log Delego. „Ich möchte sie nur einfach als Tatverdächtige ausschließen können. Haben Sie wirklich keine Idee, wo sich die beiden aufhalten könnten?"

Er dachte nach, trank noch einen Schluck und stellte das Glas zurück auf den Tisch. „Vielleicht sind sie in das Haus meiner Eltern gefahren. Das steht im Moment leer." Er sah die Kommissarin an. „Aber warum hat sie mir dann nicht Bescheid gesagt?"

Delego zuckte mit den Schultern, ließ sich die Adresse von dem Haus geben und die Handynummern von Ute und Annalisa Brosius. Beide Apparate waren vorübergehend nicht erreichbar.

Karsten Suberow sah auf die Uhr. „Ich habe gleich noch

eine Besprechung, aber danach könnte ich hinfahren und nachsehen."

Delego versprach, die Fahrt selbst zu übernehmen oder jemanden zu schicken und bedankte sich für die Zusammenarbeit.

* * *

„Annette Riesing?", fragte Breschnow.

Die Frau sah ihn erstaunt an und lächelte. „Entschuldigung. Kennen wir uns?"

„Das ist Hauptkommissar Breschnow", erklärte Jan. „Er versucht, Barbaras Mörder zu finden."

„Das ist gut", sagte die Krankenschwester und ging weiter.

Breschnow folgte ihr. „Ich vermute, meine Kollegin hat bereits mit Ihnen gesprochen, aber ich möchte Ihnen auch noch ein paar Fragen stellen."

Annette Riesing schüttelte kaum merklich den Kopf. „Das passt jetzt nicht. Ich muss hier meine Arbeit machen und dann muss ich schnell zu meinem nächsten Termin."

„Ich könnte Sie begleiten."

„Zu meinem Hausbesuch?" Sie blieb stehen, musterte ihn von oben bis unten.

Breschnow nickte.

„Gut", willigte sie ein. „Wir können im Bus reden, aber in die Wohnung lassen, kann ich Sie nicht. Das würde die alte Dame ängstigen."

Sie ließ die beiden stehen und ging ins Haus.

„Anni ist manchmal etwas eigenartig", erklärte Jan. „Aber eine Seele von Mensch."

„Wieso stand sie nicht auf der Mitarbeiterliste?"

Jan zuckte die Schultern. „Eigentlich müsste sie im System sein. Aber vielleicht wurde sie vergessen. Es gab einen

Wechsel in den Zuständigkeiten für die Ehrenamtlichen. Zuerst hat das mein Chef gemacht. Dann habe ich das übernommen. Wahrscheinlich hat sie gerade in der Zeit angefangen."

„Und du hast das nie überprüft?"

„Du siehst doch, was hier los ist. Arbeit gibt es genug."

Jan zerquetschte seine Zigarette mit dem Schuh und ging hinein. Breschnow und Willy blieben draußen stehen.

„Vielleicht sollte ich heute Nacht hier pennen. Bin nich mehr so ganz auf'm Damm und zum Krankenhaus zurück is es ganz schön weit."

„Warum gehst du nicht nach Hause?"

„Mein Engel soll mich so nich seh'n", sagte Willy.

Breschnow griff seinen Arm und führte ihn in den Speiseraum. Jan und Zofia standen hinter dem Tresen und verteilten Tee. Hilde schmierte Brote und winkte den Kommissar heran. Willy stellte sich in die Schlange. Breschnow griff nach einem Messer und wartete auf weitere Anweisungen. Hilde sagte ihm, was er zu tun hatte, aber er war zu unruhig, um nur Brote zu schmieren, eilte nach jeder Scheibe hinaus und vergewisserte sich, dass die Krankenschwester noch in der Einrichtung war.

„Die haut dir schon nich ab", meckerte Hilde. „Schmier lieber, damit die Leute wat zu futtern kriejn. Kommste nachher mit zu Martha?"

Breschnow versprach es.

Eine halbe Stunde später betrat Annette Riesing den Speiseraum, erkundigte sich bei Jan, ob noch jemand verarztet werden musste und nickte Breschnow zu. Der Kommissar griff seine Jacke und folgte ihr hinaus.

Schweigend eilten sie an Karstadt vorbei und weiter zur Urbanstraße, wo zwei Busse hintereinander einfuhren. Die Menge stürzte sich auf den ersten, Breschnow zog die

Krankenschwester zum hinteren, der angenehm leer war. Sie setzten sich.

„Sie kennen Barbara Antes, oder?“, fragte er.

„Ich habe sie hier einige Male gesehen, aber sie hat ja nie geredet. Bis vor Kurzem kannte ich nicht mal ihren Namen.“

„Und Hans-Peter Gernau?“

„Ist das der alte Mann vom Tempelhofer Feld?“

Breschnow bejahte. „Die beiden waren mal ein Paar.“

„Aha.“

„Sie haben ein Testament hinterlassen und Sie darin begünstigt.“

Anette Riesing lachte kurz auf. „Was soll das hier werden? Versteckte Kamera? Ich habe die beiden doch gar nicht gekannt.“

Eine Horde Jugendlicher stürmte in den Bus und unterbrach mit ihrem Geschnatter kurzzeitig das Gespräch.

Annette Riesing betrachtete sie genervt. „Ich frage mich immer, warum junge Leute so laut sein müssen.“

„Das frage ich mich auch“, sagte ein älterer Herr und ließ sich auf dem Sitz gegenüber nieder.

„Sind Sie sicher, dass Sie Frau Antes nicht von früher kennen?“, fragte Breschnow.

„Natürlich bin ich mir sicher“, antwortete die Krankenschwester. „Und ich frage mich langsam, was Sie eigentlich von mir wollen. Sind Sie wirklich Polizist?“

Breschnow nickte, wollte ihr seinen Dienstausweis zeigen, wurde aber abgelenkt durch die lärmenden Jugendlichen, die an der S-Bahn ausstiegen. Dann wurde es wieder still im Bus. Breschnow dachte an die einundzwanzig Aufnahmen und an das Bild von der etwa zwanzigjährigen Riesing mit dem Säugling auf dem Arm.

„Haben Sie Kinder?“

„Wieso wollen Sie das wissen?“

„Belästigt Sie der Mann?“, erkundigte sich der ältere Herr.

Die Krankenschwester schüttelte den Kopf.

„Wissen Sie, dass ...“, setzte Breschnow an.

Der Bus stoppte.

„Endhaltestelle“, unterbrach ihn Annette Riesing und stand auf. „Ich steige jetzt hier aus und Sie fahren einfach wieder zurück.“ Sie wandte sich dem älteren Herrn zu. „Würden Sie mich freundlicherweise nach draußen begleiten?“

Breschnow wollte ihr folgen, aber der Mann stellte sich ihm in den Weg. Er roch dezent nach Alkohol. In Breschnows Kopf ballte sich ein Gewitter zusammen, seine Synapsen feuerten Fehlinformationen. Ihm wurde schwindelig und er hielt sich an einer Stange fest. Der Mann bedachte ihn mit einem grimmigen Blick und verließ mit der Krankenschwester den Bus. Breschnow sah den beiden hinterher, unfähig, sich zu rühren.

„Sie müssen jetzt och raus“, verkündete der Busfahrer. „Ick mach 'ne Pause, dann können Se wieder mit mir zurück.“ Breschnow bewegte sich nicht.

„Is allet okay da hinten?“

Die Synapsen beruhigten sich, hinterließen einen heftigen Kopfschmerz in der linken Schläfe. Breschnow stieg aus, bot dem Fahrer eine Zigarette an. Sie rauchten schweigend, stiegen wieder ein und fuhren zurück zum Hermannplatz. Breschnow beschloss, noch einen kurzen Spaziergang zu machen, um den Schmerz zu vertreiben und besser nachdenken zu können, tauchte ein in die nächtliche Stille der Hasenheide. Er hielt sich links, wollte im Bogen zur Obdachloseneinrichtung laufen. Neben ihm im Gebüsch raschelte etwas. Ein Dealer trat auf den Weg und fragte, ob er etwas kaufen wollte. Breschnow erinnerte sich an den Joint von Nico Antes, dachte an die Ruhe und Leichtigkeit, nachdem er ihn geraucht hatte, zögerte kurz, schüttelte dann den Kopf und ging weiter.

Eine Stunde später erreichte er die Obdachloseneinrichtung, zwar nicht schlauer, aber innerlich ruhiger. Er rief Schmitti an und bat ihn, Delego auszurichten, dass er noch einmal ins Krankenhaus müsse und stellte das Telefon aus.

Dann suchte er Willy und fand ihn im Speiseraum, auf einem Stuhl schlafend. Hilde saß ihm gegenüber, hatte den Kopf auf den Tisch gelegt und schnarchte.

„Sie wollten sich beide nicht hinlegen“, flüsterte Jan. „Sie wollten wach sein, wenn du zurückkommst.“

Breschnow klatschte in die Hände. Hilde erwachte sofort, sah ängstlich in seine Richtung und schimpfte, als sie ihn erkannte. Willy schlief weiter. Die Obdachlose beugte sich zu ihm vor, versetzte ihm eine sanfte Kopfnuss und weckte ihn. Jan gab jedem noch ein Glas Wasser und schmiss sie raus.

„Ich brauch jetzt was Richtiges zu trinken“, sagte Willy heiser.

„Nee. Det brauchste jetzt nich“, widersprach Hilde. „Wir jehn ins Krankenhaus und da kann man nich betrunken sein.“

Breschnow grinste.

„Und du? Brauchst gar nich so blöd zu grinsen. Wieso haste so lang jebraucht?“

„Arbeit, Hilde. Arbeit.“

„Schöne Arbeit“, schnaubte sie und ging voran.

Zehn Minuten später standen sie auf dem U-Bahnsteig. Breschnow kaufte Fahrscheine für alle.

„Ich fühl mich nich so gut“, sagte Willy und ließ sich auf den Sitz im Waggon fallen.

Hilde setzte sich neben ihn und tätschelte seine Hand. „Wird schon. Musste nur dran glauben.“

Willy schloss die Augen und schlief augenblicklich ein. „Wenn der jetzt pennt und nachher nich zu wecken is, dann lassen wir'n hier sitzen und jehn trotzdem zu Martha“, entschied Hilde und sah auf die Fernsehbilder im Abteil. „So wat hat ick och mal. 'Nen Wohnzimmer, 'nen Fernseher, 'ne Waschmaschine. War jut." Sie schüttelte sich. „Aber is ja nich mehr."

„Was ist passiert?", erkundigte sich Breschnow.

„Die Liebe, det is passiert und jetzt frag nich mehr."

Sie starrte weiter auf den Bildschirm. Breschnow tat es ihr gleich. Die U-Bahn ratterte durch den Tunnel, fuhr unter Nordneukölln und dann unter Britz durch.

„Was denkst du, wen Martha im Park gesehen hat?", fragte Breschnow und streckte seine langen Beine seitlich aus.

Hilde zuckte mit den Schultern. „Is ja jetzt och egal. Jetzt isse ja wieder da und aufwachen tut sie och bald. Ick kenn doch meene Martha."

Breschnow registrierte den Namen der Station, in der sie gerade einfuhren und weckte Willy rabiat. Hilde und er griffen ihn rechts und links am Arm und zerrten ihn aus dem Waggon. Willy protestierte lautstark, wollte sich auf die harte Bank im Bahnhof legen. Breschnow schob ihn in Richtung Rolltreppe und redete ununterbrochen auf ihn ein. Willy versprach, zurück ins Krankenhaus zu gehen, wenn er nur endlich aufhören würde zu quatschen.

Sie erreichten zwar unbemerkt die Station, aber auf dem Gang standen zwei Nachtschwestern, die in ein Gespräch vertieft waren. Breschnow zeigte ihnen seinen Dienstausweis und erklärte, dass es notwendig gewesen sei, Willy mit aufs Revier zu nehmen. Die Schwestern betrachteten ihn verwundert, hatten aber keine Einwände. Eine von ihnen begleitete Willy in sein Zimmer, die andere wartete, bis Breschnow und Hilde die Station verlassen hatten.

Die beiden eilten weiter zur Intensivstation. Dieses Mal empfing sie eine hochgewachsene Ärztin, die als Aushilfe eingesprungen war und versuchte, sie abzuwimmeln, weil die Besuchszeit schon lange zu Ende war. Breschnow zeigte wieder seinen Dienstausweis und erklärte, dass er in einem

Mordfall ermittle. Als Hilde auch noch anfing jämmerlich zu weinen, ließ sich die Ärztin erweichen und verschwand hinter der Glastür.

„Hoffentlich isse nich tot“, wimmerte die Obdachlose. „Ohne Martha hab ick och keen Leben mehr.“

Breschnow legte einen Arm um ihre Schulter und führte sie zu einem Stuhl, der einsam im Flur stand. Es dauerte nicht lange, bis die Ärztin zurückkam und ihnen erklärte, dass Martha in die Neurologie verlegt worden war.

„Ist sie wach?“, erkundigte sich Breschnow.

„Das weiß ich nicht. In der Krankenakte steht, dass es keine Hinweise auf eine Hirnblutung oder andere Schäden gibt, aber warum die Patientin nicht aufwacht, wissen die Kollegen noch nicht.“

Die Ärztin nannte ihnen die Zimmernummer, erklärte kurz den Weg und verschwand wieder hinter der Glastür. Hilde brummelte etwas Unverständliches, stand auf und steuerte die nächste Damentoilette an. Breschnow folgte ihr bis zur Tür und wartete.

„Jetzte seh ick wieda jut aus, oder?“, fragte Hilde als sie zurückkam. „Musste doch meen Jesicht waschen. Will doch schön sein für Martha.“

„Das bist du bestimmt“, sagte Breschnow und marschierte los.

Sie verirrten sich zweimal auf dem Weg, fanden dann aber die Station, schlichen am Glaskasten vorbei und in das Zimmer hinein. Martha lag allein im Raum und bis auf das leise Surren der Kontrollinstrumente war es sehr still.

Hilde zog sich einen Stuhl heran, setzte sich an das Bett und griff die Hand ihrer Liebsten. „Du musst aufwachen. Is det klar?“

Breschnow blieb an der Tür stehen, unschlüssig, ob er bleiben oder gehen sollte.

Plötzlich riss Martha die Augen auf und flüsterte. „Sie war's. Ich hab sie gesehn."

Hilde tätschelte ihre Hand und lächelte. „Ick wees doch. Du hast se jesehn. Allet is jut."

Martha schloss wieder die Augen.

* * *

10

„Haben die Kollegen in Frankfurt/Oder jetzt endlich das Haus überprüft?", fragte Delego und trommelte ungeduldig mit den Fingernägeln auf ihren Schreibtisch.

„Sie sind einmal drum herumgefahren, haben nichts Auffälliges bemerkt und sind wieder weg", antwortete Schmitti und legte den Hörer auf. „Sie sagen, dass das Tor verschlossen war. Und das ist der einzige Zugang zum Gelände."

„Sie hätten es aufbrechen und ins Haus gehen sollen."

„Auf welcher Rechtsgrundlage?", fragte Schmitti. „Ohne Beschluss können sie nicht einfach ein Tor aufbrechen und ein Haus stürmen."

Er drehte den Bildschirm in ihre Richtung und zeigte ihr das Anwesen. Delego besah sich den hohen Zaun und verstand, was er meinte.

„Sie sollen trotzdem noch einmal hinfahren und warten, bis jemand herauskommt."

„Und wie lange sollen sie dort stehen?"

„Mindestens drei Stunden. Ich rufe unseren Obersten an, damit er die Amtshilfe per E-Mail auf den Weg bringt."

„Sonst werden die Frankfurter das auch nicht machen", prophezeite Schmitti.

Delego griff nach ihrem Handy und verließ den Raum.

„Bist du mit den türkischen Nachbarn in der Bautzener Straße weitergekommen?", fragte Regina.

„Die Familie wohnt seit acht Jahren in der Wohnung", antwortete Schmitti. „Ganz legal. Arbeiten beide bei Siemens, haben zwei Kinder, sechs und vier, die die Schule und die Kita besuchen. Sie haben einen Untermietvertrag und behaupten, nicht gewusst zu haben, dass sie sich trotzdem beim Einwohnermeldeamt anmelden müssen."

Delego kam zurück in den Raum, setzte sich neben ihre Kollegin. „Sprecht ihr über die Bautzener?"

Regina nickte. „Und wer ist der Hauptmieter?"

„Ein Heinz Brosche. Offiziell wohnt er dort seit fast zwanzig Jahren."

„Da waren die Mieten noch deutlich billiger. Wahrscheinlich macht er mit der Wohnung ziemlich Kohle, ohne, dass der Eigentümer davon weiß", schnaubte Regina. „Und wo wohnt der Herr wirklich?"

„In Bernau." Schmitti nannte ihr die Adresse. „Ich habe ihn vorhin angerufen. Er wirkte ziemlich verärgert, weil Annette Riesing ihn nicht informiert hat."

„Das heißt, er hat den Untermietvertrag mit der Familie gar nicht abgeschlossen?", fragte Delego.

„Nein, Annette Riesing hat den Vertrag unterschrieben."

„Weiß er, wo sie jetzt wohnt?"

Der Computerspezialist schüttelte den Kopf.

„Denkt ihr, es macht Sinn, ihn persönlich zu befragen?"

„Ich glaube, die Fahrt können wir uns sparen. Was sollte er für einen Grund haben, uns zu belügen?", antwortete Regina.

„Annette Riesing könnte seine Freundin sein", sagte Delego. „Dann würde er sie schützen wollen."

Schmitti verdrehte die Augen. „Unsere Beziehungsspezialistin spricht."

Delego bedachte ihn mit einem wütenden Blick. Die Tür öffnete sich und Breschnow betrat den Raum. Er wirkte frisch und ausgeschlafen. Schmitti deutete auf die Uhr.

„Eine Viertelstunde zu spät", grinste Breschnow. „Sei mal nicht päpstlicher als der Papst."

„Du warst gestern nicht bei der Dienstbesprechung“, sagte Delego.

„Aber ich habe dir doch Bescheid gesagt. Hat Schmitti es dir nicht ausgerichtet?“

„Doch, das hat er. Du warst noch einmal im Krankenhaus. Hast du wieder vor Willys Bett campiert?“

Breschnow schüttelte den Kopf. „Was ist das hier? Ein morgendliches Tribunal? Ich habe Martha besucht, sie ist kurz aufgewacht, aber gleich wieder eingeschlafen. Dann habe ich mit dem behandelnden Arzt gesprochen. Aber er kann sich nicht erklären, warum sie im Koma liegt und leider auch nicht, wann sie endlich richtig aufwachen wird.“ Er wandte sich Regina zu. „Wie lief es mit der Riesing?“

„Gar nicht“, antwortete sie. „Sie wohnt nicht dort.“ Breschnows Blick verfinsterte sich. „Ich habe sie gestern Abend getroffen. Sie arbeitet ehrenamtlich bei Jan in der Obdachloseneinrichtung. Sie hatte noch einen Termin und ich habe sie begleitet. Aber dann ...“ Er ließ den Satz unbeendet. „Kurzum. Ich konnte nicht mit ihr reden.“

Delego runzelte die Stirn. Doch bevor sie etwas sagen konnte, klingelte Reginas Handy. Die Kommissarin nahm den Anruf an, nickte und bedankte sich. „Nico Antes hat das Stangenschloss aufgebrochen und ist in die Wohnung seiner Mutter eingedrungen. Sollen wir hinfahren?“

Delego schüttelte den Kopf. „Gestern wurde das Testament eröffnet und wahrscheinlich hat er erfahren, dass er der rechtmäßige Erbe ist.“

„Aber die Wohnung ist noch nicht freigegeben. Und wieso hat er keinen Schlüssel bekommen?“

„Der Schlüssel ist nicht unser Problem, aber das Eindringen in eine versiegelte Wohnung. Ich schicke nachher einen Uniformierten hin.“

Breschnow schenkte sich eine Tasse Kaffee ein. „War die

Riesing nicht verheiratet? Vielleicht weiß ihr Exmann, wo sie wohnt."

„Wieso rufen wir nicht einfach in der Obdachloseneinrichtung an, wenn sie dort gearbeitet hat?", fragte Regina.

„Weil sie dort keinen Personalbogen hat." Breschnow berichtete von dem Gespräch mit Jan.

„Dann könnten sie in der Geschäftsstelle ihre Adresse haben", sagte Delego.

„Ich kümmere mich gleich darum", sagte Schmitti und öffnete mehrere Fenster. „Die Riesing war nicht verheiratet, aber sie hat lange mit ihrem Lebensgefährten zusammengelebt." Seine Finger flogen über die Tasten. Auf dem Bildschirm materialisierte sich eine Suchmaske. Sie flackerte kurz auf und verschwand wieder. Schmitti stöhnte. „Ich glaube, wir haben hier ein kleines Problem mit der Technik."

* * *

Der Wind pfiff um das Haus, verhedderte sich an Fenstern und Ritzen. Ute Brosius starrte nach draußen, immer noch unschlüssig, was sie jetzt tun sollte. Sie sorgte sich um ihre Tochter, die etwas wusste, was sie vielleicht in Gefahr bringen könnte. Gleichzeitig bangte sie um sich selbst, hatte Angst, dass man sie ins Gefängnis sperren würde, wenn ihre Tochter weiterhin schweigen und Charlotte nicht auftauchen würde. Und sie war wütend, weil Annalisa sie in diese demütigende Situation gebracht hatte und sie zwang, Dinge zu tun, die sie nicht tun wollte, zum Beispiel ihren Lebensgefährten anzulügen, damit die Polizei sie nicht fand oder die Matratze aus dem Bett zu entfernen, damit ihre Tochter auf dem Boden schlafen musste. Aber leider hatte Annalisa einen eisernen Willen und schwieg weiterhin.

Ein unangenehmer Gedanke stieg in ihr auf. Ihre Tochter

besaß den geliebten Ring, den Werner Charlotte geschenkt hatte und den ihre Mutter niemals hergeben würde. Vielleicht hatte Annalisa Gewalt angewendet, um ihn zu bekommen. Aber das konnte sie sich nicht vorstellen. Charlotte war eine Heilige für ihre Tochter und für sie eine Strafe.

Charlotte war immer unkonventionell gewesen, hatte angezogen was sie wollte und war mit vielen Männern ausgegangen. Sie hatte sich einen Dreck darum geschert, alleinerziehend zu sein. Manche würden das vielleicht emanzipiert nennen. Sie nicht. Schon als junges Mädchen hatte sie ihre Mutter in diesen bunten, weiten Kleidern peinlich gefunden und sich für sie geschämt. Im Gegensatz zu ihr liebte sie Konventionen und Regeln. Sie gaben ihr Halt und erleichterten das Zusammenleben. Aber das hatte ihre Mutter nie verstanden, hatte sich immer darüber lustig gemacht. Deswegen war es für sie besonders schlimm gewesen, plötzlich schwanger zu sein. Annalisas Vater hatte versprochen, sie zu heiraten. Aber dann hatte er sich aus dem Staub gemacht.

Ute Brosius ging zur Spüle, goss sich Wasser ein und setzte sich an den Tisch. Annalisa war leider genauso ein Freigeist geworden. Das hatte sie mittlerweile begriffen und war mit ihrem Erziehungslatein am Ende. Vielleicht sollte sie ihre Tochter schleunigst aus Berlin rausbringen, sie in ein Internat in Brandenburg stecken.

Ute nippte an ihrem Glas. Das Wasser schmeckte rostig. Sie stand auf, kochte sich einen Kaffee und schmierte sich eine Scheibe Brot. Dann ging sie zum Zimmer ihrer Tochter und schloss auf.

Annalisa saß auf dem Boden, die Schulter an den Bettpfosten gelehnt und bedachte sie mit einem feindseligen Blick. „Ich muss pinkeln."

„Gleich."

„Jetzt! Verdammt noch mal. Du tickst doch nicht mehr richtig, mich hier einzusperren."

Das Mädchen sprang auf, schoss aus dem Raum und verschwand im Bad, fluchte laut, weil sie die kaputte Tür nicht mehr absperren konnte.

Ute hievte die Matratze zurück in das Bett, setzte sich und sah hinaus in den dämmrigen Tag.

„Ich werde dich weggeben", sagte sie, als Annalisa zurückkam.

„Das brauchst du nicht. Ich geh freiwillig. Du bist echt 'nen Psycho."

„Und wo willst du hin?"

Annalisa zuckte mit den Schultern.

Ziel erreicht, dachte Ute und lächelte. Sie wird schnurstracks zu ihrer Oma gehen und ich werde ihr folgen. „Sollen wir nach Hause fahren?"

„Erst, wenn du mir mein Handy zurückgibst." Sie streckte die Hand aus.

Ute zog das Mobiltelefon aus ihrer Hosentasche und reichte es ihr.

Annalisa kontrollierte die eingegangenen Nachrichten. Alle waren von Karsten. Sie löschte sie ungelesen Jan hatte wieder nicht geschrieben.

„Wollen wir vorher noch frühstücken?", fragte Ute.

„Lieber nicht. Kann ja sein, dass du mich vergiftest."

„Sagst du mir heute, wo Charlotte ist?"

Annalisa schüttelte den Kopf. „Never ever!"

„Gut, dann pack deine Sachen."

Eine halbe Stunde später waren sie abreisebereit. Ute holte den Wagen aus der Garage und lud das Gepäck ein. Annalisa setzte sich auf den Rücksitz, schob sich die Kopfhörer in die Ohren und suchte nach einem Streamingdienst. Langsam rollte der Wagen zum Tor und hindurch und wurde auf der anderen Seite von einem Streifenwagen gestoppt. Der Polizist kontrollierte ihre Ausweise und telefonierte mit Berlin.

* * *

„Bingo!“, verkündete Schmitti, als er zurück in den Besprechungsraum kam.

„Funktioniert die Technik wieder?“, fragte Delego.

„Leider noch nicht hundertprozentig, aber ich habe hier zumindest die ersten Daten über Annette Riesing.“ Er breitete einige Computerausdrucke auf dem Tisch aus. „Sie wurde am 12.11.1976 geboren und noch im Krankenhaus zur Adoption freigegeben. Ihre Adoptiveltern sind Gerda und Hans Riesing. Der Mann starb vor einundzwanzig Jahren, die Frau ist weiterhin in Braunschweig gemeldet. Aber das wissen wir ja schon.“ Er nannte ihre Adresse.

Delego notierte sie auf dem Whiteboard. „Ich werde die Frau nachher anrufen.“

„Das könnte schwierig werden. Sie hat keinen Telefonanschluss.“

„Vielleicht ein Handy?“

„Auf jeden Fall keines, von dem ich dir die Nummer sagen kann.“

Delego verzog das Gesicht. „Gibt es Geschwister?“

Schmitti schüttelte den Kopf.

„Und was sagt die Geschäftsstelle der Obdachloseneinrichtung?“

„Die haben auch die Bautzener Straße als Adresse.“

„Annette Riesing ist doch an der Endhaltestelle in der Sonnenallee ausgestiegen. Wir könnten dort die Gegend nach ihr absuchen, eine Haus-zu-Haus-Befragung machen“, schlug Regina vor. „Immerhin haben wir ihr Foto.“

„Sie wollte dort eine Patientin besuchen. Das heißt doch nicht, dass sie dort wohnt“, gab Breschow zu bedenken.

„Lass uns noch ein bisschen warten. Vielleicht helfen uns die Einträge in den Standesämtern weiter und vielleicht taucht sie auch wieder bei der Arbeit auf“, entschied Delego.

„Wenn sie das tut, informiert uns Jan sofort“, sagte Breschnow.

„Gut.“ Die Kommissarin sah auf die Uhr. „Ute Brosius und ihre Tochter werden bald hier sein.“

„Ich glaube nicht, dass sie nach der Nummer mit Frankfurt mit uns reden werden“, sagte Breschnow. „Ich finde, es war übertrieben, sie mit Polizeigeleit nach Berlin zurückzuholen.“

„Das habe ich abgeblasen“, sagte Delego. „Und wenn du zugehört hättest, wüsstest du das.“

Einen Moment lang wurde es still im Raum. Breschnow lehnte sich in seinem Stuhl zurück und fixierte seine Kollegin. Delego stand auf und stellte sich an das Whiteboard.

„Ich hoffe wirklich, dass die beiden freiwillig hierherkommen“, sagte Regina. „Ute Brosius ist bisher unsere beste Verdächtigte. Sie profitiert davon, dass Charlotte verschwunden ist, erbt richtig viel, hasst Barbara Antes und Hans-Peter Gernau. Sie weiß, wie man mit Spritzen umgeht, hat die Möglichkeit gehabt, das Morphium zu besorgen und sie hat sich unserer Befragung entzogen.“

„Wir sollten die beiden getrennt befragen“, schlug Breschnow vor.

„Das dürfen wir nicht, Stefan. Das Mädchen ist noch minderjährig. Und diesmal wird die Mutter es bestimmt nicht erlauben.“

Breschnow griff seine Jacke. „Ich nehme an, dass ich bei der Befragung nicht dabei sein muss, oder?“

„Haarscharf kombiniert“, sagte Delego.

„Gut. Dann fahre ich zu Nico Antes und knöpfe ihn mir wegen seiner Halbschwester vor."

„Ich dachte, das hättest du schon längst gemacht", sagte Regina verwundert.

Breschnow brummte etwas Unverständliches und verließ den Besprechungsraum. Er fragte sich, warum Delego heute so aggressiv war und hoffte, dass es morgen wieder anders sein würde. Als er auf die Straße trat, ergriff ihn eine Windböe. Schnee hatte den Regen abgelöst und wirbelte um ihn herum. Breschnow freute sich über die Flocken und marschierte los in Richtung Hasenheide. Der Park war menschenleer. Selbst die Dealer hatten sich in den Schutz der U-Bahnhöfe verzogen. Breschnow fror, ging schneller und erreichte eine halbe Stunde später die Antes-Wohnung. Das zerstörte Stangenschloss hing schief in seiner Angel, eine Metallsäge lag noch auf dem Boden. Er hob sie auf und wunderte sich, mit wie viel gezielter Energie Nico Antes an sein Ziel gekommen war. Das hätte er diesem schlaffen jungen Mann gar nicht zugetraut. Er drückte die nur angelehnte Tür auf und trat in den Flur. Die Garderobenschränke waren aufgerissen worden, Mäntel und Jacken lagen achtlos aufeinander getürmt in einer Ecke, die Zeitungen in der anderen, die Schuhe verteilten sich auf dem Fußboden.

Breschnow erinnerte sich an die Nacht, die er hier verbracht hatte, an die Ordnung und die liebevoll gehäkelten Deckchen, an die Räume, die einmal ein Zuhause gewesen waren. Verärgert riss er die Tür zum Wohnraum auf. Auf dem Boden waren zwei chaotische Stapel entstanden, einer mit Geschirr, Gläsern und Fotoalben, mit Tisch- und Platzdeckchen, von denen es erstaunlich viele gab, ein zweiter mit Büchern und Krimskrams. Er ging weiter zum Schlafzimmer. Die rechte Schranktür war aufgerissen, die Kleider über den Boden verstreut. Ein geöffnetes rotes Samtschmuckkästchen zog seinen Blick an. Er trat ein und sah Nico Antes auf der abgezogenen Matratze liegen. Seine Augen waren geschlossen, neben seinem Mund Erbrochenes. Breschnow fühlte den Puls, versuchte, ihn zu wecken und rief den Rettungsdienst.

Dann trat er an den Schrank, schob die linke Tür auf und starrte auf die mit Zahlen beschrifteten Kleiderbügel. Eins bis achtzehn, vom Strampelanzug bis zum roten Sommermantel.

* * *

Ute Brosius und ihre Tochter erschienen gegen Mittag. Delego holte sie am Bereitschaftstresen ab und führte sie in den Verhörraum im Keller. Regina erkundigte sich, ob sie nach der Fahrt etwas zu trinken oder zu essen brauchten. Als sie keine Antwort bekam, nahm sie neben ihrer Kollegin Platz, schaltete das Aufnahmegerät ein, nannte die Namen der Anwesenden und die Uhrzeit.

„Was wollen Sie von uns?", fragte Ute Brosius aufgebracht.

Annalisa zog ihr Smartphone aus der Tasche und begann zu spielen. Grelle Geräusche füllten den Raum.

„Kannst du bitte dein Telefon zur Seite legen?", bat Regina.

Das Mädchen ignorierte sie. Die Mutter lächelte genugtuend und lehnte sich zurück. Bevor Regina ihre Bitte wiederholen konnte, sprang Delego auf, riss dem Mädchen das Handy aus der Hand und knallte es vor sich auf den Tisch.

„Ich habe die Faxen dicke! Ich möchte endlich mit Ihnen beiden reden. Können wir das jetzt tun?"

Die Gefragten schwiegen.

„Hans-Peter Gernau und Barbara Antes haben ein Testament hinterlassen. Ihre Mutter ist eine der Begünstigten", begann Delego.

„Na, dann wäre es doch gut, wenn Sie sie finden würden", sagte Ute Brosius lächelnd.

„Ja, das wäre es, denn falls Sie nicht mehr lebt, sind Sie die nächste in der Erbfolge."

„Und wir reden hier nicht von Peanuts, sondern von einem kleinen Vermögen", ergänzte Regina.

Ute Brosius' Blick glitt von der einen zur anderen Kommissarin. „Dann stimmt es also wirklich? Ich kann es immer noch nicht glauben. Wenn Barbara Geld gehabt hat, warum ist sie dann auf der Straße gelandet?"

„Barbara Antes war dement", erklärte Delego. „Sie hat nicht mehr nach Hause zurückgefunden und wusste wohl auch nicht mehr, wer sie war."

„Krass", sagte Annalisa und streckte die Hand aus. „Ich will mein Handy wiederhaben. Sie können es mir nicht einfach so abnehmen."

Delego ignorierte sie und beugte sich vor. „Ich kann es gern noch einmal wiederholen, Frau Brosius. Ihre Mutter hat eine große Erbschaft gemacht. Und falls sie die nicht antreten kann, sind Sie die nächste in der Erbfolge."

„Wollen Sie mir jetzt unterstellen, dass ich Charlotte getötet habe, um ein Erbe zu bekommen, von dem ich nichts wusste?", zischte Ute Brosius und deutete auf ihre Tochter. „Fragen Sie doch mal Annalisa. Sie weiß, dass meine Mutter lebt und sie weiß auch, wo sie ist. Aber sie will es mir nicht verraten."

Das Mädchen erstarrte. Aber nur kurz. Dann streckte es die Hand wieder aus. „Kann ich jetzt endlich mein Handy wiederhaben?"

„Stimmt das, was deine Mutter sagt?", fragte Regina.

Annalisa schüttelte den Kopf und tippte sich mit dem Zeigefinger an die Schläfe.

„Jetzt sag ihnen schon, was du weißt", verlangte ihre Mutter. „Kapierst du überhaupt, dass man mich hier gerade beschuldigt hat, deine Oma getötet zu haben?" Sie deutete auf das Mobiltelefon ihrer Tochter. „Untersuchen Sie das Ding. Ihre Techniker finden bestimmt etwas."

Annalisa schnellte vor, griff sich das Smartphone, sprang auf und rannte zur Tür. Regina erwischte sie, bevor sie die Klinke drücken konnte und hielt sie am Arm fest. Das Mädchen biss ihr in die Hand, riss die Tür auf und prallte auf einen Uniformierten, der sie an den Schultern packte und zum Stuhl zurückschob. Er ließ eine Hand auf ihrem Nacken, mit der anderen fummelte er nach den Handschellen. Delego schüttelte den Kopf. Der Uniformierte postierte sich wieder vor der Tür.

„Gibst du mir jetzt bitte dein Handy?", verlangte Regina erneut.

Das Mädchen nagte an seiner Unterlippe, rührte sich aber nicht. Ute Brosius riss ihr das Smartphone aus der Hand und reichte es der Kommissarin.

Regina wischte über den Bildschirm. „Jetzt brauche ich nur noch dein Passwort."

„Niemals", fauchte Annalisa.

„Okay. Dann bringe ich dein Handy hoch in die Kriminaltechnik. Die knacken es im Handumdrehen."

Sie ließ dem Mädchen noch etwas Zeit, hoffte, dass es sich besann, aber Annalisa starrte nur angestrengt auf die Tischplatte.

„Gut", sagte Delego und lehnte sich zurück. „Dann machen wir jetzt eine kleine Pause und vielleicht können wir danach mit dem Affenzirkus aufhören und endlich mit der Befragung beginnen."

* * *

Nico bemühte sich, seinen Blick scharf zu stellen. Er lag auf einem unbezogenen Bett in einem fremden Zimmer. Vor ihm kniete ein hagerer Mann. Dann kam die Erinnerung zurück.

Er befand sich in seiner neuen Wohnung im Bett seiner Mutter, der Hagere war der Bulle, der Kalle und ihn zu dem Penner ins Krankenhaus geschleppt hatte. Er öffnete den Mund und krächzte: „Kalle?"

„Der ist nicht hier", antwortete Breschnow. „Was hast du dir reingezogen?"

Heroin, dachte Nico, aber das würde er dem Verknitterten nicht auf die Nase binden.

Kalle, der ihm geholfen hatte, das Stangenschloss zu knacken, hatte als Überraschung ein Briefchen aus seiner Hosentasche gezogen und es ihm gegeben. Es war das erste Mal, dass er harte Drogen eingepfiffen hatte, aber es fühlte sich megageil an, friedlich wie Watte. Er schloss die Augen und rollte sich in die Seitenlage, weg von der Kotze. Breschnow rüttelte an seiner Schulter.

„Lass mich in Ruhe", murmelte Nico. „Nur noch zehn Minuten."

„Wieso habt ihr die Wohnung so verwüstet?", fragte Breschnow.

„Vintage. Kann man alles verticken", nuschelte Nico und schloss die Augen.

Er hörte den Bullen den Raum verlassen, hörte das Wasser in der Küche rauschen und ihn zurückkommen.

„Ich muss mit dir über Annette Riesing reden."

Nico öffnete nur widerwillig die Augen und schloss sie gleich wieder.

„Komm, ich helf dir hoch."

„Später. Bitte später", flehte Nico, wollte noch eine Weile in seinem Wolkenland bleiben. Dann spürte er die Nässe auf seiner Haut. Der Bulle hatte ihm doch tatsächlich Wasser ins Gesicht geschüttet. Er kicherte.

„Mach die Augen auf!", befahl Breschnow. „Dann kannst du liegen bleiben."

Eine Fotografie schob sich in sein Blickfeld. Nico erkannte die Aufnahme von sich und Anni, versuchte, sich zu konzentrieren.

„Bist du das?“, fragte Breschnow.

Nico schüttelte den Kopf, murmelte: „Keine Ahnung, Mann.“

„Und die Frau neben dir. Kennst du sie?“

Das ist meine verrückte Schwester, dachte er und schüttelte wieder den Kopf.

Es klingelte an der Tür. Nico hoffte, dass es Kalle war. Dann würde der Bulle sich mit ihm beschäftigen und er könnte weiterträumen.

Zwei Sanitäter betraten den Raum. Einer von ihnen erkundigte sich, was genau passiert war, der andere drehte ihn auf den Rücken, rollte seinen Ärmel hoch, kontrollierte Puls und Herzschlag, leuchtete ihm in die Augen und besah seine Pupillen. Nach der Prozedur verließen die drei Männer den Raum.

Nico war froh, dass sie fort waren, schloss die Augen und drehte sich wieder auf die Seite. Aber die Männer kamen viel zu schnell zurück. Sie klappten einen tragbaren Stuhl neben dem Bett auf, drehten ihn auf den Rücken, griffen ihn unter den Achseln und hoben ihn an. Nico protestierte träge.

„Lasst ihn“, befahl Breschnow.

Die Sanitäter ließen ihn los und stellten sich an die Zimmertür. Nico fiel zurück aufs Bett. Der Verknitterte schob sich wieder in sein Blickfeld.

„Sie werden dich mitnehmen“, sagte Breschnow. „Einnahme und Besitz von illegalen Drogen. Und weil man ja nie wissen kann, ob du sofort wieder rückfällig wirst, werden sie dich vielleicht eine Zeit lang in der geschlossenen Psychiatrie behalten.“

„Das will ich nicht“, krächzte Nico.

„Du willst nicht in die Geschlossene? Ist aber schön dort.

Feste Schlafenszeiten, regelmäßiges Essen, jemand putzt für dich, Gespräche mit einem Seelenklempner, nette Krankenschwestern und Pfleger. Ich verstehe wirklich nicht, warum du da nicht hinwillst."

Er hob die Hand und winkte die Sanitäter heran.

„Bitte", wimmerte Nico. „Bitte. Ich will hierbleiben."

„Dann sag mir, wer die Frau auf dem Foto ist."

„Ich weiß es doch nicht."

Der Kommissar zögerte, aber nur kurz und machte den Sanitätern Platz. Nico versuchte kraftlos, sich aus ihren Händen zu entwinden. Sie verstärkten den Griff, setzten ihn in den Sitz und schnallten ihn fest.

„Du hast noch genau eine Chance. Wer ist die Frau auf dem Foto?"

„Kann ich dann hierbleiben?"

Breschnow nickte.

„Versprochen?"

„Ich gebe dir mein Ehrenwort."

„Sie ist meine Halbschwester. Annette Riesing."

„Und wo wohnt sie?"

„In Treptow."

„Geht's noch etwas genauer?"

„Radenzer Straße elf."

Breschnow gab den Sanitätern ein Zeichen, den Jungen wieder abzuschnallen. Nico kroch zurück ins Bett und rollte sich zusammen.

* * *

Für die Pause hatte Delego Mutter und Tochter getrennt, damit sie sich nicht absprechen konnten. Sie wies den Uniformierten an, gut auf sie aufzupassen, trat hinaus auf den Flur und stieg die Treppen hoch.

Als sie die Tür ihrer Dienstetage öffnete, eilte ihr Schmitti entgegen. „Ich wollte dich gerade hochrufen. Die KTU hat etwas gefunden. Der Kollege sitzt schon im Besprechungsraum."

„Das ging aber schnell", freute sich Delego, schüttelte dem Kriminaltechniker zur Begrüßung die Hand und setzte sich neben Regina.

Der Techniker hatte Annalisas Handy an ein Auslesegerät angeschlossen und deutete auf das Foto von Charlotte, das vor ihm auf dem Tisch lag. „Ist das eure Vermisste?"

Delego bejahte.

„Auf dem Handy ist ein Foto von ihr." Er erweckte den Apparat zum Leben. „Es wurde gestern gelöscht, aber es war kein Problem, es zu rekonstruieren." Er hielt das Display in Richtung der Kommissarinnen. Es zeigte Charlotte Brosius mit verbundenen Augen.

Regina beugte sich etwas vor und las den Text der E-Mail darunter. „Bist du brav?"

„Die alte Frau lacht, obwohl ihre Augen verbunden sind", sagte Delego. „Sie sieht aus, als ob sie Spaß hätte."

„Das sehe ich genauso", erwiderte der Techniker. „Und das Foto wurde auch nicht im Nachhinein bearbeitet."

„Vielleicht spielen sie irgendwas", mutmaßte Schmitti.

„Der Entführer und Charlotte?"

„Wieso nicht? Vielleicht kennt sie ihn."

„Und was bedeutet deiner Meinung nach dieser Satz?"

„Im besten Fall einfach nur die Frage einer Großmutter an ihre Enkelin", antwortete Schmitti.

„Oder es ist die Aufforderung des Entführers an Annalisa, die Klappe zu halten, was wahrscheinlicher ist", sagte Delego. „Ute Brosius hat recht. Ihre Tochter weiß etwas über Charlotte."

Sie wandte sich wieder dem Techniker zu. „Kannst du feststellen, wann das Bild aufgenommen wurde?"

„Nein, nur, dass es gestern Nachmittag versendet wurde. Aber ich kann den dazugehörigen Absender feststellen."

Er verband das Auslesegerät mit seinem Laptop und tippte einige Befehle ein. Schmitti sah ihm interessiert über die Schulter. Delego trommelte ungeduldig mit den Fingern auf die Tischplatte. Der Techniker nannte eine IP-Nummer und die Adresse des dazugehörigen Internetanschlusses.

„Hasenheide drei?", vergewisserte sich Breschnow, der unbemerkt den Raum betreten hatte. „Das ist die Adresse der Obdachlosenunterkunft."

„Dann sollten wir schnellstens dahinfahren", sagte Delego.

Breschnow nickte. „Aber ich nehme lieber Schmitti mit. Vielleicht brauchen wir technisches Wissen vor Ort."

„Eigentlich wollte ich mit dir Annette Riesing suchen. Ich habe zwei Streifenpolizisten angewiesen, die Gegend um die Bushaltestelle abzuklappern", sagte Delego.

„Und was ist mit den beiden Ladies im Keller?", fragte Regina.

„Die sollen warten."

„Du kannst sie jetzt nicht stundenlang da unten sitzen lassen."

„Wo sie recht hat, hat sie recht", verkündete der Computerspezialist.

„Dann machen wir es so. Schmitti und ich fahren zu Jan. Ihr beide verhört Mutter und Tochter Brosius und sobald ihr fertig seid, kommst du nach und wir besuchen die Krankenschwester", schlug Breschnow vor. „Außerdem kannst du deine Uniformierten zurückrufen. Ich habe Annette Riesings Adresse." Er zog einen verknitterten Zettel aus der Hosentasche, legte ihn auf den Tisch und grinste. „Nico Antes hat gesungen wie ein Engel. Also abgemacht?"

Delego nickte.

* * *

Schmitti reservierte zuerst einen Dienstwagen, danach kontaktierte er den Leiter der Obdachloseneinrichtung, der versprach, sich sofort auf den Weg zu machen. Er fuhr seinen Computer herunter und verließ das Büro. Breschnow folgte ihm zum Fuhrpark, blieb aber draußen stehen und rauchte, während Schmitti die Formalitäten erledigte und dann mit einem Streifenwagen neben ihm hielt.

„Hatten Sie keine Privatfahrzeuge mehr?", fragte Breschnow und stieg ein.

„Wir sind ja nicht undercover", antwortete Schmitti und gab Gas.

Breschnow lotste ihn durch den Kiez, obwohl Schmitti lieber mit Navi gefahren wäre. Zehn Minuten später erreichten sie ihr Ziel. Breschnow deutete auf den Torbogen links vor ihnen, unter dem ein Mann ihnen zuwinkte.

„War doch gut mit dem Streifenwagen", sagte Schmitti. „Gibt ja wieder keine Parkplätze." Er stellte den Wagen in zweiter Reihe ab und sie stiegen aus.

Der Leiter der Schlafstätte empfing sie beide mit Händedruck und stellte sich als Sebastian Bartsch vor. Er ging voran, fummelte einen riesigen Schlüsselbund aus der Jackentasche und schloss auf. Verbrauchte Luft und der Duft von Essensresten schlugen ihnen entgegen.

„Meine Mitarbeiter lüften immer gut durch, bevor sie öffnen", erklärte er und ging weiter in das Büro.

„Wird Jan heute früherkommen?", erkundigte sich Breschnow.

„Ich habe ihn nicht angerufen. Er und seine Kollegin arbeiten die ganze Nacht und brauchen ihren Schlaf. Außerdem bin ich davon überzeugt, dass ich Ihnen weiterhelfen kann."

Er öffnete einen verschlossenen Stahlschrank, entnahm den Laptop und stellte ihn auf den Tisch. Schmitti griff sich das Gerät und schloss es an eine externe Festplatte an. Der

Einrichtungsleiter tippte das Passwort ein und ließ die Maschine hochfahren. Schmitti scrollte sich durch die Nachrichten, steckte einen Stick in den USB-Port und startete das Rekonstruktionsprogramm. Eine Liste von gelöschten E-Mails erschien auf dem Desktop. Breschnow starrte wie gebannt auf den Bildschirm.

„Ich hab's!", freute sich Schmitti und drehte den Monitor dem Einrichtungsleiter zu.

„Wer ist das?"

„Das ist Charlotte Brosius, eine von Ihren Gästen. Sie ist seit circa vierzehn Tagen verschwunden."

„Ich kenne sie nicht. Aber ich bin ja auch nicht hier, wenn die Leute kommen. Und was hat es mit der Nachricht auf sich?"

Breschnow ignorierte die Frage. „Wer war gestern Abend im Dienst?"

„Jan Stremer und Zofia Wieczorek", sagte er, „und als Unterstützung eine ehrenamtliche Krankenschwester."

„Die wie heißt?", fragte Breschnow.

„Annette Riesing."

Schmitti und Breschnow wechselten einen Blick.

„Zwei Mitarbeiter für sieben Tage in der Woche. Wie funktioniert das eigentlich?" fragte Schmitti.

„Wir haben zwei hauptamtliche Teams, die sich wöchentlich abwechseln und wenn's ganz eng wird, kann auch mal ein Mitarbeiter aus unseren anderen Einrichtungen einspringen." Breschnow runzelte die Stirn.

„Im Moment haben wir leider einen hohen Krankenstand in allen Einrichtungen. Deswegen hatten wir diesen Engpass. Aber Jan hat die Situation hervorragend gemeistert."

„Und wie viele Ehrenamtliche arbeiten hier?"

„In dieser Einrichtung nur die Krankenschwester", antwortete der Leiter. „Aber wir sind dabei, unsere Konzeption zu ändern und aufzustocken. Eben wegen dieser Engpässe." Er sah auf die Uhr. „Jan kommt in einer Stunde. Vielleicht wollen Sie doch auf ihn warten?"

„Wir werden wiederkommen", sagte Breschnow, während Schmitti den Laptop von den Kabeln befreite und in einem ausgepolsterten Spurensicherungsbeutel verschwinden ließ.

„Wollen Sie den etwa mitnehmen?", fragte der Einrichtungsleiter entsetzt. „Es ist das einzige Gerät, was wir haben."

„Unsere Techniker müssen sich die Maschine noch einmal genauer ansehen. Vielleicht finden sie weitere Hinweise, wo sich die Vermisste aufhalten könnte. Aber ich lasse ihn bestimmt bald wieder zurückbringen", versprach der Computerfachmann.

Der Einrichtungsleiter begleitete sie hinaus. Schmitti bedankte sich bei ihm. Breschnow informierte Delego und steckte sich eine Zigarette an.

* * *

Die Kommissarin hielt direkt hinter dem Streifenwagen.

Breschnow stieg ein. „Wir haben den Laptop sichergestellt und unser Kollege will ihn sofort in die KTU hochbringen."

Delego lächelte. „Wer's glaubt, wird selig."

Breschnow grinste. „Er wird es selbst versuchen, stimmt's?" Die Kommissarin nickte, setzte den Blinker und machte einen waghalsigen U-Turn. Ein LKW bretterte auf sie zu. Breschnow hielt die Luft an. Der LKW-Fahrer bremste scharf.

„Hat die Befragung noch etwas ergeben?", erkundigte er sich, als er wieder atmen konnte.

„Wir haben sie noch einmal unterbrochen, als du angerufen hast. Mir gehen langsam die Nerven durch und die beiden können auch gut noch eine Pause vertragen. Vielleicht redet das Mädchen dann endlich."

Delego umrundetete den Hermannplatz und landete in einem Stau in der Sonnenallee. „Wir hätten die Autos tauschen sollen. Mit dem Streifenwagen kämen wir jetzt besser durch. Wo muss ich eigentlich genau hin?“

Breschnow erklärte es ihr. Sie quälten sich die Sonnenallee Richtung Treptow hoch. Hinter dem S-Bahnhof löste sich der Stau auf und Delego gab Gas. Zügig überquerten sie die Autobahnbaustelle, von der noch niemand so richtig wusste, welchen Teil der Stadt sie eigentlich entlasten sollte, und fuhren am Arbeitsamt vorbei.

„Da vorne ist die Haltestelle, an der die Riesing ausgestiegen ist“, sagte Breschnow und deutete auf den großen gelben Bus, der gerade wendete.

„Ist es von hier noch weit bis zu ihrer Wohnung?“

Breschnow sah auf den Stadtplan. „Nein. Wir sind gleich da.“ Er lotste sie über eine Kreuzung und dann nach links. „Ich frage mich gerade, ob Annette Riesing an dem Abend wirklich zu einem Krankenbesuch musste, oder ob sie mich angelogen hat und direkt nach Hause gegangen ist.“

„Hier ist es“, sagte Delego und stoppte.

Das Reihenhaus hatte auch schon bessere Zeiten gesehen. Um die Eingangstür herum bröckelte der Putz, der kleine Vorgarten wirkte ungepflegt. Breschnow stieg aus und ließ den Anblick kurz auf sich wirken.

„Ziemlich ruhige Gegend hier. Wahrscheinlich kennt jeder jeden“, sagte Delego und klingelte.

„Oh“, begrüßte sie Annette Riesing und starrte Breschnow an.

Er zeigte ihr seinen Dienstausweis. „Dann sind Sie ja wirklich ein Polizist“, sagte sie, winkte die beiden herein und führte sie in den Wohnraum.

Delego setzte sich auf ein grünes Sofa, die Frau sich ihr gegenüber. Breschnow fragte nach der Toilette und fand ein geräumiges Badezimmer am Ende des Gangs. Er wusch sich die

Hände, spritzte sich kaltes Wasser ins Gesicht. Dann öffnete er nacheinander die Türen der Hängeschränke, fand Inkontinenzeinlagen, Hygieneartikel, Beruhigungs- und Schlafmittel. Als er zurück auf den Flur trat, hörte er leises Gemurmel aus der Küche und folgte dem Geräusch. Eine alte Dame saß am Tisch, ihre Hände hielten einander fest. Sie drehte den Kopf zu ihm hin und strahlte.

„Mein lieber Hans. Endlich hast du mich gefunden! Bringst du mich jetzt nach Hause?"

Die Hände lösten sich und sie breitete die Arme aus, versuchte aufzustehen, was ihr aber nicht gelang. Breschnow zog sich einen Stuhl heran und setzte sich neben sie.

Die Alte beugte sich leicht zur Seite und strich ihm unbeholfen über die Wange. „Bist ein guter Mann, ein wirklich guter Mann."

Plötzlich zog sie die Hand zurück, riss die Augen auf und schrie. „Du bist nicht mein Hans! Geh weg! Geh weg!"

Annette Riesing eilte herbei, trat hinter die Alte, legte ihre Arme um die schmalen Schultern und wiegte sie leicht hin und her. Breschnow stand langsam auf, die alte Dame fest im Blick.

„Meine Mutter leidet an Demenz", erklärte Annette Riesing. „Aber was machen Sie hier in meiner Küche? Haben Sie sich verlaufen?"

„Ich habe Geräusche gehört und dachte, Sie und meine Kollegin sind umgezogen", log Breschnow.

Delego betrat den Raum, versuchte einen Blick auf die alte Frau zu werfen, die noch immer von den Armen ihrer Tochter verdeckt wurde. Plötzlich machte sich die Alte los und deutete mit dem Finger auf die Kommissarin. „Mag ich nicht. Mag ich nicht. Weg, weg!"

Delego verließ wortlos die Küche, ging zurück ins Wohnzimmer. Sie stellte sich neben das Pflegebett vor das Fenster zum Garten und sah hinaus auf ein kleines Stück Rasen und einen Baum. Breschnow stellte sich neben sie. Aus der Küche waren beruhigende Laute zu hören.

„Ob das ihre Adoptivmutter ist?“, fragte Delego leise.

„Vermutlich. Sie hat mich mit Hans angeredet, sich gefreut, dass ich zurück bin und sie abhole. Hans und Gerda Riesing.“

Die Stimmen in der Küche verstummten. Annette Riesing kehrte ins Wohnzimmer zurück und deutete auf das Bett am Fenster.

„Sie wacht morgens gern dort auf. Irgendwie scheint sie sich an einen Garten zu erinnern. Das lindert ihre Angst. Können Sie sich vorstellen, wie das ist, nicht mehr zu wissen, wo Sie sind und wer Sie sind?“

„Wir dachten, Ihre Mutter lebt in Braunschweig“, sagte Delego. „Sie ist noch dort gemeldet.“

„Als mein Vater starb, habe ich sie zu mir geholt. Aber bisher noch nicht abgemeldet. Eigentlich muss ich auch die Wohnung kündigen. Sie steht leer und ich bezahle die Miete. Aber irgendwie komme ich zu nichts. Außerdem wüsste ich auch nicht, wo ich in der Zeit meine Mutter unterbringen sollte. Es dauert ja, die Sachen im Elternhaus zu sortieren, die Wohnung auszuräumen und sie wiederherzurichten.“

„Wieso nehmen Sie keine Hilfe in Anspruch?“

„Ich mag meine Mutter nicht in Kurzzeitpflege geben. Da ist dann doch alles fremd für sie und einen ambulanten Pflegedienst zu bekommen, ist gar nicht so leicht. Die haben mehr Anfragen als Personal. Aber wir stehen auf der Warteliste ziemlich weit oben.“ Sie setzte sich auf das Sofa und deutete ihnen, ebenfalls wieder Platz zu nehmen.

„Wir haben Sie in der Bautzener Straße gesucht“, sagte Delego und setzte sich ihr gegenüber.

Annette Riesing riss die Augen auf. „Oh mein Gott! Das habe ich ja total vergessen.“

„Sie wohnen dort seit acht Jahren nicht mehr."

„Ich bin nicht gut in solchen Dingen."

„In welchen Dingen?", hakte Breschnow nach.

„Formalitäten, Ämter, all so was." Sie griff nach einem Taschentuch und rollte es zwischen ihren Fingern hin und her. „Das hat meine Mutter immer für mich gemacht und später mein Lebensgefährte und jetzt sind beide nicht mehr da."

„Ist das hier sein Haus?"

„Es gehört uns beiden. Aber er ist weg."

„Weggezogen?", fragte Delego.

Annette Riesing zuckte mit den Schultern.

„Sie wissen nicht, wo er wohnt?"

„Nein, und ich will es auch gar nicht wissen. Er hat mich verlassen, einfach so und ich weiß bis heute nicht, warum. Aber das ist lange her und Schnee von gestern. Ich will nichts mehr mit ihm zu tun haben. Ich habe ja noch meine Mutter."

„Wissen Sie, dass Sie adoptiert sind?", fragte Breschnow.

Annette Riesing zuckte zusammen, senkte den Blick und knetete das Taschentuch noch heftiger. „Ein böses Wort für liebe Eltern." Sie sah ihn an. „Ja, ich weiß, dass ich adoptiert wurde und ich bin sehr zufrieden damit."

„Wissen Sie, wer Ihre leiblichen Eltern sind?"

„Meine Erzeuger, meinen Sie. Nein, die kenne ich nicht. Und ich lege auch keinen Wert darauf, sie kennenzulernen." Sie wandte sich Delego zu. „Wie kann eine Mutter ihr Kind weggeben? Das ist mir unbegreiflich."

„Nico Antes sagt ..."

Aus der Küche drang ein schriller Schrei und unterbrach Breschnows Rede. Annette Riesing sprang auf und rannte hinaus.

„Sie lügt", sagte Breschnow. „Sie weiß, wer ihre leibliche Mutter ist. Nico Antes und sie hatten Kontakt."

„Vielleicht lügt er. Was hast du ihm zur Belohnung versprochen?“

„Und was ist mit dem Pfarrer? Annette Riesing hat ihre leibliche Mutter eine Zeit lang zur Kirche begleitet.“

„Nicht der Pfarrer, sondern die Kirchenangestellte hat sie erkannt. Aber sie war sich nicht hundertprozentig sicher.“

Breschnow brummte etwas Unverständliches, erhob sich, wollte der Krankenschwester in die Küche folgen.

„Bleib hier“, bat Delego. „Sie kommt bestimmt gleich wieder und dann sehen wir, wie sie reagiert, wenn sie von ihrem Erbe erfährt.“

„Sie behauptet, ihre leibliche Mutter nicht zu kennen und sie war in der Obdachloseneinrichtung, als das Foto von Charlotte Brosius versendet wurde. Wieso packst du sie mit Samthandschuhen an?“

Delego zuckte mit den Schultern. „Sie wird uns nicht davonlaufen.“

Sie warteten noch zehn Minuten. Dann stand die Kommissarin auf und ging in die Küche. Annette Riesing hielt ihre weinende Mutter im Arm.

„Tut mir leid“, flüsterte sie. „Aber sie hat heute einen schlechten Tag. Können Sie nicht morgen noch einmal wiederkommen?“

Delego betrachtete das wimmernde Bündel in den Armen ihrer Tochter und legte die Visitenkarte der Notarin auf den Tisch.

„Rufen Sie dort sobald wie möglich an. Es gibt ein Testament, von dem Sie wissen sollten. Wir kommen morgen früh wieder. Sind Sie dann zu Hause?“

„Natürlich“, versprach die Krankenschwester und widmete sich wieder ihrer Mutter.

* * *

Nico Antes streckte sich, stand auf und schlurfte in seine neue Küche. Er fand den Kaffee, fand den Zucker, überlegte es sich anders, hatte Appetit auf Cola und erwog, zum Kiosk zu gehen. Aber dann wollte er doch nicht auf die Straße, war noch so angenehm sediert vom Heroin. Stattdessen ging er ins Wohnzimmer, setzte sich auf das Sofa, suchte mit den Augen den Fußboden ab und entdeckte den Kirschlikör. Der junge Mann schwankte zur Flasche, suchte nach einem Glas, fand es in dem Stapel zwischen den roten Platzdeckchen. Er goss sich ein und prostete sich und seiner Mutter zu, freute sich, endlich eine eigene Wohnung zu haben. Dann meldete sich seine Blase und er ging pinkeln. Im Badezimmer entdeckte er lilafarbene Pillen im Medizinschrank, wollte eine einwerfen und ließ es dann doch bleiben, weil er nicht wusste, wofür sie eigentlich gut waren. Er fragte sich, wo Kalle abgeblieben war und ob das Heroin bei ihm auch so geknallt hatte, aber er konnte sich beim besten Willen nicht daran erinnern, ob sich Kalle überhaupt eine Spritze gesetzt hatte. Eine bittere Ahnung kroch in ihm hoch. Er taumelte ins Schlafzimmer, starrte entsetzt auf die geplünderte weinrote Schmuckschatulle, warf sich auf den Kleiderhaufen, durchpflügte ihn immer und immer wieder, fand keinen Schmuck, fand keine Goldmünzen, verfluchte Kalle und sein Heroin und schleppte sich aus der Wohnung.

* * *

Breschnow grub sich in den Beifahrersitz und sah aus dem Fenster. „Wir hätten noch nicht gehen dürfen."

„Das stimmt", erwiderte Delego und bog rechts in die Hauptverkehrsstraße ab. „Aber als ich die beiden in der Küche gesehen habe, konnte ich Frau Riesing nicht weiter befragen. Diese Krankheit geht mir unter die Haut und mir tut sowohl die Mutter als auch die Tochter leid. Ich weiß, ich bin zu nah dran und es ist unprofessionell, aber Annette Riesing läuft uns nicht weg."

„Sie hat sich überhaupt nicht für das Testament interessiert. Die Frau erbt ein Vermögen. Damit könnte sie sich eine Pflegerin rund um die Uhr leisten und ihr Haus sanieren."

Delego warf ihm einen kurzen Blick zu. „Irgendwie kann ich mir nicht vorstellen, dass sie andere Demente umbringt. Sie pflegt ihre Mutter, sie arbeitet ehrenamtlich bei Jan. Und dann noch diese ganze Erlösernummer? Das erfordert Vorbereitung und Organisation und in dieser Hinsicht scheint mir Annette Riesing ziemlich unbedarft."

„Es hat schon andere Gutmenschen gegeben, die getötet haben", gab Breschnow zu bedenken und sah den Busfahrer wieder an der Endhaltestelle stehen und rauchen. „Wieso hat sie uns angelogen? Sie kennt ihre leibliche Mutter. Die Aufnahme von ihr mit Nico als Säugling, die einundzwanzig Fotos mit verkratztem Gesicht und achtzehn Kleidungsstücke."

„Welche Kleidungsstücke?", fragte Delego.

Breschnow beschrieb ihr, was er in Barbara Antes' Schlafzimmerschrank entdeckt hatte.

„Wieso nur achtzehn?", fragte sie.

„Vielleicht hat Nico schon drei verscherbelt. Vintage, wie er das nennt."

„Ich will sie mir ansehen."

„Dann fahren wir hin."

„Später. Erst möchte ich die Befragung der Brosius-Familie hinter mich bringen." Delego blinkte und bog rechts ab, fädelte sich auf die linke Spur ein. „Ich finde das mit den Fotos und den Klamotten ziemlich schräg."

„Vielleicht haben die Riesings versucht, Barbara Antes zu bestechen, wollten ihr das Gefühl geben, beim Aufwachsen ihrer Tochter dabei zu sein, damit sie keinen Kontakt zu ihr aufnimmt. Willy behauptet, dass sie das Kind behalten wollte. Aber ihre Eltern haben sie unter Druck gesetzt, es zur Adoption freizugeben."

„Willy und Barbara Antes kennen sich?"

„Sie haben sich gekannt, aber das ist lange her. Barbara hat ihm erzählt, dass sie auf einer Fete mit einem Jungen geschlafen hat und sofort schwanger geworden ist."

Delego rechnete nach. „Das muss in den Siebzigern gewesen sein. Da war ein uneheliches Kind eine ziemliche Schande für eine Familie."

„Aber deswegen zwingt man doch niemanden zur Adoption."

„Vielleicht haben sie gedacht, dass diese Entscheidung gut für ihre Tocher ist, weil sie noch so jung war."

„Aber letztendlich haben sie Mutter und Tochter nicht davon abhalten können, sich zu treffen", sagte Breschnow.

„Von wem hatte Annette Riesing den Namen ihrer leiblichen Mutter? Die Agenturen halten sich damit doch ziemlich bedeckt."

„Vielleicht konnte sie ihre Adoptiveltern überzeugen, vielleicht hat sie einfach nicht lockergelassen oder sie hat die Adresse zufällig in der elterlichen Wohnung entdeckt."

Breschnow schloss die Augen und öffnete sie erst wieder, als sie die Dienststelle erreichten.

Delego kochte sich einen starken Kaffee und setzte sich kurz an ihren Schreibtisch.

Schmitti informierte sie über die Ergebnisse seiner Recherche. „Ich habe Annette Riesing durch alle Suchmaschinen gejagt und ihre Daten überprüft. Sie hat sich nichts zuschulden kommen lassen. Und mittlerweile hat sich auch die Adoptivstelle gemeldet."

„Jetzt, wo wir die Daten nicht mehr brauchen", sagte Delego ärgerlich.

„Manche Mühlen mahlen eben zu langsam“, erwiderte Schmitti.

„Und was sagt die KTU?“

„Die basteln noch an dem Laptop.“

„Wie lange hat es gedauert, bis du ihn hochgebracht hast?“, fragte Breschnow.

Schmitti schwieg.

Delego trank ihren Kaffee und hievte sich aus ihrem Stuhl. „Und jetzt muss ich mich dringend um die Familie Brosius kümmern.“

„Und um Karsten Suberow“, ergänzte Regina, die gerade das Büro betreten hatte. „Er hat die Kollegen am Eingang in Beschlag genommen und lässt sie alle zehn Minuten hier oben anrufen.“

„Woher weiß der Mann, dass wir die beiden hier haben?“

„Wir haben nur Annalisa das Handy abgenommen. Dummer Fehler.“

„Ich werde mit ihm reden“, bot Breschnow an. „Und danach fahre ich ins Krankenhaus. Vielleicht ist Martha mittlerweile aufgewacht.“

„Das wäre schön. Dann hätten wir endlich eine Zeugin.“ Delego sah ihre Kollegin an. „Na, dann auf zur letzten Runde.“

* * *

Breschnow betrat den Eingangsbereich und eilte zum Informationstresen. Der Diensthabende bemerkte ihn. Erleichterung spiegelte sich in seinem Gesicht. Karsten Suberow schnellte herum.

„Gehen Sie nach Hause“, sagte Breschnow.

„Wo sind meine Frau und meine Tochter?“

„Sie werden noch befragt.“

„Wieso? Sie haben doch nichts getan.“

„Das behauptet auch niemand. Aber wir müssen allen Spuren nachgehen. Sie wollen doch auch, dass wir Charlotte wohlbehalten wiederfinden."

„Aber ..."

„Sie können hier nichts mehr tun", unterbrach ihn Breschnow.

„Doch! Ich werde auf sie warten."

„Okay. Aber hören Sie wenigstens auf, bei meinem Kollegen anzurufen. Wollen wir eine rauchen?"

„Ich rauche nicht."

„Schade", sagte Breschnow.

Karsten Suberow sah sich um. „Können wir uns hier irgendwo hinsetzen?"

„Hier unten nicht, aber wir können hoch in mein Büro gehen."

Der Mann schüttelte den Kopf, steuerte die Ecke gegenüber vom Fahrstuhl an und setzte sich auf den Fußboden. Breschnow folgte ihm.

„Weiß Annalisa, wo ihre Oma ist?", fragte Karsten Suberow.

„Wahrscheinlich. Wir haben eine E-Mail auf ihrem Handy gefunden. Mit dem Foto ihrer Großmutter."

„Charlotte hat ihr geschrieben?"

„So ähnlich."

Karsten Suberow seufzte. „Annalisa ist in einem schwierigen Alter. Sie lügt, ist schlecht in der Schule, nimmt Drogen, auch wenn sie sagt, dass sie das nicht mehr tut."

„Harte Drogen?", erkundigte sich Breschnow.

Der Mann schüttelte den Kopf. „Nein, ich glaube nicht mehr. Sie kifft und sie trinkt."

„Das tun viele in ihrem Alter. Wieso will sie uns nicht verraten, wo sich ihre Großmutter aufhält?"

„Vielleicht will sie Ute bestrafen, weil sie ihr den Kontakt zu ihrer Oma verboten hat."

„Haben Sie eine Idee, wo Charlotte sein könnte? Eine Laube, Freunde, andere Schlafstätten? Wenn wir sie finden, bringt das Ihre Lebensgefährtin erst einmal aus der Schusslinie."

Karsten Suberow dachte nach. Dann erhob er sich langsam. „Annalisa muss es Ihnen sagen. Lassen Sie mich zu ihr. Dann rede ich mit ihr."

Breschnow schüttelte den Kopf. „Ich glaube, das ist keine gute Idee. Gehen Sie lieber nach Hause."

„Sie können die beiden nicht über Nacht hierbehalten. Habe ich Recht?"

Breschnow nickte.

„Gut. Dann werde ich hier warten, bis sie kommen", entschied Karsten Suberow und ließ sich wieder auf den Fußboden sinken. „Und wenn Sie versuchen sollten, sie über Nacht hier einzusperren, rufe ich einen Anwalt."

„Tun Sie, was Sie nicht lassen können", brummte Breschnow und verließ das Gebäude.

Er sah den Bus kommen, rannte los und erschrak, als ein Auto mit quietschenden Bremsen kurz vor ihm zum Stehen kam. Die Fußgängerampel hatte längst von grün auf rot gewechselt. Der Fahrer schimpfte, ein anderer hupte. Breschnow ignorierte sie, eilte auf die andere Seite, stieg in den Bus und fuhr zu Martha.

Wieder war die Besuchszeit längst zu Ende, die meisten Patienten schliefen bereits. Er schlich sich an der Rezeption vorbei, fuhr im Aufzug hoch zu Willy und öffnete leise die Tür. Es brannte noch Licht, zwei Patienten unterhielten sich, aber sein Freund fehlte. Breschnow hoffte, dass Willy keinen Unsinn gemacht hatte, nicht wieder abgehauen war und irgendwo betrunken draußen in der Kälte saß. Er schloss leise die Tür und ging weiter zu Martha.

Seine Augen brauchten einige Sekunden, bis sie sich an das Dämmerlicht gewöhnt hatten. Die zwei Betten im Raum waren zusammengeschoben worden. Hilde und Martha lagen eng aneinander gekuschelt in dem einen, Willy in dem anderen. Breschnow lächelte, setzte sich auf den Stuhl an der Tür und schlief ein.

* * *

Sie beendete die Befragung um 23:41 Uhr, nachdem Ute Brosius vehement einen Anwalt gefordert hatte und nicht mehr bereit war zu reden. Delego stellte das Aufnahmegerät ab und bat den Uniformierten, die beiden Frauen nach oben zu begleiten.

Sie hatten sich immer wieder im Kreis gedreht, dieselben Fragen gestellt und keine Antworten bekommen. Annalisa behauptete weiterhin, nicht zu wissen, wo sich ihre Oma aufhielt. Ute Brosius beharrte darauf, dass Charlotte am Leben sein müsse, weil es sonst nicht dieses Foto geben könnte und sie damit von jedem Verdacht befreit sei.

Delego sah das anders. Noch wusste keiner, wann die Aufnahme entstanden war, aber sie hatte zu wenig in der Hand, um die Frau in Haft zu nehmen. Eine Erbschaft, von der sie angeblich nichts wusste, reichte dafür nicht aus.

Wütend, wieder in einer Sackgasse gelandet zu sein, schob sie den Stuhl zurück und stand auf. Regina wartete bereits an der Tür und sie gingen gemeinsam hinauf in die Eingangshalle. Ute Brosius und Karsten Suberow stritten mit dem Uniformierten am Bereitschaftsschalter. Die Frau gestikulierte wütend, der Mann versuchte, sie zu beruhigen, Annalisa trat ununterbrochen mit dem Fuß gegen den Tresen. Als der Uniformierte sie bat, damit aufzuhören, brüllte sie ihn an und rannte hinaus. Delego blieb stehen.

Frau Brosius schoss auf sie zu. „Sie haben kein Recht, uns unser Eigentum zu entziehen."

„Meinen Sie das Mobiltelefon Ihrer Tochter?“, erkundigte sich Regina.

„Genau das meine ich“, fauchte die Frau und deutete auf die Eingangstür. „Annalisa ist schon wieder abgehauen. Wie soll ich sie denn jetzt erreichen?“

„Auf die konservative Art. Rennen Sie ihr hinterher“, zischte Delego. „Es ist kalt draußen.“

Bevor die Mutter auf sie losgehen konnte, griff Regina den Arm ihrer Kollegin und zog sie in Richtung Aufzug.

„Es ist Ihre Schuld, dass sie wieder weg ist. Ich werde Sie verklagen!“, schrie Ute Brosius ihnen hinterher.

„Gehst du noch einmal hoch ins Büro?“, fragte Regina.

„Nein. Ich fahre jetzt nach Hause, lasse mir ein Bad ein und betrinke mich.“

„Allein baden ist okay, allein trinken geht gar nicht. Lass uns zusammen zum Mexikaner gehen, Tortillas und Margaritas“, schlug Regina vor. „Dann kannst du mir auch endlich erzählen, wie sich dein neues Singleleben anfühlt.“

* * *

11

Der neue Tag hielt sich bedeckt, trübes Dämmerlicht sickerte durch die Fenster des Besprechungsraums, obwohl es bereits neun Uhr war. Sie warteten noch auf Breschnow, der sich verspäten würde, aber bereits in einem Taxi saß. Schmitti tippte einen Befehl in seinen Laptop und öffnete damit ein Leben. „Martha Libschau", begann er. „Sie ist zweiundvierzig Jahre alt, hat Flugzeugbau studiert und als Ingenieurin bei Airbus gearbeitet."

„Und was ist vor zehn Jahren passiert, als sie auf der Straße gelandet ist?", fragte Regina und leerte ihr Glas Wasser in einem Zug.

„Woher weißt du das mit den zehn Jahren?"

„Von Breschnow. Sie hat es ihm irgendwann mal erzählt, aber nicht den Grund für ihre Obdachlosigkeit genannt."

„Halt, noch nicht sagen. Lass mich raten", bat Delego. „Es war bestimmt die Liebe."

„Unsere Beziehungsspezialistin kriegt hundert Punkte. Martha hat einen Kollegen geheiratet, sich zwei Monate später wieder scheiden lassen und dann in der Firma gekündigt, so lese ich das zumindest zwischen den Zeilen."

„Traurig. Ich hoffe, dass sie wenigstens mit Hilde glücklich ist."

„Das ist sie", sagte Breschnow, trat ein und nahm sich einen Kaffee. „Zumindest ist Jan felsenfest davon überzeugt und ich neige dazu, ihm zuzustimmen. Man darf die beiden nur nicht zusammen in einen Raum sperren. Aber im Krankenhaus scheint es zu funktionieren. Wie seid ihr auf den Namen gestoßen?"

„Ich habe heute Morgen in der Obdachloseneinrichtung angerufen“, antwortete Schmitti. „Herr Stremer hat daraufhin alle Ordner im Büro durchforstet und tatsächlich den Personalausweis von Martha gefunden. Sie hatte ihn dort zur Aufbewahrung abgegeben. Warum sie das getan hat, kann er nicht sagen. Normalerweise ist das nicht üblich. Deswegen hat er auch bislang nicht nach einem Dokument gesucht.“

Breschnow nippte an seinem Kaffee. „Martha ist heute Morgen um sechs aufgewacht.“ Er beschrieb das Nachtquartier in dem Zimmer und die Empörung der Krankenschwester, die als erstes Willy verscheucht hatte.

„Aber Martha redet noch nicht. Ich habe Hilde mein Handy dagelassen. Sie ruft uns an, wenn es etwas Neues gibt.“ Er setzte sich neben Schmitti. „Und was sagt Jan noch?“

„Herr Stremer beschreibt Annette Riesing als ruhigen, manchmal etwas seltsamen Menschen, die aber, Zitat, ‚einen guten Job macht und das Herz am rechten Fleck hat.‘“

„Annalisa ist wieder verschwunden“, sagte Regina. „Ich habe heute Morgen mit ihrer Mutter telefoniert und konnte sie davon überzeugen, noch ein bisschen mit der Vermisstenanzeige zu warten.“

„Sie hat auf dich gehört, obwohl du sie einen ganzen Tag lang im Verhörraum festgehalten hast?“, fragte Breschnow überrascht. „Haben wir Annalisas Handy noch?“

„Es ist oben bei den Technikern“, antwortete Schmitti.

Breschnow leerte seine Tasse und erhob sich. „Fahren wir zu Annette Riesing und bringen zu Ende, was wir gestern angefangen haben.“

„Gut“, sagte Delego.

Sie verließen den Raum und gingen zu dem kleinen Lancia, der etwas verloren zwischen zwei Einsatzwagen stand.

„Wie erklärt Annalisa eigentlich das Foto, dass sie von ihrer Großmutter erhalten hat?“

„Gar nicht“, sagte die Kommissarin, entriegelte das Schloss, passierte die Schranke und schoss über die grüne Ampel. „Wenn das Mädchen nicht schon wieder abgehauen wäre, hätte ich sie mir heute in der Schule vorgeknöpft.“ Sie sah ihn kurz an. „Oder ich hätte dich hingeschickt, so ein Dreitagebart soll doch anziehend für Teenager sein und die Tatsache, dass du aussiehst wie ein Penner, lässt sie vielleicht vergessen, dass du ein Hauptkommissar bist.“

Breschnow sah an sich hinab und strich sich über das Kinn. Delego hatte recht, eine Dusche und frische Klamotten würden ihm guttun. „Denkst du, Annalisa und Nico kennen sich?“

„Es wäre unwahrscheinlich, wenn sie sich nicht kennen würden. Das Mädchen war oft bei ihrer Oma und die war mit Barbara Antes befreundet. Die beiden Kinder haben bestimmt miteinander gespielt.“

„Das glaube ich nicht. Der Altersunterschied ist zu groß. Aber ich denke auch, dass sie sich kennen.“

Delego setzte den Blinker und bog um die Ecke, um kurz darauf im Stau zu stehen. „Ich hasse diesen Verkehr.“

„Die U-Bahnen sind auch nicht besser“, brummte Breschnow und blickte aus dem Fenster in den Wagen des Nebenmanns, der sein Handy in der Hand hielt und telefonierte.

„Wenn ich bei der Verkehrspolizei wäre, würde ich den ganzen Tag nur durch die Stadt fahren und jeden anhalten, der etwas falsch macht, jeden Parker in zweiter Reihe, jeden Telefonierer, jeden Halteverbot- und Fahrradwegzuparker. Und ich sage dir, ich würde eine Menge Kohle in unsere Kassen spülen.“

„Und die Stadt wäre eine bessere“, sagte Delego lachend und fuhr an.

Breschnow sah aus dem Fenster. „Ich habe noch einmal über die Sache mit den Fotos und den Klamotten nachgedacht. Wenn es tatsächlich die Adoptivmutter war, die die

Sachen an Barbara Antes geschickt hat, frage ich mich, ob ihr Sohn und Annette Riesing von diesem bizarren Ritual gewusst haben? Und wenn ja, wie hat es ihr Verhältnis zueinander und das zu den leiblichen, beziehungsweise Adoptiveltern beeinflusst?"

Delego dachte eine Weile darüber nach. „Also wenn mich jemand adoptiert hätte und meiner leiblichen Mutter meine Anziehsachen schicken würde, käme ich mir irgendwie verraten vor."

„Wieso verraten?"

„Nun, ich denke, die Sachen sind bestimmt heimlich verschickt worden, ohne das Wissen der Tochter und ohne, dass darüber geredet wurde. Und diese Heimlichkeit käme mir wie ein Verrat vor. Außerdem würde ich mich fragen, warum meine leibliche Mutter nur meine Sachen will, statt mich kennenzulernen."

„Das verstehe ich", sagte Breschnow. „Und wenn du Nico Antes wärst?"

„Würde ich mich fragen, warum meine Mutter so etwas braucht, ob ich ihr nicht genüge und wie wichtig ihr diese Kleider sind. Sie hat bestimmt nicht mit Nico darüber gesprochen."

„Würdest du unter dem Geheimnis leiden?"

„Ich denke schon." Delego krauste die Stirn. „Ob Barbara Antes ihm die Sachen angezogen hat?"

„Die Babysachen vielleicht. Die Kleidchen wohl eher nicht. Aber auch das ist ziemlich schräg."

Sie schwiegen einen Moment.

„Irgendwann muss sie ihm von seiner Halbschwester erzählt haben", sagte Breschnow.

„Für mich wäre diese Schwester ein Störfaktor in meiner Mutter-Sohn-Zweisamkeit, weil sie ja nicht von Anfang an dabei war und auch nicht so richtig dazugehört."

Sie schwiegen wieder, jeder in seine eigenen Gedanken vertieft.

„Wissen wir, woran Charlottes Werner gestorben ist?", fragte Breschnow.

„Bisher hat das noch keine Rolle gespielt."

Delego aktivierte die Freisprechanlage, bat Schmitti, ihnen die Informationen über Charlottes Mann zu besorgen und erfuhr, dass Ute Brosius ihre Meinung geändert und doch eine Vermisstenanzeige aufgegeben hatte.

„So viel zum Thema Regina und ihre Überzeugungskraft", seufzte die Kommissarin.

„Ute Brosius macht Druck. Sie will, dass wir ihre Tochter suchen, weil sie sich erhofft, dass wir dann auch ihre Mutter finden", sagte Breschnow. „Vielleicht ist Charlotte Brosius unsere Täterin."

„Die Erlöserin?"

„Sie erlöst ihre Freundin und taucht dann unter."

„Keine schlechte Theorie, abgesehen davon, dass sie auch dement ist", sagte Delego.

„Dafür gibt es bisher keine Beweise."

Sie schwiegen den Rest der Fahrt. Breschnow döste immer wieder ein, Delego konzentrierte sich auf den morgendlichen Stoßverkehr. Als sie um die Ecke zu Annette Riesings Reihenhaus bogen und das Blaulicht sahen, war Breschnow plötzlich hellwach.

* * *

Jan trat vor die Tür und freute sich, wieder eine friedliche Nacht geschafft zu haben. Die Obdachlosen hatten geschlafen, niemand hatte gestritten. Mittlerweile waren sie alle gegangen, die Einrichtung leer. Eine schmale Person löste sich aus dem Schatten einer Mülltonne und eilte auf ihn zu.

„Du musst mir helfen", bat Annalisa.

Jan dachte an den unangenehmen Besuch der Mutter, an ihre Drohungen und an ihre Vermutung, dass sich das Mädchen in ihn verliebt hatte. Das verunsicherte ihn und er wusste nicht, wie er sich ihr gegenüber verhalten sollte.

„Wo sind Martha und Hilde?", fragte Annalisa.

Jan sagte es ihr.

„Voll krass. Hast du sie schon besucht?"

Er schüttelte den Kopf.

„Und deine Assikollegin? Macht die immer noch auf krank?"

„Nein, Zofia arbeitet wieder. Sie ist heute früher gegangen. Wir sind ja hier soweit fertig."

Er ging ins Haus. Annalisa folgte ihm in den Speiseraum.

„Das nennst du fertig?", fragte das Mädchen und deutete auf das Chaos aus Frühstücksgeschirr, Lebensmitteln und Essensresten.

„Naja, nicht so ganz. Zofia hatte irgendeinen wichtigen Termin."

Annalisa trat an einen der Tische und stopfte sich zwei Wurstscheiben und ein Viertel Brötchen in den Mund. Dann spülte sie alles mit lauwarmen Tee runter.

„Bist du wieder abgehauen?", fragte Jan.

Das Mädchen bejahte und griff nach dem Käse. „Voll scheiße auf der Straße bei diesem Wetter. Hab die Nacht im Hauptbahnhof verbracht, bis mich die Kerle genervt haben. Dann bin ich hierher."

„Deine Mutter weiß, dass wir uns kennen. Sie wird dich hier oder bei mir zu Hause suchen."

„Dann schick mich halt weg", blaffte Annalisa ihn an.

Jan stöhnte, griff nach den Tellern und spülte sie ab, bevor er alles in den Geschirrspüler stapelte. Das Mädchen stopfte sich noch einen letzten Rest Brötchen in den Mund und half ihm dann. Es klingelte.

Annalisa erschrak und sah ihn hilfesuchend an. Jan deutete auf einen offenen Schrank im hintersten Winkel des Raumes und wartete bis das Mädchen darin verschwunden war. Dann ging er zur Tür, öffnete und war erleichtert, nicht Ute Brosius zu sehen, sondern seinen Chef. Der erkundigte sich, ob alles okay sei und drückte ihm die Kasse für den nächsten Tag in die Hand. Jan schloss sie im Tresor ein und ging zurück in den Speiseraum.

„Du kannst wieder rauskommen", sagte er und griff nach dem Besen.

Annalisa kroch aus ihrem Versteck und atmete auf. Sie arbeiteten eine Weile schweigend weiter, kehrten den Raum und wischten die Tische ab. Dann sagte das Mädchen: „Ich weiß, wo Charlotte ist und ich will, dass wir sie gemeinsam befreien."

* * *

„Da sind wir", sagte Breschnow.

Annette Riesing starrte erst ihn, dann Delego an und trat wortlos zur Seite.

„Wir haben den Krankenwagen gesehen. Gibt es Probleme mit Ihrer Mutter?", erkundigte sich die Kommissarin.

„Jetzt ist es wieder gut", antwortete die Krankenschwester und deutete auf die Wohnzimmertür.

„Was ist denn passiert?"

„Sie ist zusammengebrochen."

Im oberen Stockwerk jammerte jemand. Annette Riesing lächelte entschuldigend und schob ihren Besuch in den Wohnraum.

„Haben Sie bei der Notarin angerufen?", fragte Delego.

„Welcher Notarin?"

„Die Telefonnummer, die ich Ihnen dagelassen hatte, wegen des Testaments."

„Ich glaube nicht."

„Sie glauben nicht", wiederholte Breschnow und wechselte einen Blick mit seiner Kollegin.

„Frau Riesing, ist alles in Ordnung mit Ihnen?", fragte Delego

„Aber natürlich. Wollen Sie eine Tasse Kaffee?"

Beide Ermittler schüttelten den Kopf. Über ihnen rumpelte es. Dann kicherte jemand.

„Ist eine Pflegerin bei Ihrer Mutter?", fragte die Kommissarin.

Annette Riesing nickte. „Ja. Seit heute haben wir eine. Das ging jetzt schnell."

Sie ging hinaus in den Flur. Delego folgte ihr.

„Es ist schwer für meine Mutter, die Treppen zu steigen, aber ich muss sie doch duschen. Und da ist es auch passiert. Sie ist plötzlich zusammengeklappt. Und die Pflegekraft hat auf einen Notarzt bestanden. Dabei bin ich doch Krankenschwester."

„Sie hat bestimmt nicht Ihre Fähigkeiten in Frage gestellt", sagte Delego. „Sie musste den Arzt aus versicherungstechnischen Gründen rufen. Gehen wir wieder ins Wohnzimmer."

„Frau Riesing, Sie sagten bei unserem letzten Besuch, dass Sie Ihre leibliche Mutter nie persönlich kennengelernt haben", begann Breschnow und setzte sich auf das Sofa.

„Ja, und es ist mir auch egal, wer sie ist."

„Nico Antes behauptet, Sie hätten sie gekannt."

„Dann lügt er."

„Sie wissen, wer Nico Antes ist?"

„Wollen Sie wirklich keinen Kaffee?"

Breschnow zog einen Stapel Fotos aus der Jackentasche und breitete sie auf dem Wohnzimmertisch aus.

Die Krankenschwester trat näher heran und betrachtete die Aufnahmen. „Jemand hat die Gesichter zerkratzt."

„Wir vermuten, dass Ihre Adoptivmutter jedes Jahr ein Foto an Ihre leibliche Mutter geschickt hat. Einundzwanzig Aufnahmen insgesamt."

„Das war nett von ihr", sagte Annette Riesing.

„Das finden wir auch", pflichtete Delego ihr bei. „Aber wie war das für Sie?"

„Das weiß ich nicht mehr."

Delego wartete einen Moment, ob die Frau noch etwas ergänzen wollte. Dann fragte sie vorsichtig nach dem ersten Besuch bei der leiblichen Mutter.

Annette Riesing schwieg.

„Da war Nico schon auf der Welt", half Breschnow nach und legte das Foto von ihr und dem Säugling auf den Tisch.

Die Frau betrachtete es kurz und sah dann aus dem Fenster. „Ihn hat sie behalten. Mich hat sie weggegeben." Sie deutete auf die Fotos. „Wer hat das getan?"

„Was getan?"

„Die Gesichter zerkratzt."

„Das wissen wir nicht", antwortete Breschnow.

Annette Riesing setzte sich zu ihm auf das Sofa. „Ich war volljährig als ich meine leibliche Mutter das erste Mal besucht habe. Jedes Jahr einmal. Ich wollte das eigentlich nicht, aber sie hat darauf bestanden."

Auf dem Treppenabsatz wimmerte jemand. Annette Riesing sprang auf und eilte aus dem Raum. Breschnow folgte ihr hinaus auf den Flur, sah die Pflegerin mit der alten Frau langsam die Treppe hinabsteigen.

„Gehen Sie bitte zurück ins Wohnzimmer!", bat die Krankenschwester. „Meine Mutter kennt sie nicht und ein fremdes Gesicht bringt sie durcheinander. Ich will nicht, dass sie fällt."

Breschnow tat wie geheißen und setzte sich wieder auf das Sofa. „Nico Antes hat nicht gelogen. Annette Riesing hat ihre Mutter besucht. Wahrscheinlich weiß sie auch von dem Erbe."

Ein Radio wurde eingeschaltet. Aus der Küche drang leise Musik durch die offene Tür. Die Krankenschwester kam zurück ins Wohnzimmer, blieb aber mitten im Raum stehen.

„Am Mittwoch wurde das Testament eröffnet", sagte Delego.

„Welches Testament?"

„Das Ihrer Mutter."

„Was erzählen Sie da? Meine Mutter lebt doch noch."

„Frau Riesing. Sie wissen genau, von wem ich spreche. Ihre leibliche Mutter. Barbara Antes."

„Davon wusste ich nichts."

„Hat sie denn nie mit Ihnen über ihren letzten Willen gesprochen?"

Die Krankenschwester schüttelte den Kopf.

„Sie haben ziemlich viel geerbt", sagte Breschnow.

„Das glaube ich nicht. Barbara hatte kein Geld. Das sah man an ihrer Kleidung und den Möbeln. Aber sie hatte diese Wohnung. Die erbt bestimmt ihr Sohn. Mich hat sie nicht bedacht. Ich war doch gar nicht richtig ihre Tochter. Vor meinem einundzwanzigsten Lebensjahr habe ich sie noch nicht mal gekannt."

„Barbaras Freund, Hans-Peter Gernau, war vermögend."

„Ist er auch tot?"

„Ja, und er hat Ihrer Mutter eine Villa und ziemlich viel Bargeld hinterlassen. Barbara Antes hat Sie und noch zwei andere jeweils zu einem Drittel als Erben eingesetzt."

„Und Nico?"

„Der erbt nichts davon."

Annette Riesing lächelte zum ersten Mal an diesem Morgen und setzte sich in einen der beiden Sessel.

„Barbara Antes ist ermordet worden", sagte Breschnow. „Und wir würden gerne wissen, wo Sie in der Nacht waren, als sie starb."

„Bestimmt hier“, murmelte die Krankenschwester. „Ich bin immer hier. Meine Mutter kann das bezeugen.“

* * *

Seit gefühlten hundert Stunden lungerte er nun schon in der Gropiusstadt rum, aber Kalle ließ sich nicht blicken. Bestimmt vertickte er gerade irgendwo den Schmuck und die Goldmünzen. Wenigstens hatte er vorhin Kalles Bruder abfangen können, hatte ihn mit einem Messer bedroht und ihm das Versprechen abgerungen, ihn anzurufen, wenn Kalle nach Hause kam. Nico wusste nicht, was er sonst noch machen sollte, um sein Eigentum zurück zu kriegen. Er hatte viel dafür getan, um an die Kohle zu kommen und er brauchte sie dringend. Er wollte weg, bis dieser ganze Scheiß mit den Bullen vorbei war und sie nicht mehr ständig bei ihm auftauchten. Er fluchte und verließ seinen Platz, trottete missmutig zurück zur Bushaltestelle, ließ sich in die Sonnenallee fahren, musste dringend die Katze füttern. Danach würde er die neuen Vintageläden im Kiez abklappern und vielleicht auch die Trödler, wegen der Möbel und den anderen Sachen seiner Mutter.

Er schloss die Haustür auf und freute sich, als er Annalisa auf dem Treppenabsatz hocken sah. Sie war eine super Kundin, zahlte immer einen guten Preis für seine Drogen. Er nickte kurz zur Begrüßung und öffnete die Wohnungstür. Die Katze lief ihm träge entgegen, rieb sich an seinem Bein und verlangte lautstark nach Futter.

„Setz dich schon mal“, sagte er.

Annalisa stieg über die leeren Pizzakartons, wischte drei Dosen vom Stuhl und ließ sich nieder. Nico kam mit zwei Flaschen Bier zurück und reichte ihr eine.

„Was willste heute kaufen? Ich hab Gras und Dope und

ganz wunderbare Pillen. Die sind echt der Hammer!“ Er hob seine Flasche und prostete ihr zu.

„Ich will keine Drogen“, sagte Annalisa.

„Und wieso biste dann hier?“

„Ich brauche deine Hilfe.“

„Ganz schlecht. Hab grad selbst genug Scheiß an’ne Hacken.“

Annalisa sprang auf. „Was is nur los mit euch Jungs? Du bist der zweite, der mir nicht helfen will.“

„Das liegt in unserer Natur.“

„Scheißnatur.“

„Beruhig dich. Setz dich wieder und sag, was du von mir willst.“ Er hob die Hand und rieb Daumen und Zeigefinger aneinander. „Vielleicht lässt sich ja doch was machen.“

„Ich muss Charlotte befreien“, sagte das Mädchen und ließ sich wieder auf den Stuhl fallen.

„Charlotte befreien, klingt wie ein geiles Game.“

Annalisa strafte ihn mit einem vernichtenden Blick.

„Okay, okay. Ich sag ja bloß. Weißt du denn, wo sie ist?“

„Na klar“, zischte das Mädchen. „Sonst wär ich ja wohl nich hier.“

Nico hob beschwichtigend die Hände. „Und wieso willst du sie befreien?“

„Weil sie entführt wurde.“

Er lachte laut. „Du hast ja ’nen Knall. Wer soll denn die Alte entführen?“

„Deine Schwester.“

„Annette ist nicht meine Schwester.“

„Dann eben deine Halbschwester.“

„Warum sollte sie das machen?“

„Keine Ahnung, Mann.“

Nico fluchte vernehmlich und fing an, diverse Verpackungen zu durchwühlen. Als er endlich fand, was er suchte, ließ er sich auf das Bett fallen und drehte sich einen Joint.

„Suchen die Bullen nach der Alten?“ Er nahm einen tiefen Zug und reichte den Joint weiter.

„Na klar, was denkst du denn? Sie glauben, dass meine Mutter meine Oma um die Ecke gebracht hat. Die haben uns in der Pampa irgendwo bei Frankfurt Oder aufgespürt und wir mussten sofort nach Berlin zurückfahren und uns hier bei den Bullen melden. Dann haben sie uns stundenlang verhört. Und sie haben mein Handy geklaut.“

Nico leerte seine Flasche und rülpste. „Ich muss jemanden finden. Wenn du mir hilfst, helf ich dir.“ Er streckte die Hand aus.

„Deal“, sagte Annalisa und schlug ein.

* * *

Delegos Handy klingelte. Auf dem Display sah sie Breschnows Nummer und reichte ihm den Apparat. Er stand auf und ging hinaus in den Flur. Aus der Küche drangen Musik und fröhliche Stimmen. Die Pflegekraft und Annette Riesings Mutter schienen Spaß zu haben.

„Bist du’s?“, fragte Hilde.

Breschnow bejahte.

„Martha is wieder okay und ick glob, se will mit dir quatschen.“

„Ich bin gleich da, Hilde. Halt sie solange bei guter Laune.“ Er eilte zurück in den Wohnraum und unterbrach die Befragung. „Martha ist aufgewacht und will mit mir reden“.

Annette Riesing zuckte kurz zusammen.

„Soll ich mir ein Taxi rufen oder kommst du mit?“, fragte Breschnow.

Delego überlegte kurz, entschied sich für Letzteres und kündigte an, die Befragung später fortzusetzen. Die Krankenschwester nickte kaum merklich und murmelte gedankenverloren. „Ich muss gleich zur Arbeit.“

„Dann kommen wir heute Abend“, entschied Delego und verließ den Raum.

Breschnow lugte kurz in die Küche, wo die alte Frau von der Pflegerin gefüttert wurde und juchzend den Brei verteilte. Dann folgte er seiner Kollegin nach draußen.

„Als du vorhin Marthas Namen genannt hast, ist unsere Gastgeberin kurz zusammengezuckt. Hast du es bemerkt?“, fragte Delego.

„Nein. Vielleicht, weil sie Martha aus der Obdachlosenunterkunft kennt?“

„Hätte sie dann nicht gefragt, wie es ihr geht?“

„Wohl wahr“, sagte Breschnow und fingerte einen Schwamm aus dem Handschuhfach, um die beschlagene Scheibe freizuwischen. „Vielleicht hat sie Angst vor dem, was Martha uns zu sagen hat.“

„Denkst du, sie haut ab?“, fragte Delego.

„Du kannst gerne wieder reingehen. Dann fahre ich allein ins Krankenhaus.“

Die Kommissarin schüttelte den Kopf. „Ich rufe vorsichtshalber eine Streife. Die sollen sich vor dem Haus postieren.“

„Sie hat gesagt, sie muss zur Arbeit“, erinnerte sie Breschnow. „Was sollen die Uniformierten dann tun?“

„Weiter vor dem Haus bleiben. Wenn Annette Riesing wirklich flüchten will, nimmt sie ihre Mutter mit. Und das werden die Beamten dann sehen.“ Sie drehte das Gebläse voll auf und fuhr los.

In Marthas Zimmer herrschte ein Tumult wie am Berliner Hauptbahnhof. Eine Traube von Ärzten und Krankenschwestern stand um ihr Bett herum. Hilde drängte sich heraus und stürzte auf Breschnow zu.

„Sie war wach und klar inner Birne und dann hat das Ding da losgepiepst und alle sin herjerannt und sie hat die Oogen wieder zu jemacht und keener sacht mir wat.“

Delego trat an das Bett, um einen Blick auf die Patientin zu werfen.

„Wer sind Sie denn?“, fragte eine Krankenschwester gestresst.

„Polizei. Mordkommission. Wir hatten gehofft, jetzt mit der Zeugin reden zu können.“

„Können Sie auch bald“, verkündete ein junger Arzt versöhnlich. „Das Alarmsignal war ein Defekt in der Technik. Die Patientin ist wohlauf, hat sich aber mächtig erschrocken, als der Krach losging und wir haben ihr ein leichtes Beruhigungsmittel gespritzt.“ Er sah auf seine Uhr. „Ich schätze, in einer halben Stunde ist sie wieder wach.“

„Gehen Sie derweil einen Kaffee trinken“, empfahl eine Rothaarige und deutete auf Hilde. „Und spendieren Sie ihr einen Beruhigungstee.“

Breschnow grinste, hakte Hilde unter und zog sie aus dem Zimmer. Delego blieb vor Ort.

„Denkste wirklich, se wird wieder wach?“ Hilde stoppte vor dem Fahrstuhl. „Da jeh ick nich noch mal rinn. Da riechts nach Tod.“

Breschnow führte sie zur Treppe. Hilde griff das Geländer und stieg langsam hinab. „Brauchste jar nich so zu kieken. Mich hat mal jemand die Stufen runterbefördert. Seitdem halt ick mir fest.“

Sie folgten den Stimmen und den Weißkitteln in die Cafeteria. Breschnow dirigierte seine Begleitung zum Tresen, drückte ihr ein Tablett in die Hand und sah ihr mit Vergnügen dabei zu, wie sie es füllte. Den vier belegten Brötchen folgten zwei Stücke Kuchen und bei der Bedienung bestellte Hilde noch drei Würstchen mit viel Senf, dazu einen Kaffee, einen Kakao und eine Limonade.

„Willst du das alles essen?“, fragte Breschnow erstaunt, während sie sich langsam der Kasse näherten. Er hatte sich einen Kaffee ausgesucht.

„Is och für Martha“, sagte Hilde.

Breschnow bezahlte und sie ließen sich an einem freien Vierertisch nieder. Hilde trank als erstes den Kakao, dann machte sie sich über den Kuchen her. Breschnow spielte mit dem Gedanken, Willy dazuzuholen, befürchtete aber, dass Hilde dann sofort wieder zurück ins Zimmer ihrer Liebsten verschwinden würde und blieb sitzen.

„Wie lange kennt ihr beiden euch schon?“, fragte er.

Hilde zuckte mit den Schultern. „Ziemlich lange, meen ick. Aber ’nen Kalender ham wa nich dafür.“

Ein Mann mit Rollator schob sich an ihnen vorbei. Sie zwinkerte ihm zu.

„So wat brauch ick ooch mal. Aber ick bin ja nich vasichert.“

„Wenn es soweit ist, kannst du mich anrufen. Ich helfe dir dann.“

Hilde kicherte. „Nix für unjut. Aber du bist ja noch älter als icke. Aber wenn du eenen brauchst, kannste ihn mir danach vererben.“ Ihr Gesicht verfinsterte sich. „Denkste wirklich Martha wird wieder janz okay?“

„Bestimmt“, antwortete Breschnow und trank einen Schluck Kaffee.

Hilde schob ihm das zweite Stück Kuchen hin. „Willste och?“

Er schüttelte den Kopf.

„Weeste. Du bist janz in Ordnung. Aber jetzte jehn wa wieder hoch zu Martha.“

Sie stand auf, schaufelte die Lebensmittel von ihrem Tablett in eine Papiertüte, die sie auf einem anderen Tisch gefunden hatte und marschierte los. Breschnow leerte seine Tasse und folgte ihr.

* * *

Der M41er-Bus kämpfte sich die Sonnenallee hoch. Die rechte Spur war zugeparkt, auf der mittleren hielten immer wieder Autos, um Waren anzuliefern und manchmal auch, um jemanden ein- oder aussteigen zu lassen. Der Busfahrer quälte sich seelenruhig durch das Chaos, manche Fahrgäste maulten, weil es nicht schnell genug voranging. Nico und Annalisa standen in der Menge dicht aneinandergedrängt und schwiegen. An der Endhaltestelle stiegen sie aus.

Annalisa ging voran. „Was sollen wir denn sagen, wenn wir vor der Tür stehen?"

„Keine Ahnung", murmelte Nico, zog an seinem Joint und trottete hinter dem Mädchen her.

Kurz vor dem Ziel blieb Annalisa stehen. „Deine Schwester hat mir gedroht. Sie hat gesagt, dass sie meine Oma totspritzt, wenn ich sie verpetze."

„Die tickt echt nicht mehr richtig", schimpfte Nico. „Aber sie wird ihr nix tun." Er stoppte abrupt und deutete auf den Streifenwagen, der hinter einem blauen Opel parkte. „Du hast doch den Bullen nichts verraten, oder?"

Annalisa schüttelte den Kopf und ging zum Haus. Nico drehte dem Polizeifahrzeug den Rücken zu, zog noch einmal an seinem Joint und klingelte. Es dauerte eine Weile, bis Annette Riesing ihnen öffnete, erstaunt von einem zum anderen sah und sie eintreten ließ. Annalisa vermied den Blickkontak, hörte fröhliche Stimmen aus der Küche und folgte ihnen. Charlotte saß mit der anderen Alten am Küchentisch und fütterte sie mit Kuchen.

„Du siehst, es geht ihr gut", sagte die Krankenschwester. „Aber du hättest nicht herkommen sollen."

Das Mädchen setzte sich neben ihre Großmutter und nahm ihre Hand. Charlotte bedachte sie mit einem strahlenden Lächeln. Nico blieb in der Tür stehen und blickte mürrisch in die Runde.

„Die Polizei war hier“, sagte Annette Riesing.

„Und, was wollten sie von dir?“

„Irgendwas mit einem Testament. Sie kommen noch mal wieder.“

Nico deutete auf Charlotte. „Und wo war sie in der Zeit?“

„In meinem Zimmer. Ich habe ihr ein leichtes Beruhigungsmittel gespritzt und sie hat geruht.“

Charlotte unterbrach ihre Mahlzeit, runzelte die Stirn, deutete auf den Ringfinger ihrer Enkelin und streckte die Hand aus. „Meiner!“

„Du hast ihr den Ring gestohlen“, sagte Annette Riesing. „Gib ihn ihr zurück.“

„Nur, wenn ich sie mitnehmen kann.“

Die Krankenschwester lachte kurz auf. „Wohin willst du sie denn mitnehmen? Auf die Straße?“ Sie schüttelte den Kopf. „Nein. Sie bleibt hier. Es geht ihr gut bei mir und meine Mutter hat endlich Gesellschaft. Schau doch, wie prima sich die beiden verstehen.“

„Ring!“, insistierte Charlotte jetzt lauter.

Die andere Alte fing an zu weinen. Annalisa zog hastig den Ring vom Finger und reichte ihn der Großmutter.

„Die Polizei sucht nach ihr“, sagte Nico.

Annette legte den Kopf schief. „Bitte gib uns noch ein bisschen Zeit zusammen.“

Nico dachte an Kalle und dass Annalisa ihm helfen wollte, ihn zu finden und schüttelte den Kopf: „Geht gar nicht. Wir nehmen sie gleich mit.“

„Das werdet ihr nicht tun. Niemand geht“, sagte die Krankenschwester. „Alle bleiben.“

Charlotte schob sich den Ring auf den Finger. Ihre Freundin klatschte begeistert in die Hände.

* * *

Martha erwachte in dem Moment, in dem sie wieder das Zimmer betraten. Hilde eilte zum Bett, ergriff ihre Hand und küsste ihre Freundin lange und innig. „Die Bullen sind hier. Woll'n mit dir quatschen."

„Seh ich", sagte Martha, beäugte Delego misstrauisch und winkte Breschnow heran. „Mit dir red ich." Sie deutete auf die Kommissarin. „Mit dir nich. Dich kenn ich noch nich so gut. Aber dein Kollege hier, der is in Ordnung."

„Delego auch", sagte Breschnow. „Ich lege meine Hand für sie ins Feuer."

Martha ließ ihr grollendes Lachen erklingen.

Breschnow trat an ihr Bett. „Schön, dass du wach bist. Wie geht es dir?"

„Hab gut geschlafen und es is warm."

Hilde drückte ihre Hand. „Dann bleim wa noch 'nen bisschen, wa?"

„Solange wie möglich", bestätigte Martha.

„Können wir über den Überfall reden?", fragte Breschnow.

Marthas Blick verfinsterte sich. „Ich hab sie gesehen. Die beiden. In der Nacht, als die Stumme starb. Aber keiner hat mir geglaubt."

„Wen hast du gesehen?"

Martha zuckte mit den Schultern. „War dunkel." Sie drehte sich ihrer Freundin zu. „Willy und ich war'n saufen in der Nacht. Erinnerst du dich? Wir hatten ihn am Nachmittag getroffen. Gemeinsam mit dem Alten."

Hilde nickte.

„In der Nacht hat er auf mich gewartet und wir sind in Park. Und da ham wir die beiden gesehen."

„Wen haben Sie gesehen, Frau Libschau?", fragte Delego und trat näher an das Bett heran.

Martha betrachtete sie einen Moment lang, lächelte. „Wow! Mein Nachnamen hab ich schon lang nich mehr gehört. Hört sich vornehm an. Frau Libschau. Fast, als ob ich jemand wäre." Sie schloss die Augen.

„Martha", flüsterte Hilde besorgt. „Martha?"

„Alles gut, mein kleiner Schisser. Ne, ich hab se nich gekannt. War ja dunkel und neblich und wir war'n besoffen. Aber sie sind Barbara gefolgt. Ich mein, die hab ich jetzt auch nich so genau gesehen, aber Willy sagt, dass es Barbara war." Sie hielt kurz inne. „Einer von denen is so komisch gelaufen, hat das Bein 'nen bisschen nachgezogen."

„Was hatten die beiden an?"

„Dunkle Sachen glaub ich und Kapuzen. Und sie hatten 'nen Schirm dabei. Deswegen sind se mir überhaupt aufgefallen. Hat ja nich geregnet."

„Haben Sie erkennen können, ob er abgesägt war?"

Martha schüttelte den Kopf. „Mehr weiß ich nich."

Delego ließ ihr noch etwas Zeit, um sich die Nacht ins Gedächtnis zu rufen. Dann setzte sie die Befragung fort: „Kommen wir zu dem Überfall auf Sie. Erinnern Sie sich daran?"

„Oh ja, das tu ich. Ich hab sie gesehn. Inner Hasenheide. Sie hat sich immer wieder nach mir umgedreht. Ich bin ihr nach, wollt mit ihr reden, wollt ihr sagen, dass ich alles weiß." Sie hielt inne und verlangte nach Wasser. Hilde reichte ihr eine Tasse Kamillentee, den sie gierig leer trank. „Und dann isse abgehau'n und plötzlich wurde mir schwarz vor Augen." Sie sah Breschnow an. „Und jetzt wollt ihr wissen, wen ich gesehn hab, stimmt's?"

„Das wäre schon klasse, Martha", sagte Breschnow grinsend. „Na, die Krankenschwester von Jan."

„Annette Riesing?", vergewisserte sich Delego.

„Sie hat Charlotte mitgenommen. Sie hat morgens auf der Straße auf sie gewartet. Und dann sind die beiden gemeinsam weg."

„Bist du dir da ganz sicher?", fragte Breschnow.

Martha zog einen Flunsch. „Noch bin ich nich senil."
„Und warum hast du uns das nicht früher gesagt?"
„Weil ich nich gerne Leute verpfeife. Und Charlotte hat so glücklich ausgesehen, als sie mit der Krankenschwester los ist. Und da haben ja auch noch alle gelebt."
Breschnow setzte sich auf den Stuhl am Bett. „Hast du genau gesehen, dass die Riesing dir die Spritze gegeben hat?"
„Ne, nich direkt. Aber sie war ja vorher da im Park."
Die Kommissare wechselten einen Blick.
„Können wir kurz draußen reden?", bat Delego.
Breschnow folgte ihr hinaus auf den Flur.
„Charlotte ist zwar nicht ermordet, aber entführt worden, wofür wir eigentlich nicht zuständig sind", sagte die Kommissarin. „Dennoch würde ich dem gerne nachgehen."
„Okay, aber vorher sollten wir eine Wache für Martha organisieren. Wer weiß, wie tief die Riesing in allem drinsteckt oder ob noch jemand dabei war. Martha hat eine Kopfverletzung. Vielleicht von einem Schlag. Eine schlägt sie nieder, die andere gibt ihr die Spritze. Es könnten also durchaus zwei Personen gewesen sein."
„Wie bei Barbara Antes." Delego griff nach ihrem Handy und forderte einen Wachschutz für die Obdachlose an. Danach kontaktierte sie die beiden Streifenpolizisten.
Breschnow wollte zurück ins Zimmer gehen. Die Kommissarin hielt ihn am Ärmel fest und beendete das Gespräch.
„Annette Riesing ist zu Hause. Aber sie hat Besuch bekommen."

* * *

Die Krankenschwester stellte drei weitere Teller auf den Tisch, schenkte Kaffee ein und verteilte Kuchen. Nico und sie hatten sich darauf geeinigt, dass Annalisa ihre Oma nach dem Kaffeetrinken mitnehmen könnte. Jetzt saßen die beiden dicht beieinander. Das Mädchen stach mit der Kuchengabel in ihr Stück Torte und murmelte. „Fast wie ’ne richtige Familie. Wenn Oma erst mal bei uns wohnt, machen wir das jeden Sonntag."

Annette Riesing blickte in die Runde, lächelte erst Annalisa, dann Charlotte und schließlich ihre Mutter an. Für ihren Halbbruder hatte sie kein Lächeln übrig.

„Du hast mich von Anfang an angelogen. Barbara hat sich sehr wohl für mich interessiert“, klagte sie ihn an.

„Was redest du da?“, fragte Nico.

„Der Polizist hat Fotos mitgebracht. Einundzwanzig Aufnahmen mit verkratzten Gesichtern. Warst du das? Hast du mein Gesicht zerkratzt?“

Der junge Mann heftete seinen Blick auf den Teller, der vor ihm stand. Annalisa sah von einem zum anderen. Doch bevor sie sich traute nachzufragen, griff Charlotte ihre Hand und stimmte ein Weihnachtslied an. „Schneeflöckchen, Weißröckchen ...“, die alte Riesing fiel mit ein, „wann kommst du geschneit ..." und die Krankenschwester sang auch mit.

„Wollt ihr nicht einfach alle hierbleiben?“, fragte sie, als das Lied zu Ende war.

Annalisa suchte Nicos Blick. Der zuckte nur gelangweilt mit den Schultern.

Annette Riesing erhob sich, nahm den frisch aufgebrühten Kaffee und schenkte ihrem Besuch nach. Das Mädchen trank einen Schluck und ließ sich noch ein Stück Kuchen geben, Nico leerte seine Tasse und ging zum Klo.

Charlotte betrachtete ihre Enkelin und lächelte. „Ist schön."

„Ja, wie früher“, murmelte Annalisa und kuschelte sich an. Sie freute sich, dass ihre Oma einen klaren Moment hatte.

Die alte Riesing klatschte mit den Händen und summte wieder ein Lied. Charlotte lachte und fiel ein. Die

Krankenschwester versuchte, mit dem unregelmäßigen Takt mitzuhalten und die Lücken aufzufüllen. Nico kam zurück in die Küche und setzte sich wieder, sah dem Treiben mit finsterem Blick zu.

„Sie sind heute beide gut beieinander", sagte Annette Riesing. „Es freut mich, dass Charlotte dich erkennt."

„Mich auch", erwiderte das Mädchen, strich ihrer Oma sanft über die Wange und gähnte. „Mann, bin ich auf einmal müde."

Sie legte den Kopf auf die Tischplatte und schloss die Augen.

Nico sprang auf. „Du verdammte Hexe! Meine Mutter hatte recht, dich wegzugeben." Dann sackte er zu Boden.

Die beiden Alten lachten.

Charlotte zeigte auf ihre Enkelin. „Schläft."

„Wach", sagte die alte Riesing stolz und deutete auf ihre Tochter, die stocksteif auf ihrem Stuhl saß und auf den Tisch starrte.

* * *

Delego rannte über den Krankenhausparkplatz zum Auto. Breschnow versuchte, mit ihr Schritt zu halten und erreichte keuchend den kleinen Lancia. Delego fuhr an, noch bevor er die Tür richtig schließen konnte. Sie schlug durch die enge Rechtskurve wieder auf. Die Kommissarin stoppte kurz, griff nach dem Blaulicht und stellte es auf das Dach. Breschnow schloss die Tür und legte den Gurt um. Dann rasten sie los, stadteinwärts, über die Autobahn hinweg, durch unbebautes Grasland und kamen in der Späthstraße zum Stehen. Der Verkehr staute sich auf beiden Fahrbahnen. Der PKW vor ihnen schob sich an den Straßenrand und machte Platz, der SUV davor war zu breit, um an ihm vorbeizukommen. Delego hupte wütend. Der SUV fuhr noch zehn Zentimeter weiter nach rechts, was immer noch nicht ausreichte, aber dem Fahrzeug auf der anderen Spur gelang es, eine Autolänge vorzufahren. Die Kommissarin schob sich durch die Lücke und strandete hinter einem Transporter.

Delego fluchte: „Dieser Scheißverkehr!" Sie zog ihr Handy aus der Jackentasche. „Ich sag den Uniformierten vor dem Haus Bescheid, dass sie einen zweiten Streifenwagen anfordern und dann reingehen sollen."

„Warte noch!"

Delego zögerte.

Breschnow starrte auf den Transporter, als ob er ihn mit der Kraft seines Blickes dazu bewegen wollte, weiter zu fahren. Und es klappte. Langsam bildete sich eine Gasse. Delego schoss hindurch, raste ohne Hindernisse weiter bis zur Radenzer Straße und hätte fast den Streifenwagen gerammt, als sie abbremste und das Auto zur Seite rutschte. Breschnow riss die Tür auf und sprang heraus, eilte zum Haus und klingelte, schlug mit der Hand dagegen, dann mit dem Fuß. Als niemand öffnete, zog er seine Dietriche aus der Tasche, steckte einen in das Schloss und begann zu zittern. Delego bemerkte es, schob ihn zur Seite und versuchte es selbst. Breschnow trat an das Küchenfenster und spähte erfolglos durch den Vorhang.

Endlich hatte Delego das Schloss geknackt, zog ihre Dienstwaffe und trat ein. Breschnow schloss sich ihr an, ebenso die zwei Uniformierten aus dem Streifenwagen. Gemeinsam folgten sie dem Licht und dem Kichern, das aus der Küche kam. Delego trat als Erste ein, ließ den Blick in die Runde gleiten, senkte die Waffe. Die beiden Alten verstummten. Breschnow eilte zu Annalisa, fühlte ihren Puls und nickte. Auch Nico atmete noch.

Charlotte deutete lächelnd auf den Kommissar und rief. „Ein Mann!"

Die andere Alte begann zu weinen. Breschnow versuchte ein Lächeln, zog sein Handy aus der Jackentasche und orderte einen Krankenwagen.

„Du musst herkommen", rief Delego. „Ich bin im Zimmer am Ende des Flurs."

Breschnow trat hinaus auf den Gang, wo sich die Uniformierten rechts und links postiert hatten, die Waffen im Anschlag. Seine Kollegin stand breitbeinig im Türrahmen, die Pistole hinter dem Rücken verborgen und redete beschwichtigend in den Raum hinein. Breschnow näherte sich leise und lugte über ihre Schulter, sah Annette Riesing auf einem Stuhl in der Mitte des kleinen Zimmers sitzen. Sie hielt etwas in der linken Hand, was er nicht erkennen konnte.

„Lassen Sie uns endlich in Ruhe!"

Breschnow drängelte sich an seiner Kollegin vorbei.

Die Krankenschwester hob blitzschnell die Hand und stach mit einer Spritze in seine Richtung. „Raus! Sie sollen verschwinden."

„Was soll das werden?", fragte Breschnow.

Annette Riesing betrachtete zuerst ihn, dann die Spritze und ließ die Hand sinken.

Der Kommissar trat einen Schritt vor. „Was ist da drin?"

„Ein leichtes Beruhigungsmittel. Ich spritze es meiner Mutter. Demente sind oft so unruhig und quälen sich damit."

„Geben Sie mir die Spritze", verlangte Breschnow.

Die Krankenschwester zögerte. „Warum gehen Sie nicht einfach wieder?"

„Sie stehen unter Verdacht, Barbara Antes getötet und Martha Libschau schwer verletzt zu haben", sagte Delego.

Annette Riesing sah sie überrascht an. „Warum sollte ich das tun?"

„Zum Beispiel wegen der Erbschaft."

Die Krankenschwester schüttelte den Kopf, erhob sich

langsam. „Ich gehe jetzt in die Küche. Ich möchte meiner Mutter das Beruhigungsmittel geben. Sie können sich ja meinetwegen neben mich stellen, wenn ich es ihr spritze."

„Setzen Sie sich wieder", bat Breschnow. „Wir werden Sie jetzt mit aufs Revier nehmen und dann können Sie Ihre Aussage machen."

„Das geht nicht. Ich kann die beiden Alten nicht allein lassen. Sie haben doch gesehen, in welchem Zustand sie sind."

„Was haben Sie mit Nico Antes und Annalisa Brosius gemacht?", fragte Delego.

„K.O.-Tropfen. Spazieren hier einfach rein und wollen Charlotte mitnehmen."

„Sie haben die Frau entführt."

Annette Riesing sah sie aus großen Augen an und schüttelte wieder den Kopf. „Ich habe niemanden entführt. Ich habe Charlotte adoptiert. Irgendjemand muss sich doch um sie kümmern. Und meine Mutter freut sich über die Gesellschaft."

Die beiden Kommissare wechselten einen Blick.

Die Krankenschwester stand auf und ging langsam auf sie zu. „Glauben Sie mir. Und ich habe meine leibliche Mutter nicht getötet, obwohl es mich jedes Mal geschmerzt hat, wenn sie zum Schlafen in die Einrichtung kam."

„Bleiben Sie stehen", befahl Delego.

„Warum haben Sie Barbara Antes nicht nach Hause gebracht?", fragte Breschnow. „Sie wussten doch, wo sie wohnt."

Annette Riesing stoppte. „Weil sie mich nicht gelassen hat. Jedes Mal, wenn ich mich ihr genähert habe, hat sie angefangen zu schreien. Die Einzige, die noch an sie ran durfte, war Charlotte. Kann ich jetzt bitte in die Küche?"

Breschnow schüttelte den Kopf und streckte noch einmal die Hand nach der Spritze aus. Dieses Mal reichte die Krankenschwester sie ihm.

„Und jetzt hören Sie mir gut zu", verlangte sie. „Ich habe

Barbara nichts getan und wenn Sie wissen wollen, was mit ihr passiert ist, fragen Sie doch Nico. Er ist doch die ganze Zeit um sie herumgeschwänzelt."

„Nico Antes wusste, wo seine Mutter ist?"

„Er hat doch immer vor der Einrichtung rumgelungert und auf sie gewartet."

* * *

Eine sternenlose, dunkle Nacht hatte sich über die Stadt gelegt. Breschnow blickte zum Himmel hinauf und versuchte das Chaos in seinem Kopf zu sortieren. Als er anfing zu frieren, ging er wieder hinein.

Annalisa und Nico waren zur Kontrolle in ein Krankenhaus gebracht worden. Für die beiden Alten hatte sich so schnell keine Lösung gefunden und sie waren in der Wohnung geblieben, wurden dort von Annette Riesing versorgt. Breschnow hatte darum gebeten. Er war von ihrer Unschuld überzeugt und wollte noch einmal in Ruhe mit ihr reden. Sein Kopf war voller Fragen, für die er unbedingt Antworten brauchte. Zu seiner Verstärkung stand vor dem Haus ein Streifenwagen und ein Uniformierter wachte im Inneren.

Breschnow betrat die Küche, räumte die Reste der Kaffeetafel ab, wusch die Teller und die Tassen, stellte die verbliebenen Kuchenstücke in den Kühlschrank und suchte nach einem Lappen, um auch die Reste vom Fußboden aufzuwischen. Als er fertig war, setzte er sich an den sauberen Küchentisch und wartete.

Eine halbe Stunde später betrat Annette Riesing den Raum und stellte ein Babyphon auf die Ablage. Sie hatte ihre beiden Schützlinge gewaschen, sie ins Bett gebracht und ihnen ein Schlaflied gesungen.

„Was passiert jetzt mit mir?"

Breschnow zuckte die Schultern.

„Und mit meiner Mutter und Charlotte? Sie müssen mir versprechen, gut auf sie aufzupassen."

Er nickte.

„Wollen wir einen Tee trinken?"

Breschnow dachte an die K.O.-Tropfen, mit denen die jungen Leute außer Gefecht gesetzt worden waren und zögerte.

Ohne seine Antwort abzuwarten, setzte Annette Riesing Wasser auf, nahm zwei Becher und die Teekanne aus dem Schrank. Breschnow beobachtete jede ihrer Bewegungen.

„Ich will Ihnen meine Geschichte erzählen", sagte sie. „Wenn meine Mutter Sie mit ihrem Hans verwechselt, können Sie kein schlechter Mensch sein. Wollen Sie sie hören?"

„Ja. Gern."

„Das wird aber eine lange Geschichte."

„Das macht nichts. Wir haben die ganze Nacht Zeit."

Sie goss das heiße Wasser über die Teeblätter, stellte die Kanne in die Tischmitte und setzte sich wieder.

„Mein Vater verstarb, als ich einundzwanzig war. Auf seinem Sterbebett hat er mir gebeichtet, dass ich adoptiert bin. Meine Mutter hat dem widersprochen und blieb auch dabei."

Sie griff die Kanne und füllte die Becher. Breschnow trank einen Schluck.

„Nach dem Geständnis war ich ziemlich verwirrt. Ich hatte ja niemals etwas geahnt. Aber als ich mich wieder im Griff hatte, habe ich angefangen zu suchen. Mein Vater hatte mir den Namen meiner leiblichen Mutter genannt und ich habe herausgefunden, dass sie in Berlin wohnt. Also bin ich hierhergekommen und habe Barbara und das Baby kennengelernt. Ich weiß nicht, ob sie sich gefreut hat, mich zu sehen, aber irgendwann wurde es mir egal." Ihr Blick verlor sich in der Vergangenheit. „Viermal im Jahr und ab und zu Mal beim Kirchgang. Öfter durfte ich sie nicht sehen. Obwohl ich mittlerweile mit meinem damaligen Lebensgefährten hier gewohnt habe.“

„Wissen Sie, warum das so war?“

„Ich glaube, sie hatte einen Freund, der das nicht wollte. Aber der war irgendwann weg. Und dann war ich auf einmal wichtig für sie. Barbara war nicht gerne allein.“ Sie griff ihre Tasse mit beiden Händen und trank einen Schluck, sah Breschnow an. „Sie war kein guter Mensch. Sie konnte nicht lieben. Irgendetwas in ihr war zerstört.“

Annette Riesings Blick verlor sich wieder in der Ferne.

„Hat Nico seine Mutter getötet?“, fragte Breschnow.

Die Krankenschwester zuckte mit den Schultern. „Ich weiß nicht, ob er sie getötet hat. Ich weiß nur, dass er öfter vor der Obdachloseneinrichtung auf sie gewartet hat. Manchmal war auch sein komischer Freund dabei.“

„Kalle Wischkowski?“

„Ja, Kalle. Er ist der Freund von Zofia und hat sie oft von der Arbeit abgeholt.“

„Zofia Wieczorek?“

„Die beiden sind schon länger zusammen. Aber ehrlich gesagt, weiß ich nicht, was sie an ihm findet. Ich kann diesen Kalle nicht ausstehen.“ Sie hielt kurz inne. „Aber Zofia eigentlich auch nicht. Vielleicht passen sie doch ganz gut zusammen ...“

Sie trank wieder einen Schluck und lächelte. „Nico mochte ich früher sehr. Er war ein süßes Baby. Und als kleiner Junge hat er sich immer gefreut, wenn ich ihn besucht habe. Aber jetzt? Er kriegt sein Leben nicht auf die Reihe.“ Sie schüttelte missbilligend den Kopf. „Und ich glaube, er dealt.“

Sie schenkte ihnen noch einmal nach, stand auf, spülte die Kanne aus und stellte sie auf den Abtropfrost. Dann trocknete sie sich sorgfältig die Hände ab und setzte sich wieder an den Tisch.

„Wissen Sie, als ich von dem Erlöser gehört habe, war ich fast eifersüchtig, weil er es getan hatte. Er hat Barbara von ihrem Leiden erlöst, während ich ..."

„Während Sie was?", fragte Breschnow.

„Ich bin doch Krankenschwester und meine Mutter ist alt. Sie vergisst ihr Leben und an manchen Tagen quält sie sich ganz fürchterlich. Aber ich kann ihr nicht helfen."

„Sie würden sie töten?"

Annette Riesing nickte kaum merklich. „Glauben Sie mir, gedanklich habe ich das immer wieder durchgespielt. Jede Nacht, in der sie nicht schlafen konnte, weil sie weinte, vielleicht Schmerzen hatte oder schlimme Erinnerungen wiederkamen. Da habe ich gedacht, morgen wirst du es tun." Sie wiegte ihren Oberkörper leicht vor und zurück. „Aber ich habe versagt. Immer wieder." Tränen liefen über ihr Gesicht. „Ich kann sie nicht erlösen. Dann bin ich doch ganz allein."

Breschnow räusperte sich. „Niemand hat das Recht, über den Tod eines anderen zu entscheiden. Und die Liebe, mit der Sie sie pflegen, bedeutet ihr sicherlich viel. Auch wenn sie das nicht mehr äußern kann."

Er stand auf und verließ den Raum, um auf die Toilette zu gehen. Als er in die Küche zurückkam, stand Annette Riesing am Fenster und starrte in die Dunkelheit.

„Wissen Sie, was merkwürdig war? Als ich Barbara das letzte Mal besucht habe, sollte ich aus ihrem Schlafzimmer eine Jacke holen. Es ging ihr nicht gut an diesem Tag, sonst hätte sie mich nicht in diesen Raum gelassen. Ihr Schlafzimmer war für uns Kinder tabu. Auch für Nico. Ich fand die Jacke nicht gleich und habe sie im Schrank gesucht. Und da habe ich diese merkwürdigen Kleiderbügel gesehen, achtzehn Stück mit Kinderkleidern."

„Waren das nicht Ihre?“, fragte Breschnow.

„Nein“, antwortete Annette Riesing. „Solche selbst genähten Kleidchen habe ich nie getragen.“

* * *

12

Delego hatte die morgendliche Dienstbesprechung für acht Uhr angesetzt. Breschnow war schon um sieben im Präsidium gewesen. Er war direkt vom Haus der Krankenschwester hergefahren, hatte in seinem Büro gesessen, geraucht und über die Nacht nachgedacht.

„Stefan, du siehst aus, als ob du nicht geschlafen hast", sagte Regina und stellte eine Tasse Kaffee vor ihn auf den Tisch.

Breschnow griff danach und trank: „Ich war die Nacht bei Annette Riesing. Wir haben lange geredet und ich weiß jetzt, dass sie Charlotte nicht entführt hat. Nico Antes hatte sie gebeten, die Obdachlose für ein paar Tage mit zu sich zu nehmen und die alte Frau ist freiwillig mitgegangen."

„Wieso hat er sie darum gebeten?", fragte Delego.

„Das konnte sie mir nicht sagen."

Delego notierte sich diesen Punkt für das Verhör am Nachmittag.

„Kann man bei Demenz wirklich von Freiwilligkeit reden?", wandte Regina ein.

„Vielleicht hatte Charlotte einen klaren Moment."

„Und warum hat die Riesing dann Annalisa bedroht?", fragte Delego. „Charlotte hätte doch einfach ein Machtwort sprechen und sagen können, dass sie in der Wohnung bleiben wollte."

„Vielleicht hätte sie das ja noch getan", sagte Breschnow.

„In ihrem nächsten klaren Moment?", fragte Regina zweifelnd.

Breschnow stöhnte. „Annette Riesing wollte das Mädchen

auf Abstand halten, wollte nicht, dass Charlotte wegen ihrer Enkelin wieder auf der Straße landet."

„Das hat sie dir erzählt?"

Breschnow nickte.

„Vielleicht lügt sie auch. Die K.O.-Tropfen bleiben auf jeden Fall vorsätzliche Körperverletzung."

„Nur, wenn die beiden Anzeige erstatten", sagte Schmitti. „Und wo kein Kläger ist, ist auch kein Beklagter."

„Ich dachte, das läuft automatisch von Seiten der Staatsanwaltschaft. K.O.-Tropfen sind ein illegales Betäubungsmittel", sagte Regina.

Die Kaffeemaschine verkündete, dass die zweite Kanne fertig war und unterbrach ihre Spekulation. Schmitti erhob sich und stellte sie in die Mitte des Tischs.

„Habt ihr auch über die Ermordung von Barbara Antes geredet?", fragte Regina.

„Ja, das haben wir", antwortete Breschnow.

„Annette Riesing ist eine zierliche Frau. Sie könnte durchaus eine der beiden Gestalten aus dem Park gewesen sein", sagte Delego.

„Sie war es nicht. Da bin ich ganz sicher", widersprach Breschnow.

„Weil du mit ihr die Nacht verbracht hast?"

„Wohl eher, weil sie mir ihre Lebensgeschichte erzählt hat und ich ihr glaube."

„Weiß sie etwas über die Bedeutung des Schirms?", fragte Regina und nippte an ihrem Kaffee.

Breschnow nickte wieder. „Es war wohl ein besonderer Tag für Barbara Antes und Hans-Peter Gernau. Irgendein Jubiläum. Und als es angefangen hat zu regnen, hat Gernau in einem Drogeriemarkt die zwei blauen Schirme gekauft."

„Und nachdem die Beziehung zerbrochen war, hat Barbara

Antes ihren Schirm immer mit sich herumgetragen“, murmelte Delego.

„Gruselig“, sagte Regina.

„Ich fand die Geschichte eher traurig“, sagte Breschnow.

„Weiß sie, warum die beiden sich getrennt haben?“

„Weil Gernau seine Barbara im Suff einmal zu viel geschlagen hat.“

„Das wussten wir ja schon“, sagte Delego. „Also hat Nico Antes nichts damit zu tun.“

„Nein. Er ist nicht an allem schuld, so wie die Nachbarin es gern hätte. Annette Riesing hat auch über die achtzehn Kinderkleidungsstücke im Schrank ihrer leiblichen Mutter gesprochen. Es waren nicht ihre.“

Es wurde still im Raum.

Delego stand auf und stellte sich an das Whiteboard. „Das könnte bedeuten, dass Barbara Antes noch eine Tochter hat?“ Sie sah Schmitti an.

„Schon verstanden“, sagte der Computerspezialist. „Ich sehe mir ihren Lebenslauf speziell noch einmal nach Lücken an.“

„Vielleicht eine neue Spur, aber lasst uns kurz noch einmal die alten durchgehen“, schlug Regina vor. „Was ist mit Ute Brosius? Bleibt sie unter den Verdächtigen, jetzt, wo wir ihre Mutter gefunden haben und damit die Erbschaft hinfällig ist?“

„Damit fehlt erst einmal das Motiv, das wir ihr unterstellt haben, aber komplett ausschließen würde ich sie noch nicht“, antwortete Delego.

„Wir sollten uns Nico Antes noch einmal vorknöpfen“, sagte Breschnow. „Warum hat er uns den Kontakt zu seiner Mutter verschwiegen? Er hat immer wieder vor der Einrichtung auf sie gewartet. Manchmal war auch sein Freund Kalle dabei. Der wiederum ist mit Jans Kollegin liiert.“

„Ich habe auch noch Ergebnisse für euch“, sagte Schmitti. „Die KTU hat die Untersuchung von Annalisas Handy abgeschlossen und die Telefonverbindungen haben ergeben, dass sie schon länger mit Nico Antes in Kontakt steht. Die beiden telefonieren ein, zwei Mal im Monat."

„Irgendwie scheinen in diesem Fall alle irgendetwas miteinander zu tun zu haben", stöhnte Delego. „Und sie lügen wie gedruckt."

* * *

Nico lag in einem Einbettzimmer. Vor der Tür stand ein Polizist. Das hatte er gesehen, als vorhin eine Krankenschwester hereingekommen war und verstand nicht, was das zu bedeuten hatte. Die Tür öffnete sich und die schwarze Kommissarin trat in den Raum, den Verknitterten im Schlepptau. Ihr Anblick ließ Nico schwitzen. Er zerrte sich die dünne Decke vom Oberkörper, versuchte, den Blick auf die Kommissare zu richten, driftete aber immer wieder ab.

Der Verknitterte zog sich einen Stuhl an das Bett heran, die Schwarze blieb stehen.

„Sie ist verrückt geworden", flüsterte Nico.

„Meinst du deine Schwester?"

„Halbschwester", korrigierte ihn der junge Mann. „Habt ihr sie verhaftet?"

„Weswegen sollten wir sie verhaften?", fragte Breschnow provozierend.

Nico starrte ihn ungläubig an. „Ist doch völlig klar. Sie hat diese Alte entführt und versucht Annalisa und mich umzubringen."

„Sie hat euch betäubt, mehr nicht. Mich interessiert vielmehr, warum du lügst."

„Lügen?" Nico begann zu zittern und sah in das Pokerface des Verknitterten.

„Du hast behauptet, dass du keinen Kontakt mehr zu deiner

Mutter gehabt hast, dabei warst du öfter vor der Obdachloseneinrichtung und hast dort auf sie gewartet."

„Hat dir Anni diesen Mist erzählt?"

Breschnow nickte.

„Die Schlampe erzählt nur Scheiß", schimpfte Nico, rollte sich zusammen und wimmerte dann. „Oh Mann, mir ist so schlecht. Ich muss gleich kotzen."

„Wir können auch deinen Freund Kalle fragen. Der war doch auch dabei", fuhr Breschnow fort, das Gejammer ignorierend.

Nico drehte sich wieder auf den Rücken, starrte den Verknitterten an und fragte sich, ob Kalle gesungen hatte. Er versuchte sich aufzusetzen, versuchte nachzudenken, was er jetzt am besten sagen sollte. Die schwarze Kommissarin trat näher an das Bett heran. Nico hatte Angst, dass sie ihm Handschellen anlegen wollte. Aber sie stellte nur das Kopfteil höher und er atmete erleichtert aus.

„Eigentlich habe ich meine Mutter ja gar nich gesehn. Sie hat mich ja nich mehr erkannt", sagte er.

Die Schwarze stöhnte. Der Verknitterte lachte kurz auf und klatschte in die Hände. „So viel verdrehten Schwachsinn hätte ich selbst dir nicht zugetraut. Was wolltest du von deiner Mutter? Wieso hast du vor der Obdachloseneinrichtung auf sie gewartet?"

„Ich hatte Sehnsucht."

Jetzt lachte auch die Schwarze.

Breschnow beugte sich vor. „Weißt du, was ich denke? Du wolltest einfach nur in die Wohnung, hast gehofft, dass sie dir den Schlüssel gibt."

Nico Antes strahlte ihn an. „Ja. Genau, Mann."

„Und Ihr Freund Kalle? Sollte der auch gleich mit einziehen?", fragte die Schwarze.

„Nich so direkt."

„Ach so", sagte der Verknitterte. „Er wollte gar nicht mit

einziehen. Dann brauchte er ja auch keinen Schlüssel." Er sah seine Kollegin an. „Ich denke, er sollte Barbara aus dem Weg schaffen."

„Dann haben wir doch die Lösung unseres Mordfalls", sagte die Schwarze und schien sich zu freuen. „Kalle und Nico."

Nico riss an der Bettdecke, hätte sie sich am liebsten über den Kopf gezogen. Er hoffte, dass die beiden bald verschwinden würden, aber Breschnow holte Luft und setzte neu an.

„Da steht man nun tagelang vor dieser blöden Einrichtung und lauert der Mama auf und die läuft einfach so an einem vorbei, dement in der Birne und man kommt nicht weiter. Und der Gerichtsvollzieher klingelt schon im Hintergrund und das Amt sperrt alle weiteren Zahlungen und die Mama ist immer noch da, hat immer noch den Schlüssel, obwohl sie ihn überhaupt nicht mehr braucht, weil sie doch ohnehin nicht zurückfindet. Und zu allem Übel hängt dann auch noch diese andere Alte mit ihr rum, diese Charlotte, ohne die sie keinen Schritt macht. Da kam es dir bestimmt zupass, dass deine Halbschwester sie mit nach Hause genommen hat."

Nico schloss die Augen. Er hatte keine Ahnung, was er jetzt sagen sollte. Der Verknitterte schien doch alles schon zu wissen. Kalle musste gesungen haben. Aber warum? Dann war er doch selbst am Arsch. Er dachte an Anni und wie er sie angefleht hatte, Charlotte ein paar Tage mit zu sich nach Hause zu nehmen. Er hatte ihr erzählt, dass er ein Heim für Barbara suchen wollte und dass er Charlotte nicht zur Besichtigung mitnehmen konnte. Und sie hatte ihm geglaubt, so wie sie ihm immer geglaubt hatte. Hatte sie etwas gesehen?

Verfluchter Schlüssel. Scheißwohnung.

Er hob den Blick. „Ich verlange einen Anwalt."

* * *

Breschnow stand auf und verließ wortlos den Raum. Delego folgte ihm, schärfte dem Uniformierten vor der Tür ein, gut auf den Verdächtigen Acht zu geben und kündigte den Rechtsanwalt an.

„Nico will nur Zeit gewinnen“, brummte Breschnow.

„Das mag sein, aber er hat einen Rechtsanspruch auf einen Anwalt und wenn er sich keinen leisten kann, dann auf einen Pflichtverteidiger. Ich fahre jetzt zurück ins Präsidium. Magst du nach Annalisa sehen?“

Breschnow nickte, begleitete seine Kollegin zur Tür, rauchte eine Zigarette und suchte dann das Zimmer des Mädchens.

Annalisa war wach. Ihre Mutter saß an ihrem Bett, schien etwas sagen zu wollen, besann sich aber anders.

„Wie geht es dir?“, erkundigte sich Breschnow.

„Wie besoffen“, antwortete Annalisa. „Ist Nico auch hier?“

Er bejahte.

„Und meine Oma?“

„Sie ist noch im Haus von Annette Riesing. Wir können sie doch nicht einfach so von ihrer neuen Freundin trennen.“

„Und die Krankenschwester?“, fragte Ute Brosius. „Haben Sie die verhaftet?“

Breschnow schüttelte den Kopf.

Sie sprang auf. „Wieso nicht? Sie hat meine Mutter entführt und fast meine Tochter getötet. Sie ...“

„Mama, bitte. Mein Kopf ...“, unterbrach Annalisa.

Ute Brosius setzte sich wieder.

Breschnow zog sich einen Stuhl auf die andere Seite des Betts: „Erzähl mir, was passiert ist und wie du deine Oma gefunden hast.“

Annalisa ließ sich das Kopfteil von ihrem Bett höherstellen, begann mit der Busfahrt. „Ich bin an der Endhaltestelle ausgestiegen und hab die Frau verfolgt.“

„Warum?“, fragte Ute Brosius.

„Nico hatte irgendwas von ’ner Schwester und Oma gelabert und da war ich neugierig. Einfach so“, antwortete Annalisa und wandte sich wieder Breschnow zu. „Aber dann hab ich sie aus den Augen verloren, wollte zurück zur Bushaltestelle und bin an dem Haus vorbeimarschiert Da hab ich plötzlich Omas Stimme gehört. Hab erst gedacht, ich spinne, aber dann hab ich geklingelt und nach meiner Oma gefragt. Die Frau war total sauer, hat mich aber trotzdem reingelassen, hat gesagt, dass es meine Oma bei ihr gut hat. Dann hat sie gedroht, dass das nicht so bleibt, wenn ich jemandem verrate, wo meine Oma ist. Dann würde sie ihr wehtun und ich wäre dran schuld. Echt gruselig. Das war wie im Tatort.“

„Wie war die Stimmung in der Wohnung?“, fragte Breschnow.

Das Mädchen dachte kurz nach. „Voll cool. Die Frau hat mich in die Küche gelassen, damit ich Oma sehen kann. Da saß auch diese andere Alte und die beiden hatten echt Spaß.“

„Aber du wolltest deine Großmutter trotzdem mitnehmen.“

Annalisa nickte.

„Und dann?“

„Hat mich die Frau rausgeschmissen und später hat sie mir das Foto geschickt.“ Annalisa griff das Glas Wasser auf ihrem Nachttisch und trank einen Schluck. „Ich wollte Oma nach Hause holen, hab gedacht, dass sie vielleicht doch bei uns wohnen kann und bin zu Jan und hab gefragt, ob er mir hilft, aber der hatte Schiss. Und dann bin ich zu Nico.“

„Woher kennt ihr euch?“

„Von früher. Er ist doch der Sohn von Barbara und manchmal haben wir zusammen gechillt.“

„Sonst hattet ihr keinen Kontakt? Hat er dir Drogen verkauft?“

Annalisa zögerte kurz und schüttelte dann den Kopf. Breschnow vermutete, dass sie log, weil ihre Mutter im Zimmer war, wusste aber nicht, wie er Frau Brosius loswerden sollte. Außerdem hatte er erst mal alle notwendigen Informationen bekommen. Er verabschiedete sich und machte sich auf den Weg zu Willy, der ihm noch eine Erklärung schuldig war.

Der Obdachlose war nicht in seinem Bett. Sein Zimmerkollege schickte ihn in die Cafeteria. Willy saß in der hintersten Ecke vor einem Glas Apfelsaft und starrte ins Leere. Als er seinen Kumpel sah, zuckte er schuldbewusst zusammen.

Breschnow setzte sich. „Wann wolltest du es mir sagen?"

„Martha?", krächzte Willy und trank einen Schluck.

„Sie hat mir von dem ominösen Paar im Park erzählt. Hat es die beiden wirklich gegeben oder waren sie nur eine Ausgeburt eures alkoholvernebelten Gehirns?"

„Zuerst hab ich gedacht, es is nich wichtig. Aber dann, nachdem Kalle auf mich eingeprügelt hat, hatte ich Schiss. Er hat gesagt, dass das nur eine Warnung war, und dass es mir so geht wie Barbara, wenn ich die Klappe nicht halte."

„Kalle? Woher wusste er, was du gesehen hast?"

Willy zuckte mit den Schultern.

„Wem hast du noch davon erzählt?"

„Niemanden."

„Und Martha? Mit wem hat sie geredet?"

„Keine Ahnung."

„Denk nach, verdammt noch mal! Entweder es hat euch in der Nacht irgendjemand gesehen oder ihr müsst mit der falschen Person geredet und damit in ein Wespennest gestochen haben."

Willy lehnte sich zurück und verschränkte die Arme. „Is ja jetzt egal."

„Es ist nicht egal!" widersprach Breschnow wütend. „Dich wollten sie mit Schlägen einschüchtern und Martha vielleicht endgültig aus dem Verkehr ziehen."

Willy wurde weiß im Gesicht und fing an zu zittern. Er sah seinen Kumpel an. „Ich glaube, ich weiß ... Scheiße, Mann. Ich muss nachdenken. Ich brauch ’nen Bier und ’nen Schnaps.“

* * *

Delego warf ihre große Tasche auf den Tisch und ließ sich in ihren Schreibtischstuhl sinken.

Schmitti blickte von seinem Computerbildschirm auf. „Ich habe mir noch einmal den Lebenslauf von unserem Opfer angesehen und bin auf eine Lücke gestoßen. Keine Ahnung, ob das von Bedeutung ist.“

„Was für eine Lücke?“, fragte Delego.

„Barbara Antes kommt kurz nach dem Mauerfall 1989 nach Berlin und ist in Kreuzberg gemeldet, wohnt dort in einer Wohngemeinschaft. Aber nur für vier Monate bis zum Februar 90. Dann verschwindet sie und taucht ab November in einer neuen WG in Schöneberg wieder auf.“

„Wieso hast du das nicht gleich bemerkt?“, fragte die Kommissarin.

„Ich habe den Ausdruck vom Melderegister nur überflogen und gedacht, dass Barbara Antes in der Zeit bei Freunden gewohnt hat oder sich in einer neuen WG nicht angemeldet hat. Außerdem kamst du ständig mit neuen Aufträgen. Da ist es mir hinten runtergefallen“, rechtfertigte sich Schmitti.

„Kann passieren“, sagte Delego. „Was denkst du hat sie in diesen Monaten gemacht?“

„Keine Ahnung. Vielleicht war sie als Au-pair-Mädchen im Ausland. Auf jeden Fall war sie nicht in Berlin gemeldet. Aber auch im Bundesgebiet habe ich sie nicht gefunden.“

„Vielleicht hat sie einen Trip nach Portugal gemacht. War das nicht damals in Mode?“

„Wenn dem so war, ist es ihr nicht gut bekommen, denn die Aktion in der U-Bahn war kurz danach."

„Bei der sie nackt und unter Drogen aufgegriffen wurde?"

„Und die sie anschließend in die Psychatrie nach Bonnys Ranch befördert hat", antwortete Schmitti.

„Dann war sie eher in Indien und hat mit Drogen ihren Horizont erweitert. Hast du die Namen ihrer WG-Mitbewohner?"

„Von der ersten WG?"

Delego nickte.

„Die Bewohner haben ständig gewechselt. Aber ich habe die damalige Hauptmieterin ausfindig gemacht."

Er schickte ihr die Festnetznummer auf ihr Handy. Delego wählte. Es dauerte eine Weile, bis sie jemanden am Apparat hatte. Sie erfuhr, dass die Hauptmieterin zwar noch Hauptmieterin war, aber jetzt mit ihrer Familie in einem Reihenhaus am Stadtrand wohnte. Delego gab dem jetzigen Untermieter ihre Dienstnummer und bat ihn, sie weiterzuleiten. Der Mann versprach es.

Kurz danach klingelte ihr Telefon. Die Hauptmieterin wünschte ihr einen guten Tag und fragte, wie sie ihr weiterhelfen könne. Sie hörte sich an wie eine Stimme aus einem Callcenter. Delego stellte sich vor und fragte nach Barbara Antes.

„Das ist lange her", sagte die Callcenterstimme.

„Fast dreißig Jahre", bestätigte die Kommissarin. „Aber vielleicht können Sie sich noch erinnern, warum Frau Antes damals ausgezogen ist. Sie war nur vier Monate in der WG."

Die Callcenterstimme schwieg. Delego wartete.

„Wenn mich nicht alles täuscht, war Barbara die Mitbewohnerin, die ihre große Liebe kennengelernt hat. Und deswegen ist sie auch ausgezogen."

„Wissen Sie, wie der Mann hieß?"

Die Callcenterstimme lachte. Es war ein schönes Lachen, tief und kehlig.

„Frau Kommissarin. Wir haben vier Monate zusammengewohnt und das ist dreißig Jahre her“, sie betonte die Zahlen. „Würden Sie sich da noch an einen Namen erinnern, der Sie im Grunde genommen nichts anging?“

„Wahrscheinlich nicht“, gab Delego zu.

„Aber ich glaube, er war kein Deutscher, hatte einen Akzent. Der klang irgendwie süß. Deswegen weiß ich das noch.“ Sie machte wieder eine Pause. „Polnisch vielleicht und ich glaube, Barbara war von ihm schwanger.“

* * *

Willy trank sein Bier aus und starrte auf das leere Glas. Dann bestellte er ein neues und beobachtete die Tür, an der Breschnow in regelmäßigen Abständen erschien, sich aber nicht herein traute.

Trocken, dachte Willy. Das musste die Vorhölle sein.

Er beeilte sich mit dem zweiten Bier und bat den Wirt, mit nach draußen zu kommen, damit sein Kumpel die Zeche löhnen konnte. Es war ein schöner und milder Tag. Es roch leicht nach Frühling und eine kräftige Sonne richtete ihre Strahlen auf Willys blasses Gesicht. Er stöhnte vor Wonne, ließ sich von Breschnow eine Zigarette geben und marschierte los.

„Okay, fangen wir noch mal von vorne an“, sagte der Hauptkommissar. „In der Nacht, als Barbara Antes ermordet wurde, hast du draußen vor der Obdachloseneinrichtung auf Martha gewartet.“

Willy nickte. „Sie hat sich rausgeschlichen. Hilde sollte nix davon wissen. Sie mag es nich, wenn Martha Männer trifft. Und dann sind wir zusammen in die Hasenheide.“

„Und warum habt ihr euch getroffen?"

„Martha hatte ihre Erinnerung gehabt. Das is wie Krebs, sach ich dir. Melancholiekrebs. Das frisst dich von innen auf, dieses ‚Was-wäre-wenn'. Das kann man nur wegsaufen."

„Und in der Hasenheide habt ihr Barbara Antes gesehen?"

„Barbara is orientierungslos durch den Park gestolpert, hat mal hier, mal dort im Laub gestochert. Martha fand das irgendwie witzig, war aber auch schon ganz schön besoffen. Dann war Barbara plötzlich weg und wir wollten nach ihr suchen und dann haben wir die beiden gesehen. Trugen Kapuzenshirts. Einer hatte einen blauen Regenschirm in der Hand und hat 'nen merkwürdigen Gang gehabt, das rechte Bein irgendwie nachgezogen."

Willy blieb stehen und sah Breschnow mit großen Augen an. „Erinners'te dich, als du mich vor 'nen paar Tagen draußen vor der Einrichtung gefunden hast?"

Breschnow nickte. „Die Kollegin von Jan hat dich nicht reingelassen, weil du zu früh dran warst."

„Genau", sagte Willy. „Und ich glaube, die läuft so komisch."

* * *

Der Anwalt ließ auf sich warten. Nico drehte sich nervös im Bett hin und her. Breschnow ging im Raum auf und ab. Er hatte Delego angerufen und ihr von dem Gespräch mit Willy berichtet. Sie hatte sich sofort auf den Weg zu Zofia Wieczorek gemacht und ihn gebeten, noch einmal zu Nico Antes zu gehen, bevor der Anwalt dort vorstellig wurde. Sie hoffte, dass der junge Mann reden würde, damit sie einen zweiten Zeugen hätte.

„Ich sage nichts mehr ohne meinen Anwalt", sagte Nico nun bereits zum vierten Mal.

„Dein gutes Recht“, erwiderte Breschnow. „Aber dann richte dich mal auf ein, zwei, vielleicht auch drei Tage hier im Krankenhaus ein.“

„Wieso denn das, Mann?“

„Weil du einen Pflichtverteidiger bekommen wirst und die sind meistens hoffnungslos überlastet.“

„Was is’n das für’n Scheiß. Ich will aber nich hierbleiben. Is ja wie Knast!“

Breschnow freute sich, dass er mit seiner kleinen Übertreibung Erfolg gehabt hatte, vergewisserte sich, dass die Tür geschlossen war und trat ganz nah an das Bett heran. „Man hat dich in der Mordnacht gesehen. Dich und Kalle“, log er. „Er sitzt bei uns im Verhörraum und singt wie eine Nachtigall.“

„Er hat mich beklaut, der Spast!“, zischte der junge Mann. „Er hat den Schmuck meiner Mutter mitgenommen.“ Er kniff kurz die Augen zusammen, schien nachzudenken. Dann erhellte sich sein Blick. „Können wir nich so was wie’n Deal machen?“

Breschnow beugte sich zu ihm vor. „Was für einen Deal?“

„Na, ich krieg meinen Schmuck zurück und dafür sag ich dir alles.“

Breschnow streckte die Hand aus. Nico schlug ein.

„Eigentlich war das alles Kalles Idee, das mit Barbara und so. Meine verblödete Halbschwester sollte Charlotte aus dem Verkehr ziehen, damit meine Mutter endlich mal allein unterwegs ist und dann wollten Kalle und seine Freundin ihr ’ne Spritze geben und sie dann nach den Wohnungsschlüsseln durchsuchen.“

„Und dafür haben sie gleich einen abgesägten Schirm mitgenommen und einen Bibelspruch parat gehabt, den sie ihr in die Hand schreiben konnten?“

Nico sah aus, als ob er zum ersten Mal ernsthaft darüber nachdachte. „Aber Kalle hat mir das so gesagt. Und für den Schlüssel, sollte ich ihm Dope geben. Ziemlich viel sogar.

Und von diesem Scheißschirm und dem Spruch wusste ich nichts."

Breschnow seufzte. „Kalle und seine Freundin, Annette, deine Mutter. Es sind immer die anderen. Wie fühlt es sich an, ständig nur Opfer zu sein?" Er blickte in Nicos ernstes Gesicht.

„Aber es stimmt, Mann. Kalle hat das so gesagt. Kann doch nichts dafür, wenn er mich verarscht."

„Und wie heißt die Freundin, die mit dabei war?", fragte Breschnow.

Nico zuckte mit den Schultern, senkte den Blick und nestelte an dem Bettlaken herum.

„Ich weiß es sowieso schon. Hast du Angst vor ihr? Schau mich an!"

Der junge Mann hob langsam den Kopf.

Breschnow beugte sich ganz nah zu ihm herunter: „Jetzt hör mir gut zu. Entweder du sagst mir jetzt alles, was du weißt oder ich sperre dich für die nächsten Jahre ein. Ich werde Drogen in deiner neuen Wohnung finden und vielleicht auch hier im Krankenhausspind. Ich werde beweisen, dass du deine Mutter getötet hast und Kalle die Schuld geben willst. Ich werde ..."

„Hör auf!", wimmerte Nico. „Ich habe das alles nicht gewollt. Das musst du mir glauben."

Breschnow richtete sich wieder auf: „Dann erzähl mir wie es wirklich war."

„Okay, Mann. Diese Freundin von Kalle, die war schon immer irgendwie komisch. Das mit dem Schirm war ihre Idee. Keine Ahnung, woher sie wusste, was das Ding für meine Mutter bedeutet. Nachdem ihr Kerl weg war, is sie ja immer damit rumgerannt. Kalle und seine Freundin sind ihr also im Park hinterher und dann hat sie ihr die Spritze gegeben. Kalle hat geglaubt, meine Alte schläft, hat erst später mitgekriegt, dass sie tot war. Ich glaube, er wollte das auch nicht. Sie sollten sie ja nur betäuben, damit sie sich den Schlüssel holen können. Dann hat seine Freundin diesen Schirm neben der Alten in den Dreck gerammt und 'nen Spruch in die Hand geschrieben. Kalle hat die ganze Zeit danebengestanden. Fand das irgendwie gruselig. Und dann musste er auch noch bei den Bullen anrufen wegen der Erlösernummer. Aber er is ja totel abhängig von der Tusse, der macht alles für die. Und danach haben sie sich getrennt."

„Wie getrennt?"

„Na, für den Abend. Sie musste irgendwie zurück zur Arbeit und Kalle is nach Hause."

„Und hat die Freundin jetzt einen Namen?"

„Na, Zofia. Sie arbeitet in der Pennerschlafstätte."

„Zofia Wieczorek", sagte Breschnow.

„Mann, wenn du ihren Namen sowieso schon kennst, warum löcherst du mich dann?"

Breschnow eilte zur Tür, drehte sich dort noch einmal um. „Wenn das stimmt, was du sagst, warum hast du dann versucht, in die Wohnung deiner Mutter einzubrechen? Du hattest doch einen Schlüssel."

Nicos Gesicht verfinsterte sich. „Die Schlampe hat ihn mir nicht gegeben."

* * *

Breschnow telefonierte noch einmal mit Delego. Sie hatte zwei Uniformierte organisiert und stand mit Regina vor dem Haus, in dem Zofia Wieczorek gemeldet war. Er ließ sich die Adresse geben, rief sich ein Taxi und erreichte zwanzig Minuten später den Schillerkiez. Die Kommissarinnen standen neben dem Haus auf einem kleinen Spielplatz und diskutierten mit den Uniformierten und einem Mann in Zivil das weitere Vorgehen. Sie winkten Breschnow heran.

„Die Frau wohnt in der vierundvierzig im dritten Stock. Ich

war schon oben vor der Wohnung und habe Musik gehört. Es scheint also jemand zu Hause zu sein", sagte Delego. „Wir haben noch auf den richterlichen Beschluss gewartet, aber jetzt sind wir soweit und können rein."

Sie marschierte los. Breschnow und Regina folgten ihr, die Uniformierten drückten sich nahe an der Hauswand entlang. Delego hatte die Haustür offenstehen lassen, sodass sie jetzt ohne Probleme in den Flur gelangten und im Gänsemarsch leise die Treppe hinaufstiegen. Die Uniformierten postierten sich rechts und links vor der Wohnungstür, die Kommissarin klingelte. Außer der leisen Musik war nichts zu hören. Sie läutete erneut. Dann gab sie dem Mann vom Schlüsseldienst ein Zeichen, die Tür zu öffnen.

„Es ist nicht abgeschlossen" flüsterte er und bewegte den Schnapper.

Die Tür öffnete sich einen Spalt breit und gab den Blick auf einen aufgeräumten Korridor frei. Die zwei Uniformierten blieben an der Wohnungstür stehen, um den Fluchtweg zu versperren, die Kommissare traten ein. Delego zog ihre Waffe, schlich zum Wohnzimmer, Regina übernahm das Bad, Breschnow die Küche. Die Räume waren leer. Sie trafen sich wieder im Wohnungsflur und folgten der Musik zum Schlafzimmer. Delego stieß die Tür auf, stürmte in den Raum und sicherte ihn. Regina gab ihr Rückendeckung. Breschnow lehnte am Türrahmen und betrachtete die Gestalt auf dem riesigen Bett.

Kalle Wischowski starrte auf den geöffneten Kleiderschrank. Auf der Stange hingen noch einige leere Bügel, auf dem Teppich davor lagen achtlos hingeworfene Kleidungsstücke. Er drehte den Kopf und sah Delego an. Seine Augen waren gerötet, als ob er geweint hätte.

„Sie ist weg", flüsterte er. „Zofia ist weg."

* * *

Der Zug hatte den Ostbahnhof vor zwei Stunden in Richtung Warschau verlassen. Zofia hatte nur die notwendigsten Dinge zusammengepackt, ein Zelt, einen Schlafsack und ein paar warme Sachen. Sie würde die nächste Zeit in den Wäldern leben. So wie damals als Teenager, als sie für ein paar Tage von Zuhause abgehauen war. Diesem Zuhause, das nie wirklich existiert hatte. Dabei war ihr Vater ein anständiger Mann. Er hatte sich aufrichtig Mühe gegeben, sie allein aufzuziehen, sie mit Essen und Kleidern zu versorgen.

Ihre Mutter hatte die kleine Familie verlassen, als sie vier Monate alt war. In den ersten Jahren hatte ihr Vater noch über sie geredet, hatte gewollt, dass seine Tochter sich ein Bild von ihr machen konnte, hatte gehofft, dass Barbara zurückkommen würde. Aber irgendwann war er verstummt und Barbara zu einem Geist geworden, der sich in dem kleinen baufälligen Häuschen eingenistet hatte. Ein Geist, der nie weichen wollte, sich hartnäckig in allem festbiss und zerstörte, die Tochter genauso wie den Vater. Deswegen war sie mit achtzehn geflohen. Anfangs hatte sie ihren Vater noch angerufen, aber irgendwann seinen Kummer nicht mehr ertragen, erst die geliebte Frau und dann die Tochter verloren zu haben.

Zofia sah aus dem Fenster, versuchte sich das Berliner Tanzlokal vorzustellen, in dem sich ihre Eltern kennengelernt hatten. Barbara und Piotr. Er war über die grüne Grenze nach Berlin gereist, illegal, gleich nach der Maueröffnung. Er war gekommen, um zu arbeiten und seine Eltern in Polen finanziell zu unterstützen. Mit der Arbeit hatte es nicht geklappt. Stattdessen hatte er seine große Liebe gefunden.

Die Tür zum Abteil wurde aufgeschoben. Der Schaffner kontrollierte die Fahrkarte und wünschte ihr eine gute Reise. Zofia sah auf die Uhr. Noch zehn Minuten, dann würde sie dieses scheußliche Land verlassen. Sie lehnte sich wieder im Sitz zurück und blickte aus dem Fenster.

Barbara war ebenfalls neu in der Stadt gewesen und einsam und Piotr ein attraktiver Mann. Sie war ihm ohne Murren ins fremde Land gefolgt. Zuerst hatten sie bei den Schwiegereltern gewohnt. Aber das hatte nicht funktioniert. Barbara war kein Mensch für Kopftücher und Dorftratsch. Sie war wild, ein Freigeist, wollte leben und verkümmerte langsam in der Provinz. Das hatte ihr die Großmutter damals erzählt, mit Bedauern in der Stimme, denn kurz danach hatte der Sohn die Eltern verlassen und war mit seiner hochschwangeren Freundin in die nächstgelegene Stadt gezogen. Aber es hatte nichts genützt. Vielleicht hatte es Barbara wirklich versucht, vielleicht waren ihr Mann und Tochter aber auch egal gewesen. Sie würde es nie erfahren.

Zwei Männer gingen an ihrem Abteil vorbei. Zofia hoffte, dass sie sich nicht zu ihr setzen würden. Sie wollte allein sein, wollte sich von ihrer Berliner Zeit verabschieden.

Anfangs hatte sie sich fremd gefühlt in dieser großen Stadt. Sie mochte die Sprache nicht, lernte aber Deutsch, weil sie eine Arbeit brauchte. Dann hatte sie ihre Mutter gesucht, sie gefunden und lange beobachtet, war ihr von der Wohnung in den Supermarkt gefolgt, in die Kirche, in die Kneipe. Es hätte genug Gelegenheiten gegeben, sie zur Rede zu stellen und zu fragen, warum sie ihre Familie verlassen und warum sie nicht wenigstens ihre Tochter mitgenommen hatte. Aber sie hatte sich nie getraut, Barbara anzusprechen und irgendwann aufgehört, sie zu beobachten. Sie hatte ihrer Mutter nur noch die Kinderkleidchen geschickt, die ihre Großeltern für ihre Enkelin genäht und aufbewahrt und ihr zur Volljährigkeit vermacht hatten. Für jedes Jahr eines, achtzehn an der Zahl. So war es Tradition in ihrer Familie.

Die Zeit in der großen Stadt war schnell vergangen, aber die schwelende Wut in ihrem Inneren geblieben. Dann war

Barbara eines Tages bei ihrer Arbeit aufgetaucht. Einen winzigen Moment lang hatte sie geglaubt, dass sie ihretwegen gekommen war, dass Barbara ihre Tochter gesucht und nun endlich gefunden hatte. Aber ihre Mutter war ohne jegliches Erkennen an ihr vorbei gegangen und der Moment in tausend Scherben zersprungen. Da hatte sie endlich gespürt, dass sie Rache wollte, Rache für ihr mutterloses Leben, Rache für das Leiden ihres Vaters und die dunkle Traurigkeit, in der sie aufgewachsen war.

Zofia stand auf, strich ihren Rock glatt und suchte die Toilette auf. Sie zog sich die warmen und bequemen Hosen an und ging zurück zu ihrem Platz. Der Zug rollte jetzt in den Grenzbahnhof. Sie sah aus dem Fenster. Menschen stiegen aus, andere ein. Die Fahrt ging weiter. Sie würde nicht nach Warschau fahren. Sie würde in zwei Stationen den Zug verlassen, über den Hügel wandern und als eine andere im gegenüberliegenden Tal ankommen.

Eigentlich war es ganz einfach gewesen. Nico wollte die Schlüssel zu der Wohnung und Kalle wollte sie. Er war ein netter Kerl, hatte ihr von Barbaras Tick mit dem Schirm erzählt. Und später hatte sie durch Nico von dem Psalm erfahren, den Barbara ihm zusammen mit den anderen Instruktionen für ihre Beerdigung geschickt hatte.

Zuerst hatte sie darüber gelacht, aber in den nächsten Tagen gespürt, dass die Rache in ihr wucherte, dass sie töten musste, um dieses Gespenst endlich zu befrieden. Sie war zielstrebig vorgegangen, hatte Nicos Gier nach dem Wohnungsschlüssel in Kneipengesprächen genährt, hatte den Schirm gekauft und ihn abgesägt, hatte sich den Psalm besorgt und Kalle überredet, seiner Großmutter das Morphium zu stehlen, das der ambulante Pflegedienst bei ihr zu Hause verwahrte. Er hatte wirklich geglaubt, dass sie Barbara nur betäuben wollte, aber das hätte ihr nicht gereicht. Und als der letzte Atemzug aus diesem Mutterkörper entwich, hatte sie sich tatsächlich einen Moment lang frei gefühlt.

Der Zug verlor langsam an Tempo, rollte in den kleinen Bahnhof ein und hielt. Zofia dachte noch einmal an Kalle, an sein entspanntes Gesicht in ihrer letzten gemeinsamen Nacht, nachdem sie ihm die Schlaftablette gegeben hatte. Sie schickte ihm einen imaginären Kuss und griff nach ihrem Rucksack. Dann verließ sie das Abteil, stieg aus, blieb auf dem Bahnsteig stehen, bis der Zug wieder anfuhr, hob die linke Hand und winkte ihrem alten Leben zum Abschied.

* * *

Danksagung

Vielen Dank, dass Sie sich die Zeit genommen haben, mein Buch zu lesen.

Es zu schreiben war mir eine Herzensangelegenheit. Damals war meine Mutter bereits an Demenz erkrankt und aus dem eins so tatenlustigen, aktiven Menschen war eine hilfsbedürftige alte Frau geworden. Zuerst lebte sie noch zu Hause, später in einer Demenz-WG, in der es oft lustig zuging. Sie hatte es warm, sie hatte zu essen und es gab viele freundliche Pfleger*innen.

Zu der Zeit hörte ich im Radio ein Interview mit Dieter Puhl, dem damaligen Leiter der Bahnhofsmission am Zoo. Er sprach über demente Obdachlose und weckte sofort mein Interesse. Ein paar Tage später durfte ich ihn an seinem Arbeitsplatz besuchen und erfuhr einiges mehr über das Leben auf der Straße.

Herzlichen Dank dafür, Dieter Puhl.

Ich habe einige Zeit für dieses Buch recherchiert, habe Plätze aufgesucht, an denen Obdachlose leben und mit ihnen geredet, habe Notunterkünfte besucht und mir die Abläufe angesehen und bin mit Polizist*innen in Kontakt getreten, die in den Kiezen ihren Dienst taten. Auch Ihnen allen ein herzliches Dankeschön. Genauso wie den Therapeut*innen, die mich zum Thema Alkoholentzug und über die möglichen Folgen aufklärten.

Ein Roman ist immer ein Gesamtwerk vieler engagierter Menschen. Deswegen ein großes Dankeschön an alle, die mitgeholfen haben, aus der Anfangsgeschichte ein lesbares Werk zu schaffen: Meine Erstleser*innen, meine Agentin und die Verleger*innen und Mitarbeiter*innen des Parlez Verlags.

Wer mir schreiben möchte: connie.roters@gmail.com

Wer wissen will, was es in meinem Leben als Schriftstellerin Neues gibt: www.connie-roters.de

Außerdem bin ich noch bei Facebook und Instagram unterwegs.

* * *

Weitere spannende Fälle aus dem Parlez Verlag ...

E-Book, 8,99 EUR

ISBN: 978-3-86327-066-7

PARLEZ

400 Seiten, 16,90 EUR

Der Parlez-Verlag wurde konzipiert und entscheidend geformt von Patricia Arnold.

Vielen Dank, Patricia!

ein Projekt der Bluecat Publishing GbR
Gneisenaustraße 64
10961 Berlin
www.parlez-verlag.de
Umschlag- und Covergestaltung: Norma Vohland
verwendete Fotos: AdobeStock_122848794_Daniel Jędzura
Satz: publish4you, Roßleben-Wiehe
Schrift: Linux Libertine O / Linux Biolinum O
Druck und Bindung: MCP, Polen
ISBN: 978-3-86327-064-3